Nina Blazo

Silfu

Die Nacht der silbernen Augen

© Holger Strehlow

DIE AUTORIN

Nina Blazon, geboren in Koper bei Triest, las schon als Jugendliche mit Begeisterung Fantasy-Literatur. Selbst zu schreiben begann sie während ihres Germanistik-Studiums. Ihr erster Fantasy-Jugendroman wurde mit dem Wolfgang-Hohlbein-Preis und dem Deutschen Phantastik Preis ausgezeichnet. Seither haben Nina Blazons Bücher zahlreiche Preise erhalten, zuletzt 2016 den Seraph für Der Winter der schwarzen Rosen. Die erfolgreiche Kinder- und Jugendbuchautorin lebt in Stuttgart.

Von der Autorin sind außerdem bei cbj und cbt erschienen:
Lillesang – Das Geheimnis der dunklen Nixe (31071)
Laqua – Der Fluch der schwarzen Gondel (31259)
Fayra – Das Herz der Phönixtochter (16493)

Der Winter der schwarzen Rosen (31177)
Der dunkle Kuss der Sterne (31036)
Zweilicht (05658)
Ascheherz (30823)
Faunblut (30847)

Mehr über cbj auf Instagram unter
@hey_reader

Nina Blazon

Silfur

Die Nacht der silbernen Augen

Mit Illustrationen von
Felicitas Horstschäfer

Dieses Buch ist auch als E-Book erhältlich.

MIX
Papier aus verantwortungsvollen Quellen
FSC® C014496
FSC
www.fsc.org

Verlagsgruppe Random House FSC® N001967

1. Auflage 2018
Erstmals als cbt Taschenbuch Juli 2018

Umschlaggestaltung: Geviert, Grafik & Typografie
Umschlagmotive © Shutterstock (Vitalii Tiagunov,
Tropper2000, nomadphoto, Robyn Mackenzie)
Innenillustrationen: Felicitas Hortschäfer
MI · Herstellung: LW
Satz: Uhl + Massopust, Aalen
Druck: GGP Media GmbH, Pößneck
ISBN 978-3-570-31216-2
Printed in Germany

www.cbj-verlag.de

Die Frage

Fabios Eltern hatten also keinen Witz gemacht. Die Isländer aßen tatsächlich vergammelten Haifisch! Fabios Bruder Tom schob die gelblichen Würfel schon seit fünf Minuten auf seinem Teller hin und her. Papa grinste. »Macht nicht solche Gesichter, Jungs, traut euch. Ja, es riecht ein bisschen ungewöhnlich. Aber hier in Island ist das eine Spezialität.«

Fabio und Tom sahen sich zweifelnd an und rümpften die Nasen. *Ein bisschen ungewöhnlich?* Das Zeug müffelte bestialisch – nach scharfem Putzmittel und ein bisschen sogar nach dem Jungsklo im Fußballverein, fand Fabio.

»Das Haifleisch wird ein paar Wochen lang im Boden eingegraben und danach getrocknet«, erklärte Papa. »Nur so wird es genießbar.«

Er spießte todesmutig einen Brocken auf die Gabel und aß. Mama folgte seinem Beispiel und kaute tapfer. Fabio wurde schon beim Zuschauen schlecht.

»Schmeckt interessant«, sagte Mama. »Und bestimmt ist dieser … ähm … *Hákarl* auch gesund. Oder, Björg?«

»*Haukartl*«, sagte Björg. »Man spricht es *Haukartl* aus. Sehr gesund!«

Tom zeigte Fabio sein irrsinnigstes Schielen, griff sich dramatisch an den Hals, als würde er sich selbst würgen. Fabio schoss das Blut in den Kopf, so sehr verbiss er sich das Lachen.

»Das habe ich gesehen, Tom«, mahnte Papa streng. »Aber man darf erst meckern, wenn man auch wirklich probiert hat!«

Tom und Fabio versuchten nun beide, nicht loszuplatzen. Auf den Stinkefisch hatte sich Toms Grimasse nämlich gar nicht bezogen, sondern auf den komischen Vornamen ihrer Vermieterin, die sich jetzt gut gelaunt noch ein Stück Roggenbrot abschnitt und dick mit Butter beschmierte. Sie hieß mit Vornamen tatsächlich *Björg*.

»Klingt ja wie *Würg!*«, hatte Tom Fabio feixend zugeflüstert. Dabei hätte schon Björgs Aussehen für eine ganze Reihe von Spitznamen gereicht. *Vampira* oder *Batgirl* zum Beispiel. Björg war nämlich ziemlich blasshäutig und trug schwarze weite Flatterklamotten. Ihre Augen waren dick mit schwarzer Schminke umrandet und sie hatte einen punkigen Haarschnitt. Schwarzes fransiges Haar, in das ein paar schneeweiße, flippige Strähnchen eingefärbt waren. An ihrem rechten Ohr baumelte zudem ein kleiner silberner Totenkopf. Kaum zu glauben, dass Björg und Mama gleichalt sein sollten. Björg erinnerte in ihrer Aufmachung eher an das Gothic-Mädchen, das in Fabios Schule in die Oberstufe ging.

»Jungs?« Mama deutete auffordernd auf die Teller und lächelte sehr breit. Das war nicht ihr normales Lächeln. Es war das LÄCHELN.

Meistens bedeutete es: *Letzte-Warnung-oder-es-raucht!* Im Moment konnte man es übersetzen mit: »*Gammelhai schmeckt schlimmer als Krötensuppe, aber als Gäste müssen wir höflich sein, also esst gefälligst!*«

Tom gab sich geschlagen, türmte ein paar Haiwürfel auf sein Brot, stopfte sich alles auf einmal in den Mund und kaute. »Schmeckt wie salziger Radiergummi«, nuschelte er.

Die Erwachsenen brachen in Gelächter aus und klatschten Beifall, als hätte Tom eine Schwertschluckernummer hingelegt. *Typisch,* dachte Fabio. *T.T.*, der *»Tolle Tom«* hatte seinen Vorsprung wieder gesichert. Und prompt schweiften alle Blicke zu Fabio. »Hm, lecker, lecker!«, sagte Tom und grinste mies.

Vielen Dank, dachte Fabio. Aber er hatte keine Wahl, er musste Tom übertrumpfen. Wenigstens war das diesmal leichter zu schaffen als sonst. Also schob er nicht nur ein paar, sondern alle gelben Brocken auf einmal auf sein Brot. Der scharfe Gestank brannte schon in seiner Nase. Er versuchte, nicht einzuatmen, während die Grässlichkeit Kurs auf seinen Mund nahm.

Aber fürs Erste rettete ihn ein Türenknallen. Nein, es war eher ein Donnern. Es brachte die Scheiben zum Zittern und im Küchenregal klapperten leise die blau geblümten Tassen.

»Im Haus zieht es wohl«, bemerkte Mama.

Björg seufzte tief. »Nein, nein. Das ist nur Elín. Meine Tochter.«

»Oh, du hast eine Tochter?« Mama spähte erfreut zur Küchentür. »Wie alt ist sie denn?«

»Elf«, erwiderte Björg.

»Das ist ja toll«, rief Mama. »Dann ist sie fast im selben Alter wie unsere Söhne. Habt ihr gehört, ihr beiden? Vielleicht zeigt euch Elín ja, was Kinder hier in der Stadt alleine unternehmen können?«

Tom und Fabio wechselten nur einen vielsagenden Blick. Klar, ihre Mutter hoffte, sie nicht die ganzen drei Ferienwochen über ständig an der Backe zu haben. Nicht umsonst hatte sie ihr ganzes Malzeug mitgeschleppt, um – wie sie betonte – »endlich mal wieder in Ruhe kreativ sein zu können«.

Die Treppe knarrte unter Elíns Schritten. Und dann begann ein Trampeln, als würde ein wütender Oger in den ersten Stock galoppieren.

»Kommt Elín denn nicht zu uns in die Küche?«, wollte Papa wissen.

Björg seufzte wieder. »Ich glaube nicht.«

Jetzt polterte es direkt über ihren Köpfen, als würde ein Elefant Samba tanzen. Ein bisschen Staub rieselte von der Decke. Fabio nutzte den Moment, als alle hochschauten, um die Haiwürfel vom Brot auf seine Serviette zu kippen und das ganze Bündel unter der Tischplatte verschwinden zu lassen. Dann stopfte er sich das Brot in den Mund und kaute.

Blöderweise fiel es nun niemandem mehr auf.

Denn jetzt schleifte etwas über ihnen, als würde jemand Möbelstücke herumschieben. Björg atmete sehr tief durch und stand auf. »Entschuldigt mich kurz.« Als sie süß lächelte, hörte sogar Tom auf zu grinsen. Denn das hier war eindeutig ein LÄCHELN. Fabio wollte lieber nicht in Elíns Haut stecken, als Björg nun aus der Küche rauschte. Kurz darauf klappte im oberen Stockwerk eine Tür und dann hörte das Schleifen schlagartig auf. Dafür hörte man dumpf Björgs Schimpfen. Das Haus war wirklich hellhörig.

»Na, wie gefällt es euch bis jetzt?«, wandte sich Papa munter an Fabio und Tom. »Jetzt sind wir also mehr als zweitausend Kilometer weit weg von zu Hause, auf der Insel der Gletscher und Vulkane.«

»Zweitausenddreihundertfünfundsiebzig Kilometer«, sagte Besserwisser Tom. »Luftlinie. Stand im Prospekt der Fluggesellschaft.«

Papa begann zu strahlen und hob den Zeigefinger. »Und der höchste Vulkan ist zweitausendeinhundertzehn Meter hoch.«

Typisch. Wenn er sich für eines begeistern konnte, dann waren es Zahlen.

»Und diese Farben«, schwärmte Mama. »Das Meer und diese hübschen Häuser – es gibt welche in Rot und Orange, Blau, Türkis und sogar Neongrün! Und wir müssen unbedingt einen Ausflug mit dem Boot zu diesen bunten Seevögeln machen. Papageientaucher heißen sie.«

»Ich will zu dem Vulkan, der letztes Jahr ausgebrochen

ist«, verkündete Tom. »Der mit dem witzigen Namen. Irgendwas mit *Joghurtle*.«

»Moment, den Namen haben wir gleich«, sagte Papa und zückte seinen Taschen-Reiseführer. Er blätterte und runzelte dann die Stirn. »Hier steht er: *Eyj… jaf…föj-alljö…* Du meine Güte. Das kann ja kein Mensch aussprechen!«

Mama lachte. »Das lernen wir schon noch. Und vielleicht begegnen wir im Urlaub sogar ein paar Elfen?« Sie nickte Fabio verschwörerisch zu. »Die Isländer sind fest davon überzeugt, dass hier welche leben, versteckt in den Hügeln. Sie sind zarte, anmutige Wesen. Sie tanzen im Mondlicht und zeigen sich manchmal denen, die an sie glauben.«

Fabio seufzte insgeheim. Natürlich schauten ihn jetzt auch sein Vater und sein Bruder so an, als müsste er die Fäuste in die Luft recken und begeistert »Yay!« rufen. Aber nur weil er in seinem Lieblingscomputerspiel neuerdings als Elbenkrieger Tirias unterwegs war, hieß das ja noch lange nicht, dass er an Glitzerelfen mit Spitzohren und rosa Flatterkleidchen glaubte.

»Toll«, murmelte er nur.

Björg kam wieder in die Küche und machte sacht die Tür hinter sich zu. Ihr Blick fiel auf Fabios leergeputzten Teller und sie begann zu strahlen. »Na sowas! Dir schmeckt der *Hákarl* aber gut! Da wird sich mein Onkel Gunnar freuen. Er ist nämlich ganz stolz darauf, den Hai selbst gefangen zu haben.« Damit schaufelte sie Fabio einfach noch eine Portion vor die Nase. Sein Gesicht sprach wohl Bände, denn jetzt grinste sogar Mama.

»Guten Appetit«, frotzelte Tom.

Aber Fabio hatte Glück. Ein zweites Mal kam die Rettung, diesmal in Gestalt eines pummeligen Mannes, der gemächlich in die Küche watschelte. Er hatte freundliche braune Augen, die hinter seiner dicken Brille allerdings ziemlich klein wirkten. Seine Halbglatze zierte ein dünner grauer Haarkranz, passend zu seinem Opa-Outfit mit gestrickter grauer Wollweste und braunen Stoffhosen. Nur die grellgelben Gummistiefel passten nicht dazu.

»Gerade spreche ich von dir, Gunnar!«, rief Björg. »Darf ich vorstellen: Das ist mein Onkel, der Schrecken der Haie. Seit er in Rente ist, ist er fast nur noch auf seinem Fischerboot unterwegs.«

Fabio runzelte verdutzt die Stirn. *Das* sollte ein Hai-Jäger sein? Aber vielleicht lockte er die Biester ja an, indem er seine Brille mit Meerwasser putzte und so tat, als sei er leichte Beute?

»Gunnar, das ist Familie Siebert aus Deutschland«, fuhr Björg fort. »Sie werden drei Wochen hier im Haus wohnen.«

»Guten Tag!«, sagte der Onkel mit einem etwas vernuschelten Akzent. »*Velkomin til Íslands!* Ich hoffe, ihr hattet einen schönen Flug?«

»Danke, ja.« Mama gab dem alten Mann die Hand. »Ich heiße Heike. Und das ist mein Mann Jan.«

Gunnar schüttelte auch Papa die Hand. »Willkommen!«

»Du sprichst ja auch ganz wunderbar Deutsch, Gunnar«, bemerkte Papa. Er musste sich sichtlich überwinden, einen

Wildfremden gleich vertraulich zu duzen. Aber Björg hatte ihnen gleich bei ihrer Ankunft klar gemacht, dass das in Island so üblich war.

»Unsere ganze Familie kann Deutsch«, antwortete Gunnar. »Ein Zweig unserer Familie lebte eine Weile in Deutschland. Und Björgs Bruder ist sogar mit einer Deutschen verheiratet. Ihr werdet die beiden noch kennenlernen. Sie heißt Julia. Und Björgs Bruder Örn.«

Tom, der gerade einen Schluck getrunken hatte, hätte um ein Haar seinen Orangensaft über den Tisch geprustet. Er hüstelte, als hätte er sich verschluckt, aber hinter der Hand flüsterte er Fabio zu: »Örni und Björt! Sesamstraße auf Isländisch.«

Jetzt wandte sich der Onkel Fabio und seinem Bruder zu. Sein Blick flog zwischen ihnen hin und her. Fabio konnte seine Gedanken fast hören: *Zwei Jungs, unterschiedliche Haar- und Augenfarben. Völlig unterschiedlich gekleidet. Aber eindeutig sehr ähnliche Brüder – und beide genau gleich groß.*

»Und ihr zwei seid bestimmt Zwill…«

»Das ist unser *jüngerer* Sohn Tom, er ist zehn«, beeilte sich Mama zu sagen. Wie immer betonte sie das Wort *jüngerer* etwas zu sehr. »Und Fabio ist sein *älterer* Bruder. Er wird im Herbst schon dreizehn.«

Fabios Mutter sagte nie *großer* Bruder. Das wäre ja auch glatt gelogen gewesen. Tom war zwar jünger als er, aber inzwischen hatte er Fabio auch in der Größe mühelos eingeholt. Zu Hause hatte Papa vorsichtshalber aufgehört, Wachstumsstriche an den Türrahmen zu zeichnen. Angeblich, weil die Türrahmen neu gestrichen werden sollten. *Is klar,* hatte sich Fabio gedacht.

»Aaah! Hm.« Björgs Onkel nickte mehrmals sehr betont, aber Fabio konnte ihm genau ansehen, dass er die FRAGE nur mühsam runterschluckte. Jetzt war seine Laune im Keller. In solchen Momenten musste er nämlich daran denken, wie sich die FRAGE vielleicht in einem Jahr anhören würde. Dann würde es nicht mehr dieses nervige: »Ihr seid wohl Zwillinge?« sein. Sondern: »Und Tom ist bestimmt der Ältere von euch beiden?«

Dabei war Tom nicht nur jünger als Fabio, sondern sogar der Kleinste in seiner Schulklasse. Von den Mädchen wurde er manchmal zwar scherzhaft *Kleiner* genannt, aber alle mochten ihn.

In Fabios Klasse dagegen wurde heimlich gekichert, keiner wählte ihn in die Basketballmannschaft und die Lehrer wachten eisern darüber, dass kein Schüler auch nur ein einziges Wort über Fabios Größe – beziehungsweise Nicht-Größe – verlor. Was es natürlich noch interessanter machte, ihn *Bonsai, Gimli* und *Yoda* zu nennen.

»Den Film kenne ich!« Gunnar deutete auf Fabios Sweatshirt. Es war schwarz, und vorne prangte ein *Star Wars*-Logo. »Dieser Luke Skywalker ist schon echt ein cooler Space-Cowboy, was?« Er zwinkerte Fabio verschwörerisch zu. »Bestimmt hast du deshalb dieselbe Frisur wie er?«

»Ähm, eigentlich nicht«, sagte Fabio und strich sich verlegen die Haare hinter die Ohren. Sie waren zwar glatt und honigbraun wie die von Luke und wirklich ziemlich lang, aber abgesehen von der Tatsache, dass er ganz bestimmt nicht wie Föhnkopf Skywalker aussah ... Welcher Erwachsene sagte denn Sachen wie *Echt ein cooler Space-Cowboy?*

Gunnar wandte sich nun Tom zu. »Und du bist von euch beiden der coole Rapper.« Er streckte seine Hand aus und verwuschelte Toms sorgfältig gestylte Frisur.

»He!«, empörte sich Tom und duckte sich. Zu spät. Jetzt musste Fabio doch wieder grinsen. Toms schwarzbraunes Haar war an den Seiten kurz geschnitten, aber oben war es länger und mit Haargel zu einem Iro betoniert, als hätte Tom in eine Steckdose gelangt. Doch jetzt sah es aus, als hätte er ein explodiertes Krähennest auf dem Kopf.

Hinter Fabio ertönte ein ersticktes Prusten und Glucksen, als würde sich jemand draußen vor dem Fenster nicht mehr einkriegen. Doch als er über die Schulter schaute, war da niemand. Und es war komisch, dass sowohl Björg als auch Gunnar so taten, als hätten sie gar nichts gehört. »Noch Brot?«, fragte Björg freundlich. Im selben Moment ertönte ein Klappern und Riesengerumpel, als würde ein Fass über das Dach rollen. Unwillkürlich zog Fabio die Schultern bis zu den Ohren. Das Gerumpel hörte auf. Oben machte es »Uff«, als hätte jemand eine fiese Bauchlandung hingelegt. Fast im selben Moment gab es einen Schlag und es knackte und raschelte unten direkt vor dem Haus. Ein Hund fing an zu bellen. Björg stand auf und schloss ganz beiläufig das Fenster.

»Vielleicht noch etwas Orangensaft?«, fragte sie.

»Da draußen ist wohl etwas runtergefallen?«, bemerkte Mama. »Sollte man nicht nachsehen, ob alles in Ordnung ist?«

»Nein«, sagten Gunnar und Björg wie aus einem Mund.

»Das war nur Elín«, ergänzte Björg und lächelte munter. Doch ihre Augen hatten plötzlich ein Funkeln, das Fabio auch von seiner Mutter kannte. Dann, wenn sie langsam *richtig* sauer wurde. Gunnar seufzte nur abgrundtief und schüttelte ein wenig den Kopf.

Fabio schielte nach draußen. Langsam wurde er wirklich neugierig. Er kannte kein Mädchen, das Erwachsene so oft zum Seufzen brachte wie diese Elín. Und warum machte ihre Mutter einfach nur das Fenster zu, statt nachzusehen, ob Elín vielleicht vom Dach gefallen war? »Möchte jemand noch Hai?«, fragte Björg freundlich in die Runde.

»Nein!«, riefen alle wie aus einem Mund.

»Fabio auch nicht?« Björg hob verwundert die Brauen. »Dann stelle ich deinen Teller in den Kühlschrank. Bestimmt isst du den Fisch noch später.«

Klar, dachte Fabio. *Aber nur, wenn ein Vulkan ausbricht und Elfen auf der Lava surfen.*

Björg griff in die Tiefen ihres Batgirl-Kleides und beförderte einen Schlüsselbund ans Tageslicht. »Das sind die Hausschlüssel, die Ersatzschlüssel sind noch bei mir im Laden, die bekommt ihr morgen. Und … ähm … jetzt habe ich draußen noch etwas zu erledigen. Gunnar wird euch alles im Haus zeigen.«

Ihr Onkel nickte freundlich. Aber Fabio entging nicht, wie er beim Hinausgehen noch einmal einen genervten, finsteren Blick zum Fenster warf.

Mitternachtshaus

Fabio fragte sich, wie man die Treppe in den oberen Stock so zum Knarren bringen konnte, wie Elín es vorhin geschafft hatte. Bei ihnen gab das Holz keinen Mucks von sich. Der Einzige, der ächzte, als müsste er den Mount Everest besteigen, war Gunnar.

»Euer Schlafzimmer ist hier gleich links«, sagte er oben angekommen zu Fabios Eltern. Alle folgten ihm im Gänsemarsch in den großen Raum mit einem riesigen weiß lackierten Holzbett. Björg schien ein Fan von Blümchenmustern zu sein. Auf der Tapete und sogar auf der Bettwäsche wucherten blaue Vergissmeinnicht und lila Veilchen. Vorhänge gab es nicht. »Wie schön!«, rief Mama begeistert aus. Sie ging sofort zu einem Fenster und versuchte es zu öffnen. »Das ist ja angeschraubt«, sagte sie verwundert.

»Ja, das muss sein«, erklärte Gunnar. »Hier ist es oft so stürmisch, dass der Wind die Fenster sonst so heftig zuschlägt, dass das Glas zerbrechen kann. Du musst die Sperre abschrauben, dann kannst du es ganz aufmachen. Ich zeige es euch.« Tom war sofort bei ihm.

Fabio fand dagegen die vielen Fotos, die neben dem Fenster an der Wand hingen, viel interessanter. Eindeutig Familienfotos. Hochzeiten, Geburtstage, Urlaubsbilder. Und die meisten Leute darauf waren so dunkelhaarig wie Björg und sahen ihr ein wenig ähnlich. Komisch war allerdings, dass die Fotoreihen Lücken hatten. Nägel in der Wand zeigten, dass jemand einzelne Bilder abgenommen hatte.

»Die Durchgangstür führt direkt in das Arbeitszimmer«, erklärte Gunnar. »Dort hast du auch Internet, Jan.«

Beim Stichwort Internet horchte Fabio sofort auf. Seine Eltern hatten darauf bestanden, dass er sein Tablet zu Hause ließ, aber vielleicht gab es ja doch eine Chance, dass er sich hier zwischendurch in sein Computerspiel einloggen konnte?

»Björg sagte, du bist geschäftlich hier in Reykjavík?«, fragte Gunnar.

Fabios Vater nickte. »Ja, ich bin Informatiker und meine Firma hat eine neue Software für eure isländischen Stromwerke entwickelt. Ich soll vor Ort beraten und die Installation überwachen. Deshalb werde ich leider nicht viel Zeit haben. Aber meine Frau und die Jungs haben Sommerferien.«

»Ich bin Lehrerin«, erklärte Mama. »Deshalb habe ich zusammen mit meinen Söhnen Ferien.«

Gunnar schien beeindruckt zu sein. »Welche Fächer unterrichtest du denn?«

»Kunst und Englisch«, rief Tom vom Fenster. »Und in Englisch ist sie Fabis Lehrerin!«

Mama legte Fabio die Hand auf die Schulter, drückte sie kurz. Das war auch eine von diesen komischen neuen Gesten. Sie wirkte irgendwie … tröstend.

»Das stimmt«, sagte sie munter. »Aber jetzt haben wir einfach Ferien und reden nicht über die Schule, nicht wahr, Fabi?«

Fabio lächelte höflich. Dabei sank seine Laune gerade wieder ein Stück in Richtung Keller. *Nicht darüber reden* hieß nämlich, das THEMA stand sogar hier wie ein Elefant im Raum. Und trotzdem taten alle so, als wäre da kein Elefant, auf dessen Bauch mit Neonschrift die Frage gepinselt war: *»Wird Tom bald auf Fabios Schule gehen?«*

»Wir werden uns hier sehr wohl fühlen«, sagte Mama. »Aber eine Frage habe ich mir schon beim Reinkommen gestellt: Das hier ist keine Ferienwohnung, sondern Björgs Wohnhaus. Ist es wirklich in Ordnung, dass wir es in Beschlag nehmen? Ich komme mir schon ein bisschen komisch vor.« Sie lachte verlegen und schaute zu den Fotolücken an der Wand. »Wie ein Eindringling.«

»Ach was!« Gunnar winkte ab. »Björg vermietet ihr Haus jeden August an Touristen. In dieser Zeit fährt sie mit Elín nämlich immer in den Urlaub. Aber in diesem Jahr hat Björg ihren Schmuckladen eröffnet und kann nur über das Wochenende verreisen. Deshalb wohnt sie jetzt im Zimmer über dem Laden und Elín zieht solange bei mir ein. Ich freue mich, wenn ich Gesellschaft habe.«

Ob Elín sich auch freut?, dachte Fabio. Er suchte auf den Fotos nach einem elfjährigen Mädchen mit dunklem Haar. Sicher sah sie ja Björg ähnlich. Aber es schien fast so, als hätte jemand alle Hinweise auf Elín absichtlich von den Wänden gepflückt. Sämtliche Bilder, die noch dort hingen, waren vor Elíns Zeit aufgenommen worden, das zeigten die Zahlen, die unten rechts auf jedem Bild hingemalt waren. Auf einem Foto stand die Jahreszahl 1972. Darauf sah man einen dünnen Mann mit dicker Brille und dichtem schwarzem Wuschelhaar an einem Fluss stehen. Er hatte den Arm um die Schultern eines Mädchens gelegt. Sie war blasshäutig, hatte ein herzförmiges Gesicht und dunkle lange Strähnen und kam Fabio bekannt vor. Ihr blau geblümtes Sommerkleid war nass, aber ihre blauen Augen strahlten und sie grinste stolz in die Kamera. In der einen Hand hielt sie eine Angel, in der anderen einen gewaltigen toten Fisch. *Immerhin kein Hai*, dachte Fabio. »Ist das Björg?«, fragte er.

»Du hast aber eine gute Beobachtungsgabe!« Gunnar nickte anerkennend. »Ja, da war sie dreizehn. Sie hat eine riesige Forelle gefangen und ist dabei ziemlich nass geworden. Der Mann neben ihr bin ich. Naja – das *war* ich. Als ich noch Haare hatte.« Er grinste und rubbelte mit dem Ärmel über seine Halbglatze, als würde er sie polieren. Seine braunen Augen funkelten verschmitzt. Irgendwie ließ ihn das ziemlich nett wirken, fand Fabio. Und auch Tom kicherte.

»Ihr Jungs werdet im Zimmer unter dem kleinen Erkerdach schlafen«, fuhr Gunnar dann fort. »Die Stiege rechts führt dorthin. Dort müssen allerdings noch die Betten bezogen werden. Und die Bettwäsche ist noch in meinem Haus. Kommt mit.«

*

Gunnar führte sie quer über den kleinen Spielplatz mit Parkbänken, der sich direkt vor Björgs Haus befand, und ging die Straße entlang, die *Njálsgata* hieß. Fabio sah sich um. Ein wenig fühlte er sich wie in Legoland gelandet: Wohin er auch blickte, überall reihten sich kleine bunte Häuser. Viele hatten nur ein Stockwerk und wirkten wie farbenfrohe Würfel mit Dächern. Björgs Haus war größer und thronte wie ein kleines Schloss am Schnittpunkt mehrerer Straßen. Ein Zaun mit schneeweißen Latten umgab es. Den Zaun überwucherten Büsche und blühende Winden und direkt neben der Haustür wuchs eine hohe Eberesche. Ihre untersten Zweige ragten bis zum kleinen Dacherker, die Krone ragte über das Dach hinaus in den Himmel. Anders als die Legoland-Würfel war dieses Haus fast eine kleine Pippi-Langstrumpf-Villa, nur dass sie nicht kunterbunt war. Sie hatte eine Veranda mit einer weißen Holztreppe, die zur Haustür und zum überdachten Vorbau führte. In dem Vorbau befand sich die Küche. So schneeweiß wie der Zaun waren auch das Dach und die Fensterläden des Hauses. Aber das Ungewöhnlichste war die Farbe der Fassade. Ein Blau, so dunkel und leuchtend, als wäre ein Stück leuchtender Sommernacht aus dem Himmel geschnitten worden. *Mitternachts-*

haus, so taufte Fabio das Haus nun im Stillen. Ob das Zimmer mit dem Dacherker wohl sein und Toms Zimmer sein würde?

Gunnar war schon in eine Straße abgebogen, die *Frakkastígur* hieß und schnurgerade bergab in Richtung Meer führte. Es wurde zwar schon leicht dämmrig, aber von hier oben aus konnte man das helle Glänzen von Wasser in der Ferne sehen.

Fabio wollte gerade loslaufen und zu Gunnar aufholen, aber an der Straßenecke stutzte er und blieb wieder stehen. In seinem Nacken kribbelte es unbehaglich, als würde jemand direkt hinter ihm stehen und ihm in den Nacken starren. Er drehte sich um. Niemand beobachtete ihn. Die Fenster des blauen Hauses schienen Fabio wie große, gläserne Augen anzuschauen. Aber an den Fenstern stand niemand. Die Straße und der kleine Platz waren menschenleer, nicht mal ein Auto fuhr vorbei. Nur ganz am Ende der Straße saß ein dünner Mann auf einer kleinen Bank vor einem Haus, aber er war völlig in seine Zeitung vertieft. Doch trotzdem war Fabio ganz sicher, dass jemand ihn jetzt gerade anstarrte. Und zwar nicht sehr freundlich.

Vielleicht Elín? Fabio suchte jedes Fenster und jeden Winkel noch einmal genau ab. Aber alles, was ihm auffiel, waren ein paar Schlieren und Schmutzflecken auf dem weißen Dach. Er kniff die Augen zusammen. Manche Flecken wirkten seltsam regelmäßig. Und er hätte schwören können, dass sie ein bisschen aussahen wie … *Fußspuren?*

»Fabio?«, rief Gunnar aus der Ferne. »Wo bleibst du?«

Als Fabio atemlos aufgeholt hatte, bog Gunnar mit Tom bereits in die nächste Straße ein. Dort hielt er auf ein feuerwehrrotes Haus zu. Auf dem Bürgersteig davor war ein Kinderwagen geparkt, der leicht wackelte. Ein Baby gluckste zufrieden darin und Fabio sah ein Paar kleine Fäustchen in der Luft fuchteln. Aber von den Eltern war weit und breit keine Spur. Gunnar schien das ausgesetzte Baby nicht zu stören, er ging einfach daran vorbei zu einem kleinen Gartentor. »Kommt schon!«

»Ähm, und das Baby?«, fragte Fabio. »Muss man nicht die Polizei rufen oder so?«

»Unsinn, das ist der Sohn meiner Nachbarn. Er schnappt nur frische Luft. Keine Sorge, dass Kinderwagen im Freien herumstehen, ist hier völlig normal. In unserer Stadt muss sich ja keiner vor Baby-Kidnappern fürchten. Hier entlang.«

Fabio und Tom wechselten einen verdutzten Blick, aber schließlich folgten sie Gunnar zwischen mehreren Häusern hindurch bis zu einem winzigen Hof. Auch hier wuchs ein großer Baum. Aber seine Blätter und die grüne Farbe von Gunnars Häuschen waren auch schon alles, was an einen hübschen Garten erinnerte. Ansonsten glich das Gelände einem verwilderten Mini-Schrottplatz. Ein halbes Auto lag dort halb in die Erde eingesunken, außerdem ein kaputtes Ruderboot und Rohre. Mehrere Haufen alter Zaunlatten lagen halb überwuchert im Gras. Neben dem Baum stapelten sich alte Autoreifen zu einem Turm. Toms Augen leuchteten sofort auf. »Da hängen Seile im Baum«, flüsterte er Fabio zu.

»Denk nicht mal dran«, gab Fabio zurück.

»Schaut euch ruhig um«, sagte Gunnar. »Ich bin gleich wieder da.«

Damit stieß er die Tür auf und verschwand im grünen Haus.

»Halt!«, rief Fabio. Aber es war zu spät. Sein kleiner Bruder sprintete einfach los. Mit einem Satz war er bei den Autoreifen und kletterte flink daran hoch. Der Turm schwankte bedenklich, aber Tom balancierte die Bewegung mühelos aus. Fabio wurde schon beim Zuschauen ganz anders.

»Komm sofort wieder runter!«, befahl er mit aller Autorität, die er als Älterer aufbringen konnte. Aber Tom war auf diesem Ohr mal wieder taub.

»Wieso denn?« Er erklomm den obersten Reifen, breitete die Arme aus und grinste. »Komm rauf, Fabi, das ist ganz leicht!«

Genau das war das Problem mit Tom.

Für ihn war es wirklich ganz leicht. Genauer gesagt, war *alles* für ihn leicht. Er kletterte geschickt wie ein Affe und spielte Fußball wie Podolski. Und außerdem war er schlau wie Einstein. Seine schlechteste Note in der Schule war mal eine Zwei gewesen. In Religion. Er hatte nie zwei linke Hände und vor allem wurde ihm nie schwindelig, wenn er von einem Klettergerüst nach unten schaute.

»Ist mir egal, komm runter oder ich hole dich!«, brüllte Fabio. Das war glatt gelogen. Aber es klang besser, als würdelos damit zu drohen, bei ihren Eltern zu petzen. Und offenbar glaubte Tom ihm, denn er maulte zwar, aber dann schnaubte er ein genervtes »Okaaay!«

Und sprang einfach.

Fabio hielt erschrocken die Luft an. An Toms Stelle wäre er wie ein Komet in das alte Auto eingeschlagen und hätte sich wahrscheinlich mit alter Sitzpolsterwolle zwischen den Zähnen aus dem Schrott graben müssen. Aber Tom kam federnd wie ein Parkour-Sportler am Rand der Motorhaube auf und stieß sich wieder ab, um mit einem eleganten Spiderman-Sprung neben Fabio zu landen. Stolz grinsend richtete er sich auf und streckte sich gut gelaunt. »Island ist cool«, sagte er.

Gunnar kam mit einem Stapel Bettwäsche aus dem Haus. Keine blauen Blümchen diesmal. Sondern Kinderbettwäsche mit lustigen Teddybären und … *rosa Elfen.* »Hier«, sagte er und wuchtete Fabio den Wäscheberg auf die Arme. »Den Weg zurück findet ihr ja.«

Schneewittchen

Mama kam aus dem Lachen nicht mehr raus. »Die Bettwäsche ist ja schrecklich«, gab sie kichernd zu. »Ich weiß nicht, was kitschiger ist: Elfchen oder Bärchen.«

»Ich fürchte, da hilft nur auslosen, wer das kleinere Übel bekommt: die Bärchen«, bestimmte Papa. Er zückte eine isländische Münze. »Oh, Kopf oder Zahl gibt es nicht. Also, Fabio: Fisch oder bärtiger Wikinger?«

»Wikinger«, antwortete Fabio.

Leider wurde es Fisch.

»Tja, tut mir leid.« Papa grinste und rief im Stil eines Sportkommentators: »Meine Damen und Herren, die Entscheidung ist gefallen. Die Elfen machen das Rennen und spielen im Team des fabelhaften Fabio, auch bekannt als der schreckliche Elbenkrieger Tirias!«

Fabio grinste schief. Aber gerade als er die Laken an sich nehmen wollte, schob Tom ihm die Bärenbettwäsche rüber.

»Ich nehme die Elfen«, sagte er fröhlich. »Ist schon okay. Nachts sehe ich sie ja nicht.«

Er strahlte Fabio an, als seien kitschige Elfen ein Hauptpreis. Fabio wurde ganz warm und weich in der Brust. Tja, auch das war sein Bruder Tom: Man musste ihn einfach gern haben. Er war großzügig, aufrichtig und so nett, dass man ein Blödmann wäre, ihn nicht ganz fest ins Herz zu schließen. »Danke«, sagte Fabio.

»Aber ich darf mir das Bett aussuchen!«, rief Tom und rannte aus dem Zimmer.

*

Das Zimmer unter dem Dacherker lag im vorderen Teil des Hauses, der zur Straße und zum Spielplatz zeigte. Um nach oben zu gelangen, musste man eine schmale, steile Holztreppe erklimmen. In dem Moment, als Fabio das kleine Dachzimmer betrat, war ihm klar, warum Elín so wütend herumgetrampelt hatte. Hier wohnte sie. Und offensichtlich hatte sie so etwas wie einen Prinzessinnen-Tick. Das Bett, das an der linken Wand quer zum Fenster stand, hatte einen verschnörkelten Metallrahmen in Hellrosa. Der Spiegel, der an der Wand gegenüber vom Fenster über einer zierlichen weißen Kommode hing, war lila. Und an der Wand, die in einem zarten Hellblau gestrichen war, prangten silberne Punkte, die mit einem runden Pinsel aufgetupft worden waren. Fabio konnte sich gut vorstellen, dass Elín in diesem Raum wirkte wie Schneewittchen. Allerdings war es schon bemerkenswert, dass Schneewittchen so trampeln konnte.

Das einfache Feldbett, das neben dem Kleiderschrank aufgestellt worden war, wirkte in diesem Zimmer völlig fehl am Platz. Tom kniete schon darauf und versuchte, das Kissen mit Boxhieben in den Bezug zu stopfen. Fabio warf sein Bettzeug auf die Kommode, streifte seine Schuhe von den Füßen und warf sich auf das rosa Bett. Dann sah er sich genauer um. Aber Elín hatte wohl versucht, alles wegzuräumen, was an sie erinnerte. Die Bücherregale waren leer und an den Wänden steckten Reißnägel in der Wand. Da hatten wohl Poster gehangen. *Vermutlich von Einhörnern,* dachte Fabio. Unter einigen Reißnägeln klemmten sogar noch die abgerissenen Papierecken. Elín hatte alle Bilder abgenommen. *Oder wohl eher wütend runtergefetzt.* Aber ehrlich gesagt konnte Fabio das sogar verstehen. Wenn einer wusste, wie man sich fühlte, wenn ein Fremder, den man nicht bestellt hatte, einfach ins Zimmer fegte und alles kaperte, was einem bisher allein gehört hatte, dann war das ja wohl er.

Tom gab es auf, das Kissen zu quälen, flitzte zum Fenster und kurbelte an der Schraube, bis er das Fenster ganz aufmachen konnte. Kühler Nachtwind fuhr ins Zimmer und zerzauste sein Haar, als er sich weit hinauslehnte. »Unten am Zaun stehen Fahrräder«, sagte er über die Schulter. »Vielleicht können wir uns die ja ausleihen?«

»Bestimmt.« Fabio stand auf und trat zu ihm. Er hatte richtig vermutet, als er vorhin auf der Straße zurückgeschaut hatte. Sie hatten das Zimmer genau über dem überdachten Vorbau. Darunter befand sich die Küche und links der große Baum. *Dann ist vorhin also etwas über genau dieses Dach gerumpelt,* dachte Fabio. Er lehnte sich etwas weiter vor und spähte auf das schräg abfallende Weiß.

»Da drüben lehnt ein Skateboard am Zaun!« Tom deutete nach rechts. »Das müssen wir uns unbedingt schnappen. Auf den steilen Straßen kann man bestimmt gut fahren.«

»Mhm«, machte Fabio, aber er sah kaum hin, wie elektrisiert starrte er auf das Vordach unter ihnen. Im Licht, das aus ihrem Fenster auf das Dach fiel, konnte man tatsächlich eine Reihe leicht verwischter Fußabdrücke erahnen. Sie führten nach links – und hörten dann einfach auf. Stattdessen sah man ein paar dünne Schlieren und Kratzer, die bis zur Dachkante gingen. Fabio spähte nach links zum Baum und zur Dachkante. Unten in der Küche brannte Licht, eckige gelbliche Lichtflecken fielen auf Zaun und Gebüsch. Und … *eine Leiter?*

Fabio riss überrascht die Augen auf. Da unten lag tatsächlich eine wuchtige aufklappbare Holzleiter, sie musste ziemlich schwer sein. Jedenfalls hatte sie das Gebüsch an dieser Stelle plattgewalzt, eine Zaunlatte glatt pulverisiert und eine tiefe Schneise ins Gras gehauen.

Dafür musste sie allerdings mit großer Wucht aufgekommen sein. In Fabios Gehirn klickerten die Dominosteine los. Auf jedem von ihnen stand der Code für eine mögliche Kombination, man musste sie nur in die richtige Reihenfolge bringen. *Die Kratzer, das Poltern und Rutschen, der Aufschlag …*

Er zupfte Tom am Ärmel. »Schau mal! Die Leiter ist vom Dach gefallen.«

»Was?« Tom fuhr herum. »Welche Leiter?«

»Die da unten. Jemand hat sie ein Stück übers Dach geschleppt, dann ist sie ihm wohl aus den Händen gerutscht und dachabwärts geschlittert – und dann über den Dachrand nach unten gefallen.«

Toms Augen begannen zu funkeln. »Wie bei einer Sprungschanze! Ich wette, wenn wir das mit dem Skateboard machen, fliegt es bis auf den Spielplatz.«

Fabio rollte mit den Augen. Typisch Tom. Wäre ja auch zuviel verlangt, von ihm zu erwarten, dass er sich wunderte, warum jemand eine schwere Leiter über ein Dach schleppte. Und das Ganze auch noch barfuß.

»Das war bestimmt Elín«, kombinierte Fabio weiter. »Vorhin, als es in der Küche über uns so gerumpelt hat.«

Er sah auf den Holzboden im Zimmer und der nächste Dominostein fand seinen Platz.

»Da!«, rief er triumphierend aus. Er deutete auf parallele Kratzer in der Bohnerschicht des Holzfußbodens. »Elín muss die Leiter bis zum Fenster gezogen haben. Das war das Schleifen und Rumpeln.«

»Aber was hat sie im Zimmer mit der Leiter gemacht?« Jetzt war auch Tom Feuer und Flamme.

Gemeinsam folgten sie der Spur bis dorthin, wo die Kratzer anfingen. Dann schauten sie beide gleichzeitig hoch. *Bingo!* Fabios Mundwinkel zuckten in die Höhe. Wenn man nicht genau hinschaute, fiel es nicht auf, aber …

»Eine Klappe in der Decke«, rief Tom. »Da geht es bestimmt zum Dachboden. Los, schieben wir den Kleiderschrank darunter.«

Zum Glück war der schmale weiße Schrank nicht besonders schwer, aber es machte einen ziemlichen Lärm, ihn von den Wand wegzurücken.

»Jungs, alles in Ordnung?«, rief Mama aus dem Schlafzimmer.

»Ja!«, gab Fabio zurück. »Wir stellen nur das Zimmer ein bisschen um!«

Er bildete mit seinen Händen eine Räuberleiter. Drei Sekunden später war Tom auf dem Schrank und stemmte die Klappe im Dach auf. Staub rieselte auf sein Gesicht und ließ ihn husten. »Gib mir die Jedi-Lampe«, flüsterte er.

Fabio hakte seine kleine LED-Leuchte in Form eines Lichtschwerts von seinem Gürtel los. Das war sein Schatz, das Geburtstagsgeschenk von seinem Vater. Eine solche Lampe hatte niemand sonst und der Einzige, der sie sich ausleihen durfte, war Tom. Er nahm sie, richtete sich auf und verschwand bis zur Brust in der Decke. Dann gleißte oben kaltes bläuliches Licht. Es sah aus, als wäre Tom gerade dabei, das Opfer einer Ufo-Entführung zu werden, das durch eine Luke in blaues Licht nach oben gesogen wurde.

»Was ist da oben?«, wollte Fabio wissen.

»Nur altes Gerümpel«, kam es dumpf zurück. »Kartons und Holzleisten, eine alte Wiege und Angelzeug.«

Toms Sneakers quietschten, als er sich auf die Zehenspitzen stellte und etwas heranzog. Dann kippte ein Karton über den Rand der Öffnung. Tom machte »Uff«, als das schwere Ding ihm gegen die Brust kippte, und taumelte zurück, gefährlich nah an den Rand des Schranks.

»Vorsicht!«, japste Fabio. Die Jedi-Lampe fiel Tom aus der Hand und traf Fabio schmerzhaft fest an der Stirn. Der Schrank ächzte und wackelte, dann kam der Karton mit einem dumpfen Knall auf dem Schrank auf. Tom kniete daneben. Fabio atmete auf und rieb sich die Stirn. Glück gehabt!

»Puh«, sagte Tom und grinste. »Da hätte dich ja fast eine Buchlawine begraben.«

Er beugte sich über den Karton, es rumpelte, als er darin herumsuchte. »Kinderbücher, noch mehr Bücher, Comics, eine Tasse, ein Mäppchen, ein alter Teddy, Lineale …«

Fabio wurde nun doch unbehaglich zumute. Das waren bestimmt Elíns Sachen. Und sie hatte sie auf dem Dachboden versteckt, damit keiner sie finden sollte.

»Tom, das geht uns nichts an. Hör auf herumzuwühlen und stell den Karton wieder hoch.«

Aber Tom hörte ihn in der Kiste wohl nicht. »… und ein gerahmtes Bild ist auch drin«, sagte er und richtete sich auf, in den Händen einen silbernen Bilderrahmen.

Jetzt schlug Fabio das Herz bis zum Hals und seine pochende Stirn war vergessen. Er hätte sagen müssen, dass Tom das Bild zurücklegen sollte, aber jetzt siegte seine Neugier doch. »Ist … vielleicht Elín auf dem Foto?«

»Auf jeden Fall Björg«, antwortete Tom. »Sie hat ein Kind im Arm.«

Fabio wurde ganz aufgeregt. »Dann ist das bestimmt ein Bild aus dem Schlafzimmer. Dort fehlen welche und ich glaube, Elín hat sie versteckt.«

Tom schaute sich das Bild genauer an und blies die Backen auf. »Boah«, sagte er. »Wenn das Elín ist, dann verstehe ich aber, warum sie das Bild versteckt hat.«

Er kicherte und machte eine Trollgrimasse. Jetzt konnte Fabio sich nicht mehr beherrschen. »Gib her!«, flüsterte er aufgeregt. *Wir schauen es ja nur an,* beruhigte er sein schlechtes Gewissen. *Und legen es gleich wieder zurück. Elín wird es nie erfahren.*

Vor Aufregung hätte er das Bild fast fallen gelassen. Er drehte sich um, damit das Licht der Deckenlampe genau darauf fiel.

Au weia.

Björgs Tochter war alles andere als ein Schneewittchen. *Eher einer von den sieben Zwergen.* Zumindest als Baby hatte Elín so ausgesehen. Auf dem Bild saß Björg auf dem Spielplatz vor dem Haus auf der Parkbank. Sie wirkte noch jünger, aber auch damals hatte sie schon schwarze Sachen und die punkige Frisur gehabt. Sie strahlte glücklich in die Kamera und hielt ein kleines Mädchen in den Armen, das auf ihrem Schoß saß. Und das war wirklich ein *kleines* Mädchen. Es war mager und winzig und hatte die Ärmchen trotzig verschränkt. Seine Stirn lag in düsteren, tiefen Falten. Finster und schlecht gelaunt schien es Fabio direkt anzufunkeln. Mürrisch war der Mund zu einem kleinen Strich zusammengepresst. Es hatte auch kein niedliches Baby-Pummelgesicht, sondern ein spitzes Kinn und ziemlich große Segelohren. Aber das Fieseste waren die Haare. Sie waren nicht schwarz und glatt wie die von Björg, sondern rotbraun und lockig. Naja, lockig stimmte auch nicht ganz. Es waren eher verstrubbelte und zerzauste Zickzack-Strähnen. Sie standen vom Kopf des Kindes ab, als hätte man ihm erst zuckrige Cola über den Kopf geleert und es dann zum Trocknen kopfüber an den Füßen hängend in eine Windmaschine gehalten.

»Vielleicht gibt es ja noch mehr Bilder von ihr.« Tom hängte sich wieder in den Karton. »Hier sind keine. Aber vielleicht in dem anderen Karton, der noch auf dem Dachboden steht? Gib mir die Lampe!«

»Nein, hör auf«, murmelte Fabio. »Leg das Bild wieder zurück.«

»Wieso? Jetzt wird es doch gerade erst spannend!«

»Ja, schon. Aber du würdest doch auch nicht wollen, dass jemand in deinen Sachen herumschnüffelt, oder?«

Er wollte seinem Bruder das Bild wieder hinaufreichen, als ihn etwas mit einem *Plopp!* am Hinterkopf traf. Er fuhr herum und rieb sich den Kopf. In seinem Haar hing etwas, das sich anfühlte wie ein kleiner, gummiartiger Brocken. Aber noch bevor er ihn betrachten konnte, stieg ihm schon der Gestank in die Nase. »Igitt!«, rief er. »Stinkefisch.«

»Hä?«, fragte Tom. Aber da wurde Fabio schon mit weiteren Haibrocken beschossen. Sie zischten vom Fenster heran und ploppten gegen seine Stirn, seine Brust, seine Hände. Gestank nebelte ihn ein. »Hey!«, schrie er.

Er riss das Bild hoch und hielt es wie einen Schild vor

sein Gesicht, dann sprintete er zum Fenster. Aber das Vordach war leer und der Beschuss hatte schlagartig aufgehört. Doch über sich hörte er ein Schleifen. Er sprang zurück, hob seine Lampe vom Boden auf und wollte damit aus dem Fenster leuchten, als etwas direkt vor ihm von oben herunterklappte. Mit einem erschrockenen Schrei prallte er zurück. Vor ihm pendelte ein schmales Gesicht mit spitzem Kinn. Es hing verkehrt herum, als würde das Mädchen wie eine Fledermaus oben am Dach hängen. Langes rotbraunes Haar streifte die Fensterbank. Blassgraue Augen funkelten Fabio wütend aus einem mit dunkler Farbe beschmiertem Gesicht an. »Gib das her«, zischte die Fledermaus. »Das ist meines.« Sie schwang ins Zimmer und entriss ihm mit der rechten Hand das Bild – und mit der Linken seine Taschenlampe. Das blaue Licht ging kurz an und tauchte Kinn und Nasenlöcher des hängenden Mädchens in bläulichen Schein. »Cool«, sagte sie und grinste fies. Blitzschnell ließ sie die Taschenlampe irgendwo in ihrer Kleidung verschwinden.

Bisher war Fabio starr vor Schreck gewesen, aber jetzt stieg ihn ihm eine heiße Welle von Empörung auf. »Gib die Lampe her«, fuhr er sie an. »Die gehört mir.«

»Jetzt nicht mehr«, kam es mit einem frechen Lachen zurück. »Danke, *Dvergur*!«

Fabio sprang vor, aber er erwischte nur noch den Zipfel einer dunklen Fleece-Jacke, so schnell hatte sich das Mädchen nach unten gehangelt und war mit einem Satz außer Reichweite aufs Dach gesprungen. Im Dunkeln konnte er nur noch ihren Umriss sehen. Vor allem das lange Haar, buschiger als die Mähne eines Ponys.

»Hey!«, brüllte Tom vom Schrank. »Du klaust meinem Bruder nicht seine Jedi-Lampe!«

»Dann hol sie dir doch, Gelkopf!«, kam es von draußen.

Oh nein, dachte Fabio. *Böser Fehler, Elín!* Doch dann geschah schon alles auf einmal. Mit einem Kampfschrei stieß sich Tom vom Schrank ab und sprang. Donnernd kam er auf dem Boden auf und fegte zum Fenster. »Vorsicht!«, schrie Fabio. Und dann kippte schon der Schrank um – zum Glück nach hinten zur Wand. Allerdings rumpelte er dort mit Karacho auf die Kommode und riss auch noch den Spiegel von der Wand. Es klirrte und schepperte. Der Karton kippte, ein Wasserfall von Büchern und Elíns Krimskrams ergoss sich auf den Boden.

»Jungs?«, donnerte Papa von unten.

Fabio wurde es kalt und siedend heiß. »Alles okay!«, schrie er. »Schnell«, sagte er dann zu Tom. »Wir müssen wenigstens den Schrank …«

Aber sein Bruder war nicht mehr da. Fabio brach der Schweiß aus, als er aus dem Fenster schaute. Da draußen stand Tom direkt an der Dachkante und sah nach unten.

»Spinnst du? Komm wieder rein!«, zischte Fabio.

Tom kam dachaufwärts zum Fenster zurück. »Mist. Sie war einfach weg. Wo ist sie bloß hin?«

Ein Rascheln kam von unten. Im Licht, das aus der Küche auf den Zaun und das Gebüsch fiel, huschte eine dünne Gestalt zu dem Skateboard im Vorgarten.

Tom klappte der Mund auf. »Wie ist sie da runtergekommen?«

Verblüfft sahen sie zu, wie Elín das Skateboard nahm. Sie warf das Board nach draußen auf den Bürgersteig, wo es langsam davonrollte.

Elín kletterte auf den Zaun, richtete sich auf und balancierte mit ausgestreckten Armen ein paar Schritte. Fabio und Tom blinzelten, als blaues Licht sie mehrmals anblinkte wie ein höhnisches Zwinkern.

»Na warte«, grollte Tom.

Im selben Moment *sprang* Elín auf das rollende Skateboard und sauste darauf pfeilschnell über den Spielplatz. Im Licht einer Laterne konnte man erkennen, dass sie zwar dünn wie eine Heuschrecke war, aber bestimmt nicht mehr klein. Sie hatte sogar ziemlich lange Beine und Arme. Sie war barfuß, ihre Schuhe hatte sie sich an den Gürtel gebunden. Sie trug Leggings und darüber einen kurzen hellen Rock. Ihr Haar flatterte mit ihrer schwarzen Jacke um die Wette, als sie vom Bürgersteig schanzte und straßabwärts nun *richtig* an Fahrt aufnahm.

»Wow«, sagte Tom mit widerwilliger Bewunderung. »Die ist gut!«

Auf die Tür trampelten Schritte zu.

»Fabi? Tom!«, brüllte ihr Vater.

»Rein, schnell!«, wisperte Fabio.

Das ließ sich Tom nicht zweimal sagen. Blitzschnell zog er sich hoch. Fabio zerrte ihn am Shirt wieder ins Zimmer. Keine Sekunde zu früh.

Die Tür flog auf und Papa stürmte ins Zimmer und sah sich um. »Was ist denn hier los?«

»Ich wars«, sagte Tom sofort. »'tschuldigung. Wir wollten nur schauen, was auf dem Dachboden ist. Und als ich vom Schrank runtergeklettert bin ...«

»Du meine Güte!« Mama war nun auch aufgetaucht und schlug die Hände vor den Mund. »Keiner von euch beiden rührt sich vom Fleck!«, befahl sie dann streng und wandte sich an Papa. »Jan, ich sammle die Spiegelscherben auf, du suchst den Staubsauger. Wir müssen die kleinen Splitter wegsaugen, bevor jemand hineintritt.«

»Ich hole eine Mülltüte, ich habe noch Schuhe an«, sagte Tom hastig und witschte eilig an Mama vorbei nach draußen.

Sehr geschickt, dachte Fabio. *Raus aus der Kampfzone.*

»He, Tom, Moment mal!«, rief sein Vater ziemlich sauer und stürmte ihm nach. Mama tastete sich vorsichtig auf Zehenspitzen zum Schrank und begutachtete das Chaos. »Die Scherben liegen sogar auf deiner Bettwäsche!«, rief sie. »Björg wird begeistert sein. Kaum sind wir zwei Stunden hier, demolieren wir ihre halbe Wohnung.«

»Es war ja keine Absicht«, murmelte Fabio.

Seine Mutter schnupperte misstrauisch. Dann entdeckte sie die Haiwürfel auf dem Boden.

Sie fuhr zu Fabio herum und holte tief Luft, als müsste sie sich mühsam beherrschen, nicht loszuschreien. Aber ihre Nasenflügel bebten und auf ihren Wangen leuchteten hektische Flecken. »Jetzt hör mir mal zu«, sagte sie sehr deutlich.

»Ich will eigentlich gar nicht wissen, was hier gerade los war und was das Getrampel sollte. Ihr zwei haltet ja ohnehin zusammen und werdet mir irgendeine von deinen tollen Fantasiegeschichten auftischen. Aber erinnerst du dich *ganz zufällig* noch daran, was wir besprochen haben, bevor die Reise losging?«

Fabio schluckte. »Mhm.« Er nickte zaghaft.

»Ich hatte dich gebeten, im Urlaub ein bisschen aufzupassen, dass Tom keinen Unsinn anstellt«, schimpfte seine Mutter los. »Aber kaum lassen wir euch fünf Minuten aus den Augen, sieht es im Zimmer aus, als wäre hier drin ein Hai explodiert!«

»Es war …«

»… ein Unfall, ich weiß«, rief Mama wütend. »Keine Absicht. Reiner Zufall. Der Schrank hat angefangen. Weißt du was? Ich bin es langsam LEID!« Sie schüttelte den Kopf. »Was ist denn so schwierig daran, ein Auge auf deinen Bruder zu haben?«

Dazu hätte Fabio einiges sagen können. Doch diesmal war es ja gar nicht Tom allein gewesen. Aber sollte er seiner Mutter wirklich erklären, dass sie Elín nachspioniert hatten und Tom dann auch noch aufs Dach hinausgeklettert war?

»Ich kann doch nicht immer Toms Babysitter sein«, murmelte er.

»Du bist ja auch nicht sein Babysitter, sondern sein älterer Bruder«, gab Mama unwillig zurück. »Und wir reden hier nicht von *immer*, sondern von *ein paar Tagen*. Und in diesen Tagen von *ab und zu*, damit ich auch ein bisschen was vom

Urlaub habe und in Ruhe malen kann, ohne zu fürchten, dass ihr in der Zwischenzeit das Haus zerlegt. Ist das zuviel verlangt?«

Vermutlich nicht, dachte Fabio. »Okaaaay«, sagte er gedehnt. »Ich passe besser auf.«

Mama atmete auf und nickte. »Danke«, sagte sie aus vollem Herzen. Dann kam sie zu ihm und fuhr ihm liebevoll durchs Haar. »Tut mir leid, aber du bist nun mal der Vernünftigere und der Ältere von euch beiden«, sagte sie. »Und ich weiß, das ist nicht immer leicht. Ich bin ja auch älter als deine Tante Gitti und dein Onkel Micha. Und glaube mir, als junges Mädchen habe ich oft darüber geflucht, wenn ich diesen Flohzirkus hüten musste. Aber so ist es nun mal: Wir Älteren tragen auch immer Verantwortung für die Jüngeren.« Sie deutete auf den Schrank und das Chaos. »Bei so etwas kann man sich schließlich auch verletzen.«

Das klang nun wirklich besorgt. Fabio biss sich auf die Unterlippe und nickte. Was würde sie erst sagen, wenn sie wüsste, dass Tom heute schon auf einem schwankenden Reifenstapel und auf dem Dach herumgeklettert war? Und er fragte sich, wie seine Mutter es wohl fände, eine Tochter wie Elín zu haben. *Die mir außerdem mein Geburtstagsgeschenk geklaut hat.*

Seine Mutter lächelte, umarmte ihn ganz fest und gab ihm auch noch einen Kuss auf die Nase. »Mach doch nicht so ein finsteres Gesicht!« Sie zwinkerte ihm zu. »So, und jetzt gehe ich nach unten und verdonnere unseren Kleinen dazu, die ganzen Bücher und den Krimskrams aufzuräumen.«

Dvergur

Es war ein seltsames Bild, das sich Fabio und Tom am nächsten Morgen in der Küche bot. Ihr Vater trug einen dunklen Anzug und ein weißes Hemd mit dunkler Krawatte. Sein schwarzes Haar war streng zurückgekämmt und seine Aktentasche mitsamt seinem Laptop stand schon bereit. Im Stehen trank er seinen Kaffee. »Guten Morgen, Jungs!«, rief er ihnen fröhlich entgegen.

»*Gooou–than-daj-inn*«, korrigierte ihn Mama ebenso gut gelaunt. »So sagt man *Guten Morgen* auf Isländisch.«

Sie tippte auf das kleine gelbe Wörterbuch, das vor ihr auf dem Frühstückstisch lag.

»Und was heißt Kostümparty auf Isländisch?«, murmelte Tom Fabio zu. Stimmt, das hätte gepasst. Papa sah aus wie einer der *Men in Black* und ihre Mutter hatte sich in eine schrille Künstlerin verwandelt. Sie trug ein weites Kleid mit einem knallbunten Tupfenmuster und hatte sogar die Lippen grellrot geschminkt. Ihr sonst glattgeföhntes hellbraunes Haar war wild toupiert und hochgesteckt. Die Frisur wurde von einem bunten Stoffband zusammengehalten. So kannte Fabio seine Mutter nur von alten Fotos, als sie noch eine junge Kunststudentin gewesen war. Offenbar war sie wirklich fest entschlossen, dieses Maler-Ding durchzuziehen, jedenfalls lagen Stifte und ein Stück Papier vor ihr auf dem Tisch. »Ich hoffe, ich habe das richtig ausgesprochen«, sagte sie nun mit einem Stirnrunzeln. »Schaut mal, so schreibt man *Guten Morgen* auf Isländisch.«

Sie hob das Papier hoch. *Góðan daginn* stand in großen Buchstaben darauf. »Dieses komische gebogene *d* mit dem Querstrich spricht man so ähnlich wie das englische *th* aus«, erklärte sie. »Dieselbe Ausspracheregel gilt für dieses verrutschte P.« Sie deutete auf den Buchstaben *Þ*. »Überhaupt erinnert die Sprache an eine Mischung aus Englisch und Altdeutsch ...«

»Lass deine Schüler doch erst einmal frühstücken, Frau Lehrerin.« Papa grinste und gab ihr einen Kuss auf die Wange.

Mama wurde tatsächlich rot und lachte ein wenig ertappt. »Du hast recht, Jan. Keine Unterrichtsstunden in Island.«

»Aber dafür Arbeit«, sagte Papa. »Ich muss bald los, hoffentlich habe ich mir die Abfahrtszeiten für den Bus richtig gemerkt.«

»Soll ich schnell nochmal im Internet nachschauen?«, fragte Fabio sofort.

»Netter Versuch«, sagten seine Eltern wie aus einem Mund und schüttelten die Köpfe.

»Nein. Du wirst nicht die ganze Zeit wie ein blasser Nerd vor dem Monitor hocken und im Computerspiel Orks niedermetzeln«, sagte Mama. »Draußen scheint die Sonne und hier in den Vulkanbergen gibt es echte Trolle, die du aufspüren kannst.«

»Soll das heißen, ich muss die ganzen Ferien ohne Telefon und Internet auskommen?«, sagte Fabio. »Dann steckt mich doch gleich ins Steinzeit-Camp.«

»Gut, dass du es erwähnst!« Sein Vater griff in seine Aktentasche und hangelte ein Uralt-Handy hervor. »Das ist zwar kein Smartphone und es hat kein Internet, aber telefonieren kann man damit wunderbar. So erreichen wir euch immer und ihr könnt uns jederzeit anrufen. Falls ihr mal alleine draußen seid.«

»Das hat ja noch Tasten«, sagte Tom fasziniert. »Das ist ja so, als würde man sich eine Fernbedienung ans Ohr halten.«

»Ja, und steinalte Leute wie wir haben damit jahrelang wunderbar telefoniert und sogar Fotos gemacht, bevor es Smartphones gab«, sagte Mama ungerührt. »Also ist es auch für euch gut genug als Notfalltelefon. Fabio, du steckst es ein.«

LÄCHELN.

Widerstand war zwecklos. Fabio schob das Ding widerwillig in die Tasche seiner Jeans. Es war klobig und schwarz und wog bestimmt eine Tonne.

»Wenn ich heute Abend wieder da bin, kannst du ins Internet, Elb Tirias«, erklärte Papa etwas gnädiger. »Vorausgesetzt«, warnend hob er den Zeigefinger, »es gehen bis dahin keine weiteren Spiegel zu Bruch.«

»Keine Sorge.« Mama lächelte süß. »Und etwas Gutes hatte das Chaos gestern ja auch. Zur Strafe werden meine zwei Sklaven mich heute den ganzen Tag begleiten und ohne Mucks und Maulerei brav die Einkäufe tragen. Der Kühlschrank muss gefüllt werden und ich muss irgendwo einen großen Skizzenblock, ein paar Ölfarben, Terpentin und eine Leinwand auftreiben. Vorher werden wir bei Björg die Ersatzschlüssel abholen. Dann kann Tom ihr auch persönlich erklären, warum wir heute auch noch einen neuen Spiegel kaufen werden.« Sie strubbelte Tom durch das Haar. »Nicht wahr, Schätzchen?«

Fabio rollte insgeheim mit den Augen. Was war bloß mit seiner Mutter los? So aufgekratzt hatte er sie selten erlebt. Tom grunzte nur etwas Unverständliches und griff nach dem Glas mit der Aufschrift *Appelsínumarmelaði*.

»Und vielleicht begleiten meine Jungs mich dann auch noch ohne Widerrede in ein Museum«, fuhr Mama fort. »Große isländische Kunst betrachten. Freust du dich schon, Fabi?«

Sie kniff ihm in die Wange und grinste ein bisschen schadenfroh. Fabio verzog das Gesicht und seine Eltern brachen in Gelächter aus.

»Das wird ja ein schöner, zivilisierter Tag für unsere Trolle.« Papa grinste und schaute auf die Uhr, dann trank er hastig seinen Kaffee aus und küsste Mama zum Abschied. »Warte nicht mit dem Abendessen, ich weiß nicht, wie spät es wird.«

Mama sprang auf, was mit dem Kleid ein ziemliches Geflatter war. »Ich bring dich zur Tür, Jan.«

»Na toll«, murmelte Tom, kaum dass ihre Eltern draußen waren. »Langweilige Einkaufstour. Kein Fahrradfahren. Und das Skateboard hat Elín.«

»Vor allem hat sie meine Jedi-Leuchte«, sagte Fabio. Allein beim Gedanken daran wurde ihm wieder ganz elend zumute. Warum hatte er sich die Leuchte einfach wegschnappen lassen!

»Keine Sorge, die holen wir uns wieder«, sagte Tom fest entschlossen.

Mama kam summend und gut gelaunt wieder in die Küche. »Wisst ihr was? Wir schreiben einen isländischen Einkaufszettel«, bestimmte sie. »Wo ist denn das Wort für Butter?« Eifrig begann sie im Wörterbuch zu blättern.

»Was heißt eigentlich *Dvergur*?«, fragte Fabio beiläufig. So hatte Elín ihn gestern genannt.

Es bimmelte und Mama holte ihr Smartphone hervor. »Oh, das ist Tante Gitti!« Sie schob Fabio das Wörterbuch hin. »Schau selbst nach«, flüsterte sie. Mit dem Smartphone in der Hand schlenderte sie zur Kaffeemaschine.

Tom rutschte zu Fabio, bis sie Schulter an Schulter saßen. »*Dúkur* heißt Tischdecke«, las er leise vor. »*Dúx* bedeutet Klassenbester ... da ist es! *Dvergur* heißt ... ähm ... oh.«

Fabio schoss das Blut ins Gesicht und seine Hände krallten sich um das Wörterbuch. Am liebsten hätte er die Seite rausgefetzt und zerknüllt.

»*Zwerg*«, presste er zwischen zusammengebissenen Zähnen hervor. »Diese dürre Fledermaus hat mich Zwerg genannt!«

»*Cheese!*«, rief Mama. Sie schauten beide zur Kaffeemaschine. Mamas Smartphone klickte. »Das Bild muss ich Tante Gitti schicken«, sagte sie verschmitzt. »Ihr seid irgendwie süß, wenn ihr so stinksauer dreinblickt.«

*

Fabio hatte gehofft, dass ihre Mutter sich wenigstens für den Einkauf wieder normal anziehen würde. Normal hieß: Jeans und eine Bluse in Braun oder Grau, dazu eine passende Kette und ihre beige, schlichte Jacke, die prima zu ihrem glatten Bob-Haarschnitt passte. Stattdessen zog sie den roten Lippenstift nach und ging in dem Flatterkleid und einem ebenso bunt gestreiften Schaltuch um die Schultern auf die Straße. Mit dem Stadtplan vor der Nase bestimmte sie die Marschrichtung. »Wir müssen bergab in Richtung Meer. Die Straße heißt *Laugavegur*. Da ist das Zentrum, die große Einkaufsmeile der Stadt.«

»Da hinten wohnt Gunnar«, sagte Tom und deutete nach rechts. »Dürfen wir ihn heute besuchen?«

»Wieso wollt ihr denn zu Gunnar?«, fragte Mama verwundert.

»Er hat einen tollen Garten«, erwiderte Tom völlig glaubwürdig. Fabio musste sich ein Grinsen verkneifen.

»Mal sehen«, sagte Mama. »Huch, wir sind ja schon da!«

Fabio sah sich verdutzt um. Er wäre glatt weitergelaufen, aber auf dem Straßenschild stand tatsächlich *Laugavegur*. Aber wenn dieses Sträßchen eine *große Einkaufsmeile* war, dann war der winzige Spielplatz vor dem Mitternachtshaus ein Freizeitpark.

Zwar gab es hier ein paar größere Villen mit Erkern und zwei Stockwerken, die meisten Gebäude waren aber auch hier kleine Schachteln – mit Schaufenstern, vor denen sich Touristen mit Stadtplänen und Kameras scharten. Bäume säumten den Bürgersteig. Ab und zu sah man zwischen den Läden hindurch auf Baustellen in Hinterhöfe. An manchen Hauswänden hatten sich Sprayer verewigt. Auf einer Wand prangte eine Graffiti-Giraffe mit Sonnenbrille und daneben der Spruch: *»I came here to have fun and kick ass.«* Quer über die Straße waren Leinen mit bunten Wimpeln gespannt. Sie flatterten mit Mamas Kleid um die Wette, als sie nun auf einen Souvenirladen zuhielt. Vor dem Laden lungerten zwei riesige Eisbären auf dem Bürgersteig herum. Sie waren nicht ausgestopft, aber trotzdem täuschend echt gemacht. Im Schaufenster stand dagegen ein echtes ausgestopftes Rentier und glotzte vorwurfsvoll auf die Straße. Kein Wunder, wenn man als Kleiderständer herhalten musste. An seinem Geweih waren dicke gestrickte Socken aufgehängt und auf seinem Rücken stapelten sich Wollpullis. Mama blieb vor dem Eisbären stehen, der drohend auf seinen Hinterbeinen stand und nun so aussah, als würde er sie hinterrücks anfallen. Das war wirklich ein schrilles Bild. Ein Tourist machte prompt ein Foto und Mama lächelte geschmeichelt. Fabio schämte sich ein bisschen für seine Mutter. Aber komischerweise beachtete sie sonst keiner. Die Leute, die mit vollen Einkaufstüten nach Hause eilten, fanden wohl nichts an ihrem schrägen Outfit. Ehrlich gesagt sahen einige von ihnen auch ganz schön seltsam aus. Fabio entdeckte Tattoos, pink gefärbte Haare, knallbunt geringelte Strümpfe und Jacken mit Metallnieten. »Björgs Schmuckladen muss dahinten sein!« Mama schlenderte mit Tom im Schlepptau los. Fabio folgte ihnen nur langsam. Denn auf der anderen Straßenseite befand sich ein Café mit einer Glasfront. Das Interessante darin waren die Internet-Plätze mit großen Bildschirmen. An jedem der Rechner saß ein Tourist und rief Mails ab. Sehnsüchtig trat Fabio heran und starrte durch die Scheibe. Ob man hier achtzehn sein musste, um an einen der Rechner zu dürfen?

Er seufzte und wollte gerade weitergehen, als etwas ihn stutzen ließ. *Noch ein Eisbär?*

Aber als er die Stirn an die Scheibe presste und genau hinschaute, klappte ihm vor Verblüffung der Mund auf. An dem Tisch neben der Theke saß ein weißer Wolf!

Von hier aus sah Fabio nur den Wolfskopf mit den bernsteingelben Augen und darunter gefletschte Zähne. Das Maul wippte leicht im Takt, als würde der Wolf Musik hören. Der Rest von ihm war hinter einem riesigen silbernen Laptop verborgen. *Ein surfender Wolf?*, dachte Fabio fassungslos. *Bin ich in einem Computerspiel?* Das Seltsamste aber war, niemand im Café schien den Wolf überhaupt zu bemerken. Ein Mädchen setzte sich sogar einfach zu ihm an den Tisch, stellte seinen Kaffee ab und checkte Nachrichten auf ihrem Smartphone, ohne das Tier auch nur anzusehen. Fabios Dominosteine verklickerten sich endgültig zu einem Chaos. Es gab keine logische Erklärung. Nicht einmal eine Ahnung, was für ein Laptop das war. So eines hatte Fabio nämlich noch nie gesehen. Es hätte aus einem Science-Fiction-Film stammen können, die Beschichtung leuchtete bläulich. Aber als jetzt eine kleine Hand am oberen Rand erschien, erlosch das Leuchten. Die Hand klappte das Laptop zu – und Fabio seinen Mund. Das, was er für einen Wolf gehalten hatte, war ein etwa siebenjähriger Junge. Er hatte eine verspiegelte Sonnenbrille auf der Nase und auf seinem Kopf trug er den ausgestopften Wolfskopf wie einen Helm. Der Oberkiefer mit den Fangzähnen ragte über seine Stirn hinaus wie der Schirm einer Mütze. Fabio blinzelte ungläubig und drückte das Gesicht noch mehr an die Scheibe. Der Junge rutschte von Stuhl und klemmte sich das Laptop unter den Arm. Er war ganz weiß angezogen. Allerdings sah es aus, als trüge der Junge eine weiße Pyjamahose und drüber eine Jacke aus einem glänzenden weißen Stoff.

Das muss Tom sehen, dachte Fabio. Aber ein Seitenblick auf die Straße verriet ihm, dass sein Bruder schon zu weit vorausgegangen war, um ihn herzurufen. Also holte er das Steinzeit-Handy aus seiner Hosentasche und suchte hektisch nach der Funktion für Fotografieren. Mann, war das kompliziert! Als er kurz hochblickte, zuckte er erschrocken zurück. Der Junge hatte sich ihm zugewandt. Der Wolf starrte Fabio aus gelben Augen an, die verspiegelten Gläser darunter verrieten dagegen nicht, ob der Wolfsjunge Fabio musterte. Vielleicht betrachtete er nur sein eigenes Spiegelbild in der Scheibe. Er hob den Arm. Im ersten Moment glaubte Fabio, er würde ihm zuwinken wollen, aber er griff nur nach oben und fasste an den rechten Fangzahn des Wolfes, als wollte er seinen seltsamen Hut zurechtrücken. *Jetzt oder nie!* Fabio linste ein paar Sekunden aufs Display und fand endlich die Foto-Funktion. Aber als er wieder hochschaute, war der Junge verschwunden.

Silber & Lava

Silfur & Hraun prangte in silberner Schrift über der Tür von Björgs Laden. Länger hätte der Name auch nicht sein dürfen, sonst wäre das Schild zu breit für das winzige Gebäude gewesen. Es sah aus, als hätte ein Riese es wie ein Sandwich zusammengedrückt, um es in die schmale Lücke zwischen einen Plattenladen und einen Drogeriemarkt quetschen zu können.

Eine helle Glocke bimmelte, als sie nun zu dritt den Laden betraten. Hier drin leuchtete Mama bunt wie ein Tulpenfeld, denn die Wände waren schwarz gestrichen. Der Laden war ein schmaler, aber tiefer Raum mit einer Glastheke und ein paar Vitrinen, in denen es silbern glänzte. Hinter der Theke befand sich eine Tür, durch die man in eine Werkstatt blicken konnte: Schalen mit schwarzen Steinbrocken und Silberdrähten standen auf Tischen, Fabio entdeckte außerdem Schraubstöcke und Lupen, Zangen und Feilen. Auf das Bimmeln hin knarzte eine Holztreppe und Börg kam durch diese Hintertür nach vorne zur Theke.

»Da sind ja meine Gäste«, rief sie erfreut. »Du willst bestimmt die Zweitschlüssel abholen, Heike? Du meine Güte, was für ein sensationelles Kleid!«

»Danke.« Mama wurde rot und zupfte an ihrem Rock. »Es tut einfach gut, einmal etwas anderes anziehen zu können. Zu Hause kennt mich ja jeder. Wo ich auch hingehe, ich begegne immer meinen Schülern oder ihren Eltern. Da kann ich so etwas natürlich nicht tragen, sondern muss immer korrekt gekleidet sein.«

Björg schien ehrlich verwundert zu sein. »Das ist bei uns in Island ganz anders. Wir sind sogar stolz darauf, ein bisschen extravagant zu sein. Ob Präsident oder Postbote – hier trägt jeder, was er will.«

Ja, auch Wolfsköpfe als Mützen, dachte Fabio. Er brannte schon darauf, Tom von dem Jungen zu erzählen. Und vielleicht würden sie ihm ja wieder begegnen? Erst jetzt fiel ihm auf, dass der Junge gar nicht aus dem Café heraus auf die Straße gekommen war. Aber vielleicht hatte Fabio es nur nicht gesehen, weil er ja zu seiner Mutter und Tom aufgeholt hatte.

»Diese Ringe sind wunderschön.« Mama bewunderte den Silberschmuck, der wie in einem Juwelierladen unter dem Glas der Verkaufstheke ausgestellt war. »Machst du den Schmuck hier selbst?«

Björg nickte. »*Silfur* und *Hraun*«, erklärte sie stolz. »Silber und schwarzer Lavastein. Den Lavastein bekomme ich von meinem Bruder. Er lebt in der Nähe der *Hraunfossar*-Wasserfälle. Dort gibt es ganze Lavafelder.« Fabio spähte in eine Vitrine. Jedes Schmuckstück bestand tatsächlich aus diesen beiden Materialien. Auf einem verschnörkelten Silberring prangte eine Kugel aus porösem Stein. Aber es gab auch Armbänder und Silberketten, auf denen sich schwarze Lavaperlen reihten.

»Und so viele Anhänger mit kleinen Elfen aus Silber«, sagte seine Mutter. »Wie hübsch sie sind mit den zarten Gesichtchen und mit den niedlichen Libellenflügeln!«

Komischerweise seufzte Björg ein wenig.

»Ich habe im Reiseführer gelesen, dass man in Island an Elfen glaubt«, fuhr Fabios Mutter unbeirrt fort. »Und auch an Trolle und andere übernatürliche Wesen. Und stimmt es, dass jedes Haus in Island sein eigenes Hausgespenst hat?«

Björg verzog den Mund. »Ja, das liest man überall über Island. Elfen passen zu unserer geheimnisvollen und wilden Landschaft und Touristen lieben solche Geschichten. Nur wegen ihnen habe ich die Elfenanhänger im Angebot. Leider sind das auch die einzigen Schmuckstücke, die sich wirklich gut verkaufen. Ginge es nach mir, würde ich sie aus dem Sortiment nehmen. Ich halte überhaupt nichts von diesem Aberglauben.«

Mama wirkte ein bisschen enttäuscht. »Aber es heißt doch, dass es hier sogar eine eigene Elfenbeauftragte gibt. Sie passt auf, dass Straßen und Gebäude nicht auf den Wohnstätten von Elfen gebaut werden, weil das Unglück bringt.«

Björg zuckte mit den Schultern. »Ja, es gibt eine Frau, die

eine Landkarte der Elfenwelt erstellt hat. Manche abergläubischen Leute ziehen sie zu Rate, bevor sie ihr ein Haus an eine bestimmte Stelle bauen. Mein kleiner Bruder war früher ganz verrückt nach diesen Geschichten. Aber in der heutigen Zeit wissen wir es besser. Meine Familie und ich glauben jedenfalls gar nicht daran.«

Komischerweise war auch Fabio etwas enttäuscht. Also, nicht dass er an Elfen glaubte!

»Gespenster gibt es aber?«, mischte sich jetzt Tom ein. »Spukt es in unserem Haus auch?«

Ja, Elín sucht uns heim, hätte Fabio fast gesagt.

»Natürlich nicht!« Björg schüttelte empört den Kopf. »Mit solchem Unsinn kann man höchstens noch kleine Kinder erschrecken.«

Jetzt sah auch Tom ziemlich enttäuscht aus.

Warum ist Björg plötzlich so schroff?, dachte Fabio verwundert.

»Aber ihr wollt bestimmt weiter und euch die Stadt anschauen«, wechselte Björg abrupt das Thema. »Die Schlüssel sind in meiner Tasche.«

Sie lehnte sich an der Tür in die Werkstatt und rief ein paar Sätze auf Isländisch.

Und dann waren Fabio und Tom schlagartig hellwach. Dieses Getrampel auf der Holztreppe erkannte man sofort wieder. »Die ist gar nicht bei Gunnar, sondern hier!«, sagte Tom leise. Fabio nickte grimmig. *Du-dumm, du-dumm, du-dumm* trommelte es trotzig auf der Treppe, dann erschien ein dünnes Mädchen hinter Björg in der Tür, die Hände tief in einer hellen Jeansjacke vergraben. Die Jeansjacke glitzerte an den Schultern. Darunter trug das Mädchen ein gelbes Shirt mit einer bunten Glitterblume und einen Spitzenrock. Das lange Haar hatte sie in einem Zopf gebändigt und mit Glitzerspängchen hinter die Ohren geklemmt.

Ist das wirklich die Fledermaus?, dachte Fabio. Im Tageslicht sah Elín eigentlich ganz hübsch aus. Aber da waren eindeutig ihre langen Heuschreckenbeine, die abstehenden Ohren, das spitze Kinn und natürlich die hellgrauen Augen, die ihn auch jetzt herausfordernd anblitzten. Außerdem entdeckte er am Haaransatz noch eine winzige Spur schwarzer Rußfarbe, mit der sie sich gestern getarnt hatte.

»Das ist meine Tochter Elín«, sagte Björg.

Elín knipste ein zuckersüßes Lächeln an. Aber der Raum schien plötzlich vor Spannung zu flirren. Innerlich *hibbelte* Elín, das konnte Fabio genau spüren. Sie gab Mama über die Theke hinweg die Hand. »Guten Tag!«, flötete sie und reichte ihr einen Metallring, an dem zwei Schlüsselbünde hingen. »Hier sind die Ersatzschlüssel.« Sie deutete allen Ernstes einen kleinen Knicks an.

Schleimerin, dachte Fabio.

»Schön, dich kennenzulernen, Elín«, sagte Mama. »Wir haben schon von dir gehört. Du sprichst ja wunderbar Deutsch.«

»Ja, das Sprachenlernen fällt ihr leicht«, sagte Björg. »Ihre beste Schulnote hat sie in Englisch.«

Mama lächelte noch breiter und zeigte auf Fabio und seinen Bruder. »Das sind Fabio und Tom.«

»Hi«, sagte Elín, ohne mit der Wimper zu zucken. »Von

euch habe ich auch schon gehört.« Sie lächelte immer noch, aber ihre Augen funkelten verräterisch. Und ihr linkes Bein konnte nicht stillhalten, sie hibbelte mit der Ferse auf der Stelle. Fabio merkte, wie ihre Nervosität auf ihn übersprang.

»*Star Wars*?« Sie deutete auf Fabios Sweatshirt und runzelte betont unschuldig die Stirn. »Sind das nicht die mit den Lichtschwertern?«

Fabio ballte die Fäuste in seinen Jackentaschen. »Allerdings«, sagte er kühl. »In einer Folge beißt ein Monster einer Diebin die Hand ab, als sie versucht, eines der Schwerter zu klauen.« Blöderweise konnte er nicht herablassend auf Elín herunterschauen. Obwohl sie erst elf war, überragte sie ihn um fast einen Kopf. Und noch nie hatte ihn das so sehr gewurmt wie jetzt. *Dvergur,* höhnte es in ihm.

»Echt?«, fragte sie mit unschuldigem Lächeln. »Den Film habe ich noch gar nicht gesehen. Aber ich kenne den, in dem zwei hässliche kleine Ewoks der Prinzessin nachspionieren und auf Dächern herumklettern, obwohl es bei Todesstrafe verboten ist.«

Neben Fabio holte Tom sehr tief Luft. Und auch Fabio wurde es prickelnd heiß vor Zorn. Die Luft knisterte nur so und es war ganz klar, was hier lief.

Verpetzt mich und ich haue euch bei euren Eltern in die Pfanne.

»Dann mögt ihr ja dieselben Filme«, rief Mama erfreut. »Vielleicht unternehmt ihr ja mal etwas gemeinsam ...«

»Nein!« Das riefen sie alle zusammen. Komischerweise auch Björg.

Sie wurde rot, als Mama sie verdutzt ansah. »Ich meine,

das … geht leider nicht«, erklärte Björg. »Elín fährt demnächst für ein paar Tage zu ihrem Onkel Örn.«

»Oh«, sagte Mama. »Schade.«

Fabio bemerkte, wie sich Elíns Miene ein bisschen verdüsterte. Für einen winzigen Moment wirkte sie sogar traurig. Aber als sie seinen Blick bemerkte, kniff sie die Lippen zusammen und hob das Kinn.

»Können wir dann die Fahrräder nehmen?«, platzte Tom völlig unvermittelt heraus.

Björg schien froh zu sein, das Thema wechseln zu können.

»Ja, natürlich. Am Schlüsselbund hängen auch die Schlüssel für die Schlösser.«

»Danke«, sagte Mama. »Ach ja, und noch etwas. Heute Nacht ist im Haus leider ein kleiner Unfall passiert.« Sie nickte Tom auffordernd zu. Tom sah aus, als würde er lieber Kröten ablecken als sich zu entschuldigen. Vor allem, weil Elín schon lauernd grinste. Also trat Fabio vor und sagte: »Wir haben den lila Spiegel kaputt gemacht. Es tut uns sehr leid. Wir ersetzen ihn.«

»Wird euch nichts nützen. Ihr habt jetzt trotzdem sieben Jahre Pech«, sagte Elín. »Mann! In eurer Haut will ich wirklich nicht stecken.«

»Elín!« Björg blitzte ihr einen tadelnden Blick zu. »Das ist doch nur dummer Aberglaube.« Dann wandte sie sich freundlich an Mama. »Den alten Spiegel müsst ihr nicht ersetzen. Elín wollte ihn ohnehin nicht mehr haben. Sie hat sich zum Geburtstag nämlich einen ganz besonderen neuen ausgesucht. Aber falls ihr einen Spiegel im Zimmer braucht: Wir haben noch einen anderen, den ihr gerne oben vom Dachboden holen könnt…«

»*Mamma! Nei!*« Elín wurde schlagartig wutrot im Gesicht und schnatterte empört auf Björg ein. Björg schüttelte den Kopf und wies sie offenbar geduldig zurecht, aber Elín fuchtelte mit den Händen und sprudelte noch lauter. »Elín! *Nóg!*«, rief Björg streng. Und dann war das Gefecht in vollem Gange. Tom und Fabio konnten nur ehrfurchtsvoll zusehen. *Das Land der Vulkane.* Was Björg und Elín anging, stimmte das. Zumindest Elín sah aus, als würde ihr jeden Moment glühende Lava aus den Ohren schießen. Ihre Stimme überschlug sich, als sie ihrer Mutter noch etwas entgegenschleuderte, dann drehte sie sich einfach um und stürmte davon. Mitten durch die Werkstatt, wo ihr Luftzug ein paar Papiere vom Tisch riss. Eine Hintertür donnerte zu. Dann schwebte das letzte Papier sacht zu Boden.

Die Stille war ohrenbetäubend. Mama sah aus, als würde sie die Luft anhalten.

Björg drehte sich in Zeitlupe zu ihnen um.

»Entschuldigt«, sagte sie mit einem LÄCHELN, das für ihre Tochter nichts Gutes ahnen ließ. »Elín… sie ist manchmal… *ein bisschen impulsiv.*«

Klar, dachte Fabio. *Und Gammelhai riecht ›ein bisschen ungewöhnlich‹.*

Leif & Eriksson

»Puh, zwischen den beiden brannte ja ganz schön die Luft«, sagte Mama, als sie Björgs Laden verlassen hatten und in sicherer Entfernung davon auf der Straße waren.

»Wo ist eigentlich Elíns Vater?«, wollte Tom wissen.

»Soweit ich weiß, zieht Björg ihre Tochter alleine groß«, erwiderte Mama. »Und als Alleinerziehende hat sie es bestimmt nicht leicht. Vielleicht muss sie ihr Häuschen ja an Touristen vermieten, weil sie den Zusatzverdienst braucht.«

Sie holte die Ersatzschlüssel hervor. Einen Schlüsselbund hakte sie vom Ring los und drückte ihn Fabio in die Hand. »Hier, der ist für dich. Damit du und Tom immer ins Haus kommt. Befestige ihn am besten an deiner Jedi-Leuchte, dann verlierst du ihn garantiert nicht.«

Fabio senkte den Blick. »Mach ich«, murmelte er und schob den Schlüssel zu dem Riesenhandy in seine Jackentasche.

»Gut. Dann geht es weiter mit unserem Tagesprogramm.«

Mama zückte ihren Einkaufszettel. »Folget mir, meine Diener!«

Es war eine elende Schlepperei. Erst mussten sie schwere Einkaufstüten mit Essen nach Hause tragen. Und dann schaffte es Fabios Mutter tatsächlich, in der Stadt auch noch eine Leinwand aufzutreiben. Sie lieh sich im Laden sogar eine Staffelei aus. Ein sperriges, hölzernes Gestell, das Fabio den Berg hochtragen durfte.

Und kaum hatte er die Staffelei im Wohnzimmer abgestellt, scheuchte seine Mutter Tom und ihn wieder aus dem Mitternachtshaus und dann bergauf bis zu einer Kirche. Zugegeben, die sah wirklich interessant aus: Der Kirchturm wuchs aus zwei geschwungenen Pfeilerwänden in die Höhe und wirkte wie eine Kontrollstation der Jedi-Ritter.

»Die *Hallgrímskirkja* ist das Wahrzeichen der Stadt«, las Mama aus ihrem Stadtführer vor. »Das Weiß der Säulen soll an Gletscher erinnern. Sieht die Kirche nicht aus wie ein Elfenpalast, Fabio?«

Fabio seufzte nur innerlich.

»Nein, wie eine Rakete vor dem Start«, rief Tom.

Das brachte Fabio zum Grinsen. Es stimmte nämlich tatsächlich auch!

»Das Denkmal vor der Kirche stellt den Mann dar, der als allererster Amerika entdeckt hat«, fuhr Mama unbeirrt fort. »Und zwar im Jahr 1000 nach Christus. Also noch vor Christoph Kolumbus.« Sie deutete auf die Statue. »Der Entdecker Leif Eriksson!« Auf dem Sockel stand ein Mann, der wie ein Wikingerkrieger aussah. Der Sockel, auf dem die Statue thronte, war wie der Bug eines Schiffes geformt. »Eriksson wurde auch ›Der Glückliche‹ genannt«, setzte Mama mit ihrer Lehrerinnenstimme hinzu.

Naja, glücklich sah Leif nicht aus, eher so grimmig, als sollte man ihm besser nicht allein im Dunkeln begegnen. In der rechten Faust hielt er eine riesige Kampfaxt, links am Gürtel baumelte ein Schwert. Er trug Helm, Kettenhemd und einen langen, wallenden Mantel.

»Und weiter geht es!« Mama wedelte energisch mit dem Reiseführer. »Hinter der Kirche befindet sich ein Kunstmuseum mit einem Garten. Darin stehen Kunstwerke des berühmten Bildhauers …«

Tom stöhnte auf und blieb stehen. »Seit Stunden rennen wir jetzt mit dir durch die Stadt«, maulte er. »Ich habe keine Lust mehr. Ich gehe alleine zurück.«

»Ich komme mit!«, beeilte sich Fabio zu sagen.

»Aber die Skulpturen im Garten sind einzigartig und wunderschön!«, rief Mama.

»Skulpturen sind langweilig«, sagte Tom.

Mama runzelte ehrlich verdutzt die Stirn. »Wirklich?«

»Wirklich!«, antworteten Fabio und Tom.

Ihre Mutter seufzte abgrundtief. »Na schön, ihr Kunstbanausen.« Sie klappte im Reiseführer den Stadtplan auf und drückte Fabio das Buch in die Hand. »Dann spielt mal schön Eriksson und findet mit dieser Karte allein zurück zu unserem Haus. Ich gehe nämlich noch ins Museum. Und ihr macht euch zu Hause nützlich und baut schon mal die Staffelei im Wohnzimmer auf. Bis später!«

Damit wandte sie sich ab und marschierte mit wehendem Schal an Eriksson vorbei über den Kirchplatz.

Fabio klappte das Buch zu. »Glaubt sie wirklich, wir finden ohne Plan nicht zurück?«

Tom schnaubte ebenfalls und drehte sich auf dem Absatz um. Die Straße führte ein Stück steil bergab. Fabio fiel auf, dass rechts auf dem abschüssigen Gehweg eine Parkbank stand – ziemlich schräg. Aber trotzdem saß jemand darauf und las Zeitung. Fabio erinnerte sich daran, dass der dünne, lesende Mann ihm schon gestern aufgefallen war. Allerdings hatte er da in der Straße beim Mitternachtshaus gesessen, vor einem knallrot gestrichenen Häuschen. Seine Zeitung verdeckte Gesicht und Oberkörper. Man sah nur eine ziemlich ausgewaschene schwarze Jeans und Motorradstiefel, aus denen lange, dünne Beine ragten. *Und warum liest ein Biker brav die Zeitung statt mit seinem Motorrad herumzufahren?*, dachte Fabio verwundert. Er verrenkte sich im Gehen den Hals, aber es gelang ihm nicht, einen Blick auf das Gesicht hinter der Zeitung zu erhaschen.

»Fabi! Vorsicht!« Der Schrei seines Bruders ließ ihn zusammenzucken. Er sprang instinktiv zurück – und wäre trotzdem fast umgemäht worden. Eine Schulter streifte ihn am Kinn und Mund. Etwas packte ihn an seiner Jacke und wirbelte ihn herum. Ein Sausen wie von Rollen dröhnte in seinen Ohren – und während er noch herumtaumelte und versuchte, sein Gleichgewicht wiederzufinden, wurde ihm der Reiseführer aus der Hand gerissen. Er stolperte über seine eigenen Füße und schlug lang hin.

»Hey!«, brüllte Tom wütend jemandem zu. »Spinnst du?«

Ein wohlbekanntes fieses Lachen war die Antwort. Aus der Froschperspektive sah Fabio, wie Elín auf dem Skateboard bergab flitzte, den Reiseführer, den sie ihm geklaut hatte, triumphierend in die Luft gereckt. Ein Auto, das aus einer Seitenstraße kam, legte eine Vollbremsung hin und hupte, aber Elín erschrak kein bisschen, sie umrundete das Gefährt mit einem lässigen Schlenker und kümmert sich nicht darum, dass der Mann den Kopf aus dem Fenster streckte und wütend zu brüllen begann. Inzwischen schauten auch ein paar Leute aus den Fenstern und schüttelten tadelnd die Köpfe. Und auch der lesende Biker hatte die Zeitung gesenkt und schaute stirnrunzelnd in die Richtung, in der Elín gerade um die Ecke schnippte und in der nächsten Straße verschwand. Der lesende Mann war ein Junge, Fabio schätzte ihn auf höchstens siebzehn. Er trug eine Lederjacke und darunter ein T-Shirt mit dem Emblem einer Heavy-Metal-Band. Aber der Rest von ihm passte so gar nicht zu der coolen Aufmachung. Er hatte ein harmloses, freundliches Gesicht und trug eine zu große, eckige Nerd-Brille. Verwuschelte, dunkelbraune Locken fielen ihm in die Stirn. Jetzt hob er die Zeitung wieder hoch und las weiter.

Tom half Fabio auf die Beine. »Alles okay?«, fragte er besorgt.

Klar, wollte Fabio antworten, aber stattdessen kam nur ein »*Krölp*« aus seiner Kehle. Er hustete und spuckte ein paar kleine glitzernde Bröckchen aus, die ihm beim Zusammenstoß in den Mund geraten waren: abgerissene Glitzerplättchen von Elíns Jacke, die an seinem Gesicht entlanggeschrappt war. »Igitt!« Er wischte sich über den Mund.

»Na warte, die holen wir uns«, sagte Tom entschlossen. »Komm mit!«

»Wir holen sie nicht mehr ein. Mit dem Skateboard ist sie viel zu schnell.«

Tom nickte grimmig. »Stimmt, aber sie fährt in die Richtung von Gunnars Haus. Also gehen *Leif & Eriksson* jetzt dorthin und holen sich wieder, was ihnen gestohlen wurde!«

Zwergengold

Gunnar prallte regelrecht erschrocken zurück, als er die Tür öffnete. Was möglicherweise auch daran lag, dass Tom und Fabio mit verschränkten Armen und finsteren Mienen auf der Schwelle standen. Axt und Schwert hätten jetzt gut dazu gepasst, fand Fabio.

Am Fenster im Erdgeschoss bewegte sich etwas, als würde jemand davonhuschen. Und Fabio war sich ziemlich sicher, Glitzer gesehen zu haben.

»Oh, hallo Jungs«, sagte Gunnar verwundert. »Äh … braucht ihr noch Bettwäsche?«

»Nein«, antwortete Tom mit Grabesstimme. »Ist Elín da?«

»Ähm, ja«, sagte Gunnar noch etwas verwunderter. »Ich denke schon. Kommt doch rein.« Er öffnete die Tür ganz und trat zur Seite. »Elín?«, rief er über die Schulter. »Du hast Besuch!«

Keine Antwort. *War ja klar.*

»Bestimmt hört sie wieder Musik mit dem Kopfhörer«, sagte Gunnar. »Geht schon mal in die Küche, zweite Tür rechts. Ich schaue mal, wo Elín ist.«

Gunnar verschwand durch die linke Tür, die sicher ins Wohnzimmer führte.

»Auf jeden Fall muss sie im Haus sein«, sagte Fabio leise. Er deutete ans Ende des schmalen Flurs. Dort lehnte Elíns Skateboard an der Wand. Ein Rad drehte sich sogar noch in der Luft. Daneben waren mehrere Angelruten und mehrere Paar Gummistiefel aufgereiht. Außerdem ein offener Werkzeugkasten mit Zangen und Schraubendrehern in allen Größen. Gunnar hatte offenbar gerade eine Angel repariert.

»Wenn wir beide in die Küche gehen, kann sie durch die Haustür abhauen«, raunte Tom Fabio zu. »Du schaust in der Küche nach, ich sichere den Ausgang.« Er postierte sich am Treppenpfosten, sodass er alle Türen im Erdgeschoss im Blick hatte. Fabio betrat die Küche. Sie war winzig klein und vollgestopft. Elíns Jacke hing über einem Stuhl, aber von ihr selbst keine Spur. Fabio sah sich um. Es war eindeutig Gunnars Küche: Mehrere ausgestopfte Fische hingen wie Trophäen auf Holzplatten befestigt an den Wänden. Und auf den Regalen reihten sich durchsichtige Bonbongläser. Darin sammelte Gunnar sogar Angelhaken und Knäuel von verschieden dicken Angelschnüren. Ein Glas war mit dreieckigen, schimmernd weißen Gegenständen gefüllt. Fabio konnte nicht widerstehen, das Glas aus dem Regal zu hangeln und die Dreiecke aus der Nähe zu betrachten. *Haifischzähne.*

»Vielleicht ist sie oben in ihrem Gästezimmer«, hörte er Gunnar draußen sagen.

»Wir gehen selber hoch«, antwortete Tom. »Fabi?«

Fabio stellte das Glas sofort zurück und war froh, aus der Küche zu kommen.

»Linke Tür«, rief Gunnar ihnen von unten nach, während sie schon die Treppe hochstürmten. Oben angekommen, wäre Tom fast über einen Rucksack gestolpert, der im Weg stand. Auch der Flur hier oben unter dem Dach war eng und vollgestopft. Nur, dass hier keine Gummistiefel und Angeln standen, sondern … Reitstiefel in Elíns Größe. Auf dem Rucksack thronte ein Reithelm in grellem Orange. Ein paar aufgestapelte Filzdecken rochen verdächtig nach Pferd. An einem Haken neben Elíns Tür hing sogar ein Zaumzeug. *Auch noch ein Pferdemädchen,* dachte Fabio. Tom hämmerte gegen die Tür. Aber sie war nur angelehnt und schwang sofort mit einem Quietschen auf.

Sie beugten sich über die Schwelle und spähten in den Raum.

Das war also das Dachzimmer, in dem Elín übergangsweise wohnte. Es sah aus wie eine chaotische Räuberhöhle, in der ein paar Koffer explodiert waren. Aus Kisten und Schubladen quoll Kleidung, überall hingen bunte Tücher. In den Regalen grinsten gruselige Porzellanpuppen, die bestimmt aus der Zeit von Elíns Großeltern stammten. Alte Möbel standen kreuz und quer wie in einer Rumpelkammer. Das Bett befand sich unter der Dachschräge und war halb hinter einem Schrank verborgen, als wollte Elín sich eine Schlafhöhle bauen. Ein Laptop lag auf dem Bett. Die vergilbte Blümchentapete hatte Elín auch in diesem Zimmer mit silbernen Tupfen verziert und auch noch mit Pferdepostern gepflastert.

»Hier ist sie auch nicht?« Gunnar war die Treppen hochgeschnauft und schaute ebenfalls in den Raum. »Komisch. Eben habe ich sie noch im Haus gehört.«

Fabio warf einen verstohlenen Blick zum Fenster. Ein leichter Luftzug bewegte ein transparentes Tuch, das mit Reißnägeln als Vorhang vor die Scheibe gepinnt war. *Vielleicht ist sie rausgeklettert und sitzt jetzt auf dem Dach,* dachte er.

»Soll ich ihr etwas von euch ausrichten, sobald sie wiederkommt?«, fragte Gunnar.

Tom schüttelte den Kopf. »Das ist … persönlich.«

Elíns Onkel runzelte bekümmert die Stirn. »Mal ehrlich, Jungs. Seid ihr hier, weil sie euch geärgert hat?«

Tom setzte sofort sein Pokergesicht auf und auch Fabio versuchte, möglichst gleichgültig zu tun. »Nein«, sagten sie beide wie aus einem Mund.

»Wir haben sie im Schmuckladen getroffen und wollten etwas abholen«, erklärte Fabio. »Wir kommen später wieder. Irgendwann wird sie da sein.« Das sagte er etwas lauter – nur für den Fall, dass die Fledermaus draußen über dem Fenster hing und lauschte. Tom ging an Gunnar vorbei zur Treppe. Gunnar trat ebenfalls den Rückzug an – aber dann fiel sein Blick auf die Kommode neben der Tür. Darauf lagen Mamas Reiseführer und ein anderes Buch. Ein bekritzelter pinkfarbener Klebezettel haftete daran.

»*Hallo Gunnar. Ich muss noch einmal kurz zur Bibliothek*«, übersetzte Gunnar die Nachricht. »*Wenn die Brüder vorbeikommen, gib ihnen bitte die Bücher. Sie wissen Bescheid.*« Bildete Fabio es sich nur ein oder huschte ein erleichtertes Lächeln über Gunnars Gesicht? Er schien von Elín wohl einiges gewöhnt zu sein. »Hier, bitteschön. Ein Reiseführer und ... oh, ihr lest noch Märchen?«

Er reichte Fabio ein Buch, auf dem ein ziemlich fetter, fies grinsender Kobold auf einem Haufen Goldtalern hockte. »*Gullið dverganna*«, prangte in vergoldeter Schnörkelschrift auf dem Einband. Und darunter war auf Deutsch zu lesen: *»Zwergengold« und andere isländische Märchen über das kleine Volk.*

Fabio bekam schlagartig einen lavaroten Kopf. Aber er konnte das Buch schlecht vor Gunnars Augen wütend auf den Boden pfeffern, also nahm er es und sagte zähneknirschend: »Ich ... geh dann mal.«

Tom wartete schon vor dem Haus. »Sie ist hier irgendwo«, raunte er, fast ohne die Lippen zu bewegen. »Das Skateboard war weg, als ich die Treppe runterkam. Ich wette, sie beobachtet uns.«

Klar, dachte Fabio. *Mein Gesicht lässt sie sicher nicht entgehen.* Blöderweise schaute Gunnar aus dem Fenster und winkte fröhlich zum Abschied. Wieder keine Chance, das Buch in Elíns Sichtweite demonstrativ auf dem Schrottplatz zu versenken.

Betont langsam schlenderten sie an dem Autoskelett und dem Reifenturm vorbei auf die Straße und scannten dabei genau ganz die Umgebung. Tom stieß Fabio leicht in die Seite. »Regentonne hinter dem Busch«, raunte er. Fabio musste zweimal hinschauen. Aber tatsächlich: Elín kauerte gut versteckt hinter dem Strauch auf einer großen Plastiktonne. Zwischen den Zweigen sah man nur einen Ellenbogen und etwas Glitter.

Tom gab Fabio ein Zeichen. Unauffällig schlenderte sie auf den Busch zu, dann rannten sie los und umrundeten ihn von zwei Seiten. Elín schnellte hoch und sprang mit einem Satz von der Tonne auf einen Ast außer Reichweite, das Skateboard unter dem Arm.

»Rück die Leuchte raus oder es gibt Ärger«, befahl Tom.

Aber Elín ließ sich nicht einschüchtern. Sie streckte ihre dünne Hand aus und ließ die Jedi-Leuchte schwingen wie das Pendel eines Hypnotiseurs. »Meinst du das hier?«, fragte sie und lachte. »Märchenstunde, ihr lahmen Schnecken!«

Wie gestern Nacht warf sie das Skateboard einfach auf die Straße. Gleich würde sie mit einem Riesensatz auf dem Board landen. Fabio wollte sofort losstürzen, aber Tom war plötzlich bei ihm und packte ihn am Sweatshirt. »Warte. Die kommt nicht weit.«

Elín stieß sich so heftig ab, dass es Blätter regnete. Das Board rollte nicht. Es schlingerte mit einem hässlichen Bremskratzen über den Asphalt und überschlug sich. Jetzt sah man, dass es nur noch zwei Räder hatte. Wie in Zeitlupe sah Fabio, wie Elín mitten im Flug ihr Grinsen verging. Erschrocken riss sie die Augen auf, ruderte mit den Armen in der Luft und legte eine Bruchlandung neben dem gekenterten Board hin. Einen Moment lang hatte Fabio Angst, dass sie sich böse verletzen würde, aber sie rollte sich geschickt ab und kam blitzschnell wieder auf die Beine.

»Los!«, schrie Tom.

Sie sprinteten los. Elín stieß einen empörten Schrei aus und ergriff zu Fuß die Flucht. Verfolgt von Tom und Fabio fetzte sie um die Straßenecke und rannte bergauf. Es machte es nicht einfacher, dass Fabio die Bücher festhalten musste. Und ehrlich gesagt war Elín mit ihren langen Beinen erstaunlich schnell. Sie flog bergauf, als würde der Wind sie wie eine Feder in Richtung Kirche wehen. Fabio keuchte schon und seine Beine schienen mit jedem Schritt mehr am Boden zu kleben. Als die *Njálsgata* schon in Sicht kam, sprang Elín auf die andere Straßenseite. »Die biegt links ab«, sagte Tom ohne das geringste Japsen. »Ich lenke sie ab. Du läufst um den Block und schneidest ihr in der Seitenstraße den Weg ab.«

»Okay«, keuchte Fabio. Und dann gab Tom richtig Gas – und Fabio konnte nur noch mit offenem Mund zusehen, wie er davonschoss. Er hatte gedacht, Tom und er seien gleichschnell. Aber offenbar stimmte das nicht. Mit riesigen Sätzen holte Tom mühelos zu Elín auf. Sie schaute über die Schulter und stürmte weiter. Nicht nach links – sie schlug einen Haken nach rechts und überquerte die Straße ein zweites Mal. Ein Fußgänger sprang auf dem Kirchplatz erschrocken zur Seite, als ihm die wilde Jagd entgegenfegte und in Richtung Kirche verschwand. Fabio kam japsend und mit Seitenstechen zum Stehen. Es hatte überhaupt keinen Sinn, weiterzulaufen. Egal, wie schnell er rannte, die beiden würde er nie im Leben einholen.

Papier raschelte hinter ihm.

Fabio hatte gar nicht gemerkt, dass sie an der Bank vorbeigerast waren, auf der immer noch der lesende Junge in Motorradklamotten saß. Jetzt faltete er die Zeitung zusammen und stand auf. Seine Lederjacke knarrte. Er rückte die Brille zurecht und sagte etwas auf Isländisch. Er hatte freundliche braune Augen, die Fabio nun fragend ansahen. Offenbar wartete er auf eine Antwort.

Fabio schluckte. »*Sorry*«, sagte er auf Englisch. Das verstanden alle Isländer. »*I don't understand. I'm from Germany.*« *Ich verstehe nicht. Ich komme aus Deutschland.* Manchmal hatte es tatsächlich auch Vorteile, eine Englischlehrerin als Mutter zu haben.

»Feriengast?«, antwortete der Junge zu Fabios Überraschung auf Deutsch, allerdings mit einem lustigen Akzent.

Fabio nickte.

»Aus welcher Stadt kommst du?«, fragte der Junge weiter.

»Frankfurt.«

»Ich kenne nur Berlin. Dort war ich letztes Jahr bei einem Schüleraustausch.«

Er klemmte sich die Zeitung unter den Arm und schob die Hände in die Taschen seiner Bikerjacke. Eine seltsam coole Geste für jemanden, der aussah wie ein verkleideter Streber. Die Jacke war ihm zu groß und auch das Shirt mit dem Heavy-Metal-Logo schlackerte um seine schmale Brust. Es sah aus, als hätte er sich die Sachen von seinem großen Bruder ausgeliehen. Aber eigentlich wirkte er ganz nett.

Er schaute zur Kirche, dorthin, wo Tom und Elin um die Ecke verschwunden waren.

»Abgehängt«, sagte er.

»Was?«, fragte Fabio.

»Na, die beiden haben dich abgehängt. Es sah so aus, als wollten sie dich nicht dabeihaben.«

»So ein Unsinn«, entrüstete sich Fabio.

»So? Warum bist du dann jetzt alleine?«

Plötzlich war Fabios Laune im Keller, ohne dass er genau wusste, warum. »Weil ich keine Lust mehr hatte, wie ein Irrer herumzurennen.«

»Klar.« Der Junge lächelte nur schmal. »Tut mir leid für dich. Aber ich irre mich nicht. Du bist raus aus dem Spiel.«

»Mein Bruder lässt mich nicht stehen!«, sagte Fabio viel zu heftig.

Der Junge zuckte betont lässig mit den Schultern. »Wirst schon sehen.« Er deutete mit einem Kinnrucken zu den Büchern, die Fabio, wie er nun merkte, fest an seine Brust presste.

»*Gullið dverganna*«, sagte er anerkennend. »Dieses Buch habe ich als Kind so oft gelesen, dass ich es auswendig konnte.« Er hob die Hand zu einem Abschiedsgruß. »*Bless Bless!*«

Damit machte er auf dem Absatz kehrt und schlenderte davon. Die großen Motorradstiefel schlackerten an den dünnen Beinen. Fabio schaute dem Jungen finster nach, bis er in eine Straße abbog.

Stadtmoor

Eine Weile hatte Fabio auf dem Spielplatz vor dem Mitternachtshaus darauf gewartet, dass Tom zurückkam. Aber schließlich schloss er die Tür auf und ging hinein. Blöderweise war seine Mutter auch schon zurück. Sie hatte Staub und Spinnweben im Haar und kroch im Wohnzimmer herum, wo sie auf dem Boden Zeitungspapier auslegte. Ihre Frisur hatte sich aufgelöst, ebenso der rote Lippenstift, jetzt sah sie wieder mehr aus wie sie selbst.

»Da seid ihr ja endlich!«, rief sie leicht verärgert. »Ich habe schon zweimal versucht, dich auf dem Handy anzurufen, aber du bist nicht rangegangen. Und dann habe ich bei Gunnar angerufen und er sagte mir, ihr seid gerade auf dem Weg hierher. Das ist aber auch schon eine Weile her.«

Das Handy? Fabio stutzte und griff in die Tasche seiner Jacke. Sie war leer. Au weia. Hatte er das Handy bei dem Rennen verloren?

Mama spähte in den Flur. »Wo ist denn Tom?«

»Er... ähm ist noch mit Elín unterwegs. Er kommt gleich.« Mama war sofort versöhnt, als sie den Namen Elín hörte. Sie lächelte sogar. »Na, dann muss ich mir ja wohl keine Sorgen machen, dass er etwas anstellt. Elín scheint ja ein ganz vernünftiges Mädchen zu sein.«

Aber klar doch, dachte Fabio. Seine Mutter betrachtete interessiert das Märchenbuch in seiner Hand. »Eine deutsche Übersetzung von Sagen und Märchen. Hat Elín dir das geliehen?« Fabio deutete ein vages Nicken an. Mama lächelte noch breiter. »Sieht ja ganz so aus, als hättet ihr zwei schon eine Freundin gefunden!«

»Und wo warst du?«, wich er einer Antwort aus. »In einer verstaubten Museumsgruft voller Spinnennetze?«

Mama lachte und schüttelte das Haar aus. Staub und Fetzen von Spinnweben schwebten zu Boden. »Nein, das Museum ist leider wegen Renovierungsarbeiten geschlossen. Also bin ich gleich wieder heimgegangen und wollte für euch den Spiegel vom Dachboden holen. Und da habe ich etwas Sensationelles entdeckt. Komm mit!«

Als sie in sein Zimmer traten, wäre Fabio fast gegen eine Aluleiter gelaufen, die aufgeklappt im Zimmer stand. Die Luke zum Dachboden war offen. *Das würde Elín gar nicht gefallen.*

»Der Nachbar hat mir die Leiter geliehen«, erklärte Mama. »Hier im Haus gibt es ja keine.«

Das war komisch. Gestern lag die Holzleiter, die Elín vom Dach geworfen hatte, noch unten am Zaun. Aber als Fabio jetzt aus dem Fenster schaute, waren da unten nur noch kaputte Zaunlatten und der Krater des Einschlags zu sehen. Hatte Elín die schwere Leiter versteckt? »Komm hoch!« Seine Mutter war schon auf den Dachboden geklettert.

Fabio folgte ihr und versuchte dabei nicht nach unten zu schauen. Kurz darauf kniete er neben seiner Mutter in dem niedrigen Giebelraum. Im funzeligen Licht einer Glühbirne waren Schleifspuren und Fußabdrücke im Staub zu sehen, die bestimmt von Elín stammten. Elíns Kiste stand wieder hier – und ansonsten erinnerte der Dachboden an Gunnars Haus, so vollgestopft war er mit altem Kram.

»Sieh dir das an.« Mamas Stimme klang dumpf, jedes Wort schien zu stauben. »Ist das nicht schön?« Es rumpelte, als sie ein klobiges, kistenähnliches Ding zur Luke schob. Fabio erkannte nur breite hölzerne Gitterstreben. »Ist das ein Hasenkäfig?«

»Wie bitte? Nein! Das ist eine alte Wiege.«

»Aha«, sagte Fabio ohne große Begeisterung.

»Sie ist antik!«, rief Mama mit leuchtenden Augen. »Wunderschön bemalt, aber leider sind die alten Malereien zerkratzt und abgeblättert. Ich habe Björg angerufen und sie hat mir erzählt, dass die Wiege ein Familienerbstück ist, über hundert Jahre alt! Schon Elíns Urgroßmutter hat als Baby darin gelegen.«

»Toll«, murmelte Fabio. »Können wir jetzt wieder runtergehen?«

»Ja. Und du hilfst mir dabei, die Wiege ins Wohnzimmer zu bringen.«

»Wozu das denn?«

»Björg hat mich gebeten, die Wiege vom Dachboden zu holen, wenn ich ohnehin schon hier oben bin, um den Spiegel zu suchen. Sie möchte das Erbstück an ihren Bruder und seine Frau weitergeben.«

Das Ding war aus dickem Holz und wog sicher eine Tonne. Aber schließlich schafften sie es, die Wiege die Leiter hinunter zu bugsieren und ins Wohnzimmer zu tragen. Fabio nieste, soviel Staub fing sich in seiner Nase. Verstohlen schielte er zu der Uhr über der Tür. Tom war jetzt schon über eine halbe Stunde weg.

Seine Mutter wischte vorsichtig den Schmutz vom Kopfteil. »Wunderschön!«, hauchte sie ehrfürchtig. »Siehst du die gefiederte Form der Blätter an dem gemalten Baum? Das Bild stellt eine Esche dar. In der nordischen Mythologie ist das ein magischer Baum.«

Der Eschenbaum sah wirklich interessant aus, verschlungen und fast lebendig. Die Zweige schimmerten an manchen Stellen golden. Wenn ein Baby in der Wiege lag, musste es so aussehen, als würde der Baum schützend seine Arme über dessen Kopf breiten. Der Hintergrund war schwarz ausgemalt. Aber in der Dunkelheit waren runde, helle Punkte hingetupft, die ein bisschen an Elíns Wanddekoration erinnerten. *Sterne?*, dachte Fabio. *Wobei Sterne ja nie so tief stehen.* Vielleicht sollten es ja Glühwürmchen sein, die knapp über dem Boden dahinschwirrten?

»Da fehlen ein paar Seitenstreben.« Mama reichte ihm den Lappen. »Hier, mach weiter, ich schaue noch einmal auf dem Dachboden nach.«

Fabio nahm den Lappen und wischte gehorsam Staub. Aber kaum war seine Mutter aus dem Zimmer gegangen, huschte er sofort an der offenen Küchentür vorbei zur Haustür und spähte auf den Spielplatz und die Straße. Immer noch keine Spur von Tom. Fabios Herz begann schneller zu schlagen. Er erinnerte sich daran, wie das Auto heute vor Elín eine Vollbremsung hingelegt hatte. Was, wenn sein Bruder bei der Verfolgungsjagd angefahren worden war?

Er wollte schon nach draußen gehen, als ein »*Psst!*« ihn aufhorchen ließ. Es kam aus der Küche. Dann war ein Klopfen zu hören. »Fabi?«

Fabio fiel ein Stein vom Herzen. Das war Tom! Er stürzte in die Küche – und schaute in ein schmutzverschmiertes Gesicht. Tom stand draußen vor dem Fenster, das einen Spalt weit offen stand. Er war patschnass, seine Haare klebten triefend an seiner Stirn. Sein Kapuzenpulli war völlig mit Schlamm verdreckt. Und an seiner Schulter hing eindeutig Schilfgras.

»Was hast du denn gemacht?«, entfuhr es Fabio.

»Schlammcatchen«, flüsterte Tom. »Im Moor.«

»Wo gibt es denn hier ein Moor?«

Tom spuckte ein Stück Gras aus und wischte sich über den Mund, was nur den Schmutz verschmierte. »Gar nicht weit von hier. Ziemlich eklig, wenn man reingeschubst wird. Schnell, lass mich rein, bevor Mama mich sieht.«

Fabio wetzte zur Tür. Oben im Haus knarrte schon die Stiege.

»Lass den Pulli und die Schuhe draußen, Tom, sonst sieht man die Schlammspuren.«

Tom gehorchte, zog die Sachen blitzschnell aus und versteckte sie unter der hölzernen Treppe. Dann huschte er ins Haus und schlüpfte in die Küche. Gerade noch rechtzeitig. Eben kam ihre Mutter wieder nach unten, unter dem Arm zwei große gebogene Holzstücke. Zum Glück ging sie ins Wohnzimmer, ohne den komisch muffigen Geruch zu bemerken, den Tom ausdünstete.

Fabio stellte sich in die Tür des Wohnzimmers. »Und? Was gefunden?«, fragte er beiläufig.

Seine Mutter schüttelte den Kopf. »Es sind keine Streben mehr da. Aber dafür habe ich die Wiegenhölzer geholt. Dein Vater kann diese Fußteile heute Abend an der Wiege befestigen, dann schaukelt sie wieder. Da unten müssten doch Löcher für Schrauben sein?«

Fabio gab Tom ein Zeichen, als Mama sich tief über die Wiege beugte. Tom huschte an der Wohnzimmertür vorbei und hechtete die Treppe hoch. Und dann knallte oben die Tür zu. Mama fuhr erschrocken hoch.

»Das ist nur Tom«, sagte Fabio. »Bis später!«

»He, langsam, Fabi! Vergiss dein Buch nicht!«

Klar, das blöde Buch. Er nahm es und rannte die Treppe hoch. Tom stand in ihrem Zimmer rubbelte sich Gesicht und Haare mit einem Handtuch ab. Und er strahlte über das ganze Gesicht.

»Was war das für ein Moor?«, wollte Fabio sofort wissen. »Was ist passiert? Wo wart ihr?«

Statt einer Antwort griff Tom in seine Hosentasche und zückte triumphierend die Jedi-Leuchte.

Jetzt strahlte auch Fabio. »Du hast sie ihr abgejagt!«

»Mit einem Foul«, sagte Tom. »Aber sie hat angefangen.«

Fabio war unendlich erleichtert, das Geschenk seines Vaters wiederzuhaben. Und nie wieder, das schwor er sich, würde Elín es in die Finger bekommen.

»Wir sind ziemlich weit gerannt«, erzählte Tom. »Zu einem See mitten in der Stadt. Dann kam eine Schnellstraße und schließlich ein Moor mit Holzstegen. Elín ist ins Moor gerannt und als ich gerade dachte, ich habe sie, da hat sie mich mit einem fiesen Griff ausgehebelt und vom Steg gestoßen. Aber ich habe sie am Ärmel erwischt ... und *Splash!*«

Fabio konnte sich ein schadenfrohes Lachen nicht verkneifen. Die Vorstellung, das Elíns Haare und ihr Blümchen-Glittershirt jetzt genauso nach Moor müffelten wie Tom, war eine Genugtuung.

»Was hast du eigentlich mit ihrem Skateboard gemacht?«, fragte er.

Tom holte zwei kleine Räder aus seiner Hosentasche. »Die Vorderräder abgeschraubt, als du bei Gunnar in der Küche warst. Gunnars Werkzeugkasten stand im Flur und der Schraubendreher passte genau. Ich dachte mir: Wenn sie abhaut, dann wird sie sicher das Skateboard nehmen.«

Es war einer dieser Momente, in denen Fabio unendlich stolz auf seinen kleinen Bruder war. »Nicht übel, die Idee«, sagte er lässig. Tom wurde ganz rot und strahlte, als hätte Fabio ihm einen Orden verliehen.

»Tut mir leid, dass ich dich in die falsche Richtung gelotst habe«, sagte Tom. »Ich dachte wirklich, Elín läuft nach links.« Fabio wurde es ganz warm ums Herz. *Von wegen, mein Bruder lässt mich stehen.* Der lesende Nerd mit der Motorradjacke hatte keine Ahnung.

»Aber Elín ist echt gut!«, fuhr Tom fort. »Ich kenne niemanden, der so gut Skateboard fahren und rennen kann.« Das klang ehrlich bewundernd und Fabio fiel auf, wie Toms Augen zu leuchten begannen. Irgendwie war das nicht gut.

»Das Handy ist weg«, wechselte er rasch das Thema. »Vielleicht habe ich es verloren, als Elín mich gerammt hat.«

»Hast du schon auf der Nummer angerufen?«

»Nein, wann denn? Und außerdem kenne ich die Nummer nicht.«

Aber Mama hat vom Smartphone aus angerufen, schoss es ihm durch den Kopf.

In der Küche klappte Fabio mit der Kühlschranktür, als würde er sich nur etwas zu trinken holen, aber seine Mutter war im Wohnzimmer wohl viel zu versunken in ihre Arbeit. Also schloss er vorsichtig die Küchentür, nahm ihr Smartphone vom Tisch und scrollte die angerufenen Nummern durch. Eine Nummer hatte seine Mutter vorhin zweimal im Abstand von zehn Minuten gewählt. Er drückte auf Wahlwiederholung und lauschte in der Hoffnung, dass es vielleicht doch irgendwo im Haus klingelte. Stattdessen hob jemand ab. »Handyschrottplatz Reykjavík«, säuselte eine wohlbekannte Stimme. »Was kann ich für Sie tun?«

»Elín!«, zischte er. »Du Diebin!«

Er konnte fast spüren, wie die Fledermaus am anderen Ende der Leitung grinste. »Dein Handy ist bei unserem kleinen Zusammenstoß ganz zufällig in meiner Hand gelandet. Bestimmt willst du es wiederhaben, damit deine Mama nicht mit dir schimpft?«

Fabio musste sehr tief Luft holen. *Na warte!* »Und du willst bestimmt, dass wir deine Sachen auf dem Dachboden in Ruhe lassen«, erwiderte er. »Sonst hättest du sie ja nicht so sorgfältig versteckt und auch noch die Leiter verschwinden lassen. Hast du Angst, dass wir aus deinem alten Teddy eine Voodoo-Puppe basteln? Wobei … das könnte passieren.«

Jetzt war es Elín, die nach Luft schnappte. »Morgen um elf bei Leif Eriksson«, fauchte sie. »Ihr bringt die Skateboard-Räder mit. Und keine Tricks, *Lítill!*«

Lítill

Lítill. Auf Isländisch bedeutete das »klein«. *War ja klar.* Fabio blätterte mürrisch weiter im Wörterbuch und suchte nach *Nei* und *Nóg*. Die Worte waren beim Streit zwischen Björg und Elín gefallen. *Nei* hieß einfach Nein. Und *Nóg*: Genug.

Das hört Elín bestimmt viel zu selten, dachte er.

»Sieh dir das an, Jan. Unser Sohn lernt beim Frühstück Vokabeln.« Mama nippte lächelnd an ihrem Frühstückskaffee. »Ich wünschte, du wärst beim Englischlernen auch so eifrig, Fabi. Welches Wort schaust du jetzt nach?«

»*Blessbless*«, erwiderte Fabio. Das hatte der Junge mit der Bikerjacke gestern gesagt.

»*Bless* heißt Tschüss«, erwiderte seine Mutter. Das stimmte. Der Junge war wirklich etwas seltsam. Wer sagte zum Abschied schon »tschüss-tschüss«?

»So, ich muss leider schon bald wieder los.« Papa trank den Kaffee aus und stand auf. »Was steht heute bei euch an?«

»Ich werde erst einmal die Wiege entstauben und mir die beschädigten Malereien genauer anschauen«, erwiderte Mama. »Björg kommt in den nächsten Tagen vorbei und holt das gute Stück ab.«

»Und was macht ihr beide?«, wandte Papa sich an Fabio und Tom.

»Wir sind mit Elín verabredet«, erwiderte Tom. »Um elf.«

»Grüßt Gunnar von mir«, sagte Mama. »Und bringt Elín doch mit, dann mache ich für euch etwas Leckeres zu essen.«

»Gekochte Schafsaugen vielleicht?«, schlug Papa mit einem Grinsen vor. »Das essen die Isländer nämlich auch gerne. Es gibt sogar Wettbewerbe, wer die meisten Augen verdrücken kann. Man spießt sie wie Käsehäppchen auf Zahnstocher und stopft sie sich, so schnell es geht, in den Mund ...«

»Jan, hör auf!« Mama schüttelte sich.

»Igitt«, entfuhr es auch Fabio.

»Wir fragen Elín, ob sie Zeit hat«, sagte Tom und lächelte wie ein braver Musterschüler.

*

Selten war Fabio so aufgeregt gewesen wie jetzt, als sie um Punkt elf an der Kirche am Denkmal des Wikingers standen. Die Sonne schien, Touristen fotografierten die gletscherhell leuchtende Kirche. Von Elín weit und breit keine Spur.

»Die hat uns reingelegt«, vermutete Tom sofort.

»Glaube ich nicht.« Fabio tastete in der Hosentasche nach den zwei Rollen. »Sie will ja schließlich auch etwas zurückhaben.«

Sie warteten fünf Minuten, dann zehn. Nichts geschah. Aber Fabios Nacken kribbelte, als würde ihn jemand heimlich beobachten. Wahrscheinlich saß die Fledermaus irgendwo und observierte sie. *Sehr witzig, Elín,* dachte er grimmig.

»*Excuse me, please.*« Ein Tourist winkte ihn und Tom zur Seite. Sie gehorchten und schauten zu, wie der Mann ein Foto von der Statue machte. Und als Fabio zu dem Entdecker hochsah, fiel ihm etwas auf. Ein rosa Geschenkband war um den Griff des Schwertes zu einer hübschen Schleife gebunden. Darunter steckte ein pinkfarbener Zettel.

»Tom! Da oben am Schwert. Sie hat uns eine Nachricht hinterlassen.«

Toms Mundwinkel hoben sich. Und während Fabio noch überlegte, wie man an den Zettel herankommen könnte, lief Tom schon los, umrundete die Statue und nahm Anlauf. Mit Schwung sprang er und rannte den steilen gebogenen Sockel hoch. Nach wenigen Schritten musste er auf alle vieren klettern, aber er gab nicht auf. Fabio wurde ganz schlecht. Der Sockel war sicher vier Meter hoch. Die Fotoapparate klickten, als Tom bei Leif ankam. Er musste sich auf die Zehenspitzen stellen, um die Schleife zu erreichen. Der Zettel flatterte nach unten. Fabio fing ihn aus der Luft. Die Touristen applaudierten begeistert, allerdings nicht ihm, sondern Tom, der furchtlos die steinerne Rutschbahn entlang wieder nach unten kam und sich auch noch verbeugte, als hätte er ein Kunststück vorgeführt.

Lachend kam er zu Fabio geschlendert. »Was hat sie geschrieben?«

»*Willkommen auf der Leif-Eriksson-Tour*«, las Fabio vor. »*Jesus liebt euch.*«

»Hä?« Tom runzelte die Stirn und nahm den Zettel. Jetzt entdeckte Fabio auf der Rückseite eine Kritzelzeichnung.

»Da ist ein Plan. Will die etwa eine Schnitzeljagd mit uns machen?«

»Sieht so aus.« Toms Augen leuchteten auf. Offenbar begann ihm die Sache Spaß zu machen. »Ich glaube, ich weiß, wo das ist. Der Fleck ist der See, an dem ich gestern vorbeigerannt bin. Im See ist eine kleine Insel, das soll der Kringel sein. Und am Ufer hat Elín ein Kreuz wie auf einer Schatzkarte eingezeichnet. Da müssen wir also hin.«

Tom hatte recht. Die Zeichnung stellte wirklich den See dar, der sich mitten in der Stadt befand und an eine befahrene Straße grenzte. Und das Kreuz auf der Schatzkarte passte genau zu einer kleinen weißen Kirche mit grünem Dach.

»Wahrscheinlich sollen wir in die Kirche gehen.« Tom war ganz aufgeregt.

»Sind wir auf einem Kindergeburtstag?«, murmelte Fabio.

Von innen war die Kirche ebenso weiß wie von außen. Niemand war hier, nur irgendwo in einem Nebenraum hustete jemand rasselnd.

»Jesus liebt euch?«, flüsterte Tom.

Fabio sah sich im Kirchenraum um und lächelte gelangweilt. »Das war ja einfach.« Er deutete zum Altar. Auf dem großen Altarbild war Jesus zu sehen, der segnend die rechte Hand erhoben hatte. Und auf der Hand klebte ein pinkfarbener Zettel.

Fríkirkjuvegur ist der direkte Weg nach Amerika.

Das stand in Elíns Krakelschrift auf dem Zettel.

»Na super«, sagte Fabio. »Geht das jetzt den ganzen Tag so weiter?«

Niemals hätte er zugegeben, dass er auch Spaß an der Schnitzeljagd bekam. Sein kleiner Bruder war Feuer und Flamme. »Was soll *Fríkirk*-dingsda sein?«

»Jedenfalls nichts, was wir hier drin finden«, überlegte Fabio. »Elín versteckt bestimmt nicht zwei Hinweise am selben Ort.«

Draußen vor der Tür kniff Fabio die Augen zusammen und schaute sich um. Rechts von ihnen war ein ganzer Haufen Autos kreuz und quer geparkt. Die Kolonne reichte bis hinter die Kirche. Vor ihnen lagen die Straße und dahinter der See. Die Dominokombinationen in seinem Kopf klickerten und klickerten.

»Direkter Weg«, murmelte er. »Das heißt: nicht links und nicht rechts, sondern geradeaus.«

Er schritt die Treppe hinunter. Als kein Auto kam, überquerte er die Straße und landete am Betonufer des flachen Gewässers. Enten und Schwäne paddelten seelenruhig neben dem Gehsteig vorbei. *Hat sie das Handy versenkt?*, überlegte Fabio. Aber nein, schließlich wollte sie ja die Skateboardrollen zurückhaben. Er ging ein paar Schritte am See entlang. Beinahe wäre er gegen den Pfosten eines Straßenschilds gelaufen. Es stand direkt am Gehsteig. Und als er hochschaute, hätte er am liebsten einen Triumphschrei ausgestoßen. *Fríkirkjuvegur.* So hieß die Straße. Auf dem Schild klebte ein pink Zettel mit einem fetten Pfeil, der schräg nach unten zeigte.

»Tom, komm her! Hier geht es weiter.«

Der Pfeil zeigte nur auf den Weg. Ratlos stellte sich Fabio nach einer Weile direkt vor das Schild und betrachtete es noch einmal genau.

Direkter Weg, dachte er. *Amerika.* Sein Blick fiel auf die Insel im Hintergrund. Und dann hätte er fast gelacht. Klar, wenn man vor dem Schild stand, zeigte der Pfeil auf den kleinen, grasbewachsenen Fleck im See, etwa zwanzig Meter vom Ufer entfernt. »Sie hat das Handy auf der Insel deponiert, Tom. Die Insel steht für Amerika. Man muss den Teich überqueren, um dorthin zu kommen.«

»Netter Versuch«, sagte Tom. »Und wenn wir zur Insel schwimmen, wartet dort nur ein Zettel, auf dem *Ätsch, ihr Blödis!* steht.«

In diesem Moment ertönte ein Handyklingeln. Es kam eindeutig von der Insel. Ein paar Enten, die dort auf dem Gras gefaulenzt hatten, schreckten hoch und watschelten ins Wasser. Tom streifte ohne zu zögern seine Jacke ab.

»Du bleibst hier«, sagte Fabio im Ton des vernünftigen großen Bruders. »Das mache ich.«

Er war froh, dass Elín das Handy nicht in einer Dachrinne deponiert hatte. Wasser war etwas, was er bewältigen konnte. Denn es war an dieser Stelle ohnehin eher ein flacher Teich als ein See. Fabio konnte den Grund sehen. Es gab nicht einmal eklige Wasserpflanzen. Also zog er die Schuhe und die Jeans aus, krempelte das Shirt hoch und watete in seinen Boxershorts in den See. »Nimm die Rollen mit«, sagte Tom. »Bestimmt musst du sie auf der Insel gegen das Handy austauschen.«

Fabio ließ sich die Räder reichen. Dann lief er los. Er konnte tatsächlich gemütlich zur Insel waten, das Wasser ging ihm nur bis zur Hüfte. Trotzdem war es kalt und der Boden war glitschig. Mit einer Gänsehaut erreichte er die Enteninsel und kletterte über die Randsteine auf das Gras, misstrauisch beobachtet von ein paar Müttern, die mit ihren Kindern auf dem Bürgersteig standen und Enten fütterten. Das Handy klingelte immer noch, scheppernd und ohrenbetäubend laut. Aber irgendwie … eierte und knödelte der Ton seltsam vor sich hin.

Fabio folgte dem Missklang – und stieß hinter einem kleinen Betonpfosten auf einen flachen schwarzen Kasten mit Tasten. Er traute seinen Augen nicht. Das war ein uralter Kassettenrecorder aus der Zeit der Dinosaurier. Die Taste stand auf Play und aus dem Lautsprecher dröhnte immer noch das verzerrte, aufgenommene Handyklingeln, bis er es mit der Stopptaste abwürgte. Jetzt war er wirklich sauer auf Elín. Hier war nicht einmal ein weiterer Zettel. Und es machte es nicht besser, dass er nun ganz sicher war, beobachtet zu werden. Er spähte über das Wasser in der Erwartung, dass Elín irgendwo am Ufer stand und sich schlapplachte. Aber stattdessen entdeckte er den Wolfsjungen. Er stand etwa zehn Meter rechts von Tom auf dem Gehsteig, eine kleine weiße Gestalt mit einem Wolfskopf als Hut, das Laptop hatte er unter den Arm geklemmt. Und heute war sich Fabio ganz sicher, dass der Junge ihn hinter den verspiegelten Gläsern der Sonnenbrille anschaute.

»Hast du es gefunden?«, rief ihm Tom vom Bürgersteig aus zu.

Fabio fuhr zu ihm herum. »Nein! Das war alles nur ein Fake.«

»So ein Mist!«

Fabio schluckte. »Tom?«, rief er. »Schau mal, der Junge dort.«

Tom wandte sich dem Wolfskind zu. Aber offenbar sah er gar nichts. »Was? Wo denn?«

»Na da!« Fabio deutete noch einmal auf den weißen Jungen.

»Ziehst du mich auf?«, rief Tom. »Da ist niemand.«

Es war nicht zu fassen. Fabio sah sich nach Tom um, aber er schaute genau in die richtige Richtung. Dorthin, wo der Junge …

… nicht mehr ist. Fabio riss die Augen auf. Wie konnte er so schnell verschwunden sein? Selbst wenn er weggerannt wäre, müsste Fabio ihn immer noch am See entlanglaufen sehen.

»Komm zurück«, drängte Tom. »Die Muttis schauen schon.«

Fabio kletterte mit weichen Knien wieder ins Wasser. Der Wolfsjunge blieb verschwunden, als hätte Fabio sich das Ganze nur eingebildet. *Vielleicht spinne ich ja,* dachte er. Aber warum fühlte er sich dann immer noch beobachtet?

Tom streckte ihm die Hand hin und zog ihn auf den Gehsteig hoch.

»Diese Ratte«, schimpfte er auf Elín. »Die wollte wirklich nur, dass einer von uns nass wird. Wahrscheinlich war das die Rache für gestern.«

Fabio wrang seine Boxershorts aus, so gut es ging. »Hast du wirklich niemanden gesehen?«

Tom schüttelte den Kopf und wollte schon etwas sagen, aber ein schrilles Klingeln unterbrach ihn. Diesmal kam es nicht von der Insel, sondern von der Kirche. Dort saß Elín auf der Treppe, in der Hand das Steinzeithandy, das sie nun ans Ohr drückte.

»Hallo? Wer ist denn da?«, rief sie. »Ah! Leif Eriksson! Tut mir echt leid. Du kannst wieder umkehren, es war schon jemand vor dir in Amerika.« Sie steckte das Handy ein, sprang von der Treppe und winkte über die Straße. »Echt beeindruckend, *Lítill.* Und ich dachte immer, Zwerge sind wasserscheu.«

»He!«, brauste Tom auf. »Du beleidigst meinen Bruder nicht.«

»Und du kriegst mich nicht«, antwortete Elín. Sie schlängelte sich blitzschnell zwischen den geparkten Autos durch und verschwand um die Ecke der Kirche.

»Lass sie, Tom!«, befahl Fabio. Aber sein Bruder schien

nur auf die Herausforderung gewartet zu haben. »Bleib hier, das schaffe ich alleine«, sagte er und sprintete über die Straße. Fabio musste warten, bis das nächste Auto vorbei war, dann folgte er Tom. Barfuß und mit triefenden Shorts erreichte er die Kirche, als Tom gerade aus seinem Sichtfeld verschwand. Fabio fegte um die Ecke und wollte nach Tom rufen, aber dann blieb ihm jedes Wort im Hals stecken.

Sein Bruder sah kurz über die Schulter, als wollte er sich vergewissern, dass ihn niemand beobachtete. Fabio entdeckte er nicht. Und statt sich zwischen den parkenden Wagen hindurchzufädeln, sprang er nun hoch, landete auf einem Kofferraum und lief federleicht über die Autos! Er hüpfte von Dach zu Dach und katapultierte sich mit einem Salto fast neben Elín auf den Boden. Sie schrie auf und wich ihm aus – aber das Komische war, sie lachte dabei. Aber nicht fies, wie sonst, sondern überrascht und ihre Augen leuchteten begeistert auf. Dann schlug sie einen Haken und sprang über einen weißen Lattenzaun, der einen Garten einrahmte. Fabios Bruder bremste vor dem Zaun ab. Als Elín merkte, dass er ihr nicht folgte, blieb sie stehen und drehte sich um. Als würde sie auf Tom warten, tänzelte sie wie ein Boxer auf der Stelle hin und her. Und Tom – grinste. Fabio konnte nur noch mit offenem Mund zusehen, wie sein Bruder ebenfalls über den Zaun flippte und wie die beiden lachend davonschossen und ihren Wettkampf weiterführten. Denn genau das war es, das begriff Fabio mit einem Mal. Die Jagd machte ihnen beiden richtig Spaß. Und Fabio stand wie ein begossener Pudel da und konnte nur noch hinterherschauen.

Benommen tappte er zum See und zu seinen Sachen zurück und zog sich die Jeans einfach über die noch feuchten Shorts. Plötzlich fühlte er sich allein und völlig verunsichert. Sein Bruder war ein guter Sportler, okay, aber das, was er eben gemacht hatte, war völlig neu. Tom hatte sich zudem eindeutig mit dem Blick vergewissert, dass Fabio ihn nicht beobachtete.

Hinter ihm quakte eine Ente aufgeregt los. Er drehte sich zur Insel um – und erstarrte.

Dort auf der Insel stand jemand.

Allerdings war es nicht der Wolfsjunge, sondern ein Mädchen. Sie war sicher nicht älter als Tom, und sie war zierlich und schmal, mit langem blondem Haar, das zu Zöpfchen geflochten war. Sie trug Leggings mit einem goldenen Leoprint-Muster. Ein weites, gelbes T-Shirt reichte ihr bis zu den Knien. Um ihren Hals lag ein Kopfhörer und vorne am Shirt war so etwas wie ein iPod eingehakt. Aber das Seltsamste war: Das Mädchen war kein bisschen nass, obwohl weit und breit kein Boot zu sehen war. Gerade beugte sie sich vor und betrachtete den Kassettenrecorder so angewidert, als wäre er etwas, was man sonst nur tot und überfahren auf der Autobahn findet. Und dann – kickte sie das Gerät einfach ins Wasser.

»Hey!«, entfuhr es Fabio. Das Mädchen wandte sich ihm zu und schrak zusammen. Ihre Augen wurden riesengroß. Ihr Blick wanderte zu seiner Jeans. Sie gluckste auf und schlug die Hand vor den Mund, als würde sie ein Lachen verbergen. Als er an sich herunterschaute, schoss ihm das

Blut in die Wangen. Die Boxershorts hatten die Jeans an manchen Stellen durchweicht. Leider an peinlichen Stellen. Er glaubte ein Kichern zu hören, aber als er aufblickte, war die Insel leer.

Hansen

Auf dem Heimweg hatte er sich sicher hundertmal umgeschaut, überzeugt davon, dass jemand direkt hinter ihm herschlich. Aber niemand war da. Doch warum fühlte er sich auch jetzt, als er in Richtung Spielplatz abbog so, als würde ihm jemand in den Kragen atmen? Er fuhr wieder einmal herum – entdeckte aber nur den Bikerjungen. Er trat gerade auf die Straße, natürlich mit einer Zeitung unter dem Arm. »Hey Hey!« Er winkte Fabio zu. Offenbar hatte er wirklich den Doppel-Tick. Vielleicht hielt er das für cool.

»Hi«, antwortete Fabio nur.

»Wie geht's?«, wollte der Bikerjunge wissen.

Danke, prima. Ich laufe mit einer nassen Hose alleine nach Hause. Und – ach ja – ich sehe Kinder, die es nicht gibt.

»Ganz okay«, murmelte Fabio. »Und selbst?«

Der Junge deutete mit dem Daumen über die Schulter zurück zum Haus. »Ich brauche mal wieder eine Auszeit. Kennst du das, wenn deine Familie richtig nervt?«

Fabio dachte an Tom, der jetzt irgendwo in der Stadt mit Elín herumrannte. *Und eigentlich sollte ich auf ihn aufpassen.* »Hm«, machte er vage.

»Sie sind wieder abgehauen, was?«, fragte der Junge. »Dein Bruder und der Schrecken der Straße?«

»Der Schrecken der Straße?«

»So heißt Elín hier in der Gegend. Die Mütter holen sofort die Kinderwagen rein, wenn sie mit dem Skateboard auftaucht.«

Passt ja, dachte Fabio. »Hm«, machte er wieder. Es war nicht so einfach zuzugeben, dass der Bikerjunge recht gehabt hatte. Und ehrlich gesagt wusste er nicht, was schlimmer war. Dass er sich schreckliche Sorgen um Tom machte. Oder dass er sich von seinem Bruder regelrecht verraten fühlte.

»Mach dir nichts draus«, sagte der Junge tröstend. »Ich weiß, wie es sich anfühlt, stehen gelassen zu werden. Ich habe auch Geschwister, die können einem das Leben ganz schön schwer machen.«

Fabio fühlte sich tatsächlich ein bisschen besser. Der Junge setzte sich auf die kleine Bank in die Sonne.

»Wieso bist du so oft hier draußen?«, wollte Fabio wissen.

»Die billigsten Wohnungen in Reykjavík sind Kellerräume. Mein Zimmer zu Hause ist eine richtig dunkle Gruft. Deshalb lese ich gerne in der Sonne, solange sie noch scheint. Im Winter ist es nämlich monatelang finster auf Island – auch tagsüber wird es kaum hell. Was ist mit deiner Hose passiert?«

»Lange Geschichte«, murmelte Fabio. Er setzte sich ans andere Ende der Bank. Das Holz war warm von der Sonne. Der Junge schlug die Zeitung auf und begann zu lesen. Fabio behielt das Mitternachtshaus im Auge. Wenn Tom heimkam, würde er es auf jeden Fall mitbekommen. *Hoffentlich passt er auf sich auf,* dachte Fabio beunruhigt. Dieser Salto hatte gefährlich ausgesehen. Nach ein paar Minuten hielt er die Ungewissheit nicht mehr aus. Die Nummer des Steinzeithandys hatte er sich gestern gemerkt, für alle Fälle. Und wenn Elín gestern rangegangen war, würde sie es jetzt vielleicht auch tun.

»Könntest du mir bitte kurz dein Smartphone leihen?«, fragte er den Jungen.

»Ich habe keines«, erwiderte der Junge, ohne aufzublicken.

»Dann eben dein Handy.«

Ein Kopfschütteln. »Ich besitze auch kein Handy.«

Das war wirklich seltsam. »Dann schreibst du nur Mails?«

»Nein. Internet und Computer sind langweilig. Ich lese lieber.«

Fabio klappte die Kinnlade nach unten. Der Junge war ja wirklich ein Nerd!

»Heißt das, du bist nicht einmal bei Facebook oder Whatsapp?«

»*Nei-nei*«, sagte der Junge.

Nicht zu fassen. Aber es erklärte, warum der Junge immer allein war, statt mit seiner Clique herumzuziehen. Ohne Internet war er von der Zivilisation ja völlig abgeschnitten.

Vielleicht galt er in seiner Schule deshalb auch als Spinner und hatte keine Freunde?

»Ziehen dich die anderen deswegen nicht auf?«, rutschte es Fabio heraus. »Ich meine, in der Schule ...«

»Manchmal schon.«

»Und macht dir das nichts aus?«

Ein Schulterzucken. »Eigentlich nicht.«

Jetzt konnte Fabio sich nicht entscheiden, ob er ihn bewundern oder bemitleiden sollte.

Der Junge blätterte die Zeitung um. »Hast du im Märchenbuch schon die Geschichte von Fáfnir gelesen?«

Fabio schüttelte den Kopf.

»Solltest du aber. Sie ist grausam, aber auch spannend. Fáfnir ist ein gefährlicher Krieger. Er bewacht einen Goldschatz und verwandelt sich dabei nach und nach in einen Drachen.«

Fabio biss sich auf die Unterlippe und sah sich verstohlen in der Straße um. »Kennst du auch Geschichten über ... Menschen, die einfach so auftauchen und verschwinden können?«, fragte er leise.

Der Junge sah Fabio von der Seite stirnrunzelnd an und rückte dann wie ein Professor seine Brille zurecht. »Kommt darauf an. Wie sehen sie denn genau aus?«

»So wie ganz normale Kinder.« *Naja, so normal, wie man eben sein kann, wenn man einen ausgestopften Wolfsschädel spazieren trägt ...* »Also nur als Beispiel«, fügte er eilig hinzu.

Der Junge lächelte wissend. »Zwei Möglichkeiten. A: Geister von toten Kindern, die im Grab keine Ruhe finden. Oder

B: Elfen. Wobei mir Geister lieber wären. Elfen sind nämlich tückisch, verlogen und gemein.«

Bäm. Fabio sackte ein wenig in sich zusammen. »Das hört sich so an, als … würdest du wirklich an solche Dinge glauben.«

»Logisch.« Der Junge grinste. »Hey, wir sind in Island!« Dann wurde er schlagartig ernst. »Warum fragst du? Hast du etwa … eine Elfe gesehen?«

»Hast du?«, konterte Fabio mit schwacher Stimme.

»Jedenfalls würde ich gerne mal eine treffen«, erwiderte der Junge. »Mit einem Eschenholzpfeil.« Er lachte über Fabios verblüffte Miene. »Das war nur ein Witz. Was sollte ich denn mit einer toten Elfe anfangen?«

Dazu fiel Fabio nun gar nichts mehr ein. Das war jedenfalls mehr als schräg. Unwillkürlich rückte er ein Stück von dem Jungen weg.

»Ich heiße übrigens Hansen«, fuhr dieser ungerührt fort. »Das ist die deutsche Version meines Namens. So nannte mich meine Berliner Gastfamilie. «

»Das ist doch ein Nachname.«

»Nein, ein Vatersname. Hier ins Island gibt es keine Nachnamen wie bei euch. Wie heißt dein Vater?«

»Ähm … Jan.«

»Und du?«

Fabio zögerte, aber dann nannte er seinen Namen.

Der Junge nickte. »Dann wäre dein isländischer Name Fabio Jansson – Jans Sohn. Und wenn du eine Schwester hättest, die zum Beispiel Anna heißt, wäre sie Anna

Jansdóttir. Jans *dóttir* – Tochter. So steht es dann auch im Telefonbuch.« Mit einem Blick auf Fabios Star Wars-Logo auf dem Sweatshirt fügte er hinzu: »Wäre Luke Skywalker ein Isländer, dann hieße er Luke Darthsson, weil Darth Vader ja sein Vater war. Das würde allerdings schon den ganzen Film verraten.«

Jetzt musste Fabio doch schmunzeln. Er verkniff sich die Bemerkung, dass es eigentlich »Luke Anakinsson« heißen müsste. Aber von jemandem, der nicht einmal Internet hatte, konnte man wohl kaum erwarten, dass er sich besonders gut mit Filmen auskannte.

»Und wie heißt du richtig?«, fragte er.

Der Junge seufzte und verzog missmutig den Mund. »Lassen wir es bei Hansen. Meinen Vornamen kann ich nicht mal aussprechen, ohne vor Peinlichkeit zu stottern. Aber Namen kann man sich ja leider nicht selbst aussuchen.«

Das musste ja schlimm sein. *Ehrenfried?*, dachte Fabio. *Detlef? Dobbie?*

»Ásgeir!«, rief irgendwo hinter ihnen eine helle Frauenstimme.

Hansen seufzte abgrundtief und stand auf. »Ich muss wieder zurück.«

»Wohnst du in dem roten Haus?«

»Nein, weiter hinten. Und streng genommen wohne ich gar nicht hier, ich besuche nur meine große Schwester. Sie ist krank und braucht gerade Hilfe und deshalb bleibe ich bis zum Ende der Sommerferien bei ihr.« Er lächelte schief.

»Familie muss schließlich zusammenhalten. Man sieht sich, Jansson!«

Er wanderte mit schlackernden Motorradstiefeln davon. Und Fabio musste zugeben, dass er Hansen gar nicht mehr bemitleidete. Ehrlich gesagt mochte er diesen komischen Vogel sogar. Wer mit Vornamen so ähnlich wie *Aasgeier* hieß, musste wirklich hart im Nehmen sein. Außerdem gefiel es Fabio, dass Hansen sich um seine kranke Schwester kümmerte. Aber ... *Elfen? Echt jetzt?*

Unbehaglich sah er sich noch einmal um und ging dann zum Mitternachtshaus.

Es roch stechend nach Terpentin und Ölfarbe, fetzige Musik aus dem Radio dröhnte laut durch die Räume. Mama hatte die Staffelei am Fenster aufgebaut und tupfte fröhlich summend Farbe auf eine Leinwand. Als sie Fabio entdeckte, legte sie den Pinsel hin und wischte sich die Hände an ihrer Malerschürze ab. »Schon zurück von Elín?«, rief sie gegen die laute Musik an. »Huch, was ist passiert?«

»Hab mir nur ein Glas Wasser auf die Hose gekippt. Ich ziehe mich um«, übertönte Fabio den Radiolärm. »Und darf ich nachher ins Internet? Ich muss dringend etwas nachschauen.«

»Wie der Punktestand bei deinem Elfenkrieg gegen die Orks ist, Elb Tirias?«

Wenn du wüsstest, dachte Fabio.

»Na schön«, sagte seine Mutter nicht gerade begeistert. »Aber nicht länger als eine halbe Stunde!«

Fabio zog sich nicht um, er rannte sofort ins Arbeitszimmer. Dort stand das Festnetz-Telefon. Mit fliegenden Fingern wählte er die Nummer des Handys. Sein Herz schlug bis zum Hals und machte einen Satz, als tatsächlich jemand abhob. »Tom?«, fragte er atemlos.

»*Lítill*?«, rief Elín mit gespielter Freude. »Mensch, lange nichts voneinander gehört! Schwimmst du immer noch so gerne?«

Fabio musste sehr tief durchatmen. »Das ist nicht mehr lustig, Elín. Wo ist Tom?« *Und ist das im Hintergrund Möwengeschrei?*

»Keine Ahnung«, antwortete Elín gut gelaunt. »Ich dachte, er wäre schon längst wieder bei dir.« Damit legte sie auf.

*

Zehn Minuten später kam ein ziemlich atemloser Tom in das Erkerzimmer gepoltert. Ohne Moorflecken, dafür aber mit rotem Gesicht und so strahlend, als hätte er ein Fußballspiel gewonnen. »Wir waren am Hafen«, sprudelte er statt einer Begrüßung los. »Und dort ist etwas Unglaubliches passiert. Ein ganzer Schwarm Möwen hat sich auf mich gestürzt. Sie sind so nah an mich herangeflogen, dass sie mich mit den Flügeln gestreift haben. Das war richtig krass! Ich musste flüchten und ein Stück auf der Kaimauer entlangrennen. Fast wäre ich im Meer gelandet. Elín hat mir geholfen, die Möwen zu vertreiben. Aber dann ist sie in ein Boot gesprungen und damit auf das Wasser entwischt.« Das klang nicht so, als wäre Tom besonders traurig darüber. Gut gelaunt ließ er sich auf sein Feldbett fallen. »Das Boot gehört bestimmt Gunnar. Heute haben wir Pech gehabt. Aber morgen kriegen wir das Handy.«

Fabio gab es einen Stich der Wut. »Wir? Du meinst wohl, du lässt mich dann wieder stehen und haust einfach ab?«

Tom biss sich ertappt auf die Unterlippe. »Ich … dachte nur, es dauert zu lange, bis du dich wieder angezogen hast.«

»Es sah eher so aus, als wolltest du freie Bahn haben!« Es klang ziemlich gekränkt, aber genauso fühlte sich Fabio ja auch. »Und seit wann springst du auf fremden Autos herum und machst Saltos, bei denen man sich den Hals brechen kann? Hast du sie noch alle?«

Tom riss erschrocken die Augen auf und wurde blass. »Das hast du gesehen?«

Fabio nickte. »Ich bin dir über die Straße gefolgt.«

»Das … das war nur …«, stotterte Tom.

»Was?«

»Es sieht gefährlicher aus, als es ist. Ich habe das schon oft gemacht.«

»Ach ja? Wo denn?«

Tom schien krampfhaft nach einer Ausrede zu suchen, aber dann seufzte er und gab sich geschlagen: »Auf dem Trainingsgelände neben dem Fußballplatz. Ein paar Jungs trainieren dort immer Parkour. Ab und zu bringen sie mir ein paar Sachen bei. Auch den Salto.«

Fabio musste schwer schlucken. Die Parkourjungs kannte

er. Das waren die Idioten aus der zehnten Klasse, die Witze machten, wenn er beim Fußballtraining danebenschoss. Aber jetzt verstand er plötzlich, warum Tom unter der Woche nachmittags so oft allein zum Fußballplatz ging. »Du trainierst also heimlich Parkoursport«, stellte er fest.

Tom zuckte entschuldigend mit den Schultern. »Manchmal«, druckste er herum.

»Ohne mir etwas davon zu sagen?«

Sein Bruder senkte den Kopf. »Du findest Sport doch sowieso blöd«, murmelte er. »Und unsere Eltern haben es mir verboten. Ich dachte, da ist es besser, wenn niemand davon weiß.«

»Na toll.« Fabio ließ sich eingeschnappt auf sein Bett fallen. Das Märchenbuch rutschte von der Matratze und knallte auf den Boden. Vom Deckel funkelte ihn der fette Zwerg höhnisch an.

»Bist du jetzt sauer, Fabi?«, fragte Tom zaghaft.

»Wonach sieht es denn aus?«, schnappte Fabio.

Aber die Wahrheit war, er war gar nicht wütend. Es fühlte sich eher an wie eine dumpfe Angst. Weil ihm plötzlich klar geworden war, dass Tom unbemerkt schon wieder ein Stück über ihn hinausgewachsen war. Bald würde es gar nichts mehr geben, was Fabio zumindest genauso gut konnte wie sein kleiner Bruder. Und außerdem hatten Tom und er noch nie voreinander Geheimnisse gehabt.

»Tut mir leid«, sagte Tom zerknirscht. »Ich mache es nicht wieder, versprochen. Und du … sagst doch Mama nichts davon?«

Fabio seufzte und schüttelte den Kopf. »Natürlich nicht, was denkst du denn?«

Toms Miene hellte sich auf. »Danke!« Er lehnte sich an die Wand. »Worauf hast du vorhin am See eigentlich gedeutet? Da war doch niemand.«

Einen Moment lang hätte Fabio seinem Bruder am liebsten alles erzählt – von dem Wolfsjungen und auch von dem Mädchen auf der Insel. Aber es war klar, dass Tom wirklich nichts gesehen hatte. Sollte er jetzt wirklich sagen, dass unsichtbare Kinder ihn verfolgten? »Vergiss es«, murmelte Fabio.

Ein schrilles Handyklingeln erklang.

Sie schossen beide von den Betten hoch. »Das kommt vom Dach.« Tom stürzte zum Fenster und riss es auf. Das Schrillen wurde noch lauter. Sie lehnten sich beide aus dem Fenster – und entdeckten eine Bewegung im Baum neben dem Haus. Das Handy hing an einer langen Schnur befestigt an einem Ast der Eberesche. Es pendelte leicht, und auf dem leuchtenden Display konnte man deutlich lesen, wer der Anrufer war. *Paps.*

Tom schwang sich sofort auf das Fensterbrett, aber dann hielt er inne und sah Fabio fragend an.

»Okay, hole es schon!«, sagte Fabio unwillig. Tom kletterte hinaus und lief flink zum Dachrand. Dort pflückte er das Handy von dem Zweig und ging ran. »Hallo Papa! Ja, alles in Ordnung, warum? Fabi? Der … äh … ist gerade auf dem Klo.« Pause. »Ja, okay, ich sage es ihr.« Tom legte auf. »Puh! Er hat vorhin schon einmal angerufen. Mama hört wohl ihr Smartphone nicht.«

Kein Wunder bei der lauten Musik, dachte Fabio.

Tom spähte nach oben in den Baum. »Seile«, sagte er verwundert. »Und ganz oben in der Krone hängt, glaube ich, die Holzleiter. Sie ist quer über zwei Äste verzurrt wie eine Art Sitzbank.«

»Komm wieder rein, Tom«, befahl Fabio.

Diesmal gehorchte sein Bruder sofort. »Warum hat Elín uns das Handy zurückgebracht?« Tom betrachtete das Handy misstrauisch von allen Seiten, als wäre es eine Zeitbombe, und drückte dann eine Taste.

»*Kabumm!*«, sagte eine wohlbekannte, spöttische Stimme. Tom warf das Handy vor Schreck auf das Feldbett. Elín lachte. Sie stand mit verschränkten Armen draußen vor dem Fenster. In ihrem zerzausten Haar hatten sich Blätter und kleine Zweige verfangen. »Her mit meinen Rollen!« Sie streckte ihnen mahnend die offene Hand hin. Fabio fiel auf, dass sie am Handgelenk eine Narbe hatte, als hätte sie sich dort einmal verbrannt.

Fabio zögerte, aber als Tom ihm einen kleinen Stoß mit dem Ellenbogen gab, holte er die Skateboard-Räder hervor und legte sie auf das Fensterbrett. Elín steckte sie ein, aber sie ging nicht, sondern spähte in das Zimmer. Fabio war froh, dass die Aluleiter weg und die Luke zum Dachboden geschlossen war. Sonst wäre Elín sicher wieder zornig geworden. Aber sie sah gar nicht mehr wütend aus, eher neugierig. Doch sie drehte ganz hibbelig die Rollen in den Händen und nagte nervös an ihrer Unterlippe. Die Unruhe sprang auf Fabio über. Es war, als würde er direkt neben einem Silvesterknaller stehen, dessen Zündschnur schon heruntergebrannt war. Und jetzt wartete er mit einem unbehaglichen Kribbeln auf die Explosion.

»Hast du die Leiter ganz allein in den Baum gehievt?«, brach Tom das nervöse Schweigen.

»Klar«, gab Elín knapp zurück.

»Wozu hast du das gemacht?«

»Na, weil auf dem Dachboden meine Sachen sind.«

Tom runzelte die Stirn. »Das heißt, du wolltest die Leiter verstecken, damit niemand auf den Dachboden geht?«

»Ist doch logisch«, erwiderte Elín unwillig.

Logisch? Tom und Fabio wechselten einen zweifelnden Blick.

»Na, wer eine Leiter sieht, kommt auch auf die Idee, sie zu benutzen«, erklärte Elín. »Also habe ich sie weggeschafft, damit ihr gar nicht erst daran denkt, irgendwo hochzuklettern.«

Hat ja toll geklappt, dachte Fabio.

»Aber dann wäre es doch praktischer gewesen, die Leiter im Keller wegzusperren statt sie über das Dach zu schleppen und auf einen Baum zu binden«, gab er vorsichtig zu bedenken.

Elín blinzelte so irritiert, als wäre ihr diese einfache Möglichkeit tatsächlich nicht eingefallen. Dann wurde sie glühend rot bis über die Ohren.

»Ist doch egal«, wetterte sie dann los. »Jedenfalls: Wie fändet ihr es, wenn Fremde in eurem Zimmer wohnen und dann auch noch herumschnüffeln? Kleiner Tipp: Es fühlt sich genauso an, als würde einem etwas gestohlen, woran man wirklich hängt.« Sie deutete auf die Jedi-Lampe, die sich Fabio wieder an die Jeans gehakt hatte.

»Dass wir in deinem Zimmer wohnen, dafür können wir nichts«, konterte Fabio. Er wollte noch etwas zu beleidigenden Spitznamen sagen, aber Tom überrumpelte ihn völlig.

»Es tut uns leid«, sagte sein Bruder völlig aufrichtig. Er streckte Elín die Hand hin. »Friede?«

Es war schwer zu sagen, wer überraschter war. Fabio oder Elín. Beiden klappte der Mund auf.

An der Tür klopfte es. »Jungs?«

Elín reagierte blitzschnell, schnappte Toms Hand als Stütze und hopste ins Zimmer. In der nächsten Sekunde saß sie mit baumelnden Beinen auf dem Fensterbrett, als hätte sie es sich dort einfach nur bequem gemacht.

Mama steckte den Kopf durch die Tür und schreckte zurück. »Huch, Elín!«

»Hallo Heike!« Elín knipste ihr unschuldigstes Lächeln an.

»Wo kommst du denn so plötzlich her?«

»Aus dem Baum«, erwiderte Elín, ohne mit der Wimper zu zucken.

Mama lachte, als hätte Elín einen Witz gemacht. »Im Ernst: Hast du an der Tür geklingelt? Ich habe gar nichts gehört.«

»Du hörst sowieso nichts bei der lauten Musik«, sagte Tom. »Papa hat dich gerade nicht erreicht. Er sagt, du sollst ihn zurückrufen.«

Mama blinzelte ein wenig irritiert. »Ah ja, in Ordnung. Und du bleibst doch hoffentlich zum Essen, Elín?«

»Ja!«, riefen Elín und Tom wie aus einem Mund.

»Nein!«, sagte Fabio zur gleichen Zeit.

Aber niemand schien es zu hören.

»Wie schön.« Mama lächelte erfreut. »Dann kommt mit.«

Das ließ sich Elín nicht zweimal sagen, sie hüpfte vom Fensterbrett und stürmte nach unten. Fabio hielt Tom am Ärmel zurück.

»Was soll das denn?«, flüsterte er seinem Bruder zu. »Wieso willst du, dass sie hierbleibt?«

Sein Bruder zuckte mit den Schultern. »Wieso nicht?«

»Hallo? Erde an Tom? Vorhin hast du sie noch Ratte genannt und warst stinksauer auf sie.«

»Schon«, gab Tom zu. »Aber sie hat uns das Handy doch zurückgegeben. Und eigentlich ist sie doch ganz witzig.«

Yggdrasil

Es war wie in einer verkehrten Welt. Während Fabios Mutter Spaghetti kochte, deckte Elín ganz selbstverständlich den Tisch und redete dabei die ganze Zeit. »Warst du schon unten am Meer, Heike? Dort gibt es einen Spazierweg mit vielen Skulpturen direkt am Wasser. Ich mag am liebsten *Sólfar* – die ›Sonnenfahrt‹. Es sieht aus wie ein Schiff.«

»Ja, das ist das berühmte Kunstwerk des Bildhauers Jón Gunnar Árnason«, erwiderte Mama. »Da gehen wir morgen hin.«

»Ich war schon dort«, meldete sich Tom zu Wort. »Elín und ich waren heute am Fjord. Die Skulptur ist cool. Sieht wirklich aus wie ein Wikingerschiff aus Stahl.«

Mama hob die linke Augenbraue. »Ich dachte, Skulpturen seien so langweilig?«

Dachte ich auch, hätte Fabio fast laut gesagt.

Fassungslos sah er kurz darauf zu, wie Elín einen Teller Spaghetti nach dem anderen in sich hineinschaufelte. Es war unglaublich, wieviel sie verdrücken und dabei gleichzeitig reden konnte. Auch Tom beobachtete mit erstauntem Respekt, wie sie nach dem dritten Teller auch noch eine Riesenportion Nachtisch zu löffeln begann. »Das ist ja wirklich eine Heuschrecke«, raunte Tom Fabio zu.

»Deine Mutter sagte, du fährst demnächst zu deinen Verwandten?«, fragte Mama.

Elín nickte. »Zu Onkel Örn und Tante Julia. Bei ihnen feiere ich meinen Geburtstag. Sie haben einen Reiterhof genau am Fluss *Hvítá*. An meinem Geburtstag wird abends am Lagerfeuer gegrillt.«

»Ein Reiterhof.« Mamas Augen leuchteten auf. »Davon hat Björg ja gar nichts erzählt. Gibt es dort Island-Ponys?«

»Pferde«, korrigierte Elín. »Sie sind klein, aber keine Ponys, sondern richtige Pferde. Örn und Julia bieten Reiterferien und Trekking-Touren für Touristen an. Man kann zu den *Hraunfossar*-Wasserfällen reiten.«

»Wie alt wirst du denn?«, wollte Tom wissen.

»Zwölf.«

»Dann macht ihr also einen Wanderritt und feiert am Lagerfeuer.« Mama seufzte sehnsüchtig. »Von einem solchen Geburtstagsfest habe ich als Mädchen immer geträumt! Deine Freundinnen freuen sich bestimmt schon darauf.«

Elín verschluckte sich an einem Löffel Pudding und hüstelte. »Mhm«, machte sie dann. Aber Fabio entging nicht, dass plötzlich ein Schatten über ihr Gesicht huschte.

»Wie viele Freundinnen kommen denn zu der Party?«, bohrte er sofort nach.

Elín schob sich einen Löffel Pudding in den Mund und kaute und kaute, als wäre er ein zähes Stück Fleisch.

»Nur sieben«, antwortete sie schließlich. »Kleinster Kreis.«

Fabio runzelte die Stirn. Elín tat fröhlich, doch ihre Augen wirkten plötzlich seltsam traurig und sie stocherte nun lustlos im Pudding herum.

»Kannst du gut reiten?«, fragte Tom.

»Ja. Und ich habe sogar ein eigenes Pferd«, erwiderte Elín stolz. »Es heißt Faxi.«

Fabio lachte. »Weil es Faxen macht?«

Elín warf ihm einen empörten Blick zu. »Faxi bedeutet: *Der mit der schönen Mähne*«, erklärte sie würdevoll.

»Dann reisen deine Freunde also über das Wochenende aus Reykjavík an und übernachten auf dem Hof?«, fragte Mama.

Elín sah aus, als würde sie sich gleich wieder verschlucken. »Wahnsinn, hast du das gemalt?«, rief sie statt einer Antwort und deutete auf den Kühlschrank. Dort war eine Bleistiftzeichnung an die Tür gepinnt. Fabio erkannte sofort den Eschenbaum von der Wiege, perfekt dargestellt bis in den kleinsten Schatten eines Zweiges.

»Das ist wunderschön!«, rief Elín mit ehrlicher Begeisterung. Sie hatte recht. Manchmal vergaß Fabio, dass seine Mutter wirklich gut zeichnen konnte.

Doch die winkte bescheiden ab. »Ach, das ist nur eine grobe Skizze.«

»Nein, das ist die Weltesche *Yggdrasil.*« Elín sprang auf

und nahm die Zeichnung von der Tür. »Der allererste Baum, den die Götter erschaffen haben.«

»Du kennst dich ja gut mit nordischen Sagen aus«, sagte Mama anerkennend.

Elín zuckte die Schultern. »Müssen wir in der Schule lernen. Warum zeichnest du die Esche?«

»Ich bin zufällig darauf gestoßen und dachte mir, ich mache vielleicht ein Ölbild von diesem Motiv. Die Vorlage ist übrigens eine Zeichnung auf eurer Wiege. Fabio und ich haben sie vom Dachboden geholt.«

Fabio rückte unwillkürlich etwas weiter zurück auf dem Stuhl, nur für den Fall, dass Elín gleich einen Wutausbruch bekam, aber komischerweise zuckte sie bei der Erwähnung des Dachbodens nicht einmal mit der Wimper. Allerdings warf sie ihm einen scharfen Blick zu.

»Die Wiege für Tante Julia und Onkel Örn?«, fragte sie dann. »Ist sie überhaupt noch zu gebrauchen? Die staubt ja schon ewig vor sich hin.«

»Ja, die Zeichnungen sind verblasst, aber man erkennt das meiste noch. Vielleicht kannst du mir erklären, was genau auf den einzelnen Bildern dargestellt ist?«

Zu Fabios Überraschung begann Elín zu strahlen. »Gerne!«

Die Wiege lag in einige Einzelteile zerlegt auf den Zeitungen im Wohnzimmer. Elín kniete sich auf den Boden und betrachtete einen grünen Drachen. Er ringelte sich um die Strebe. Und jetzt erkannte Fabio auch, dass der Drache auf einem Berg voller Gold saß. Davon hatte doch

Hansen vorhin erzählt? »Soll das Fáfnir sein?«, rutschte es ihm heraus. Im selben Moment wurde ihm klar, dass er sich diesmal selbst ein Bein gestellt hatte. Elíns Augen blitzten tückisch auf. »Fáfnir, *der Zwerg*«, korrigierte sie prompt. »Und zwar ein ziemlich gieriger Zwerg. Sein Bruder wurde vom Gott Loki getötet und Fáfnir und seine Familie forderten Gold als Schmerzensgeld. Aber als Loki dann das Gold heranschafft, tötet Fáfnir seinen eigenen Vater, weil er alles für sich behalten will. Er hockt auf dem Gold und verwandelt sich vor lauter Raffgier in einen hässlichen Drachen.«

»Wie grausam«, bemerkte Mama.

Elín lächelte süß. »Zwergen ist eben nicht zu trauen. Je kleiner, desto gemeiner.«

Fabio ballte unwillkürlich die Hände zu Fäusten und auch Tom holte schon Luft, um etwas zu entgegnen.

»Und das hier?«, beeilte sich seine Mutter zu sagen. Auf der nächsten Strebe waren ein paar schlanke Frauen an einem Wasserfall abgebildet.

»Ach, das sind nur Elfen«, erklärte Elín gelangweilt. »Sie sind natürlich wunderschön und leben in Hügeln, tanzen in Mondnächten auf den Vulkanfelsen … blablabla und so weiter. Die übliche Märchenstunde für Touristen.«

»Du … glaubst also nicht, dass es hier bei euch Elfen gibt?«, fragte Fabio.

Elín sah ihn an, als hätte er gefragt, ob sie sich schon auf den Weihnachtsmann freue.

»*Rugl!*«, sagte sie dann mit einem verächtlichen Schnauben. »Das ist völliger Blödsinn.«

Wenn du wüsstest, dachte Fabio. Verstohlen beugte er sich ein Stück vor und studierte die schönen Elfenfrauen. Sie hatten spitze Ohren, trugen silbergraue, wallende Kleider und ihr langes schwarzes Haar wehte im Wind. *Jedenfalls schleppen sie keine Laptops durch die Gegend.*

»Zwei Streben sind leider angebrochen«, sagte Mama bedauernd. »Und drei fehlen ganz. Ich habe sie auf dem Dachboden nicht gefunden.«

»Vielleicht sind sie bei Gunnar.« Elín sprang auf und klopfte sich in ihrer hibbeligen Art den Staub von den Händen. »Bei ihm stand die Wiege eine Weile. Sollen wir suchen gehen?«

Diese Frage war eindeutig an Tom gerichtet.

Fabio hätte ihm liebend gerne den Ellbogen in die Rippen gestoßen, aber sein Bruder war schon aufgestanden und rief ohne zu zögern: »Klar!«

»Prima«, sagte Mama. »Ich gebe euch Geld. Bringt auf dem Rückweg Milch mit. Und wenn ihr wollt, kauft euch ein Eis oder eine Cola.«

Milchgesicht

Fabio konnte es sich nicht erklären, aber zwischen Amerika und Yggdrasil war mit Elín und Tom irgendetwas passiert. Und zwar nichts, was ihm gefiel. Auf dem ganzen Weg zu Gunnar zogen sie sich gegenseitig auf, aber auf eine kumpelhafte Art, als würden sie sich schon lange kennen. Und seit sie bei Gunnar angekommen waren, fühlte sich Fabio ziemlich fehl am Platz. Bis jetzt hatten sie nur vier Kilo Staub und keine einzige Strebe gefunden. Gunnar hustete schon dumpf. Aber die beiden anderen hatten ihren Spaß.

Tom zog gerade ein zerrupftes ausgestopftes Frettchen aus einer alten Umzugskiste. Es machte Schlitzaugen und schien mit gefletschten Zähnen heimtückisch zu grinsen. »He, Elín!«, rief Tom. »Sag deiner Zwillingsschwester Guten Tag.«

»*Heimska!*«, lachte Elín. »Hier, schluck Staub, Schleimfrisur.« Eine Staubwolke vernebelte die Luft, als Tom von einem alten Lappen mitten ins Gesicht getroffen wurde.

»Lass das!«, empörte sich Fabio.

»Was soll ich lassen?«, feixte Elín, dann traf ihn ein nach Kellermoder müffelndes Kissen.

»Hört auf, Kinder«, befahl Gunnar streng. Aber er verkniff sich dabei eindeutig ein Grinsen. Elín kicherte nun und Tom schüttelte sich lachend Staub aus seinem gegelten Haar.

»Macht alleine weiter«, sagte Fabio genervt. »Ich gehe einkaufen.«

»Elín hat doch nur Spaß gemacht!«, rief Tom ihm noch hinterher, dann war Fabio schon oben im Flur. Niemand folgte ihm, also trat er vor das Haus. Gunnars kleiner Privatschrottplatz gleißte in der Sonne. Das Gras, das die Trümmer an einigen Stellen schon überwucherte, wehte im Wind. Möwenschreie durchschnitten die Luft. Eine Libelle surrte heran und umkreiste Fabio so nah, dass das Flügelklappern in seinen Ohren zu dröhnen schien. Er machte einen Satz zur Seite, als das große Insekt auf seiner Schulter landen wollte, und flüchtete auf die Straße. Irgendein Teil von ihm wartete immer noch darauf, dass Tom sich zu ihm gesellen würde, aber sein Bruder blieb im Haus. *Dann eben nicht,* dachte Fabio verstimmt.

Die Einkaufsmeile *Laugavegur* wimmelte heute vor Menschen. Fabio kaufte die Milch und machte sich auf zum Internet-Café. Vielleicht würde er ja den Wolfsjungen entdecken? Auf dem Weg spähte Fabio nach allen Seiten. Ein weißer Wolfskopf musste sogar in diesem Trubel auffallen. Und sobald Fabio ein Mädchen mit blonden Zöpfen sah, beschleunigte er seine Schritte und holte auf. Aber es war nie das Mädchen von der Insel.

Bei dem Souvenirladen mit den Eisbären blieb er abrupt stehen, im Genick wieder dieses unbehagliche Kribbeln, als würde jemand stumm hinter ihm herlaufen. Als er herumwirbelte, sah er nur sein eigenes Spiegelbild in dem Schaufenster – und die aufdringliche Libelle, die im Standflug direkt vor seiner Nase schwebte. »Hau ab!«, entfuhr es ihm. Ein Passant sah ihn verdutzt an und ging weiter. *So weit ist es gekommen,* dachte er. *Ich rede mit Insekten.* Aber zu seiner Verblüffung drehte die Libelle tatsächlich ab und sirrte im Pfeilflug steil nach oben. Fabio sah ihr nach und erschrak. Auf dem Dach des Ladens hockte ein ganzes Libellengeschwader, aufgereiht wie auf einem Flugplatz. Unzählige blau schillernde Nadeln mit langen Flügeln hingen sogar an der Dachrinne. Und diesmal war er ganz sicher: Die Biester starrten ihn aus Facettenaugen lauernd an, geduckt wie Sprinter, die auf den Startschuss warteten. Und dann hoben sie gleichzeitig alle ab, eine Explosion aus flirrenden Flügeln und schimmernden Leibern fegte auf ihn zu. Fabio machte einen Satz und prallte gegen die Tür des Souvenirladens. Ohne darauf zu achten, dass er fast einen Ständer mit Postkarten umriss, stürzte er hinein und drückte die Tür hinter sich zu. Draußen schwirrten die Libellen vor der Glastür und umkreisten die beiden Eisbären. Einige Fußgänger brachten sich in Sicherheit, andere zückten sofort ihre Kameras und machten Fotos. Wie auf einen geheimen Befehl hin löste sich der Schwarm auf und zerstreute sich in alle Richtungen. Nach wenigen Sekunden war der Spuk vorbei. »Waren das Libellen?«, hörte Fabio jemanden fragen. »Ich dachte, auf Island gibt es kaum Insekten?«

Ein helles Kichern ertönte, aber als Fabio sich im Laden umsah, blickte er nur in ernste Gesichter, die immer noch nach draußen spähten. Sogar das ausgestopfte Rentier im Schaufenster schien verwundert auf die Straße zu glotzen. »*Can I help you?*«, fragte die Verkäuferin. Fabio schüttelte den Kopf und tat so, als würde er die Postkarten am Ständer studieren. Doch dabei beobachtete er die Straße. Keine Libelle weit und breit, aber sein Herz schlug dennoch bis zum Hals. Denn auf der gegenüberliegenden Straßenseite bewegte sich im Internet-Café etwas Weißes hinter der Scheibe.

Fabio hechtete über die Straße, im Nacken die kribbelige Erwartung, gleich wieder vom Kampfgeschwader angefallen zu werden. Aber die Libellen blieben verschwunden. Und das Weiße im Café war nur der Mantel einer Frau, die sich gerade einen Tisch suchte. Kein Wolfsjunge weit und breit, nur ein paar Gäste surften an den Bildschirmplätzen. Fabio ging die Reihe entlang zu den hinteren Tischen. Fast wäre er gegen einen bärtigen Mann geprallt, der mit einem Mal fluchend von seinem Stuhl hochschoss und seinen Rucksack vom Boden hochriss. Die Milchtüte wurde Fabio aus der Hand geschlagen und klatschte auf den Boden. Zum Glück, ohne zu platzen. »*Sorry*«, sagte der Mann hastig. »War keine Absicht, Mann.« Er hob die Milchtüte auf und drückte sie Fabio in die Hände. »Ich muss los, mein Flug geht früher, als ich dachte!« Er drängte zum Ausgang. Am Computer hatte er alles stehen und liegen gelassen. Seine halb geleerte Kaffeetasse, einen Schmierzettel mit Zahlenkritzeleien und einen Kuli. Auf dem Bildschirm war noch die Startseite der Fluggesellschaft zu sehen. Ein Zähler am Bildschirmrand zeigte an, dass der Mann noch fast fünfzehn Minuten Surfzeit bezahlt hatte. Fabio sah sich um. Die Bedienung an der Theke telefonierte gerade und achtete nicht auf die Gäste, also setzte er sich rasch hin und zog die Tastatur zu sich heran.

Er konnte wirklich nicht verstehen, wie Hansen ohne Internet leben konnte. Als er jetzt zu tippen begann, fühlte er sich, als würde er nach einem tagelangen Wüstenmarsch endlich wieder in die Zivilisation zurückkehren. Er loggte sich nicht in sein Computerspiel ein, sondern gab in die Suchmaschine die Begriffe *Elfen* und *Island* ein.

Egal, was Björg behauptete, Isländer glaubten wohl doch an die Existenz magischer Wesen. Die Stadt *Hafnarfjörður* bezeichnete sich zum Beispiel als »Stadt der Menschen und der verborgenen Wesen«. Und die »Elfenhügelstraße« zwischen Reykjavík und einer Stadt namens Kópavogur führte in einem scharfen Bogen um einen Hügel herum. Weil in diesem Hügel angeblich Elfen wohnten, die sich fürchterlich rächen würden, wenn jemand ihre Wohnung wegen einer Straße plattmachte. In einer anderen Stadt gab es in der Hauptstraße die Häuser Nummer 82 und Nummer 86. Nummer 84 war ein Felsen – von Elfen bewohnt.

Aber Elfen mit Laptops und Kopfhörern? Fehlanzeige. Fabio fand nur die üblichen Darstellungen: zarte Wesen mit Spitzohren und durchsichtigen Flügeln, in hübsche Schleierkleidchen oder in mittelalterliche Gewänder gehüllt. Manche trugen sogar alberne Schnabelschuhe mit aufgebogenen Spitzen wie Weihnachtswichtel. *Hatte das Mädchen auf der Insel Elfenohren?*, überlegte Fabio. Er konnte sich daran nicht erinnern. Sicher war nur, sie hatte keine Flügel.

Mit einem *Pling* erschien eine abgelaufene Sanduhr auf dem Bildschirm. Die Zeit war rasend schnell vergangen. Fabio schob den Stuhl zurück und wollte schon gehen. Aber dann fiel sein Blick auf eine verspiegelte Sonnenbrille. Sie lag am Rand eines Tisches im hinteren Teil des Cafés. Eine Frau las dort eine Zeitschrift. Ihr Rücken versperrte Fabio die Sicht, also stand er auf und näherte sich dem Tisch. Nun entdeckte er neben der Brille das silberne Laptop. Jetzt raste sein Herz los. Der Wolfsjunge war nicht hier, aber sein Laptop war aufgeklappt und leuchtete. Fabio umrundete den Tisch, bis er wie beiläufig auf den Bildschirm schauen konnte. *Facebook?* Oder zumindest etwas Ähnliches. Jedenfalls war das eindeutig eine Pinnwand mit Kurznachrichten in Form von Sprechblasen, garniert mit kleinen Fotos.

Die Nachrichten waren natürlich auf Isländisch verfasst, dazu noch in einer verschnörkelten, altertümlichen Schrift. Aber oben auf der Seite prangte groß das Profilbild des Wolfsjungen. Mit verschränkten Armen posierte er stolz grinsend auf einer verschneiten Bergspitze. Über dem Bild stand das Wort *Snjór*. Nun poppte eine neue Sprechblasen-Nachricht auf. Fabio ließ sich auf den leeren Stuhl des Wolfsjungen sinken, stellte die Milch ab und beugte sich näher zum Bildschirm. Die Frau war so in ihre Zeitschrift vertieft, dass sie es gar nicht bemerkte. *Harpa,* las er in der Nachricht neben einer Uhrzeit. Dahinter stand ein Wort, das ihm bekannt vorkam: *morgun*. Heißt das: *morgen?*

Das winzige Selfie-Foto neben der neuen Nachricht zeigte das schmale Gesicht eines Jungen. Er wirkte wie jemand, der sich als Manga-Figur verkleidet hatte. Seine Augen waren dick mit schwarzer Schminke umrandet. Er hatte rotes, eindeutig gefärbtes Haar und ein so spitzes Kinn, dass er an einen Fuchs erinnerte. Fabio wollte das Bild größer ziehen und berührte die Tastatur. Und dann verging ihm Hören und Sehen. Ein lavaheißer Schlag zuckte durch seine Finger bis in seinen Arm. Er riss die Hand weg und fegte dabei aus Versehen die Brille vom Tisch. Klappernd landete sie auf dem Boden. Die Frau fuhr erschrocken hoch und starrte ihn an – aber er konnte nur entsetzt zusehen, wie die Seite implodierte und in einen Regen von schimmernden Buchstaben zerfiel. Das Programm stürzte ab und das Leuchten des Laptops erlosch. Und zu allem Überfluss kam genau in diesem Moment der Wolfsjunge von draußen ins Café geschlendert. Fabio sprang auf und ging bei den Bildschirmplätzen in Deckung. Zwischen den Monitoren hindurch beobachtete er, wie der Junge zum Tisch marschierte. Ohne seine Sonnenbrille wirkte er noch fremdartiger, fast schon unheimlich. Er hatte nämlich weiße Wimpern und so hellgraue Augen, dass sie durchsichtig wie Glas wirkten. *Oder wie Eis,* dachte Fabio. Und dann bekam er den endgültigen Beweis, dass niemand außer ihm diesen Jungen sah. An der Theke blieb der Junge abrupt stehen und hob verdutzt seine Sonnenbrille vom Boden auf. Aber niemand beachtete ihn oder streifte ihn. Es war, als würden die Menschen ganz unbewusst um ihn herumlaufen wie Wasser, das einen Felsen umfließt. Der Junge sah zu seinem Tisch, entdeckte sein erloschenes Laptop und stieß einen schrillen, wütenden Schrei aus. Fabio musste sich die Ohren zuhalten, aber niemand außer ihm schien den Jungen zu hören. Dafür zersprangen mit einem Mal diverse Gläser. Cola und Tee ergossen sich über die Tische. Die Leute sprangen erschrocken auf und begannen mit Servietten herumzuwischen. Der Junge hechtete zum Laptop und hämmerte auf den Tasten herum. Vor Wut fegte er mit einer blitzschnellen Bewegung die Getränkekarte samt Salz- und Pfefferstreuer vom Tisch – und erstarrte, als er die Milchtüte entdeckte. Fabio brach der Schweiß aus. Mist, die hatte er stehen lassen. Der Junge wirbelte mit einer flinken Bewegung herum. Fabio tauchte sofort unter den Tisch. Zum Glück fiel das in der allgemeinen Hektik nicht auf. Zwischen den Tischbeinen konnte er die Füße des Jungen sehen. Nein, Schnabelschuhe mit aufgerollten Spitzen trug er nicht. Er war barfuß. Und die Scherben auf dem Boden, über die er einfach hinwegschritt, machten ihm überhaupt nichts aus. Fabio schluckte und wich geduckt zurück, bis er sich zur Tür manövriert hatte und in der Deckung von einigen Leuten aus dem Café schlüpfen konnte. Noch nie war er so schnell gerannt. Erst am Ende der Straße wagte er es sich umzusehen – und sah gerade noch, wie der Wolfsjunge aus dem Café nach draußen stürzte und zum Glück in die falsche Richtung schaute.

*

Alle paar Meter vergewisserte sich Fabio, dass der Wolfsjunge ihm nicht auf den Fersen war. Er hoffte, dass Hansen auf der Bank saß, aber er war nicht da. Was hätte Fabio ihm auch erzählen sollen? »*Hallo Hansen. Ich habe gerade das Laptop einer Elfe geschrottet und die ist jetzt ziemlich sauer auf mich*«?

Elfen. Wieder brach ihm der Schweiß aus. *Das glaubt mir niemand,* dachte er, während er mit zittrigen Knien ins Mitternachtshaus schlüpfte. Seine Mutter war nicht im Wohnzimmer, aber oben im Badezimmer hörte er Wasser rauschen.

Ein Windhauch streifte ihn. In der Küche stand das Fenster ein Stück weit offen. Und dann hörte er schon das verräterische Surren. Er schaffte es gerade noch, das Fenster zu schließen, bevor eine hellgrüne Libelle ins Haus fliegen konnte. Sie setzte sich außen auf das Fensterbrett und schien ihn zu mustern. »Denk nicht mal dran«, sagte Fabio drohend. Die Libelle surrte nach rechts. Aber Fabio war schneller. Auch im Wohnzimmer schlug er dem Insekt das Fenster vor der Nase zu. Er huschte durch alle Räume und machte alles dicht. Schließlich hechtete er unter das Dach und schottete auch sein und Toms Zimmer gegen die Invasion ab. Aber es gab keine Invasion mehr. Die Libelle hatte wohl aufgegeben. Mit weichen Knien ging Fabio nach einer

Weile hinunter ins Arbeitszimmer. Gerade wollte er sich an den Computer setzen, als ihm auffiel, dass das Fenster, das er vor ein paar Minuten zugemacht hatte, wieder einen Spaltbreit offen stand. Er machte einen Satz und knallte es wieder zu.

Das Knarren von Dielen hinter ihm erschreckte ihn fast zu Tode. Mit einem Keuchen fuhr er herum.

»Ich bin's doch nur«, sagte seine Mutter verwundert. Sie stand in ihrem Malerkittel im Zimmer, in den Händen ein Dutzend triefender Pinsel, die sie wohl gerade im Bad ausgewaschen hatte. »Was machst du da?«

»Fenster zu. Es … zieht.«

Mama runzelte die Stirn. »Ich hatte es eben geöffnet, weil es hier oben nach Ölfarbe riecht. Was ist denn mit dir?«

»Nichts. Wieso?«

»Du siehst aus, als hättest du ein Gespenst gesehen.«

Knapp daneben. Fabio schluckte.

»Bist du alleine zurückgekommen?«, fragte seine Mutter weiter.

»Ja.«

»Nicht sehr gesprächig heute, was?«

»Ich wollte ins Internet«, brachte er mühsam hervor. Seine Mutter bekam ihren tadelnden Lehrerinnen-Blick. »Bei dem schönen Wetter willst du allein vor dem Computer herumhocken? Warum bist du denn nicht mit Tom und Elín beim Eisessen?«

»Keine Lust.«

Seine Mutter seufzte tief und ging kopfschüttelnd, als wäre

er ein hoffnungsloser Fall, nach unten. Fabio fuhr sofort den Computer hoch. Vor Aufregung vertippte er sich ein paarmal, bevor es ihm gelang, die Adresse einzugeben, die er sich im Café eingeprägt hatte. Aber die Homepage existierte nicht. Dafür fand er heraus, was *Harpa* bedeutete. Es war ein großes, gläsernes Veranstaltungshaus am Hafen. *Á morgun* bedeutete morgen. Schließlich suchte er den Namen *Snjór* – und bekam nur Bilder von verschneiten Straßen und Wäldern. *Snjór – Schnee* fand er die Übersetzung. So hieß der Wolfsjunge? Aber es passte eigentlich. Fabio erinnerte sich mit einem Frösteln an die weißen Wimpern und die eisgrauen Augen.

»Fabi?«, rief seine Mutter. »Komm mal runter in die Küche!«

Sie stand am Kühlschrank, in der Hand eine halb gefüllte Kaffeetasse. »Wo hast du die Milch hingetan? Du hast doch welche gekauft?«

Fabio wurde heiß. »Die habe ich vergessen« … *im Elfen-Stammcafé.*

Seine Mutter stöhnte auf. »Wo hast du denn nur deinen Kopf? Ich wette, in deinem Computerspiel vergisst du niemals auch nur eine Kleinigkeit und …« Sie stutzte. »Sag mal, nimmst du mich auf den Arm?«

Fabio folgte der Richtung ihres ausgestreckten Zeigefingers und drehte sich um. Sein Herz machte einen Satz. Die Milchtüte thronte ganz oben auf dem Hängeregal, zwischen Blümchenteller und Tassen gequetscht.

»Ich … meinte, ich habe vergessen, dass ich sie da oben hingestellt habe«, beeilte er sich zu sagen.

Seine Mutter zog die Stirn kraus und murmelte: »Sehr witzig.« Sie hangelte die Milchtüte herunter und goss sich Milch in den Kaffee. Dann stellte sie die Tüte auf den Tisch und rauschte mit wehendem Malerkittel zurück ins Wohnzimmer.

Fabio starrte immer noch ungläubig auf den Küchentisch. Es war eindeutig DIE Milchtüte, das zeigte die Delle an der Ecke, dort, wo sie auf dem Boden aufgekommen war. Und jetzt … ruckelte sie. Fabio machte einen Satz zur Tür. Denn die Tüte begann sich zu beulen und aufzublähen wie ein Reifen, in den jemand rasend schnell Druckluft pumpte. *Was zum …* dachte Fabio noch, dann explodierte die Tüte mit einem ohrenbetäubenden, nassen Knall. Die spritzende Fontäne föhnte ihn fast von den Beinen. Milch klatschte ihm ins Gesicht.

»Fabi?«, hörte er seine Mutter draußen rufen.

Als er mit verklebten Wimpern blinzelte, blickte er auf Verwüstung. Milch tropfte von Regalen und rann an den Wänden herunter – die zerfetzten Reste der Verpackung klebten an der Deckenleuchte und am Kühlschrank. Und auf dem Tisch schwamm das Smartphone seiner Mutter in einer weißen Pfütze. *Oh nein.*

Fabio sprang zum Tisch, riss das Smartphone an sich und wischte eilig die Milch vom Display.

Seine Mutter stürzte in die Küche – und stieß einen Schrei aus. »Was hast du gemacht?«

»Gar nichts. Sie ist einfach so geplatzt.«

In seiner Hand vibrierte das Smartphone und verkündete die Ankunft einer Nachricht. Fabio klappte die Kinnlade nach unten, als zwischen Milchschlieren der Name des Absenders aufleuchtete. Die Nachricht leuchtete nur kurz auf und zerstob in einen Regen aus schimmernden Buchstaben. Dann war sie verschwunden, als hätte es sie nie gegeben. Aber der Moment hatte ausgereicht, um Snjórs Botschaft zu lesen:

PFOTEN WEG VON MEINEN SACHEN, MILCHGESICHT!

Libellenflug

Im Café *Solon* klapperte Fabios Gabel überlaut gegen den Teller, so fahrig und zittrig war er. Papa beobachtete ihn ziemlich besorgt. Fabio wusste nicht, was seine Mutter seinem Vater genau erzählt hatte, aber dass die beiden auf Zweispurkommunikation umgeschaltet hatten, ließ nichts Gutes ahnen. Spur eins: Normaler Smalltalk beim Essen. Spur zwei: Telepathisches Krisengespräch mithilfe bedeutungsschwerer Blicke. Die Krise hieß: ruinierte Küche. Vor allem aber die Frage, ob Fabio an dem Chaos wirklich unschuldig war.

Er und seine Mutter hatten alle Regale ausgeräumt und vergeblich versucht, die Flecken von der Tapete zu kratzen. Unglaublich, dass soviel Milch in einer Litertüte Platz haben sollte. Und das Zeug hatte sich bereits unwiderruflich in die Wände, die Decke und in jede Ritze zwischen den Schränken gesaugt. Deshalb war das Abendessen kurzerhand in das Café ins Stadtzentrum verlagert worden.

»Die Kinder haben tatsächlich noch zwei Streben der

Wiege in Gunnars Keller gefunden«, plauderte Mama auf Spur eins. »Die Zeichnungen darauf sehen aus wie die alten Illustrationen aus der *Snorra-Edda.* Das ist eine altisländische Schrift aus dem 13. Jahrhundert. Darin sind Götter- und Heldensagen verzeichnet …«

»Wie kann denn eine Milch einfach so explodieren?«, platzte Tom dazwischen. »Vor allem, wenn sie schon offen war?«

Fabio zog den linken Mundwinkel hoch. Na also. Auf Tom war Verlass. Für Spur eins war er wie immer völlig taub.

»Das wüsste ich allerdings auch gerne«, murmelte seine Mutter. Alle sahen fragend Fabio an, aber er stocherte nur stumm weiter in seinem Kartoffelpüree herum, ohne zu essen. Das Püree war nämlich mit viel Zucker gesüßt und die Erbsen dazu waren kalt serviert worden.

»Naja, wir sind im Land der Vulkane«, versuchte es sein Vater mit einem Scherz. »Vielleicht passiert so etwas hier dauernd und wir können froh sein, dass nur eine Milch hochgegangen ist und nicht deine Tuben mit den ganzen Ölfarben, Heike.«

Tom prustete los. Aber Mama fand es nicht so lustig. Sie tupfte sich den Mund mit ihrer Serviette ab und seufzte. »Wir werden in die Geschichte eingehen als Katastrophengäste, die Björgs Haus ruiniert haben. Erst der Spiegel, jetzt die Küche, die jetzt neu gestrichen werden muss, bevor die Wände anfangen nach verdorbener Milch zu riechen …«

»Wie hieß nochmal der Vulkan, der letztes Jahr ausgebrochen ist«, fragte Papa.

»*E-ja-fjad-la-jö-kchürt-chl*«, antwortete Tom lässig. »So spricht man das richtig aus, auch wenn der Name anders geschrieben wird. Aber eigentlich heißt nicht der Vulkan so, sondern der Gletscher, der darüber liegt. Übrigens der sechstgrößte auf Island.«

Fabio verdrehte die Augen. Typisch *T.T.* Seit er von Gunnar und Elín zurückgekommen war, war er zu einer Art Island-Lexikon mutiert.

»Hast du den Reiseführer auswendig gelernt?«, fragte nun auch Mama.

»*Heimska*«, antwortete Tom gönnerhaft.

Es war nicht zu fassen. Jetzt klang sein Bruder sogar schon genau wie Elín.

Papa lachte. »Was heißt denn *Heimska*?«

»Sowas ähnliches wie *Rugl*«, erklärte Tom. »*Unsinn*. Können Fabi und ich morgen wieder zu Elín?«

»Eigentlich wollte ich mit euch eine Radtour um die Stadt machen«, sagte Mama. »Aber wir könnten das auch verschieben ...«

Fabios Blick glitt wieder ganz von selbst zum Fenster. Er hörte gar nicht mehr, was seine Mutter redete, er konnte nur auf die Straße starren, die Hand so fest um die Gabel gekrampft, dass sie wie eine drohende Faust wirkte. Zumindest hoffte er das.

»Hallo? Jemand zu Hause?« Papa stupste ihn über den Tisch hinweg am Arm. »Deine Mutter hat dich etwas gefragt.«

»Was?«

»Ob du morgen auch lieber zu Elín gehen würdest.«

Fabio schüttelte den Kopf. »Keine Lust«, murmelte er. »Ich will zu Hause bleiben.«

Seine Eltern wechselten einen vielsagenden Blick.

»Ach komm schon, Fabi«, drängte Tom. »Das wird lustig. Gunnar will seinen Schrottplatz aufräumen.«

»Schrottplatz?«, sagte Mama. »Gestern hast du gesagt, es sei ein schöner Garten.«

Tom grinste. »Da steht ja auch ein Baum.«

»Wieso besitzt Gunnar einen Schrottplatz?«, wollte Papa wissen.

»Ganz viele Leute lagern ihre alten Sachen im Garten«, erklärte Tom. »Weil die Müllentsorgung auf der Insel so teuer ist. Also hebt man alles auf – und vielleicht kann man ja noch etwas gebrauchen ...«

»Was gibt es denn da draußen schon wieder zu sehen, Fabi?«, fragte Mama unwillig. *Tja, was?*, dachte Fabio. Die Abendsonne tauchte die Straße in klares, goldenes Licht. Und ließ auch die Libelle, die auf dem Dach eines geparkten Autos hockte, hübsch grüngolden glänzen. Jetzt hob sie ab und schwirrte eilig davon.

»Der fabelhafte Fabio ist heute wohl ein bisschen zerstreut«, bemerkte Papa. Er schaute auf die Uhr. »So, Björg hat gleich Feierabend in ihrem Laden. Gehen wir zu ihr.«

Fabio fühlte sich sehr unbehaglich dabei, durch die Straßen zu laufen. Als würde man mit klirrenden Sporen durch eine Westernstadt gehen, genau wissend, dass hinter jeder Ecke die Dawson-Bande auf der Lauer liegen konnte. Die Sonne stand schräg, die Schatten auf dem Bürgersteig waren länger als die Menschen selbst. Keine Libelle zeigte sich, aber als Fabio in eine Seitenstraße schaute, durchfuhr ihn ein kleiner, kalter Schreck. Ein regloser Schatten ragte hinter einer Ecke hervor. Vier Beine, buschiges Fell und zwei spitze Ohren. Fabio blieb stehen. *Kann der Junge sich wie ein Wolf verwandeln?*, dachte er mit klopfendem Herzen. Inzwischen rechnete er mit allem.

»Kommst du?«, rief Fabios Mutter über die Schulter.

»Gleich!«, gab Fabio zurück.

Fabio schluckte. *Zwei Möglichkeiten*, wie Hansen sagen würde. Entweder er lief panisch davon wie ein ängstlicher Jar Jar Binks. Oder er trat dem Gegner entgegen, wie es sich für einen Krieger gehörte. *Elb Tirias gegen Wolfsjunge*, dachte er. Entschlossen bog er in die Straße ein. Der Schatten des Wolfs bewegte sich immer noch nicht. Aber als Fabio an der Ecke stehen blieb und »Snjór?« sagte, zuckten die Ohren. Ein Mann auf der anderen Straßenseite stieß einen Pfiff aus, dann huschte der Schatten los – und ein großer Hund sprang hinter der Ecke hervor und stürmte über die Straße zu seinem Herrchen. Fabio kam sich vor wie ein Idiot. Es war kein Wolf gewesen, sondern ein Hund mit buschigem Fell.

Kinderlachen ertönte. Im ersten Moment dachte Fabio, dass ihn jemand auslachte, aber dann entdeckte er einen kleinen Platz. Offenbar war das der Treffpunkt aller Nachbarskinder. Sicher ein Dutzend hatte sich dort versammelt. Das jüngste Kind war vielleicht fünf Jahre alt und malte mit Kreide auf dem Boden, ein paar ältere Jungs übten auf dem abschüssigen Platz Sprünge mit ihren Skateboards.

Und auf der anderen Straßenseite stand Elín, ihr Board, das sie in den Armen hielt, fest an sich gepresst. Und ganz allein.

Fabio beobachtete, wie sie tief Luft holte, ein munteres Lächeln aufsetzte und entschlossen zu der Gruppe marschierte. Ihre übertrieben fröhliche Begrüßung wurde allerdings kaum erwidert. Fabio trat zurück in die Deckung einer Toreinfahrt. Denn für das, was sich nun abspielte, wollte Elín ihn sicher nicht als Zeugen haben. Niemand auf der Welt wollte so gesehen werden. Und egal, was sie Tom und seiner Mutter weismachen wollte: Sie hatte ganz bestimmt keine sieben Freundinnen, die zu ihrem Geburtstag kommen würden. Nicht mal eine. Es war wie in der Schule, wenn die offizielle Pestbeule, mit der niemand etwas zu tun haben wollte, in die Klasse kam. Und diese Pestbeule war Elín. Jedes Lachen verebbte. Blicke glitten von Elín ab, als wäre sie unsichtbar. Aber Elín kapierte es offenbar nicht. Sie warf ihr Skateboard hin und fuhr unbeirrt zu der Gruppe. Sie versuchte mit einem Mädchen zu plaudern, das sich nur mit versteinerter Miene abwandte. Es tat regelrecht weh, mitanzusehen, wie Elín gnadenlos abblitzte. Die Gruppe löste sich wie beiläufig auf, sogar die kleinen Kinder sammelten ihre Kreiden von der Straße auf und trollten sich, die Skater sausten davon. Innerhalb von einer Minute stand Elín alleine auf dem Platz und schaute den anderen mit unglücklicher Miene hinterher.

*

Björg war sichtlich überrascht, die ganze Familie in ihrem Laden auftauchen zu sehen.

»Wie nett. Macht ihr einen Abendspaziergang in der Stadt?«

»Nein«, sagte Mama mit einem gewinnenden Lächeln. »Wir wollten dir das hier persönlich geben.« Sie legte eine hübsch verpackte Pralinenschachtel auf die Schmucktheke. »Als kleine Entschuldigung. Denn uns ist leider schon wieder ein Missgeschick passiert.«

Björg hob die Brauen. »Ist der zweite Spiegel jetzt auch kaputt?«

»Nein, deine Küche muss neu gestrichen werden«, erklärte Papa geradeheraus.

Hinter Björg in der Werkstatt klappte die Tür und Elín kam herein. »Hey!«, rief sie fröhlich und hüpfte nach vorne zur Theke. Fabio traute seinen Augen kaum. Vor fünf Minuten hatte sie noch wie ein begossener Pudel auf dem Platz gestanden und war den Tränen nahe. Aber jetzt war sie völlig verwandelt. Aufgekratzt und fröhlich, als wäre die Welt völlig in Ordnung. Und aus irgendeinem Grund war er plötzlich zornig auf Elín. *Heuchlerin,* dachte er.

Björg schien die Nachricht von ihrer Küche nicht besonders aufzuregen. »Was ist denn passiert?«, fragte sie ruhig.

»Eine Milchtüte ist geplatzt«, sagte Papa.

»Also eher … explodiert«, setzte Mama vorsichtig hinzu. »Und zwar so, dass Putzen allein leider nichts nützt.«

Etwas Komisches geschah. Björg schaute ohne zu zögern

Elín an. Und Elín hob die Hände, als würde sie sich ergeben und beteuerte: »Ich war's nicht!«

»Natürlich warst du es nicht«, sagte Fabios Mutter. »Niemand kann etwas dafür. Vielleicht war die Milch ja schon schlecht und es haben sich Gase gebildet.«

Sehr überzeugend klang das allerdings nicht.

»*Þetta reddast*«, sagte Björg beruhigend. »Nicht so schlimm, das kriegen wir schon hin. Sehen wir es uns mal an.«

*

Fabios Mutter hatte recht gehabt. In nur zwei Tagen hatten sie das Haus in ein Chaos verwandelt. Vorhin hatten sie die Küchenregale abgehängt, alles türmte sich im Flur und im Wohnzimmer lag ebenfalls alles kreuz und quer. Es roch nach Ölfarbe und lauwarmer Milch. Björg war sehr gefasst, als sie die Flecken an der Tapete und der Decke begutachtete. Dann lächelte sie auch noch. »Kein Problem. Wie praktisch, dass ihr die Regale von den Wänden genommen habt. Gunnar wollte die Küche nämlich vor dem Winter ohnehin neu streichen.«

»Wir übernehmen natürlich sämtliche Kosten«, sagte Fabios Vater. »Ich rufe gleich morgen bei unserer Haftpflichtversicherung an.«

Aber Björg lachte und winkte entschlossen ab. »Kommt nicht in Frage, ihr bezahlt keine Krone. Und macht euch nicht so viele Gedanken, in Island regt sich niemand über solche Dinge auf. Kann passieren.«

»Am Samstag kann ich Gunnar beim Streichen helfen«, sagte Papa.

»Wir könnten doch alle mitmachen und gleich morgen mit dem Renovieren anfangen?«, schlug Elín vor. »Dann sind wir fertig, bevor ich zu Örn und Julia fahre.«

Fabio dachte sich nur: *Elín tut ja wirklich alles, um nicht alleine sein zu müssen.*

»Was für eine schöne Idee, Elín«, sagte seine Mutter.

Auch Björg lächelte und strubbelte Elín liebevoll über das Haar. »Das würde dir wohl gefallen, Hitzkopf. Aber dein Onkel Gunnar hat bis Freitag noch mit seinem eigenen Haus zu tun. Und ich muss arbeiten.«

»Dann räumen unsere Jungs bis zum Wochenende wenigstens Gunnars Schrottplatz auf«, bestimmte Fabios Mutter. »Wenn wir schon die Renovierung nicht bezahlen dürfen, bestehe ich wenigstens darauf, dass Fabio und Tom als kleine Entschädigung helfen.«

»Yay!« Elín riss die Fäuste in die Luft. Tom lachte. Und Fabio hatte keine Chance mehr, denn seine Mutter legte ihm wie beiläufig die Hand auf die Schulter und sagte mit einem LÄCHELN: »Das wird dir Spaß machen, Fabi.«

Marderschreck

Draußen wurde es allmählich dunkel und Björg und Elín waren immer noch da. Sogar die Nachbarn waren herübergekommen und die Erwachsenen saßen nun bei Kerzenlicht auf der Veranda. Das Lachen und Plaudern drang hoch bis in Fabios Zimmer, in das er sich zurückgezogen hatte. Er konnte nicht einmal an den Computer, den hatten Tom und Elín mit Beschlag belegt und schauten sich Parkour-Stunts auf Youtube an. So blieb Fabio kaum etwas anderes übrig, als in dem Märchenbuch zu blättern. Die erste Geschichte handelte davon, wie die lichtscheuen Zwerge entstanden waren. »*Das erste lebende Wesen war der Riese Ymir*«, las Fabio. »*Aus Gletschereis und Feuer war er gemacht. Die Götter töteten ihn und schufen aus seinem Körper die Welt. Und aus den kriechenden Würmern in Ymirs verwesendem Fleisch entstanden die Zwerge ...*«

Er schnaubte und warf das Buch zur Seite. Er traute Elín zu, dass sie ihm das Buch genau aus diesem Grund ausgeliehen hatte. Weil sie ihn für eine mickrige Made hielt.

Aus dem unteren Stockwerk drangen jetzt auch noch ihr wieherndes Lachen und Toms Stimme zu ihm herauf. Und es half auch nicht, sich die Decke über den Kopf zu ziehen.

»Das wird toll morgen«, sagte Tom, als sie an diesem Abend endlich allein im Zimmer waren. »Elín will aus dem Schrott und den Reifen eine Hütte bauen.«

»Yay!«, sagte Fabio trocken. »Bist du plötzlich in sie verknallt oder was?«

»Spinnst du?«, empörte sich Tom.

»Könnte man aber meinen«, setzte Fabio nach. Ein Kissen mit rosa Elfen traf ihn.

»Warum magst du sie denn nicht?«, beschwerte sich Tom. »Sie ist in Ordnung.«

Fabio nahm das Kissen und schleuderte es mit aller Kraft zurück. »Es ist in Ordnung, dass sie mich Zwerg genannt hat?«

»Das meint sie doch nicht böse.« Tom wuschelte sich durch sein Haar, das dank Haargel immer noch wie betoniert von seinem Kopf abstand. »Zu mir sagt sie Schleimfrisur. Und ich habe sie heute Frettchenfresse genannt.«

Das ist aber etwas ganz anderes, wollte Fabio erwidern. Doch mit einem Mal hatte er das Gefühl, dass Tom und er sich voneinander entfernten wie zwei Schwimmer, die in verschiedene Strömungen geraten waren. Und ehrlich gesagt, war das ein richtig mieses Gefühl.

»Ich helfe Elín jedenfalls«, sagte Tom trotzig. »Du kannst ja hierbleiben.« Wütend boxte er das Kissen zurecht und warf sich in seinem Bett zur Wand herum.

Fabio konnte nicht einschlafen. Er wälzte sich in dem stickigen Zimmer, denn natürlich hatte er das Fenster zugemacht. Sobald er die Augen schloss, sah er Snjór, der im Café barfuß über Glasscherben schritt. Und dann wurde das Glas mit einem Mal zu einem Strom flüssiger Lava. Sie erstarrte zu Stein, die Computer des Cafés wurden zu kantigen Steinbrocken, der Raum zu einer finsteren Höhle. Der Elfenjunge richtete seinen Blick auf Fabio. Seine Augen leuchteten silbern wie die eines Aliens. Und sein Blick war Kälte, die Fabios Herz umfasste und ihn nicht mehr atmen ließ. Er wollte vor Entsetzen schreien, aber er konnte nicht einmal den Mund öffnen. Und als er weglaufen wollte, bemerkte er, dass seine Beine versteinert und mit dem Boden verwachsen waren. »Du bekommst sie nicht«, zischte Snjór mit einer Stimme wie Glut, auf die man Wasser goss. Fabio rang nach Atem und fuhr hoch. Seine Beine waren nicht aus Stein. Und der Raum war keine Lavahöhle. Er hatte nur geträumt und saß schweißgebadet und mit rasendem Herzen in seinem Bett. Aber die Augen starrten ihn immer noch an. *Er ist im Zimmer!*, schrie es in ihm. Aber dann erkannte er, dass ihn keine leuchtenden Augen anstarrten. Es waren nur die silbernen Punkte an den Wänden. Zwei davon reflektierten über den neuen Spiegel, der noch am Schrank lehnte, das Licht einer Straßenlaterne. *Elín und ihre blöden Wandmalereien!* Ihm war immer noch ganz schlecht. Er schlüpfte aus dem Bett und schlich zum Fenster. Die Straßenbeleuchtung tauchte den Bürgersteig in blasses Licht. Ein Mann führte in Pyjamahose und Hausschlappen seinen Hund um den

Block. Und auch sonst gab es nichts Verdächtiges zu sehen. Dafür etwas Gutes. *Hansen.*

Der Bikerjunge saß im Lichtkegel einer Straßenlaterne auf der kleinen Bank, diesmal ohne Zeitung, die Hände tief in den Jackentaschen vergraben. Als der Hund des Spaziergängers ihn ankläffte, gähnte er und streckte sich. Dann wollte er gehen. Fabio griff nach seiner Jedi-Leuchte und blinkte Hansen an. Als der verdutzt zu ihm hochschaute, leuchtete Fabio sich selbst kurz ins Gesicht und winkte Hansen zu, dass er warten sollte. Hansen nickte.

Fabio schaute zum Feldbett. Sein Bruder schnarchte in seiner rosa Elfenbettwäsche leise vor sich hin. Leise nahm er die Schlüssel und seine Jeans und stahl sich aus dem Zimmer.

*

Hansen lehnte an einem geparkten Auto vor dem Spielplatz. »So spät noch auf, Jansson-son?«

»Dasselbe könnte ich dich fragen«, gab Fabio ebenso leise zurück.

Hansen gähnte wieder, nahm die Brille ab und rieb sich über die Augen. »Ich konnte nicht schlafen. Komisch, dabei bin ich eigentlich todmüde. Was gibt es denn so Wichtiges?«

Fabio holte Luft. »Hast du das heute ernst gemeint? Mit den Elfen, meine ich?«

Hansen sah ihn nur gespannt an. Und in diese Stille hinein sagte Fabio: »Ich habe eine gesehen … glaube ich. Vielleicht sogar zwei.«

Jetzt war es raus. Er konnte sich denken, was Elín und auch sein Bruder nun sagen würden. Fast konnte er sie »*Heimska!*«, rufen hören. Aber Hansen schaute sich nur besorgt um und sagte: »Gehen wir eine Runde um den Block.«

Er lachte nicht, und er schüttelte auch nicht ungläubig den Kopf, als Fabio im Gehen von den Begegnungen erzählte. Und auch als er geendet hatte, schwieg er und schien nachzudenken. Stumm schlenderten sie an noch beleuchteten Wohnungen vorbei. Es war wie im Kino, denn kaum jemand hatte Vorhänge. Man sah die Leute, die noch wach waren, auf den Sofas sitzen und fernsehen oder in der Küche Geschirr abspülen.

»Starr nicht in die Fenster, das machen nur neugierige Touristen«, sagte Hansen. Fabio fühlte sich ertappt, aber Hansen lächelte ihm von der Seite zu. »Ist nicht schlimm, aber wenn du ein höflicher Isländer sein willst, dann schaust du weg und tust so, als wären Vorhänge da. So leben wir hier.«

Fabio nickte und schaute nun stur geradeaus. Einfach war es allerdings nicht, das Leben in den Häusern zu übersehen.

»Mit Elfen ist nicht zu spaßen«, sagte Hansen plötzlich. »Sie wirken harmlos, aber sie sind gefährlich. Besonders wenn sie wütend sind.«

Danke, genau das wollte ich hören, dachte Fabio. Unbehaglich sah er sich um. Sie waren schon bis hinter die Kirche gewandert und erreichten nun ein vergittertes Tor. Dahinter rauschten Bäume, ein Raunen wie von warnenden Stimmen. »Komm mit!« Hansen kletterte auf eine kleine Mauer und stieg mit seinen langen Beinen mühelos über den Gitterzaun. Mit einem Satz landete er in dem Garten und winkte Fabio, ihm zu folgen. Fabio zögerte. Ein Auto fuhr vorbei und einige Besucher eines Cafés bei der Kirche verabschiedeten sich und kamen in seine Richtung. Fabio griff nach den Gitterstäben und hangelte sich rasch über den Zaun. Er tauchte in die Deckung von Büschen, während die Leute draußen laut lachend an dem Garten vorbeiliefen. Und dann staunte er. Hansen wartete in einer Art Freilichtmuseum auf ihn. Zwischen Bäumen und Büschen erhoben sich weiße Steinpodeste, auf denen Skulpturen thronten. Im fernen Licht der Straßenlaterne erahnte Fabio Figuren aus einem grauschwarzen Metall. Manche waren ziemlich verdreht, eine hatte ein altes, verwittertes Gesicht mit geschlossenen Augen. *Wie eine Totenmaske.* Fabio fröstelte. Wenn er noch keine Albträume hätte, wäre das hier ein ziemlich guter Platz, um sich welche einzufangen. Hansen setzte sich unter einen Baum und klopfte gegen das Holz. »Hier sind wir sicher. Elfen mögen keine Eschen. Als Kind habe ich mich immer in diesen Museumsgarten geflüchtet, wenn ich Angst vor ihnen hatte.«

Jetzt war Fabio wie elektrisiert. »Du hast also auch welche gesehen?«

»Keine mit Laptop«, erwiderte Hansen ernst. »Aber das sagt nichts. Das Elfenvolk orientierte sich schon immer an den Menschen – auch wenn ihre Kleider immer prächtiger und feiner waren als die der isländischen Fischer. Früher trugen Elfen besonders prächtige Mittelalter-Gewänder, heute eben goldene Leggings. Und warum sollten sie jetzt keine Laptops haben, die bestimmt besser funktionieren als die der Menschen?«

Jedenfalls haben sie eine Art Elfen-Facebook, dachte Fabio. *Also eigentlich: Elfbook.*

»Das Exemplar, dem ich vor mehr als zehn Jahren begegnet bin, war allerdings ziemlich klassisch«, fuhr Hansen fort. »Das war wirklich keine hippe Stadtelfe…«

Trotz der schattigen Dunkelheit konnte Fabio Hansens schiefes Lächeln sehen. Er ließ sich ins Gras sinken. »Wie sah dein Exemplar denn aus?«, fragte er atemlos.

Hansen wurde ernst. »Ein dünner Mann, altertümlich gekleidet in graue Seide. Er hatte harte, grausame Züge. Und ich wusste sofort, das ist kein Mensch.« In der unbehaglichen Pause klang das Rauschen der Bäume noch bedrohlicher. »Ich war mit meinen älteren Geschwistern auf einem Ausflug in den Vulkanbergen«, fuhr Hansen leise fort. »Dort bin alleine vorausgelaufen und… plötzlich sah ich ein kleines Mädchen, mitten zwischen Vulkanfelsen. Es war barfuß und ganz zart und irgendwie zerbrechlich. Als ich ihr etwas zurief, rannte sie vor mir weg. Zwischen den schwarzen Lavafelsen sah sie mit ihrer hellen Haut aus wie eine weiße Blüte, die der Wind davonwehte. Ich folgte ihr, aber sie verschwand hinter einem Hügel, auf dem ein riesiger Lavabrocken thronte. Ich dachte mir, das ist bestimmt eine richtige Elfenburg, wie man hier sagt. Ich bin zum Hügel gegangen, in der Hoffnung, das Mädchen noch einmal zu sehen. Um den Weg abzukürzen, bin ich über diesen Hügel geklettert. Und dann… brach mir ein Stück

Lava unter dem Fuß weg und ich krachte mit dem Bein in eine Höhle. Der Brocken verlor durch den Steinrutsch seine Balance und kam ins Rollen. Ich konnte gerade noch wegspringen, sonst hätte er mich überrollt. Es gab einen Riesenschlag, als er herunterdonnerte. Und im Donnern hörte ich Schreie, wütend und so schrill wie Möwenkreischen. Der graue Mann sprang vor mir aus dem Stein und hat mich mit einem fürchterlichen Hieb von dem Hügel heruntergeschleudert – blöderweise genau am Rand eines Abgrunds.«

Fabio riss entsetzt die Augen auf. »Was?«

Hansen nickte. »Ich hatte Glück. Ich bin nicht abgestürzt, sondern mit der Jacke an einem Vorsprung hängen geblieben. So habe ich mir nur den Arm gebrochen. Und natürlich hat mir zu Hause niemand geglaubt, dass es kein normaler Unfall war. Tja, sogar in Island glauben einem die Eltern nicht, dass man von einer Elfe fast getötet worden wäre. Aber das war noch nicht das Ende der Geschichte.« Hansen senkte die Stimme. »Seit diesem Unglückstag ist meine Familie vom Pech verfolgt. In unser Haus hat der Blitz eingeschlagen. Zweimal! Rohre brechen so oft, dass die Handwerker schon im Scherz sagen, wir hätten wohl den Fluch des verborgenen Volkes auf uns gezogen. Nur dass es kein Scherz ist. Es stimmt nämlich. Ich habe ihr Zuhause zerstört – sie zerstören seitdem meines. Elfen sind nachtragend und rachsüchtig. Und sie hören nie-nie auf.«

In diesem Moment ging die Straßenbeleuchtung aus. Die Dunkelheit wirkte wie ein dunkles Tuch, das sich über den Park legte.

»Im schlimmsten Fall rächt sich das Elfenvolk sogar an deiner Familie«, setzte Hansen kaum hörbar hinzu. »So ist es jedenfalls bei mir.«

Fabio schlang die Arme um die Beine und kauerte sich zusammen. »Du meinst ... deine Schwester?«

»Ja«, hörte er Hansen sagen. »Inzwischen stolpert sie fast ohne zu sehen durchs Leben. Ohne meine Hilfe wäre sie verloren.«

»Sie wird also blind?«

»Nein. Damit könnte sie ja leben. Es ist schlimmer. Sie sieht nur bestimmte Dinge nicht und hat keine Ahnung, in welcher Gefahr sie oft schwebt. Stell dir vor, du müsstest über eine Straße gehen. Neunundvierzig Autos siehst du und kannst ihnen ausweichen oder sie vorbeifahren lassen. Aber das fünfzigste Auto ist aus unerfindlichen Gründen nur für dich allein unsichtbar. Es rast heran und du merkst es nicht, sondern läufst einfach auf die Straße, weil du denkst, da kommt nichts. Alle sehen die Gefahr, nur du nicht.« Hansen seufzte. »Und das Schlimmste ist, sie ist sich dessen gar nicht bewusst und glaubt mir nicht. Aber wenn ich nicht aufpasse, rennt sie irgendwann in ihr Unglück.«

Fabio wurde klar, dass Hansen überhaupt kein Nerd war, er war ein Junge mit Problemen, bei denen jedem anderen der Kopf explodiert wäre. Und er hatte wirklich andere Sorgen als die Frage, was seine Mitschüler wohl von ihm dachten.

»Das ist ja schrecklich. Und du denkst ...«

»Elfenmagie«, sagte Hansen düster. »Oder richtiger: ein Elfenfluch. Ich suche schon seit Jahren nach einem Weg, ihn zu brechen.« Aber er klang hoffnungslos und auch unendlich müde. *Kein Wunder,* dachte Fabio. Wenn Tom unter diesem Fluch stünde, dann würde er keine einzige Minute mehr schlafen können. Beim Gedanken an seinen Bruder saß plötzlich ein klebriger, kalter Klumpen Angst im Magen. »Tut mir leid für deine Schwester«, flüsterte er. »Und glaubst du, meine Familie ist jetzt auch in Gefahr?«

Fabios Augen hatten sich an die Dunkelheit gewöhnt, so konnte er sehen, wie Hansen sich an die Stirn schlug. »Oh Mann, entschuldige, ich bin echt ein *Fáviti*! Ich wollte dir keine Angst machen! Nein, du musst dir bestimmt keine Sorgen machen. Elfen schäumen vor Wut, wenn es um ihre Wohnstätten geht. Aber ein simpler Laptop-Absturz ist ganz bestimmt nicht mit einem zerstörten Hügel zu vergleichen. Ich wollte dir nur klarmachen, dass mit diesem Volk nicht zu spaßen ist. Also leg dich bloß nicht mit ihnen an. Egal, wie fasziniert du von ihnen bist und egal, wie hübsch oder interessant sie auch sein mögen. Sie sehen nur wie Menschen aus, aber sie sind es nicht. Sie haben ihre eigenen Gesetze und ihre eigene Logik. Sie sind wie schillernde Giftschlangen, denen man nie zu nahe kommen darf, klar?«

»Klar«, brachte Fabio heraus.

»Hast du deine Taschenlampe dabei?«

»Ja.«

»Leuchte nach oben.«

Fabio hakte das kleine Lichtschwert von der Jeans los.

Das bläuliche Licht bebte, so sehr zitterten seine Hände. Über ihm winkten die gefächerten Blätter der Esche im Wind, als wollten sie die beiden Eindringlinge aus dem Skulpturengarten scheuchen.

»*Yggdrasil*«, raunte Hansen ihm zu. »Die Weltesche. Eine alte Sage erzählt, dass die Götter aus ihrem Holz einen der ersten beiden Menschen erschaffen haben. Mit der Esche kannst du dich gegen übernatürliche Eindringlinge schützen.«

»Du hast heute gesagt, ein Eschenholzpfeil kann eine Elfe töten.«

»Denk nicht mal dran«, fuhr Hansen ihn erstaunlich heftig an. »Das hier ist kein Computerspiel, in dem man viele Leben hat. Füge einer Elfe auch nur den kleinsten Kratzer zu und du hast ihr gesamtes Volk gegen dich.«

Fabio nickte beklommen.

»Nimm dir Eschenzweige und Blätter mit«, fuhr Hansen leise fort. »Lege sie auf die Fensterbretter und vor die Türen.«

»Wirkt das bei Elfen wie Knoblauch bei Vampiren?«

»Schön wärs«, sagte Hansen trocken. »Nein, es funktioniert eher nach dem Prinzip: Hundehaare als Marderschreck. Hilft nicht immer, aber meistens. Komm, gehen wir zurück.«

Das Mitternachtshaus war nun dunkel, auch im Elternschlafzimmer im ersten Stock brannte kein Licht mehr. Hansen blieb auf dem Spielplatz stehen. In der Dunkelheit war der Bikerjunge nur ein Schattenriss, aber in seinen Brillengläsern spiegelte sich Mondlicht. »Erzähle bloß niemandem, was ich dir gesagt habe. Ich gelte ohnehin schon als Freak. Und wenn du schlau bist, dann sagst du deiner Familie besser nicht, dass du Elfen sehen kannst.«

Fabio nickte.

»Tja dann«, sagte Hansen. »*Góða nótt* – falls du nach diesen Neuigkeiten noch schlafen kannst.

Doch Fabio zögerte, über die Schwelle des Gartentors zu treten. »Hansen? Glaubst du, du kannst den Wolfsjungen sehen?«

Ein schattiges Schulterzucken. »Ich glaube nicht. Normalerweise hat man nur als Kind die Gabe, Elfen zu sehen.«

Fabio hörte es zwar nicht gern, als Kind bezeichnet zu werden. Aber trotzdem klang es logisch. Wenn Hansen jetzt siebzehn war, dann war das Unglück passiert, als er ungefähr sieben Jahre alt gewesen war.

»Willst du ausprobieren, ob es doch noch funktioniert?«

»Wie meinst du das?«

»Ich glaube, ich weiß, wo der Wolfsjunge sich morgen mit seinen Freunden trifft. Wir könnten doch zusammen hingehen und aus sicherer Entfernung …«

»Hast du mir vorhin nicht zugehört?«, fuhr Hansen ihn verärgert an. »Halte dich fern von ihnen! Du gehst auf keinen Fall dorthin, verstanden?«

Wow, Hansen konnte ja fast so streng wie seine Mutter klingen.

»Was ist mit dem Café?«, fragte Fabio zaghaft. »Der Elfenjunge wird sicher wieder dort sitzen und surfen.

Wir könnten im Vorbeigehen nur kurz durch das Fenster schauen. Dann wissen wir, ob du ihn siehst.«

Hansen schwieg eine ganze Weile, aber Fabio spürte genau, dass er neugierig wurde.

»Vielleicht wäre es einen Versuch wert«, murmelte er dann.

Fabios Mundwinkel schnellten nach oben. »*Deal-deal!*«

Hansen lachte auf und ging mit langen Schritten davon.

Harpa

Fabio hätte schwören können, dass er überhaupt nicht mehr geschlafen hatte, aber als er blinzelte, war es plötzlich heller Morgen – und Toms Bett war leer. Fabio hechtete nach unten und atmete auf. In der Küche gurgelte die Kaffeemaschine und schon vom Flur aus hörte er die Stimmen seiner Familie.

»Ich habe also richtig vermutet«, hörte er seine Mutter sagen. »Björg hat keine andere Wahl, als Feriengäste in ihrem Haus zu beherbergen. 2008 gab es in Island ja die große Wirtschaftskrise. Das Land war wegen eines Bankencrashs völlig pleite und viele Isländer haben ihr ganzes Geld verloren, oft auch ihre Häuser und ihre Arbeit. Auch Björg hat es hart getroffen. Sie hat immer noch hohe Schulden, aber sie will auf gar keinen Fall ihr Elternhaus verkaufen und versucht sich jetzt mit ihrem Schmuckladen über Wasser zu halten. Das Geld aus der Vermietung ihres Hauses braucht sie dringend als Zusatzverdienst.«

»Dann verstehe ich noch weniger, warum sie die Wandfarbe selbst bezahlen will«, hörte Fabio seinen Vater sagen.

»Ich verstehe es«, erwiderte Mama mit einem Lächeln in der Stimme. »Sie hat ihren Stolz und sie will es ohne fremde Hilfe schaffen. Schließlich zieht sie ja auch Elín alleine auf.«

»Warum eigentlich?«, wollte Tom wissen.

Mama räusperte sich. »Björg wollte nicht viel darüber erzählen. Aber sie und ihr Freund haben sich wohl schon getrennt, bevor Elín überhaupt geboren war. Gut, dass Elín wenigstens Gunnar hat … Oh, guten Morgen, *sleepy head*!«

Alle wandten sich Fabio zu. In der Küche sah es immer noch aus wie vor einem Umzug. Kahle, fleckige Wände und nur das Nötigste auf dem Tisch.

»Mor'n«, murmelte Fabio. Sein Blick schweifte zum Fenster. Es stand einen Spalt offen, aber auf dem Fensterbrett lagen die Zweige und Blätter, die er heute Nacht im Haus verteilt hatte.

»Hast du die Eschenblätter hingelegt?«, fragte Mama. »Für mich – weil ich die Weltesche male?«

Prima. Auf diese Ausrede wäre er selbst überhaupt nicht gekommen. »Klar.«

»Danke, Fabi«, rief Mama. Heute sah sie aus wie eine Explosion aus Blau, Türkis und Grün. Aber wenigstens trug sie keinen schrillen Lippenstift. Ohne Rücksicht auf Verluste umarmte sie Fabio nämlich und drückte ihm einen dicken Kuss auf die Wange.

»Schleimer«, bemerkte Tom und kassierte dafür von seinem Vater einen Klaps gegen die Schulter.

»Mann, deshalb musst du mich nicht abknutschen.« Fabio wischte sich unwillig über die Wange. Sein Vater schob ihm eine Tasse mit heißem, duftenden Kakao entgegen und prostete ihm mit seinem Kaffee zu. Und Tom wäre nicht Tom, wenn er immer noch sauer wegen gestern wäre. Ohne zu zögern warf er sein zweites Marmeladenbrot auf Fabios Teller, Nummer eins schob er sich komplett in den Mund. Gut gelaunt grinste er Fabio mit vollen Backen zu. Fabio wurde es ganz warm. Und wenn er an Hansens Geschichte dachte, war er doppelt froh, dass es Tom gutging.

»Sucht ihr heute mit Gunnar bitte noch einmal nach der fehlenden Strebe für die Wiege?«, bat Mama. »Björg will die alte Wiege ihrem Bruder und seiner Frau schenken. Und ich werde sie wieder herrichten.«

»Das ist viel Arbeit.« Papa stand auf und griff nach seiner Laptoptasche. »Du magst Björg wohl wirklich gern.«

Mama lächelte. »Ja, und Elín auch. Ich finde, die beiden haben es schwer genug, da mache ich ihnen gerne eine Freude. Ich werde die Zeichnungen professionell restaurieren und Farben dafür selbst mischen, genauso, wie man es vor Jahrhunderten auf der Insel gemacht hat. Sicher finde ich heute im Stadtarchiv Informationen dazu.« Tom und Fabio sahen sich augenrollend an. Typisch. Ihre Mutter machte mal wieder eine Projektarbeit daraus. »Und du reparierst die angebrochenen Streben, Jan«, setzte sie hinzu.

»Wie Ihr wünscht, *Mylady*.« Papa verbeugte sich so tief, dass seine Krawatte den Boden streifte. Dann mopste er Mamas Marmeladenbrötchen vom Teller, zwinkerte ihr verschmitzt zu und rief im Hinausgehen: »Und euch viel Spaß auf dem Schrottplatz, Männer.«

*

Es machte überhaupt keinen Spaß. Obwohl es nicht heiß war, knallte die Sonne vom Himmel und der Efeu schien die alten Zaunlatten, die Fabio neben der Haustür stapeln sollte, mit Rankenkrallen festzuhalten. Außerdem bildete er sich ständig ein, das Surren von Libellen zu hören. Es ließ sich keine blicken, trotzdem war er heute so hibbelig wie Elín. In seinem Kopf kreisten wie in einem Karussell die Bilder: Das Kind im Lavafeld, dem Hansen gefolgt war, Snjór und das Mädchen von der Insel, der graue Mann mit dem grausamen Gesicht ... und der Café-Albtraum von heute Nacht.

Bestimmt zum hundertsten Mal schielte Fabio auf die Uhr des Handys. Schon nach elf. Noch zwanzig Minuten bis zum Treffen. *Ob ich doch hingehen soll?*, dachte er mit klopfendem Herzen. *Nur mal aus der Ferne schauen, ob sie da sind?* Aber Hansens Ermahnung klang ihm nur zu deutlich im Ohr. Er blickte zu seinem Bruder. Tom hatte es noch nicht gemerkt, aber Fabio hatte Eschenzweige in seine Taschen gemogelt. Sogar in der Kapuze von Toms Hoodie war ein Eschenblatt versteckt. Gemeinsam mit Elín rollte er gerade Reifen zur hinteren Gartenmauer. Sie bestand nicht aus Beton, sondern aus unförmigen, schartigen Stücken aus grauschwarzem Stein. Erstarrte Lava, die Gunnar *billiges Baumaterial* nannte.

Als Fabio zwischen Efeuranken hindurch nach der nächsten Zaunlatte hangelte, zogen sich die Zweige blitzschnell um sein Handgelenk zusammen. »Au!«, entfuhr es ihm. Die Ranken lockerten sich blitzartig und er taumelte nach hinten.

»Hast du dich verletzt?« Gunnar richtete sich hinter dem Autowrack auf und wischte sich mit dem Ärmel den Schweiß von der Stirn. Auf seiner Halbglatze glühte schon ein leichter Sonnenbrand.

»Alles in Ordnung«, antwortete Fabio. Aber sobald Gunnar wieder abtauchte, schnellte aus dem Nichts eine Brombeerranke hoch und verhakte sich an Fabios Jeans. Er stolperte, blieb an einer Zaunlatte hängen und fiel rücklings ins Gras. Stoff riss und er spürte ein fieses Ratschen auf der Haut. Die Dornen hatten nicht nur die Hose zerrissen, an seinem Knie prangte jetzt auch noch ein dünner blutiger Kratzer. Jetzt hätte er Angst bekommen müssen, aber beim Anblick seiner zerrissenen Lieblingsjeans war seine erste Reaktion komischerweise nur Wut. Hansen hätte ihn sicher gescholten, aber Fabio konnte sich nicht verkneifen zu murmeln: »Ganz toll, Snjór. Sehr mutig und originell.«

Er sah sich um, aber nichts geschah mehr. Nur Elín kam mit langen Heuschreckensprüngen angelaufen und begutachtete sein Knie. »Ist nur ein *kleiner* Kratzer«, rief sie zu Gunnar und Tom hinüber. »Naja, passt ja zu *Dvergur.*« Sie streckte ihm die Hand hin, um ihm aufzuhelfen.

Fabio sprang alleine auf. »Du bist nicht halb so witzig, wie du glaubst.«

»Und du nicht halb so groß«, konterte sie mit einem Lachen. Er holte schon empört Luft, als Elín ihn einfach am Handgelenk packte und mit sich zog. Für so ein dürres Ding war sie erstaunlich stark. »Komm schon mit, oder willst du die ganze Jeans vollbluten?« Fabio blieb nichts anderes übrig, als einen Satz über ein paar Zaunlatten zu machen, sonst wäre er gestolpert.

»Wo geht ihr hin?«, rief Tom ihnen hinterher.

»Pflaster holen!« Schon hatte Elín Fabio ins Haus gezogen. Sie wieselte in ihrer hibbeligen Art in ein Zimmer. Schubladen wurden mit Wucht aufgerissen und flogen mit einem Knall wieder zu. Als Fabio in den Raum lugte, staunte er, wie düster es darin war. Er konnte kaum Gunnars Bett erkennen. Auch dieses Fenster hatte keine Gardinen. Dafür schwarze Müllsäcke, die mit Klebeband an der Fensterscheibe befestigt waren.

»Was sollen denn die Säcke?«

Elín kramte weiter. »Das machen wir im Sommer, damit wir schlafen können. Wochenlang geht die Sonne auch nachts nicht unter. Manche Leute schrauben Jalousien hin, aber die Müllsäcke halten das Licht besser ab … Hm, vielleicht sind die Pflaster in der Küche?«

Sie sprang an ihm vorbei. Als Fabio ihr in die Küche folgte, kam sie ihm schon entgegen und hielt ihm eine Packung mit Wundpflastern hin. Dabei strahlte sie, als würde sie ihm das magische Artefakt zur Rettung der Welt überreichen.

»Bekomme ich wenigstens ein *winzig kleines* Dankeschön?«,

sagte sie zuckersüß. Fabio schoss das Blut heiß in den Kopf. Blöderweise musste er zu Elín hochschauen, und er hatte den Eindruck, sie machte sich extra lang. Aber wenn sie glaubte, sie hätte Oberwasser, hatte sie sich getäuscht.

»Klar«, sagte er lässig. »Aber du solltest dich auch bei uns bedanken. Schließlich helfen wir dir dabei, deine Hütte zu bauen, obwohl du ja unendlich viele Freunde hast. Komisch: Warum ist keiner von denen hier?«

Treffer, versenkt. Elíns Lächeln erlosch wie eine Kerzenflamme, die ein scharfer Wind ausgelöscht hatte. »Sie … sind eben gerade nicht in der Stadt.«

»Kein einziger?«, sagte Fabio spöttisch.

»Einer schon«, gab sie zurück und ging mit hoch erhobenem Kopf an ihm vorbei. Ein paar Sekunden später donnerte die Haustür so laut zu, dass die ausgestopften Fische an den Wänden bebten. Jetzt kam Fabio sich doch ein wenig mies vor. Doch durch das Fenster konnte er beobachten, wie Elín schnurstracks zu Tom zurücklief. Sein Bruder wartete schon auf sie. Sie begrüßten sich wie beste Freunde mit einem *High five* und wuchteten gemeinsam einen Reifen hoch. Natürlich hörte man nicht, was sie sprachen, aber ihr schallendes Lachen drang sogar durch die geschlossene Fensterscheibe.

Fabio wurde ganz flau zumute, als er verstand, dass Elín zumindest diesmal nicht gelogen hatte. Tom schaute kein einziges Mal zum Haus, wo sein Bruder blieb. Das hatte es noch nie gegeben. Nur Elín winkte ihm vom Ende des Gartens eifrig zu, dass er wieder rauskommen solle. Fabio wandte sich brüsk vom Fenster ab. Und schrak zusammen.

Gunnar stand mit verschränkten Armen an der Küchentür. Fabio hatte gar nicht gehört, dass er ihnen ins Haus gefolgt war. »Alles in Ordnung?«

»Logisch«, murmelte Fabio, aber er musste schwer schlucken.

Der alte Mann wischte sich mit dem Ärmel über die Stirn, ohne den prüfenden Blick von ihm zu wenden. Und Fabio hatte das unbehagliche Gefühl, dass Gunnars freundliche braune Augen viel mehr sahen, als Fabio lieb war.

»Elín kann einen manchmal ganz schön am wunden Punkt erwischen«, sagte Gunnar prompt. Fabio versteifte sich sofort und setzte sein Pokerface auf. Aber Gunnar schaute jetzt in den Garten. »Glaub mir, sie meint es nicht böse. Sie mag euch wirklich.«

Vor allem mag sie Tom, dachte Fabio missmutig.

»Und du hast wirklich eine scharfe Beobachtungsgabe«, fuhr Gunnar fort. »Für Elín ist es … nun … nicht ganz einfach, Freunde zu finden.«

Kein Wunder. Das lag Fabio schon auf der Zunge, aber er hatte das Gefühl, es würde Gunnar kränken, wenn er so über Elín sprach. Er hatte etwas Weiches in den Zügen, während er nun lächelnd seine Großnichte betrachtete. Und wieder einmal stellte Fabio fest, dass er den sanften, alten Mann wirklich gern mochte. »Ich habe Elín schon lange nicht mehr so fröhlich gesehen«, sagte Gunnar. Er wandte sich Fabio zu. »Manche Menschen sind leicht zu verletzen«, fügte er leise hinzu. »Sie brauchen ihre stachelige Schale. Denn darunter verbergen sie ein zartes Herz und eine singende Seele. Um sie hervorzulocken, braucht es einen anderen Menschen, der dieselbe Melodie im Herzen trägt.«

Darauf wusste Fabio nichts zu erwidern. Aus dem Mund des alten Mannes klangen diese Worte seltsam, aber irgendetwas an ihnen berührte Fabio. Und er hatte das unbehagliche Gefühl, dass Gunnar nicht von Elín allein sprach. Rasch wich er Gunnars Blick aus und strich sich verlegen die Haare hinter das Ohr.

»Meine Mutter will wissen, ob du die fehlende Strebe für die Wiege gefunden hast.« Das war ein Themenwechsel mit der Brechstange. Gunnar stutzte und runzelte die Stirn.

»Strebe?«, sagte er so ratlos, als müsste er sich erst daran erinnern, wovon die Rede war. »Ach so: DIE Strebe. Nein, die ist weg. Verloren. Sag Heike, ich werde ihr eine neue zurechtsägen.« Komischerweise klang es so, als hätte Gunnar gar nicht wirklich danach gesucht. »Warte hier«, sagte er nun. Er eilte in den Flur, es rumpelte in einem Zimmer, dann kam er mit einem uralten Laptop und Kabelsalat in die Küche zurück und begann, alles auf dem Esstisch zusammenzubauen.

»Was machst du?«, fragte Fabio verwundert.

Gunnar zwinkerte ihm zu. »Jeder Blinde sieht doch, dass dir die Arbeit draußen keinen Spaß macht. Ich wette, deine Mutter hat dich einfach dazu verdonnert, stimmt's?«

»Mhm«, machte Fabio vage.

Gunnar lachte und nickte wissend. »Meine Nichte Björg und deine Mutter haben wohl so einiges gemeinsam. Sie wollen beide nur das Beste für ihre Kinder. Aber manchmal sind die Kinder nicht derselben Meinung, was das Beste ist.« Mit einem Surren erwachte das Laptop zum Leben. »Bitteschön, Internet! Allerdings mögen wir Isländer solche Fremdworte nicht so gerne. Deshalb sagen wir statt Internet lieber *Veraldarvefurinn*: *Weltverflechtung*. Unsere Computer heißen alle *Tölva* – die Zahlenwahrsagerin. Und E-Mail ist logischerweise *Tölvupóstur*: die Post der Zahlenwahrsagerin. »So, und nun check deinen Spielstand.« Gunnar zwinkerte ihm noch einmal verschwörerisch zu. »Ich habe gehört, du bist ein Elbenkrieger im Lande Aldamur.« Nun war Fabio wirklich baff. Gunnar überraschte einen immer wieder. Offenbar hatte er bei Tom spioniert. »Gute Krieger gegen das Böse sind schwer zu finden«, setzte Gunnar hinzu. Einen Moment war Fabio irritiert. Machte Gunnar sich über ihn lustig? Aber nein, er schien es völlig ernst zu meinen.

»Danke«, sagte Fabio und trat zum Laptop. Der Bildschirmschoner war ein altes Familienbild. Gunnars jüngere Version mit Haaren und natürlich einer Angelrute in der Hand an einem Flussufer. Björg als Jugendliche und ein zierlicher Junge. Es war ein fröhliches Bild voller Lachen. Björg und der Kleine sprangen barfuß im flachen Uferwasser herum und bespritzen sich gegenseitig. »Ist das Björgs Bruder?«

»Ja, das ist er«, erwiderte Gunnar mit einem wehmütigen Lächeln. »Das waren schöne Zeiten! So, und jetzt viel Spaß bei den Elben.«

Er ging hinaus und schloss die Küchentür hinter sich.

Fabio drehte den Bildschirm so, dass er nicht spiegelte,

und gab noch im Stehen rasch die Elfbook-Adresse ein. Aber auch diesmal kam nur eine Fehlermeldung. Er wollte sich setzen, als sein Blick auf das zweite Küchenfenster fiel. Es befand sich über der Spüle und ging zur Straße hinaus. Auf der anderen Straßenseite stand ein Kinderwagen in einem Vorgarten. Das Tuch, welches das Baby vor der Sonne schützen sollte, lag auf dem Bürgersteig, als hätte der Wind es vom Kinderwagen geweht. Nur dass es bestimmt kein Wind gewesen war. Auf dem Gartentörchen hockte nämlich wie ein goldener Vogel das Mädchen von der Insel!

Es sah bizarr aus, wie sie zusammengekauert und barfuß auf Zehenspitzen auf dem schmalen Metalltor balancierte. Und sie hatte tatsächlich ungewöhnlich geformte Ohren, aber nicht solche wie Mister Spock, eher wie ein Schneefuchs. Die Spitzen ragten zwischen den Zöpfen hervor. Das Inselmädchen sprang vom Tor und war mit einem katzenhaften Satz blitzschnell bei dem Baby. Fabio schnappte erschrocken nach Luft, als sie sich über den Wagen beugte und eine schreckliche Grimasse zog. *Sie sehen aus wie Menschen, aber sie sind es nicht!*, hallte Hansens Warnung ihm in den Ohren. Das Mädchen fletschte die Zähne und fauchte das Baby an. Und diese Zähne waren ziemlich scharf und spitz. Dann griff sie mit langen, gekrümmten Fingern in den Wagen. Das Kind begann zu brüllen.

Fabio dachte nicht mehr nach, er warf sich über die Spüle und riss das Fenster auf. »Lass das Baby in Ruhe!«

Das Mädchen machte einen Riesensatz vom Wagen weg und wirbelte geduckt zu ihm herum. Das Gebrüll des Babys war nun ohrenzerfetzend. Ein Auto rauschte vorbei und versperrte Fabio die Sicht. Als das Blickfeld wieder frei war, war das Elfenmädchen weg. Fabio kletterte einfach aus dem Fenster und lief über die Straße. Beim Kinderwagen atmete er auf. Dem Baby ging es gut. Der Kinderwagen wackelte, strampelnde Füßchen kickten in die Luft. Im Wagen tobte ein Wutanfall mit fuchtelnden Fäusten, knallrotem Gesicht und Zornesfalten über der Stupsnase. Die Mutter des Kindes kam ohne Eile aus dem Haus. Sie sagte etwas zu Fabio, was er bei dem Brüllen nicht hören konnte. Die Frau schien nicht wütend zu sein, lächelnd nahm sie ihr Kind auf den Arm und trug es ins Haus. Fabio drehte sich mit weichen Knien um – und sah gerade noch, wie straßabwärts ein goldenes Schimmern erlosch. Kleine Wirbel von Staub erhoben sich dort, wo vielleicht flinke unsichtbare Füße in Richtung Meer huschten. Fabio langte in seine Taschen und umfasste die Eschenzweige. Das Handy piepste den Alarm, den er heute Morgen eingestellt hatte. Halb zwölf. Das Elfenmeeting begann genau jetzt. Fabio schaute zu Gunnars Haus zurück. In der nächsten halben Stunde würde ihn bestimmt niemand vermissen. *Denk nicht mal dran!* Das würde Hansen jetzt sagen. *Geh zurück ins Haus und halte dich fern von ihnen.* Doch Fabio legte einen der Eschenzweige in den Kinderwagen und machte sich auf den Weg zum Hafen.

*

Je weiter er die Altstadt hinter sich ließ, desto weniger sah Reykjavík aus wie eine bunte Legolandstadt. Schwarze und weiße Hochhäuser erhoben sich am Meer und Fabio rannte an einer sechsspurigen Straße entlang, während Lkws an ihm vorbeidonnerten. In der Ferne konnte er schon Schiffe und Hafenmolen erkennen. Das Konzerthaus Harpa stand direkt am Wasser, ein futuristischer, ins Schräge verzerrter Quader. Daraus wuchs ein ebenso schiefer, flacher Anbau. Die Seiten waren spiegelnde, gleißende Flächen aus dunklem Glas. Als Fabio völlig außer Puste bei den ersten großen Schiffen ankam, erkannte er, dass die Oberfläche des Hauses aus unregelmäßigen, langgezogenen Waben bestand. So wirkte das Gebäude wie ein gigantisches Robot-Ufo, das ihn aus Tausenden von glänzenden Facettenaugen musterte. *Oder wie ein schwarzer Todesstern,* dachte Fabio. *Nur, dass er eckig ist und nicht rund wie in Star Wars.* Seine Hand, die das Handy umklammerte, war schwitzig vor Aufregung. Er hatte bereits die Funktion für Fotografieren eingestellt. Snjórs *Elfbook*-Account war schließlich voll von Selfies. Vielleicht würde es ihm ja gelingen, Snjór und seine Gang auf einem Foto festzuhalten? In der Deckung einiger Spaziergänger umrundete Fabio das Gebäude. Eine riesige Holzplattform ragte vor der *Harpa* auf das Meer hinaus. Aus nächster Nähe erkannte er nun staunend, dass die Fensterwaben in Wirklichkeit gläserne Prismen waren, die das Licht brachen. Von dem Wolfsjungen keine Spur. Fabio zückte die Kamera und schlüpfte in das Konzerthaus. So musste sich ein Jedi-Ritter fühlen, der in Darth Vaders Kommandozentrale eindrang. Graue

Böden und Wände, schwebende Treppen und ein Himmel aus dunklen, verspiegelten Würfeln. An den Außenwänden schimmerten die Glasprismen und fingen Bilder vom Meer, vom Hafen und vom Himmel. Das Sonnenlicht verwandelte den Boden in ein Muster aus Prismenschatten und Lichtspielen.

Eine Herde von Business-Leuten mit Anzügen drängte an Fabio vorbei die Treppe hinauf. Und mitten zwischen Hosenbeinen und schwarzen Schuhen entdeckte er plötzlich Füße ohne Schuhe. Fabio drängte sich zwischen den Leuten durch – und entdeckte einen Haarschopf, der im Prismenlicht rot zu glühen schien. Das war der Manga-Junge, der Snjór gestern eine Nachricht geschickt hatte! Er trug schwarze, kunstvoll zerlöcherte Jeans, die betonten, wie fadendünn er war. Auf seinem szenigen neongelben T-Shirt prangte hinten der Aufdruck *Changers*. Es war nicht einfach, ihm auf den Fersen zu bleiben. Er schlängelte sich zwischen den Krawattenmenschen nach oben, hetzte die Flure und Hallen entlang und verschwand um die Ecke. Fabio kam völlig außer Atem zum Stehen. Vorsichtig lugte er um die Ecke – und prallte sofort wieder zurück. Sie waren tatsächlich dort! Snjór, Mangaboy und noch ein Mädchen. Allerdings nicht das blonde von der Insel. Mit klopfendem Herzen spähte Fabio ein zweites Mal.

Snjór lümmelte auf einem schwarzen Sofa in einer Sitzecke, ein Bein lässig über die Lehne gelegt. Offenbar hatte sich der Rothaarige verspätet. Ein Mädchen mit einem dunklen Lockenschopf sprang auf und rief etwas, das sich vom Tonfall wie »Na endlich!«, anhörte. Sie hatte ein herzförmiges, hübsches Gesicht mit schrägen Katzenaugen. Sie wirkte wie dreizehn und trug ein graues Hipster-Kittelkleid mit großen Taschen an der Seite. Als Gürtel hatte sie sich eine Silberkette mit Lavaperlen, die aus Björgs Laden hätte stammen können, um die Taille geschlungen. Alle drei waren barfuß.

Fabio hob das Handy. Ihm wurde siedend heiß, als beim Auslösen ein lautes Fotoschnappen ertönte, aber die drei waren in ihr Gespräch vertieft. Ihre Stimmen waren wie plätscherndes Wasser: schnell und aufgeregt. Snjór stand vom Sofa auf und sah sich um. Fabio sprang in den Sichtschutz hinter die Ecke zurück. Eine Weile hörte er noch Lachen und Plaudern, das sich entfernte, dann knallte eine Tür zu. Als es still blieb, schaute Fabio zur Sitzecke. Die drei waren fort. Aber auf dem Sofa und den Sesseln hatten sie einiges liegen gelassen. Eine aschgraue glänzende Jacke, die bestimmt dem Mädchen gehörte, Snjórs Laptop und … Fabio hielt den Atem an … den Wolfskopf! Achtlos hingeworfen hing er schief auf der Lehne. Und begann nun zu rutschen. Fabio sprang reflexartig los und fing ihn auf. Gerade noch rechtzeitig, bevor der Wolfskopf, Schnauze voran, abstürzen konnte. Ein Schauer fuhr Fabio über den Rücken. Es war wirklich ein echter, ausgestopfter Wolf. Das weiche, weiße Fell schien zu vibrieren, als würde Strom durch den Kopf fließen. Dieser Strom pulsierte in einem Beat. Fabio drehte den Kopf vorsichtig um – und entdeckte flache silberne Kopfhörer, die innen am Schädel angebracht waren. Snjór hörte mit dem Helm also Musik! Fabio spürte den leisen Beat an den Fingerspitzen pulsieren. Er hielt sich den Helm über den Kopf und lauschte, bis er eine Melodie erahnen konnte. Etwas zog sich in seiner Brust zusammen, so schön klang sie, schnell und fröhlich, und so fremd, dass Fabio nicht widerstehen konnte – und den Helm sinken ließ, bis er auf seinem Kopf saß. *Wow!* Es war, als würde er in schillerndes Wasser tauchen, in dem Klänge und Akkorde strömten und wirbelten, Stimmen von Instrumenten, die er noch nie zuvor gehört hatte. Jeder Knochen in ihm bebte mit, als wäre sein ganzer Körper eine schwingende Saite. Seine Zähne sirrten im Beat und er musste lachen, weil es kitzelte. Die Musik malte Bilder – von eisigen Gletschern und Geysiren, die Wasser in den Himmel schleuderten. Vulkane brachen auf und zerstoben mit Paukenschlägen zu Asche und Glut. Die Musik wurde leiser und verebbte mit einem letzten Flötenton. Das Stück war zu Ende. Und in der kleinen Pause bis zum Start des nächsten Titels durchschnitt ein schriller Ruf die Luft, so nah hinter ihm, als würde sich eine Möwe direkt auf seinen Nacken stürzen. Fabio schoss hoch und fuhr herum. Der Helm kam ins Rutschen, die Wolfsschnauze kippte ihm über die Augen. Er griff nach vorne und erwischte den rechten Wolfszahn. Und in dem Moment, als jemand warnend »*Gull!*« schrie, spürte er das Klicken, als der Wolfszahn sich drehte und einrastete. Der Boden rutschte einfach weg wie eine Lawine. Und dann traf ihn eine Welle von Vulkangeröll.

Gull

Seine Hände schrammten über raue Felsen, Flechten und Moosbrocken flogen ihm um die Ohren. Mit einem Ruck wurde er gebremst. Steine klapperten und hüpften und kamen zur Ruhe. Panik sirrte in seinem Magen und ein Kribbeln, als würde er immer noch fallen, aber er lag wie ein platter Frosch auf dem Bauch, das Kinn auf Stein gebettet. Wasser rauschte ohrenbetäubend laut und sehr nah. Gischt benetzte sein Gesicht und ließ ihn blinzeln. Ein Stück unter ihm schoss ein Wasserfall zwischen schartigen Felsen hervor. Und links von ihm erstreckte sich eine von Wasserdunst und Nebel überwehte Vulkanlandschaft mit Lavabrocken und moosigen Steinen. Und wahrscheinlich lag auch ein Fels auf ihm drauf, ein Gewicht drückte ihn gegen den Boden, dass er kaum Luft bekam. Zwischen den Fangzähnen seines Wolfshutes hindurch erkannte er fünf Gestalten im nebligen Dunst vor einer Höhle, deren Eingang wie der aufgerissene Mund eines versteinerten Riesen aussah. Die fünf Wesen saßen vor der Höhle dicht beisammen, als würden sie sich um ein Lagerfeuer kauern. Aschfarbenes Haar flatterte im Wind. Grauer feiner Stoff wehte über verwitterte Arme und Schultern. Die Fünf saßen reglos, wie versteinert, aber als Fabio nach Luft schnappte, zuckte ein längliches Elfenohr. Eines der Wesen wandte misstrauisch den Kopf. Es hatte nichts mit den feenartigen Schönheiten zu tun, die auf der Wiege abgebildet waren. Das hier war ein uraltes, verwittertes Wesen. Fabio konnte den Höcker einer Nase sehen, eine verdorrte Mumienwange und ein Auge, das in einem kalten silbernen Licht glomm. Ein Laut drang aus Fabios Kehle, ein ersticktes, erschrockenes Kieksen, aber dann bewegte sich der Fels auf seinem Rücken und eine eiskalte Hand presste sich auf seinen Mund. Er wurde herumgerissen und landete in einer Spalte zwischen zwei Felsen. »Pst! Keinen Mucks!« Ein blonder Zopf streifte seine Wange, dann klickte der Wolfszahn – und Fabio wurde davongewirbelt.

Er landete wieder hart und wollte aufschreien, aber eine Möwe kam ihm mit schrillem Kreischen zuvor. Wieder traf ihn Gischt, doch jetzt schmeckte sie salzig. Diesmal lag Fabio nicht auf dem Bauch, er stand barfuß auf schaukelndem Metall. Nun begriff er, dass der Gürtel um seine Taille zwei Arme waren, die ihn schon die ganze Zeit umklammert hatten. Und das Gewicht auf seinem Rücken war ein Körper gewesen. Als er die Augen öffnete, sah er einen rotweißen Rettungsring an einer Schiffsreling. *Whale watching* stand auf dem Ring. Schlagartig wurde ihm schwindelig und schlecht vor Höhenangst. Er stand ganz am Ende eines Ausflugsschiffes auf einem Ausleger, der jenseits der Reling direkt über dem Wasser schwebte! Ein Rettungsboot war daran aufgehängt. Viel zu weit unter ihm rauschte das Wasser dahin. An Deck standen Passagiere mit Ferngläsern und Kameras. Noch hatten sie Fabio nicht entdeckt, aber die Möwen umflatterten ihn gefährlich nah. Zu allem Überfluss löste sich die Umklammerung. Um ein Haar wäre er abgestürzt. Er konnte gerade noch nach einem Seil schnappen. Das Mädchen von der Insel landete mit einem mühelosen Satz vor ihm auf der Reling des Oberdecks und balancierte wie eine Seiltänzerin die Schiffsbewegungen aus. Unter den Arm hatte sie den Wolfshelm geklemmt.

»Bist du völlig übergeschnappt?«, rief sie ihm über die Kluft aus schäumendem Wasser zu. »Wenn der *Vörður* dich gesehen hätte, wärst du jetzt nicht hier!«

Sie sprang von der Reling auf ein gespanntes Seil und balancierte wieder auf Zehenspitzen. Ihre Zöpfe flatterten im Fahrtwind und das goldene Leopardenmuster ihrer Leggings gleißte in der Sonne. Über ihrer rechten Schulter hüpfte das *Harpa*-Gebäude auf und ab. Das Schiff fuhr nämlich gerade in den Hafen ein. Die Glaswände des Konzerthauses zeigten völlig andere Farben und Spiegelungen als vorhin. Weil die Sonne viel tiefer stand, als wären nicht Augenblicke, sondern Stunden vergangen.

»Wo war ich?«, stammelte Fabio.

»Am falschen Ort«, schnappte das Elfenmädchen. »Wie bist du dorthin gekommen? Und warum siehst du uns?«

»Keine Ahnung«, japste Fabio. »Wieso kann ich mit dir auf Deutsch sprechen?«

»Tust du gar nicht. Wenn Menschen mit uns reden, hören sie nur ihre Sprache.«

Sie funkelte ihn misstrauisch an, mit goldenen Augen, die jetzt kalt und feindselig wirkten. Im Hafen rief jemand wütend einen Namen. Das Elfenmädchen sah sich sofort nach dem Rufer um. Fabio erinnerte sich, dass es genau dieses Wort gewesen war, das er gehört hatte, bevor der Wolfskopf ihn weggebeamt hatte.

»Dein Name?«, brachte Fabio mühsam hervor. »Heißt du … Gull?«

Die goldenen Augen wurden schmal. »Sieht man doch«, fauchte das Mädchen.

»Was macht denn der Junge da?«, rief eine erschrockene Stimme. »Das ist ja lebensgefährlich!« Passagiere stürzten zur Reling, deutsche Touristen, die jetzt aufgeregt fuchtelten, ohne jedoch das Mädchen zu sehen. Gull schaute über die Schulter zur *Harpa*. »Mist«, sagte sie. Sie fuhr wieder zu Fabio herum und pfiff durch die Finger.

»Holt den Jungen an Bord!«, hörte Fabio noch einen Mann rufen, aber der Rest ging in dem kreischenden Hexengelächter der Möwen unter. Wie dressierte Hunde stürzten sie sich aus der Luft auf ihn. Schnäbel hackten seine Hände von dem Seil weg, das sein einziger Halt war. Mit fuchtelnden Armen versuchte er verzweifelt, die Balance zu halten – als eine riesige Graumöwe ihn anflog und einfach seine Brust rammte. Seine Füße traten ins Leere, der Himmel kippte und sauste von ihm weg. Wind riss an seinen Haaren und dann knipste sich die Welt mit einem Schlag gegen seinen Kopf aus.

*

Irgendwo in der Schwärze des Universums bimmelte das Steinzeithandy wie verrückt. Und als Fabio benommen die Augen öffnete und in jähes Licht blinzelte, sah er eine grauhaarige Touristin. Sie hatte sein Handy in der Hand. Das Klingeln hörte auf.

»Mann, hast du ein Glück gehabt!«, sagte ein älterer Mann in Outdoor-Jacke. Er kniete neben Fabio auf dem Boden. Seine Armbanduhr zeigte, dass es sieben Uhr abends war. Wieder durchfuhr Fabio ein siedend heißer Schreck. *Ich war so lange weg?* »... und dann haben die Möwen ihn angegriffen und er ist heruntergestürzt«, hörte er die Frau ins Handy sagen. »Vielleicht haben sie ihr Revier verteidigt. Er hatte ein Riesenglück, dass er ins Rettungsboot gefallen ist. Sonst hatte ihn die Crew aus dem Wasser fischen müssen ...«

Es kitzelte in seiner Kehle, er würgte und hustete und spuckte eine Möwenfeder aus. Langsam dämmerte ihm, wo er war. Das Schiff hatte angelegt, und er lag nun auf einem Holzsteg am Hafen. Sicher zwei Dutzend Leute starrten ihn an, als wäre er *Jabba the Hutt*. An seinem Kopf pochte eine Riesenbeule. Seine Jeans war zerrissen und an seinem Shirt hingen Schmutz und Flechtenreste. Die Schuhe hatte er irgendwo verloren und als wäre das alles nicht schlimm genug, sagte die Frau am Handy gerade zu seiner Mutter: »Ja, der Krankenwagen ist schon unterwegs, Frau Siebert.«

*

»Noch einmal zum Mitschreiben«, sagte Fabios Vater betont geduldig. »Du bist zum Hafen gegangen und wolltest dir die Schiffe anschauen. Und als du … ähm … *sieben Stunden* später wieder zu dir gekommen bist, lagst du auf dem Steg und konntest dich an nichts erinnern?«

Fabio lag zu Hause im Bett, auf dem Kopf ein Kühlpad, das ihn nur vorsichtig nicken ließ. Doch sein Gesicht glühte verräterisch. Er konnte nicht gut lügen, aber was war die Alternative? *»Ich wurde durch einen magischen Zeitstrahl zu den grauen Vulkanier-Elfen gebeamt und danach hat ein Elfenmädchen namens Gull eine Meute Möwen auf mich gehetzt«?*

»So ungefähr«, murmelte er. »Glaube ich.«

Seine Eltern sahen sich zum fünfzigsten Mal zweifelnd und besorgt an. Fabios Mutter schluckte und kämpfte schon wieder gegen die Tränen. Fabio hatte ein schlechtes Gewissen. Im Krankenhaus, wo er untersucht worden war, hatte sie geweint und man sah ihr an, dass sie immer noch völlig durcheinander war.

»Ist doch klar: Er hat eine Amnesie«, meldete sich Tom von der Tür. »Das passiert, wenn man eine Gehirnerschütterung hat.«

Fabio lächelte seinem Bruder schief zu. Tom stand natürlich auf seiner Seite. Aber seine Mutter sah nun so aus, als wäre trotz aller Sorge der nächste Vulkanausbruch nicht weit.

»Er hat aber keine Gehirnerschütterung«, rief sie. »Bis auf die Beulen und Kratzer fehlt ihm überhaupt nichts!«

»Heike …«, sagte Papa beruhigend, aber Fabios Mutter schüttelte den Kopf und baute sich mit verschränkten Armen vor Fabios Bett auf.

»Letzte Chance, die Wahrheit zu sagen, Pinocchio«, sagte sie mit einem Anflug ihrer alten Strenge. »Ich will wissen, was passiert ist!«

Fabio schluckte und schwieg. Das war natürlich ein Fehler, denn jetzt war seine Mutter nicht nur besorgt, sondern wurde auch noch wütend.

»Du läufst einfach weg, ohne etwas zu sagen«, platzte seine Mutter los. »Du machst das Handy aus und verschwindest für mehrere Stunden einfach von der Bildfläche. Ich wäre fast vor Sorge gestorben!« Ihre Stimme bebte schon und drohte zu kippen, aber sie riss sich mühsam zusammen. »Und als endlich jemand ans Handy geht, erfahre ich, dass mein Sohn sich als blinder Passagier auf ein *Whalewatching*-Boot geschmuggelt hat. Dort turnt er wie ein Stuntman direkt über der Schiffschraube herum – und das Ganze in zerfetzter Kleidung und ohne Schuhe! Was zum Teufel hast du dir bei der ganzen Aktion gedacht?«

»Beruhige dich doch, Heike.« Fabios Vater legte ihr den Arm um die Schultern. »Lass ihn doch erst einmal ausruhen. Wir reden morgen in aller Ruhe darüber.« Den Tonfall kannte Fabio nur zu genau. *Morgen* war der Code, dass bei seinen Eltern heute eine Krisensitzung anstand, bei der man sich auf das weitere Vorgehen einigen würde. Fabio ließ sich ins Kissen zurücksinken und zog sich die Decke über den Kopf. Er spürte, wie sein Vater ihm kurz tröstend die Hand auf die Schulter legte. In dem ganzen Chaos tat das unendlich gut. Zehn Sekunden darauf klappte die Tür zu.

Eine weitere Sekunde später zog Tom ihm die Decke weg. Er setzte sich auf Fabios Bett und betrachtete besorgt die Pflaster und die blauen Flecken an Fabios Schienbeinen und Armen. »Wo warst du?«, bestürmte er ihn. »Warum hast du mir nicht gesagt, dass du zum Hafen gehst? Das mit dem Schiff klingt total krass! Warum hast du das gemacht?«

Das glaubst du mir nie. Fabio schaute zum Fenster. Keine Elfen, keine Killermöwen, keine Libellen, nur ein paar harmlose Krähen, die auf dem Haus auf der anderen Straßenseite hockten.

»Ich wollte gar nicht aufs Boot«, sagte Fabio leise. »Das war ein Versehen.«

Tom sah ihn natürlich noch verständnisloser an. Und wenn Fabio ihm die ganze Geschichte erzählte, dann würde sein Bruder wirklich glauben, dass ihm bei dem Schlag auf dem Kopf einiges im Gehirn verrutscht war. Andererseits: Tom war sein Bruder und auch sein bester Freund. Er holte tief Luft und wollte beginnen, aber ein Geräusch ließ sie beide zur Tür schauen.

Draußen knarrte die Stiege unter schnellen Schritten, die Tür ging auf und Elín kam einfach ins Zimmer. Fabio riss sich die Decke bis zum Kinn hoch, aber Elín hatte seine blauen Flecken schon gesehen.

»Hallo Käpt'n Ahab!«, rief sie ihm zu. »Ganz schöne Schrammen hast du. War der weiße Wal etwa eine Nummer ...« Sie verstummte und schluckte auf Toms warnenden Blick hin das *»... zu groß für dich?«* runter. Stattdessen sagte sie: »Wie geht's denn?«

»Prima«, knurrte er.

Elín war taub für Ironie, sie lächelte erfreut, als hätte er das ernst gemeint und hüpfte aufs Fensterbrett. Dort saß sie dann mit baumelnden Beinen. »Wir haben dich in der ganzen Stadt gesucht. Warum kletterst du aus dem Küchenfenster und läufst weg? Wir haben schließlich auch Türen.«

Auch Tom sah ihn erwartungsvoll an. Erwartete er im Ernst, dass Fabio in Elíns Gegenwart erzählte, was wirklich passiert war? Geheimnisse waren schließlich etwas, das Brüder teilten. »Das geht dich echt nichts an, Elín«, sagte er.

Elín und Tom wechselten einen Blick. Und in diesem Moment war es besonders schlimm zu merken, dass die beiden sogar schon eine eigene Zweispurkommunikation hatten.

Lass ihn, sagte Toms Blick.

Na gut, gab Elín stumm zurück.

»Die Hütte wird ganz toll«, plauderte sie dann munter los. »Morgen sind wir schon fertig. Du wirst staunen, was wir heute Nachmittag schon alles geschafft haben!«

»Ja, es ist Frau Bert!«, sagte Tom.

»Wer ist Frau Bert?«, fragte Fabio.

Tom und Elín sahen sich wieder an, dann platzten sie los.

»*Frábært*«, erklärte Elín lachend. »Das heißt auf Isländisch: toll.«

Fabio stöhnte innerlich auf. Das war ja wirklich nicht auszuhalten. Und dann dämmerte ihm, was Elín gerade gesagt hatte. »Nachmittag? Ich dachte, ihr habt mich stundenlang gesucht?«

»Ja, nachdem deine Mutter bei Gunnar angerufen hatte. Aber das war erst um drei.«

Fabio fiel die Kinnlade nach unten. »Ihr habt drei Stunden nicht gemerkt, dass ich weg bin?«

Tom wurde wohl in diesem Moment siedend heiß etwas klar. Er biss sich ertappt auf die Unterlippe und sah plötzlich sehr schuldbewusst aus.

»Gunnar hat gesagt, du surfst in der Küche und wir sollen dich gefälligst in Ruhe lassen«, redete Elín völlig arglos weiter. »Und die belegten Brote von deiner Mutter haben wir nachmittags im Garten gegessen …«

»Ich habe gar nicht gemerkt, dass so viel Zeit vergangen ist«, setzte Tom sichtlich zerknirscht hinzu.

Was übersetzt hieß: Sein Bruder hatte ihn nicht mal vermisst. Das fühlte sich fast so an wie noch einmal eine Kinnbremsung auf Geröll zu machen.

»Elín! Huch!« Fabios Mutter stand an der Tür, in den Händen ein Tablett mit heißem Kakao und einer Zimtschnecke. »Also heute hast du aber wirklich nicht geklingelt.«

»Brauche ich nicht.« Elín zog einen Schlüsselbund aus

der Tasche ihres Jeansrocks. Als Anhänger baumelte ein kleines rotes Holzpferd daran. »Ich habe meine Hausschlüssel dabei.«

Das war noch so ein Kinnladenmoment. Fabios Mutter sagte nur: »Ach so« und lächelte. Und auch Tom schien es schon völlig normal zu finden, dass Elín sich so benahm, als würde sie zur Familie gehören und mit ihnen hier wohnen.

»Ich wollte nur wissen, wie es ihm geht«, sagte Elín nun. »Aber so, wie es aussieht, ist er morgen ja wieder im Team Gartenhütte. Und heute Abend schauen wir bei Gunnar einen Film ...«

»Auf keinen Fall!« Fabios Mutter stellte das Tablett auf den Nachttisch und versuchte sich an einem LÄCHELN für Fabio. »Der Filmabend läuft heute ohne ihn. Und morgen bleibt Fabio hier und ruht sich aus.«

Elín und Tom schauten ihn an, als würden sie erwarten, dass er protestierte, aber nach dem, was er gerade erfahren musste, hätten ihn keine zehn Islandpferde zu Gunnars Haus gebracht. Also sagte er nur »Okay« und sank tiefer in die Kissen. Mama war sichtlich erleichtert.

»Wollt ihr auch Zimtschnecken?«, wandte sie sich an Tom und Elín. »Unten in der Küche stehen welche.« Es war nicht als wirkliche Frage gemeint, das verstand sogar Elín. Sie hopste sofort gehorsam vom Fensterbrett und folgte Tom aus dem Zimmer. Sobald die Tür sich geschlossen hatte, kroch Fabio aus dem Bett und hob das Eschenblatt auf. Elín hatte es vom Fensterbrett gefegt. Er legte es an seinen Platz zurück, rückte auch den Schutzwall aus

Eschenhölzern zurecht und hielt nach Hansen Ausschau. Aber seine Bank war leer, nur die Krähen erwiderten Fabios suchenden Blick. Jetzt fiel ihm auf, dass es fünf waren. Vorhin hatten sie auf dem Dach gesessen, nun hockten sie aneinandergedrängt auf einem Gartenzaun. Mit klopfendem Herzen wich er zurück. Jetzt hätte er einiges für Vorhänge gegeben. Er nahm das Handy und das Wörterbuch und verkroch sich ins Bett. Als er das Bild suchte, das er in der *Harpa* gemacht hatte, war er enttäuscht. Kein Snjór auf dem Sofa. Und auch die anderen Elfen waren auf dem Foto unsichtbar. Fabio griff nach dem Wörterbuch und suchte nach dem Wort, mit dem Gull die grauen Gestalten bezeichnet hatte. *Vörður.* Es bedeutete *Wächter.*

Er blätterte zurück zum Buchstaben G.

Guð, las er. *Gott.*

Gufa – Dampf

Und da war es endlich: *Gull – Gold.*

Wolfsfessel

Kein Wunder, dass Hansen heute nicht zum Lesen vor die Tür ging. Die Dunkelheit war früher als sonst über Reykjavík hereingebrochen, draußen ballten sich schwarze Wolken am Himmel. Die Luft roch schon nach Sturmregen und der Wind schüttelte die Eberesche neben dem Haus so heftig, dass Äste gegen das Haus schlugen und Vogelbeeren auf das weiße Blechdach des Hauses prasselten. Es hörte sich an, als würden unzählige, winzige Fäuste anklopfen. Fabio hatte schon die Sperren am Fenster zugeschraubt, nun warf sich der Wind wie ein unsichtbarer Körper gegen die Scheiben. Wenigstens hatten die Böen auch die fünf Krähen weggeweht. War es nur ein Zufall, dass sie Fabio an die fünf grauen Wächter erinnert hatten? Zum zehnten Mal an diesem Abend griff er nach dem Handy und rief Gunnars Nummer an.

»Moment«, brummte Gunnar. »Tom? Die Spielstandabfrage!«

Dramatische Actionmusik schmetterte im Hintergrund aus dem Fernseher.

»Hallo«, sagte Tom. Es war beruhigend, seine Stimme zu hören. »Also: Die Rebellen dringen gerade in das Außenlager der Föderation ein. Und du hattest recht: Der Magier war wirklich der Verräter. Oh nein! Jetzt stürmt eine Regierungstruppe den Saal.« Im Hintergrund quietschte Elín: »*Neeei!*«

Fabio hielt das Handy ein Stück vom Ohr weg, so laut knallten und zischten im Film nun die Laserkanonen.

»Sonst alles klar bei euch?«, fragte er dann.

»Bis auf die Tatsache, dass Commander Hawk jetzt erledigt ist?«, antwortete Tom. »*Jú.* Und bei dir?«

Bis auf die Tatsache, dass die Elfenwächter mich vielleicht in der Gestalt von Krähen beobachten ... »Klar. Bis später!« Er legte das Handy weg und atmete auf. Bei Tom war alles in Ordnung.

Seine Eltern waren im Wohnzimmer, den Fernseher konnte man bis in den ersten Stock hören. Das war gut, so konnte er heimlich ins Arbeitszimmer schleichen. Das Laptop war noch an, auf dem Tisch lag ein Stapel Blätter mit Zahlen und Diagrammen. Irgendetwas an Papas Unterlagen kam Fabio seltsam vor, aber er konnte nicht sagen, was es war. Er stellte das Laptop aufs Fensterbrett, so hatte er einen Teil der Straße im Blick. Er ärgerte sich immer noch, dass er nicht genauer nachgefragt hatte, in welchem Haus Hansen wohnte.

Mit fliegenden Fingern gab er seine Suchbegriffe ein. Er landete in Foren von Rollenspiel-Gruppen, die darüber diskutieren, mit welchem Kleber Elfenohren aus Gummi am besten hielten. Fabio schnaufte genervt. Doch als er nach einer Übersetzung des Namens der Elfbook-Startseite *huldunet.is* suchte, hatte er eine Spur. *Huldu* – das stand für »verborgen«. Und zum *Huldufólk* gehörten auch Elfen. Es gab noch eine Elfenart, die sich *Álfar* nannte, außerdem Lichtelfen, Dunkelelfen, Blumenelfen und viele mehr. Aber Snjór und und Gull passten am besten zur allgemeinen Beschreibung des *Huldufólk*. Und zu welcher Art gehören die *grauen Wächter?*, dachte Fabio. Jedenfalls hatte das verborgene Volk angeblich etwas gegen Kreuze, Kirchen und … Elektrizität. *Und warum benutzen sie dann moderne Technik?*, dachte Fabio kopfschüttelnd. Aber wenn Sagen und Märchen auch nur einen winzigen wahren Kern enthielten, dann hatten isländische Elfen ein beachtliches Vorstrafenregister. Sachbeschädigung und Vandalismus (sie zerstörten Häuser, Brücken, Straßen und Wasserleitungen), Diebstahl (sie ließen Schmuck mitgehen oder sogar ganze Herden von Schafen verschwinden) und Entführung. Ahnungslose Wanderer lockten sie manchmal in ihre Höhlen. *»Gerne stehlen sie auch Neugeborene und verschleppen sie in ihr magisches Reich«,* las Fabio. *»Dort ist das Kind bis an sein Lebensende gefangen.«*

Mit einem Frösteln erinnerte sich Fabio an Gull. Ihre langen Finger, die sie schon nach dem Baby im Kinderwagen ausgestreckt hatte. Was hatte Gunnar einmal gesagt? »In dieser Stadt muss sich niemand vor Baby-Kidnappern fürchten.« *Von wegen.*

Fabio blickte vom Laptop hoch, als es in der Ferne

blitzte. Donner grollte, die ersten Regentropfen klatschten gegen das Glas. Und zwischen den Tropfen bewegte sich eine geduckte Gestalt. Sie hatte den Kragen hochgeschlagen und eilte mit gesenktem Kopf dem Regen davon. Hansen. *Na endlich!*

Fabio versuchte Hansen mit Blinkzeichen auf sich aufmerksam zu machen, aber Hansen bemerkte es nicht. Im nun strömenden Regen eilte er durch ein Gartentor. Im Licht der Straßenbeleuchtung konnte Fabio nun erkennen, wo der Bikerjunge wohnte: in einem schmalen, gelben Häuschen mit Wellblechwänden.

Fabios Eltern sahen immer noch im Wohnzimmer fern. Auf Zehenspitzen huschte Fabio an der Tür vorbei, schnappte Jacke und Stiefel und schlüpfte aus dem Haus. Mit seinem Schlüssel ließ er die Tür fast lautlos zuklicken und zog sich auf der Veranda hastig an.

Hansens Zuhause war keines der hell erleuchteten Kino-Häuser, in das man hineinschauen konnte. Wie bei Gunnar, klebten auch hier noch die schwarzen Müllsäcke an den Fenstern. Ansonsten war es eine ziemlich abgeschabte Hütte. Neben dem Haus befand sich eine Art überdachter Innenhof, in dem sich wie bei Gunnar Schrott und Krempel sammelte. Fabio überlegte, ob er so spät noch klingeln sollte, dann klopfte er erst einmal ans Fenster neben der Tür. Sofort hob sich ein Stück schwarze Folie und Hansen lugte heraus. Er hatte tiefe Ringe unter den Augen und sah müde und besorgt aus, aber sobald er Fabio erkannte, hellte sich seine Miene auf. Er gab Fabio ein Zeichen, im Innenhof zu warten. Eine Minute später war er da. »Hey-hey, Jansson!«

»Hey. Wo warst du?«

Hansen schüttelte sich Regen aus dem Haar. »Ich habe einen Freund besucht«, sagte er leise. »Meine Schwester hatte heute Abend Kopfschmerzen und ist früh schlafen gegangen. Also konnte ich sie gefahrlos eine Weile alleine lassen.« Er machte eine entschuldigende Geste. »Ich würde dich ja reinbitten, aber wenn sie aufwacht...«

»Schon okay«, sagte Fabio.

Hansen holte zwei leere Getränkekisten und setzte sich auf eine davon. »Gibt es etwas Neues von der Elfenfront?«

Fabio leckte sich den Regen von den Lippen. Dann sprudelte er die ganze Geschichte ohne Punkt und Komma heraus. Sogar hier im Halbdunkel konnte er sehen, dass Hansen totenblass wurde. Dann sprang er so heftig auf, dass die Kiste umfiel. »Weißt du, was mit dir hätte passieren können? Du warst an einer Schwelle zum Elfenreich. Dort tickt die Zeit anders. Wenn die Wächter dich erwischt hätten, dann wärst du jetzt einfach verschollen!«

Gull hatte etwas Ähnliches gesagt. Und seit Fabio die Elfenmärchen durchforstet hatte, konnte er sich denken, wie das Ganze gelaufen wäre. Es gab Dutzende von Geschichten, in denen Elfen neugierige Menschen in ihre Hügel mitgenommen hatten. Aber wenn die Menschen am nächsten Morgen in ihre Dörfer zurückkehrten, stellten sie fest, dass außerhalb des Elfenreiches hundert Jahre vergangen waren und ihre Familien längst nicht mehr lebten.

»Ich habe dir doch gesagt, dass du sie in Ruhe lassen sollst!« Hansen schüttelte den Kopf. »Verdammt, die versuchen, dich umzubringen!«

»Warum hat Gull mich dann gerettet?«, rutschte es Fabio heraus.

Hansen lachte bitter auf. »Das hat sie nicht. Sie wollte den Wolfskopf zurück. Sobald sie ihn hatte, warst du ihr nur noch im Weg. Sie hat dich ins Meer gestoßen, damit du ertrinkst. Oder noch schlimmer: Wahrscheinlich hatte sie schon die Haie gerufen. Elfen können Tiere beherrschen, als seien sie nur Marionetten mit Flossen, Flügeln oder Fell. Du hattest Glück, dass sie wohl nicht lange genug geblieben ist, um zu sehen, dass du nicht im Meer, sondern im Rettungsboot gelandet bist.«

Haie? Fabio fror plötzlich. Dass Elfen Tiere steuern konnten, hatte er ja selbst erlebt.

»In aller Freundschaft, Jansson«, sagte Hansen ernst. »Ich mag dich wirklich gerne, aber du bist ein leichtsinniger *Fáviti*. Du hast deinen Eltern doch nichts gesagt?«

»Nein, nicht mal Tom.« *Und schon gar nicht Elín.*

Hansen nickte erleichtert. »Ist auch besser so. Glaub mir, wenn deine Familie dich erst einmal für einen Freak hält, wird alles nur noch schwieriger. Ich weiß, wovon ich rede. Und selbst wenn dein kleiner Bruder dir glauben würde, hättest du ein noch größeres Problem. So, wie ich Tom-Tom einschätze, ist er neugierig wie ein Frettchen und bringt sich nur in Gefahr. Und glaub mir, es ist nicht leicht, seine Geschwister vor Elfenflüchen zu beschützen.«

Fabio nickte beklommen. Was *Tom-Tom* betraf, hatte Hansen völlig richtig vermutet.

»Und du versprichst mir jetzt etwas«, setzte Hansen mit Nachdruck hinzu. »Keine! Weiteren! Elfen-Aktionen!«

Fabio biss sich auf die Unterlippe. Er musste wohl verrückt sein, aber er antwortete: »Das … kann ich nicht versprechen.«

Hansen sah ihn an, als hätte er verkündet, in ein Haifischbecken springen zu wollen.

»Willst du denn gar nicht wissen, was dahintersteckt?«, setzte Fabio hinzu. »Warum es graue Wächter gibt und solche Elfen wie Gull und Snjór und …«

»Ich fasse es nicht!«, rief Hansen aus. »Bist du lebensmüde?«

Was sollte Fabio darauf antworten? Dass ihm jeder Knochen vom Sturz wehtat, dass er Angst hatte – aber trotzdem so neugierig war, dass er jetzt unmöglich aufhören konnte zu forschen?

Hansen nahm die Brille ab und wischte sich über die Augen. »Mann, Mann, Mann!«, murmelte er fassungslos. »Du bist wirklich ein harter Brocken.«

»Wolltest du nie mehr darüber wissen?«, bohrte Fabio weiter.

Hansen setzte sich wieder auf die Kiste und seufzte. »Glaubst du, das versuche ich nicht schon seit Jahren herauszufinden?«, sagte er leise. »Ich würde alles dafür tun, den Elfenfluch zu brechen. Dann wäre meine Familie in Sicherheit und ich könnte endlich wieder einmal ruhig schlafen. Ich habe jedes Buch gelesen, das es über Elfen gibt, jede Landkarte studiert. Ich war sogar wieder am Wasserfall und habe versucht, Spuren zu finden. Und vielleicht bin ich völlig verrückt, aber ich würde gerne das Mädchen wiedersehen, dem ich damals gefolgt bin. Sie war … ganz anders als die Grauen. Wenn ich doch einmal einschlafen kann, dann träume ich fast immer von ihr. Und in allen diesen Träumen ist sie so traurig, dass auch mein Herz ganz schwer wird.«

Fabio bekam eine Gänsehaut. Auch das hatte er gelesen: dass manche Elfen Menschen anlockten, indem sie weinten und um Hilfe riefen. *Aber ist das wirklich die Wahrheit? Wollte Gull mich wirklich den Haien zum Fraß vorwerfen?* Eine Weile starrten sie beide nachdenklich in den Regen.

»Vielleicht finden wir zu zweit etwas heraus?«, sagte Fabio dann. »Immerhin … sehe ich ja Elfen.«

Er erwartete, dass Hansen empört ablehnen würde, aber der Bikerjunge überraschte ihn. »Weißt du was, Jansson?«, sagte er nachdenklich. »Du hast recht. Zwei sind immer besser als einer. Und wenn du der Sache wirklich auf den Grund gehen willst, dann hast du jetzt einen Partner.«

Und als Fabio Hansens funkelnde Augen sah, wurde ihm klar, dass sein neuer Freund wirklich alles andere als ein ängstlicher Streberjunge war.

»Ab jetzt sind wir ein Team«, fuhr Hansen fort. »Aber du versprichst mir wenigstens, dass du keine Elfen-Aktionen machst, ohne mir Bescheid zu sagen?«

»Versprochen!«, sagte Fabio aus vollem Herzen. Es tat

gut, einen Verbündeten zu haben. Erst jetzt merkte er, wie schwer dieses Geheimnis auf ihm gelastet hatte.

Hansen nickte und grinste schief. »*Hansen & Jansson, Elfenjäger*. Das klingt gar nicht mal so übel.«

Fabio musste lachen. »Vielleicht bist du damals auch einem der grauen Wächter begegnet, die ich heute gesehen habe«, sagte er. »Wo war das genau?«

Hansen hob ironisch die linke Augenbraue. »Soll ich dir das wirklich erzählen? Du kommst ja doch nur auf gefährliche Ideen.«

»Habe ich dir eben mein Ehrenwort gegeben oder nicht?«

Hansen seufzte tief. Über sein Gesicht fiel ein Schatten. »Na gut. *Hraunfossar*, bei einem Lava-Wasserfall. Aber wenn du denkst, ich gehe mit dir dorthin und zeige dir die Stelle, dann irrst du dich. Das wäre trotz allem zu gefährlich für dich.«

»Aber am Café gehst du zusammen mit mir vorbei? Ich würde gerne wissen, ob du Snjór sehen kannst.«

»Wann?«, fragte Hansen ohne zu zögern.

»Morgen?« Aber dann fiel Fabio ein, dass er ja so etwas wie Hausarrest hatte. »Nein, das geht nicht, meine Mutter lässt mich bestimmt nicht in die Stadt. Wobei – ich könnte offiziell bei Gunnar die neue Strebe für die Wiege abholen, dann hätten wir Zeit, wenigstens kurz in die Stadt zu gehen …«

»Was für eine Wiege?«

»Ein Familienerbstück von Björg. Meine Mutter bemalt sie neu. Aber ein Stück fehlt. Wir haben es überall gesucht und Gunnar hat angeboten, als Ersatz eine neue Gitterstrebe zu schnitzen.«

»Das Wolfsholz.« Hansen lachte. »Danach hättet ihr ewig suchen können. Kaum jemand in Reykjavík kennt diesen alten Brauch noch. Aber in früheren Zeiten hat man dieses Stück der Wiege immer draußen vor dem Haus vergraben.«

»Wirklich? Wieso denn?«

»Weil man glaubte, dass Zeichnungen Zauberkraft haben. Der schwarzgraue Wolf Fenrir wurde mit Farben aus Asche und zerriebenem Pulver aus getrockneten Sumpfmücken gemalt. Der Name Fenrir bedeutet nämlich: Der im Sumpf lebt. Er war das erste Kind des Gottes Loki und einer Riesin. Von Tag zu Tag wurde er größer und gefährlicher und die nordischen Götter begannen, sich Sorgen zu machen. Sie befürchteten, er würde eines Tages alles verschlingen und beschlossen deshalb, ihn anzuketten. Aber keine Kette konnte den Fenriswolf halten, sogar die schwersten Eisenketten zerriss er mühelos. Göttervater Odin war ratlos, nur die Zwerge wussten Rat. Sie schmiedeten keine neue Kette, nein, sie spannen einen magischen Faden. Dafür nahmen sie Bärensehnen, Frauenbart und Fischatem. Außerdem das Geräusch von schleichenden Katzenpfoten, Vogelspucke und die Wurzeln der Berge.«

»Fischatem?«, fragte Fabio. »Frauenbart?«

Hansen lachte leise.

»Das ist Zwergenmagie«, raunte er ihm geheimnisvoll zu. »Nur das Zwergenvolk kann Gegensätze verbinden und daraus etwas Neues schaffen, auch wenn es jedem Naturgesetz widerspricht. Wenn man Zwerge als Verbündete hat, ist alles möglich. Sie sind mutig und sehr listig. Und als Freund ist man an ihrer Seite niemals verloren. Das wusste auch Odin. Diese Fessel, die von den Zwergen gemacht wurde, ist dünn wie der Faden einer Spinne, aber dafür so stark, dass sie den Fenriswolf hält. Bis heute! Je mehr er sich gegen die Fessel stemmt, desto enger zieht sie sich zusammen. Erst wenn das Weltenende – *Ragnarök* – kommt, wird es dem Fenriswolf gelingen, die Fessel zu zerreißen. Dann wird er voller Wut die ganze Welt verschlingen, die Sonne, und den Gott Odin selbst.«

Fabio rieb sich fröstelnd über die Gänsehaut an seinen Armen. Es war nur eine Sage. Aber seit er wusste, dass Elfen existierten, hätte er nicht mehr darauf gewettet, dass es keine Sumpfwölfe gab.

»Manche sagen, der Fenriswolf sei ein Schwellenwächter«, fuhr Hansen leise fort. »Denn auch wenn seine Läufe gefesselt sind, ist sein Maul gefährlicher denn je. Dem Gott Tyr hat er die Hand abgebissen. Und dasselbe tut er mit jedem, der an ihm vorbeiwill, um das Kind, das er beschützt, aus der Wiege zu stehlen.«

»Deshalb vergräbt man die Strebe mit seinem Bild also?«

»Ja. Normalerweise liegt das Wolfsholz unter der Schwelle des Hauses. Kein einziges Wesen aus der magischen Welt oder dem Totenreich kommt an dem Wolf vorbei zu dem Baby. Und du weißt, wer nur zu gerne Menschenkinder aus der Wiege stehlen würde?«

Er hob vielsagend die Brauen und rückte seine Brille zurecht. Heute sah er damit aus wie ein Kommissar beim Prüfen einer Verbrecherkartei.

Fabio musste wieder an Gull denken, die am Kinderwagen stand. »Elfen«, murmelte er.

Hansen nickte düster. Sie schauten beide nach draußen. Es windete immer noch, aber der Regen war zu Nieseln geworden. Im Licht der Straßenlaterne sah es aus, als würde der Wind silbrige Fäden schräg bis in den Unterstand wehen. Eine Schaufel, die an der Wand lehnte, glänzte bereits nass.

»Sollen wir nachschauen?«, sprach Hansen dann plötzlich Fabios Gedanken aus. »Der Regen weicht den Boden auf und bei dem Wetter stören uns sicher keine Spaziergänger.«

Fabio sprang auf und klopfte sich Staub von den Jeans. »Brechen wir damit keinen Bann?«, fragte er. »Ich meine … können die magischen Wesen dann nicht ungehindert die Schwelle unseres Hauses passieren?«

»Dafür finden sie Wege. Nein, das Wolfsholz beschützt nur das Baby in der Wiege mit der fehlenden Strebe«, erwiderte Hansen. »Aber in eurem Haus gibt es ja kein Neugeborenes.«

Fabio griff nach der Schaufel. »Dann nichts wie los!«

Die hölzerne Schwelle des Gartentores war mit den Jahren unter unzähligen Schritten in den Boden eingesunken. Aber dahinter hatte sich eine Rinne gebildet, in der sich das Regenwasser fing. Hansen postierte sich vor dem Tor und behielt die Fenster im Auge für den Fall, dass Fabios

Eltern auf die Straße schauten. Fabio setzte entschlossen die Schaufel an und stieß sie mit aller Kraft in die Erde.

Es war kein Graben, eher ein Kratzen und Stochern. Nach einer Minute schwitzte er schon, nach zehn Minuten kniete er im Dreck und hebelte mit der Schaufelspitze mühsam Brocken für Brocken klumpiger Erde heraus.

»Vorsicht, dass du die Strebe nicht zerbrichst«, mahnte Hansen.

In diesem Moment traf die Schaufel auf etwas Hartes. »Da ist etwas!« Fabio grub mit bloßen Händen weiter. Er tastete mit den Fingern in der Erdscharte herum, aber das Ding saß fest wie ein Backenzahn, nur langsam konnte er es herausruckeln. Mit einem sumpfigen Schmatzen löste sich das Holz endlich aus der Erde. Fabio hielt eine schwarze glitschige Strebe in der Hand. Modriger Geruch stieg ihm in die Nase.

»Und?«, fragte Hansen. »Erkennt man die Zeichnung noch?«

Fabio stand auf und sprang über den Graben an der Schwelle auf den Bürgersteig. Zusammen mit Hansen beugte er sich über das Holz. Aber als das kalte Licht der Jedi-Leuchte die Strebe flutete, war er unendlich enttäuscht.

»Die muss schon sehr lange in der Erde liegen«, sagte Hansen. »Sie ist ziemlich verfault. Darf ich mal?«

Fabio übergab ihm nur zu gern das glitschige Ding. Hansen drehte die Strebe in den Händen hin und her, suchte nach den Resten der Zeichnung. Stattdessen glänzte im Licht etwas Madiges, Fahles auf.

»Hm, lecker«, sagte Hansen trocken. »Käferlarven.«

Fabio verzog den Mund. Die eklige Larve wand sich und quoll aus dem Holz wie Eiter aus einem Pickel, aber Hansen hob den Stock noch näher ans Gesicht und begutachtete ihn. Jetzt erst fiel Fabio auf, dass die Strebe spitz zulief, wie ein Pflock. »Das sieht aus wie eine Waffe.«

Hansen nickte. »So war es früher auch gedacht. Man hat die Strebe immer angespitzt. Denn wenn Elfen Kinder entführen, lassen sie oft einen Wechselbalg zurück – also ein Elfenwesen, klein wie ein Säugling. Die Eltern merken meist nicht, dass ein bösartiges Wesen ihr Kind ersetzt hat.« Er zog den linken Mundwinkel hoch. »Elfen-Täuschungszauber macht blind für Gefahren, wie wir ja leider wissen. Aber wenn jemand doch Verdacht schöpfte, dass sein Kind trotz aller Vorsichtsmaßnahmen entführt und gegen einen Wechselbalg ausgetauscht wurde, dann konnte er mit diesem Wolfsholz den Test machen.« Er umschloss die Strebe so, als würde er einen Pflock halten, und stieß damit nach unten. Fabio wurde ganz flau, als er verstand.

»Man musste die Elfe mitten ins Herz treffen«, sprach Hansen weiter. »Nur der Fenriswolf hat die Macht, einen Wechselbalg zu töten. Und wenn es tot war, dann mussten die Elfen das richtige Kind zurückbringen.«

»Und wenn man sich geirrt hat, hat man das eigene Kind erstochen?«, sagte Fabio entsetzt. »Tolle Tradition!«

»Es waren harte Zeiten«, erwiderte Hansen. »Was machen wir mit dem Ding? Wieder eingraben? Oder soll ich das Holz trocknen und sauber machen? Vielleicht erkennt man dann ja wenigstens noch Reste der antiken Zeichnung.«

Nun, diese Entscheidung war wirklich nicht schwierig. Fabio musste nur zu dem Graben an der Schwelle schielen, der schon wieder halb mit matschiger Erde und Wasser vollgelaufen war. Ertrunkene Käferlarven dümpelten darin.

»Trocknen«, entschied er und schob mit der Schaufel die Erde in das nasse Larvengrab. Er reichte Hansen die Schaufel. »Wann gehen wir morgen in die Stadt zum Elfencafé?«

Hansen schüttelte bedauernd den Kopf. »Morgen geht es bei mir leider nicht. Die ganze Familie trifft sich bei meinem *Afi* – meinem Opa. Geburtstagsfeier. Und wahrscheinlich kommen wir erst spätnachts wieder – vielleicht übernachten wir sogar. Aber ruf mich sofort an, wenn etwas passiert, ja? Ich sage dir die Nummer.«

»Ich dachte, du hast kein Smartphone?«

»Hansen an Bodenstation: Auf Planet Island gibt es noch Festnetz.« Er begann, eine Nummer zu diktieren, die Fabio in sein Handy eintippte. »Falls niemand da ist, sprich eine Nachricht auf Band«, sagte Hansen. »Ich kann sie per Fernabfrage auch bei meinem Opa abhören. Ich melde mich dann bei dir, sobald ich kann.«

»Gut. Bis dann!« Fabio kramte im Gehen den Schlüssel heraus. Aber bevor er ins Haus schlüpfen konnte, hörte er hinter sich einen leisen Pfiff.

Er sah sich um. Eingerahmt vom Gartentor stand der Bikerjunge immer noch da, in der Hand die eklige Wolfsstrebe, aber auf dem Gesicht ein Verschwörerlächeln, das

Fabio galt. Im Regenlicht der Straßenbeleuchtung wirkte er wie ein Comic-Held.

»Gut, dich zu kennen, Jansson«, sagte er. Dann drehte er sich um und ging davon.

Das Thema

Fabio konnte nicht anders, als vor sich hinzugrinsen, während er an der Veranda die Schuhe abstreifte und lautlos ins Haus zurückschlich. *Gut, dich zu kennen.* Dieser Satz hallte in ihm wider wie ein Echo. Es war ein richtig gutes Echo. Und auch alles andere war gut. *Hansen & Jansson* und die Tatsache, dass Hansen Tom vorhin als »dein kleiner Bruder« bezeichnet hatte. Er hatte nicht mal daran gedacht, die FRAGE zu stellen, offenbar war es für ihn sonnenklar, dass Tom nicht Fabios Zwillingsbruder sein konnte. Sogar die Art, wie Hansen von Zwergen gesprochen hatte, gefiel Fabio. Bei ihm hatte es so geklungen, als wären Zwerge nicht nur mickrige Maden, sondern ganz in Ordnung. *Jedenfalls stehlen sie keine Kinder,* dachte Fabio. *Und sie knüpfen erstklassige Seile.*

Das Lächeln verging ihm, als er auf Zehenspitzen an der Wohnzimmertür vorbeischleichen wollte. Der Fernseher lief nicht mehr, dafür hörte er die betont leisen Stimmen seiner Eltern.

»Ich erkenne Fabio überhaupt nicht mehr wieder«, sagte seine Mutter. »Seit wir in Island sind, ist er noch verschlossener als sonst. Und seit wann läuft er einfach weg und bringt sich in solche Gefahr?«

»Gewöhne dich daran«, erwiderte Fabios Vater. »Bald ist er dreizehn. Er wird nicht mehr lange der kleine Junge sein, den du vor der Welt und vor sich selbst beschützen kannst.«

Fabio lehnte sich mit dem Rücken an die Wand. Das war also das Krisengespräch wegen der Walboot-Sache. Es war keine Heldentat, heimlich zu lauschen, aber er konnte einfach nicht anders.

»Machst du dir überhaupt keine Sorgen?«, rief seine Mutter.

»Doch. Aber Jungs sind eben Jungs«, gab Fabios Vater zurück. »Vielleicht war die Aktion heute eine Mutprobe. Wahrscheinlich wollte er Tom beeindrucken.«

»Genau davon rede ich doch, Jan!«

Die Pause, die nun entstand, war vielsagend und schwer.

»Ich weiß, Heike«, sagte Fabios Vater dann mit einem Seufzen. Fabio stutzte. Diesen bedrückten Tonfall kannte er von seinem immer fröhlichen Vater überhaupt nicht.

»Ist es dann so unverständlich, dass ich mir Riesensorgen mache? Jan, du weißt genau, wie unglücklich Fabio oft ist. Ich sehe jeden Tag, wie sehr er in der Schule zu kämpfen hat. Seine Noten werden nicht besser und es bricht mir das Herz zu sehen, wie einsam und verloren er ist. Er hat keinen einzigen Freund. Wegen seiner Größe ist er zur Zielscheibe geworden. Kein Wunder, dass er sich in seine Computerspielwelt flüchtet.«

»Vielleicht macht das Spielen ihm einfach nur Spaß«, hielt Papa dagegen. »Ich kann ihn verstehen. Hätte ich als Kind einen eigenen Computer gehabt, meine Eltern hätten mich nie wieder bei Tageslicht gesehen.«

»Natürlich macht es ihm Spaß, aber darum geht es nicht«, widersprach Mama heftig. »Sieh ihn dir doch an, wenn er vor dem Bildschirm sitzt. Er kriecht mit Haut und Haaren in dieses Online-Spiel und spinnt sich völlig in irgendwelche Fantasiewelten ein. Aber glaubst du, es ist ein Zufall, dass er im Spiel als riesiger starker Krieger unterwegs ist? Er kommt mit der Wirklichkeit nicht zurecht. Bald wächst Tom endgültig über ihn hinaus. Merkst du nicht, wie verzweifelt Fabi versucht, mit Tom Schritt zu halten? Und Tom hält sich zurück, nur damit er nicht besser oder schneller ist als Fabio. Die letzte Eins in Mathe hat er sogar mir verschwiegen, nur damit sein Bruder sich mit seiner letzten Vier nicht blöd vorkommt. Und ich bin sicher, er wird Fabi auch nichts von den Ergebnissen des Tests erzählen.«

Fabio horchte mit klopfendem Herzen auf.

»Hast du gesehen, wie Tom aufblüht, wenn er mit Elín zusammen mit dem Skateboard unterwegs ist?«, fuhr seine Mutter leise fort. »Das Mädchen ist ihm gewachsen und ebenso sportlich wie er. Und Fabio merkt das auch. Würde er sonst die Stacheln ausfahren, sobald Elín den Raum betritt? Aber bald …«

Der Rest des Satzes blieb in der Luft hängen wie eine

Wolke aus Blei. Sie schien sich auf Fabios Schultern zu senken. Er rutschte an der Wand herunter und schlang die Arme um die Knie, aber gegen das schreckliche Gefühl in seinem Bauch half das nicht. Denn leise und mit banger Stimme sprach seine Mutter das aus, was niemand im Haus Siebert jemals erwähnte.

»Was, wenn er gar nicht mehr wächst, Jan? Ich meine: nie wieder?«

Und sein Vater seufzte nun auf eine Art, die ihm Angst machte.

»Dann wird er lernen, damit zurechtzukommen«, sagte er dann. »Er hat gar keine andere Wahl, so ist das Leben. Ja, Tom ist hochbegabt, wie wir jetzt wissen. Fabio ist es eben nicht. Na und? Tom wächst, Fabio nicht. An dieser Tatsache ändern wir nichts, indem wir Fabio in Watte packen und weiterhin so tun, als würden wir nichts bemerken. Du kannst ihn nicht ewig beschützen und Tom kann weder schrumpfen noch absichtlich schlechte Noten schreiben, damit Fabio jeder Schmerz erspart bleibt. Und irgendwann wird Tom auch nicht mehr Fabios bester Freund sein wollen, sondern lieber öfter mit seiner Clique unterwegs sein wollen – so wie jetzt mit Elín. Das ist ganz normal.«

Fabio kauerte sich noch enger zusammen. Er wollte nicht heulen, aber seine Augen brannten verräterisch. Das, was er hörte, fühlte sich an wie eine Ohrfeige.

»Aber trau unserem Fabio doch auch etwas zu, Heike«, fuhr sein Vater fort. »Noten sind nicht alles im Leben, das wissen wir doch beide. Und natürlich wird er Freunde finden. Unser fabelhafter Fabio ist so ein toller Junge! Er ist schlau und scharfsinnig, er hat Humor und Fantasie und einen kritischen Geist. Er ist großzügig und hat ein gutes Herz. Und eines Tages wird er aufhören, sich nur an Tom zu messen und wird stattdessen seinen eigenen Weg finden.«

»Ich habe aber Angst um ihn«, sagte Mama leise. »Seit wir in Island sind, wirkt er so abwesend, so besorgt und irgendwie … verstört. Es ist, als würde den Kontakt zur Realität verlieren. Hast du bemerkt, wie er ständig abwesend aus den Fenstern starrt und dass er überall im Haus Zweige verteilt? Er benimmt sich seltsam. Und ausgerechnet jetzt müssen wir auch noch entscheiden, wie es mit der Schule weitergeht.«

Fabio biss sich auf die Unterlippe. Natürlich, das THEMA hatte in dieser ganzen Katastrophe noch gefehlt.

»Tom will immer noch unbedingt auf Fabios Schule gehen«, fuhr seine Mutter fort. »Aber er wurde ein Jahr früher als Fabio eingeschult. Und das Testergebnis zeigt, dass Tom bestimmt auch noch ein Schuljahr überspringen wird. Dann sitzt er in Fabios Klasse und für Fabi wird alles noch schwieriger.«

»Wir werden sehen«, sagte Fabios Vater beruhigend.

»Wie kannst du so gleichgültig sein? Die Zeit drängt, die Anmeldefrist für die Schule ist schon …«

»Heike!«, unterbrach Fabios Vater sie liebevoll, aber streng. »Wir werden entscheiden. Aber nicht jetzt, nicht in Island.«

»Und was sollen wir dann tun?«

»Nichts!«

Mama schnappte nach Luft. »Aber …«

»Es stehen Veränderungen an, ja, aber das ist gut und schon lange fällig. Lass unsere beiden Jungs doch selbst eine Lösung finden. Genau diesen Rat gibst du den Müttern deiner Schüler doch so oft. Du sagst: ›Lassen Sie Ihrem Kind Zeit‹, ›Vertrauen Sie ihm‹ und ›Mischen Sie sich nicht ständig ein‹. Du wolltest dich in Island erholen und zu deiner Malerei zurückfinden. Und was machst du stattdessen? Du sitzt zu Hause, zerbrichst dir den Kopf über Fabio und versuchst ihn genauso zu überwachen und zu beschützen wie in der Schule. Ab jetzt fragst du nicht mehr, was er auf dem Boot wollte. Du setzt ihn nicht unter Druck und überlässt es den Kindern, wie sie miteinander zurechtkommen. Das gilt auch für Elín.«

»Bin ich wirklich eine so schlimme Glucke?«, fragte Mama verzagt.

Fabios Vater lachte. »Du warst eine große Schwester, die immer für ihre jüngeren Geschwister sorgen musste, weil eure Mutter krank war. Du musstest viel zu viel Verantwortung tragen. Das hinterlässt Spuren. Und du erwartest von Fabio, dass er immer noch der große Bruder und Beschützer für Tom ist. Aber ab jetzt lässt du die Leinen der Jungs locker …«

Fabio hatte genug gehört. Seine Knie zitterten, als er sich über die Treppe nach oben tastete. Er wusste, dass Worte und Spitznamen wehtun konnten. Aber nun lernte er, dass es viel schlimmer schmerzen konnte, die wahren Gedanken seiner Familie zu hören.

Im Arbeitszimmer brannte immer noch das Licht. Und als er jetzt zu den Unterlagen trat, verstand er, was ihn vorhin daran irritiert hatte. Sein Vater hatte seine Arbeitsunterlagen viel zu sorgfältig gestapelt, so, als wollte er unter den oberen Blättern etwas verbergen. Fabio suchte und fand ganz unten das Schreiben von einem Institut, adressiert an seine Eltern. Es war ein Gutachten, das mit Diagrammen und Tabellen Toms Talente bestätigte. Fabio blätterte und las und mit jedem Satz fühlte er sich noch kleiner. Wow, Tom war nicht *wie* Einstein. Er WAR Einstein.

»Tom ist hochbegabt, Fabio nicht«, echoten die Sätze seiner Eltern in seinem Kopf.

»Was, wenn er nie wieder wächst?«

»Es ist, als würde er den Kontakt zur Realität verlieren.«

»Er hat keinen einzigen Freund.«

Fabio ballte die Hände zu Fäusten. »Das stimmt nicht«, stieß er flüsternd hervor. »Elfen *sind* Realität.« Außerdem hatte er sehr wohl so etwas wie einen Freund. Und als er nun zu Hansens Haus hinübersah, fühlte er sich sofort ein kleines bisschen besser.

Seiltanz

Es war komisch, ganz allein am Frühstückstisch zu sitzen. Und dass hier noch Elíns und Toms leere Tassen standen, machte es nicht besser. Offenbar zog Elín schon bei ihnen ein. Sie hatte jede Menge Reisebildbände und isländische Märchenbücher aus der Bibliothek angeschleppt, in denen Fabios Mutter nun blätterte. Kein Wort fiel über den Absturz in das Rettungsboot. Und Fabio tat so, als hätte er keine schmerzenden Prellungen und auch keinen mörderischen Muskelkater. Er war gestern eingeschlafen, bevor Tom nach Hause kam. Er konnte sich noch daran erinnern, von Krähen geträumt zu haben, die mit glühenden hellen Alienaugen durch das Fenster gestarrt hatten. Hansen ritt auf einem riesigen Wolf und Gull balancierte wie eine Seiltänzerin auf einem seidendünnen Faden, der bei jeder Berührung wie eine Katze miaute. Als er hochgeschreckt war, schien die Sonne ihm ins Gesicht und er war allein. Toms Bett war unberührt.

»Ich habe ihm gesagt, er soll dich nicht wecken«, erklärte seine Mutter nun. »Deshalb hat er auf dem Sofa im Arbeitszimmer geschlafen. Elín hat ihn heute ganz früh abgeholt. Sie haben dir diese Nachricht dagelassen.«

Fabio las missmutig den rosa Zettel. Elíns Schrift sah aus, als wäre eine betrunkene Spinne erst in Tinte gefallen und dann über das Blatt getorkelt. *EINLADUNG*, entzifferte er mühsam das Gekrakel. *Hüttenfest bei Gunnar. Und bring auch gleich deine Zahnbürste und Zeug zum Übernachten mit.*

Träum weiter, dachte Fabio.

»Tom hat gefragt, ob ihr heute bei Gunnar übernachten dürft«, plauderte seine Mutter angestrengt munter weiter. »Ich habe nichts dagegen. Das passt gut, denn Papa und ich sind heute zu einem Abendessen mit seinen isländischen Arbeitskollegen eingeladen. Es wird sicher spät.«

»Hm«, sagte Fabio nur.

»Mach doch nicht so ein Gesicht, Fabi! Du hast keinen Hausarrest. Ich dachte gestern nur, es sei besser, wenn du dich ausruhst. Ich wollte sichergehen, dass ähm … alles in Ordnung ist. Wenn du magst, kannst du nach dem Frühstück zu Tom gehen.«

Nein, ich spinne mich lieber in Fantasiegeschichten ein und bereite mich auf mein Dasein als Zwerg Dummbrot vor. Es war erstaunlich, dass er so gekränkt und wütend sein und trotzdem so ruhig bleiben konnte.

»Oder du hilfst mir dabei, die Farben für die Zeichnungen anzumischen«, redete seine Mutter weiter. »Elín hat heute Morgen schon die neue Strebe mitgebracht.« Sie deutete auf ein helles Stück Holz neben dem Buchstapel, frisch gesägt und mit Schleifpapier geglättet. »Wenn ich wenigstens wüsste, was für ein Motiv auf die fehlende Strebe gehört.«

»Der Fenriswolf«, sagte Fabio. Und als seine Mutter ihn völlig perplex anstarrte, fügte er hinzu: »Glaube ich jedenfalls. Der Wolf ist die einzige wichtige Figur aus den alten Sagen, die als Zeichnung noch auf der Wiege fehlt.«

Seine Mutter begann zu strahlen. »Du bist ja Sherlock Holmes! Ich wäre nie darauf gekommen, einfach die Figuren aus dem Buch zu vergleichen.« Sie blätterte in dem Sagenbuch und fand die Zeichnung eines struppigen schwarzen Wolfes. Um seinen Hals und seine Vorderläufe spann sich spinnwebfein die Zwergenfessel. *Prima,* dachte Fabio. *Ich bin eine Niete im Wachsen, aber vielleicht kann ich ja schöne Seile aus Frauenbärten knüpfen.* Und vielleicht ja auch Elfenflüche brechen?

»Kann ich ins Internet?«

Er hatte wohl tatsächlich Narrenfreiheit, denn seine Mutter nickte ohne das leiseste kritische Stirnrunzeln. »Natürlich.« Sie lächelte betont verständnisvoll. »Farbenmischen ist ja wirklich nicht besonders spannend.«

Toms Testergebnisse waren vom Schreibtisch verschwunden. Fabio loggte sich kurz in sein Online-Spiel ein, aber komischerweise interessierte ihn der Spielstand gar nicht mehr. Vor allem seine Spielfigur, Elb Tirias, der sogar die riesenhaften Orks überragte, machte ihn nur wütend. Als eine Horde sich auf ihn stürzte, ließ Fabio die Waffen sinken und sah zu, wie Tirias aufgab und stürzte. Dann schloss er das Spiel und machte sich auf die Internetsuche nach dem Lava-Wasserfall. *Hraunfossar*. So hatte Hansen die Gegend genannt. Aber irgendwo hatte er diesen Namen vorher schon einmal gehört. Und dann staunte er nicht schlecht. Es war kein Wasserfall, es waren Hunderte! Dicht nebeneinander erstreckten sie sich kilometerweit an einem von Lavafeldern gesäumten Fluss. Weißes schäumendes Wasser wurde aus unzähligen Spalten schwarzer Lavafelsen gedrückt und stürzte von steil abfallenden Uferterrassen in den Fluss. Fabios Herz schlug schneller. Genauso so hatte die Landschaft gestern ausgesehen! Endlose Felder von Lavabrocken, überzogen mit violetten und gelbgrünen Flechten und Gestrüpp. Und dazwischen schwarzes Geröll und schartige Steilfelsen, aus denen das Wasser herausschoss. *Von so einem Felsen wäre Hansen damals fast abgestürzt,* dachte er. *Und irgendwo dort beginnt das Elfenreich. Aber wo genau?* Dafür brauchte er Hansens Hilfe. Aber sein Freund war wohl schon losgefahren. Die Stimme einer Frau sagte auf dem AB etwas auf Isländisch, dann kam der Piep. »Hier nichts Neues«, sprach Fabio hastig auf Band. »Aber ich brauche dringend ein paar Koordinaten. Ruf mich zurück, sobald du kannst.«

Am Nachmittag zog er los, um neue Eschenzweige aus dem Museumsgarten zu holen. Es konnte nicht schaden, das Haus in Fort Jansson zu verwandeln. Aber was das *Huldufólk* anging, schien die Stadt heute ausgestorben zu sein. Keine verdächtigen Krähen und keine einzige, lumpige Libelle. Nur ein paar Katzen lungerten neben den Skulpturen herum und blinzelten ihm träge nach. Als das Handy klingelte, ging er sofort ran. Aber es war nicht Hansen.

»Wo bleibst du?«, fragte Elín. »Wir warten auf dich.«

»Bist du jetzt Toms Sekretärin?«, fragte Fabio verärgert.

Elín lachte. »Nein, nur sein erster Steuermann. Komm her und sieh dir Toms Hütte an! Sie ist genial.«

Fabio gab es einen Stich. *Was auch sonst,* dachte er. *Und warum ist es jetzt schon Toms Hütte?*

»Ich habe zu tun«, murmelte er und legte auf, bevor Elín protestieren konnte.

Aber als er mit Taschen voller Eschenholz nach Hause kam, warteten Elín und Tom am Mitternachtshaus auf ihn. Sie strahlten, als hätten sie Amerika entdeckt.

Es war komisch, seinen Bruder heute anzuschauen. Irgendwie wirkte er größer. »Da bist du ja endlich«, rief Tom. »Komm mit!«

Fabio hatte überhaupt keine Lust, aber er kannte Tom genug, um zu wissen, dass sein Bruder keine Ruhe geben würde. Und ehrlich gesagt, war er nun doch ein wenig neugierig.

Er staunte nicht schlecht. Der Schrottplatz sah fast wieder aus wie ein Garten. Alles, was im Weg gewesen war, türmte sich nun säuberlich gestapelt an den Lavamauern, nur das Autowrack hatte sich nicht bewegt. Die Reifen waren um den knorrigen Baumstamm herum gestapelt wie eine Spirale, die immer höher wuchs. Aber keine Hütte.

»Wo…«

»Wir müssen unter das Dach!« Tom schob ihn zum

Haus. Gunnar winkte auf dem Flur nur kurz mit einem Geschirrhandtuch und verschwand wieder in der Küche. Tom flitzte voraus nach oben. Als Elín und Fabio in Elíns Dachkammer traten, wurde Fabio ganz flau im Magen. Tom saß im offenen Fenster, seine Beine hingen nach draußen. Ein langes, verstärktes Seil führte ins Zimmer und endete fest verzurrt an einem Dachbalken. Tom packte einen Bügel, der von einer Rolle am Seil herunterhing. Er grinste Fabio zu – und sprang einfach aus dem Fenster. Fabio war zu geschockt, um zu reagieren. Aber Tom stürzte nicht ab, am Bügel hängend sauste er am Seil entlang durch die Luft. Die Seilbahn führte direkt in die Krone des knorrigen altes Baumes am anderen Ende des Gartens. Geschickt landete Tom auf einem Ast – und sprang in Gunnars altes Boot mit dem Leck. Es war zwischen den Ästen verzurrt wie eine hölzerne Hängematte. Zaunlatten und Bretter waren rund um dieses schwebende Baumhaus angebracht und dienten als Regale.

»Wahnsinn, oder?«, sagte Elín begeistert. »Das war alles ganz allein Käpt'n Toms Idee. Gunnar und ich haben nur geholfen.«

»Fabi, komm rüber!« Tom zog an einer Schnur und der Bügel rollte wieder zum Fenster. Elín wollte den Bügel Fabio in die Hände drücken. »Nein!«, brachte er atemlos hervor.

»Aber anders kommt man nicht ins Baumhaus«, sagte Elín. »Es ist ganz leicht, ich habe es heute schon hundertmal gemacht. Es macht Spaß. Und Tom bremst dich ab.«

Auf der anderen Seite des *Grand Canyons* kletterte sein

Bruder auf einen schwankenden Ast in schwindelerregender Höhe und streckte die Arme aus. Freihändig. Fabio wurde schlagartig schlecht. Alles schien sich zu drehen. Er stolperte einen Schritt zurück.

»Na los«, drängte Elín. »Ein kleiner Schritt für die Menschheit, aber ein großer Sprung für *Lítill*...« Sie versetzte ihm einen wüsten Schubs zwischen die Schulterblätter, der ihn näher zum Fenster beförderte.

»Lass mich!« Der Schrei gellte so laut, dass sogar Tom auf der anderen Seite die Kinnlade herunterklappte. Elín prallte zurück und sah Fabio mit großen Augen an.

Fabio stürzte an ihr vorbei, die Treppe hinunter, an dem überraschten Gunnar vorbei und in den Garten. Erst draußen auf sicherem Boden bekam er wieder Luft und die Panik ebbte ein wenig ab. Aber zu allem Überfluss hangelte T.T. sich vom Ast wie ein Affe, sprang auf die Reifen am Stamm und landete auf dem Boden. »Was ist denn los?«

»Ich will da nicht rauf, das ist alles«, schnappte Fabio.

Tom verzog enttäuscht den Mund. »Warum nicht? Sag bloß, du hast Angst.« Das sagte er so abfällig, als wäre es der blödeste Grund, den man haben konnte, sich nicht auf der Seilbahn des Todes in einen Baum zu katapultieren.

Fabio lernte etwas in diesem Augenblick. Er konnte auch ein Vulkan sein. In seiner Brust brodelte es, ein giftiges, glühend heißes Gemisch von Frust und Wut. Und als sein Bruder jetzt auch noch genervt mit den Augen rollte und sagte: »Sei doch kein Spielverderber, Fabi!«, explodierte es ohne Vorwarnung.

»Bin ich nicht!«, fuhr er Tom an. »Aber du bist ein echter Bruder-Arschkopf, wenn du nicht mal merkst, dass ich Höhenangst habe. Und ein Lügner bist du auch!«

»He!« Elín stand an der Tür und schnappte empört nach Luft. »Wie redest du denn mit Tom?«

»Wer hat dich denn gefragt, du *Groupie*?«, rief Fabio. »Du klebst ja nur an meinem Bruder und schleimst dich bei ihm ein, weil du sonst niemanden hast. Kein Wunder, du bist nämlich aufdringlich und fies. Auf mir hackst du die ganze Zeit herum, weil du mich nicht leiden kannst ...«

»Fabio ...«, sagte Tom.

»... und du bist keinen Deut besser«, fuhr Fabio fort. »Ich dachte, das hier wären unsere Ferien. Stattdessen hängst du nur noch mit Elín herum und lässt dich als Käpt'n Tom feiern. Muss ja toll sein, hochbegabt zu sein.«

Tom wurde schlagartig blass und biss sich auf die Unterlippe.

»Ja, ich weiß von dem Test«, setzte Fabio nach. »Aber mir hast du kein Wort davon gesagt.«

»Weil du nur sauer geworden wärst«, platzte es mit einem Mal aus Tom heraus. »Ich darf nichts besser können als du! Alles, was ich kann, darf ich nicht zeigen. Und nichts, was auch nur ein bisschen Spaß macht, kann ich machen, wenn du dabei bist. Nur, weil du das alles nicht kannst oder blöd findest!«

Bäm. Das war wie ein Tritt in den Magen. Elín wollte wieder etwas sagen, aber Gunnar packte sie von hinten an den Schultern. »Tisch decken!«, befahl er und dirigierte sie mit sanfter Gewalt in das Haus. Die Tür schloss sich und Tom und Fabio waren allein.

Tom schluckte, aber er hielt Fabios Blick stand. Er war ebenso knallrot vor Zorn wie Fabio. Und er nahm kein Wort zurück.

»Ist doch so«, sagte er trotzig. »Und du sagst mir ja auch nicht alles. Woher soll ich dann wissen, dass du solche Angst vor Höhen hast? Du tust immer so cool und gelangweilt. Hätte ich es gewusst, dann hätten Elín und ich doch nie diese bescheuerte Seilbahn gebaut.«

Fabio wusste nicht, was er darauf antworten sollte. Es war, als würde plötzlich eine tiefe Kluft zwischen ihnen gähnen. Und auf der anderen Seite stand ein Junge, der erschreckend groß wirkte und älter, als er war. Und das machte ihm noch mehr Angst als die Seilbahn. »Wenn du willst, hole ich eine Leiter für dich«, sagte Tom nun ganz vernünftig. »Oder wir holen das Boot wieder vom Baum.«

Es hörte es sich an wie: *»Komm, Kleiner, ich schraube dir Stützräder ans Fahrrad.«*

Fabio schüttelte den Kopf. »Brauchst du nicht. Ich gehe nach Hause.«

Tom folgte ihm nicht. Und Fabio sah sich kein einziges Mal um, er rannte bergauf, bis endlich das Mitternachtshaus in Sicht kam. Heute war es ihm egal, ob Snjór und die anderen ihm auflauern würden und ehrlich gesagt war es ihm sogar egal, ob Tom und Elín mit Baumelfen Bekanntschaft machen würden. Das Handy klingelte. Natürlich Gunnars Nummer. Er drückte den Anruf weg. Etwas knatterte direkt an seinem Ohr vorbei und stoppte direkt vor seiner Nase. Er schaute in die Facettenaugen einer grünen Libelle. »Verschwinde, Gull«, rutschte es ihm heraus. Das Insekt flitzte davon, ein grüngoldener Blitz. Fabio wollte ins Haus rennen – und fiel über etwas, das mitten auf der Schwelle stand. Sein Handy rutschte ihm aus der Hand und schlitterte bis zur Veranda. Benommen setzte er sich auf – und sah, dass er über seine Schuhe gestolpert war. *Die* Schuhe, die er gestern irgendwo zwischen Lavafelsen verloren hatte. Sie waren zerkratzt, voller Wasserflecken und gepudert von Lavastaub. Doch die Schnürsenkel waren säuberlich zusammengebunden und hatten sich um seinen Knöchel verheddert.

Das Handy meldete mit einem wehleidigen Piepsen nun eine SMS. Fabio hangelte danach und traute seinen Augen nicht. Der Absender war eine E-Mail-Adresse, was bei diesem Handy eigentlich gar nicht möglich war. Die Adresse lautete: *gull@huldunet.is.*

Und während er noch auf die Nachricht starrte, zerfiel sie in einen Goldregen und löschte sich selbst.

Kabumm!

»Wirklich sicher, dass du ganz allein hier bleiben willst?« Das hatte seine Mutter ihn sicher fünfzigmal gefragt, bevor sie endlich mit Papa zum Abendessen aufgebrochen war. Jetzt, wo es dunkel wurde, war Fabio sich gar nicht mehr sicher. Er saß hellwach auf seinem Bett, das Laptop auf dem Schoß, und zuckte bei jedem Geräusch zusammen. Noch nie war ihm aufgefallen, wie sehr das Mitternachtshaus im Wind ächzte und knarrte. Die Treppe hörte sich an, als würde jemand dort herumschleichen. Er schaute zu den angespitzten Eschenhölzern, die in Greifweite auf dem Nachttisch lagen. *Für alle Fälle.* Aber dann blickte er zu seinen Schuhen und dachte an Gulls Nachricht.

Tut mir leid, dass du dir den Kopf angeschlagen hast,

das hatte das Elfenmädchen in der Nachricht geschrieben.

War keine Absicht. Ich wollte dich nur im Rettungsbot verstecken, damit Snjór dich nicht sieht.

Das klang ganz und gar nicht nach einem Haikommando. *Vielleicht sind Elfen doch nicht alle Verbrecher, wie Hansen glaubt?*, dachte Fabio. *Gibt es gute und böse Elfen?* Und wenn ja, gehörte dann Snjór zu den bösen? Warum sonst hätte Gull Fabio vor ihm retten müssen? Und warum sonst wünschte sich Hansen, das Elfenmädchen wiederzusehen, dem er vor Jahren begegnet war? Vielleicht war sie keine tückische Elfe, die ihn mit ihrer Traurigkeit täuschte, sondern war wirklich traurig über das, was Hansen zugestoßen war.

Fabio schluckte. *Und vielleicht wissen Gull und Hansens Elfe, wie man einen Fluch ihres Volkes aufheben kann?* Aber dafür musste er erst einmal an sie herankommen.

Er loggte sich auf dem Laptop in den Mail-Account ein und gab Gulls Adresse ein. In den Betreff schrieb er »*Frage*«.

Hallo Gull,

danke für die Schuhe. Tut mir leid wegen der Sache mit Snjórs Helm. War auch keine Absicht. Falls du das hier liest, bitte antworte mir oder zeige dich. Ich muss dich einige sehr wichtige Dinge fragen. Es geht um einen Freund von mir. Und um Leben und Tod.

Ein bisschen Dramatik konnte sicher nicht schaden.

Viele Grüße

Fabio Jansson Siebert

PS: Ich weiß auch nicht, warum ich euch sehen kann.

Er zögerte lange, aber dann nahm er seinen Mut zusammen und setzte hinzu:

PPS: Du kannst auch vorbeikommen. Ich bin jetzt zu Hause. Njálsgata, das dunkelblaue Haus am Spielplatz.

Ich muss wirklich verrückt sein, dachte er und drückte auf Senden.

Im selben Moment klingelte das Handy. Gunnars Nummer. Zum zehnten Mal an diesem Abend. Mit etwas Herzklopfen hob Fabio diesmal ab. »Tom?«, fragte er zaghaft.

»Nein, Prinzessin Leia«, sagte Elín. Heute klang sie allerdings nicht so aufgekratzt und Fabio fühlte sich schlecht, als er sich daran erinnerte, was er ihr an den Kopf geworfen hatte. Auch wenn er Elín nicht leiden konnte, seine Worte waren einfach nur verletzend gewesen. »Kommst du wirklich nicht zum Übernachten?«, fragte Elín so vorsichtig, als würde sie eine neue Explosion befürchten. »Gunnar macht gerade Popcorn und wir schauen uns den Film Space Fighters an …«

»*Nei*«, murmelte er. »Aber … viel Spaß.« Er legte auf und seufzte.

Jetzt fühlte er sich noch mieser. Bestimmt hatte Tom gehofft, dass Fabio vorbeikam und sie sich wieder versöhnten. Und das Schlimme war, dass Tom mit dem, was er gesagt, hatte, sogar recht hatte. Auch Fabio sagte ihm nicht alles und hatte Geheimnisse vor ihm. Elfen zum Beispiel. Und er würde sich hüten, seinen Bruder jetzt noch mit hineinzuziehen. Denn Hansen hatte es richtig erkannt: Tom-Tom würde sich nur in Gefahr begeben.

Das Laptop meldete mit einem Ping die Ankunft einer Mail. Fabio sank der Mut. Gull hatte seine Nachricht nicht bekommen.

Mail delivery failed: returning message to sender. Nachricht unzustellbar.

»Mist!«, murmelte er. Aber als er das Laptop beiseitelegte, bemerkte er eine von Gulls Libellen. Ja, inzwischen war er ziemlich sicher, dass sie zu ihr gehörten. Das Insekt flog immer wieder gegen die Fensterscheibe, als wollte es mit dem Kopf durch das Glas. Fabio nahm seinen ganzen Mut zusammen und trat zum Fenster. Inzwischen war es schon dunkel. Im Licht der Straßenlaterne hatte die Libelle einen Metallic-Glanz wie eine Mini-Drohne. Und sie gab nicht auf, gegen die Scheibe anzufliegen. Fabio schraubte die Sperre nur einen halben Fingerbreit auf. »Schickt Gull dich?«, fragte er durch den Spalt. »Ist sie hier?« Die Libelle quetschte sich mühelos durch den Spalt und sirrte ins Zimmer. Sie drehte ein paar Runden, kreiste dreimal über dem Bett und verschwand dann so eilig wieder nach draußen, als wäre sie auf der Flucht. *War das der Späher?*, dachte Fabio mit klopfendem Herzen. Eine Minute später piepste das Handy. Wieder eine Nachricht von Gull.

Aber als er die Nachricht las, verging ihm das Lächeln.

Findest du das witzig, Van Helsing?, schrieb das Elfenmädchen. Daneben blinkte ein zorniger Smiley mit Elfenohren, der sich an die Stirn tippte. Diesmal erglühte die Nachricht in einem wütenden Rot und verpuffte zu schwarzem Qualm. Fabio sah sich verdutzt um. Und dann begriff er, warum die Späherlibelle das Zimmer fluchtartig verlassen hatte. Jetzt hätte er sich ohrfeigen können. Auf dem Nachttisch lagen immer noch die angespitzten Stäbe.

*

Eine Mail nach der anderen pingte als unzustellbar zu ihm zurück. Kein Wunder. An Gulls Stelle hätte er auch keinen Schritt mehr in die Nähe eines Zimmers voller Anti-Elfen-Waffen gemacht. Hansen hätte ihn jetzt zu Recht einen *Fáviti* nennen können. Nur ein Idiot lud einen Vampir zu einer Friedenskonferenz ein und dekorierte dann alles mit Kreuzen und Knoblauch!

Er räumte die Eschenhölzer weg und schaute aus dem Fenster, in der Hoffnung, dass Gull unten an der Straße stand. Als weiteres Friedenszeichen ließ er das Fenster einen Spaltbreit offen. Aber er war ganz allein und fühlte er sich verlorener als je zuvor in seinem Leben. Nie war ihm bewusst gewesen, *wie* einsam es ohne Tom sein konnte. Draußen ächzte die Eberesche, als hätte sie Albträume. Und obwohl es schon fast zwölf Uhr nachts war, schien Hansens Haus immer noch verwaist zu sein.

Ein Türenschlagen, das von unten kam, ließ ihn aufschrecken, aber es war kein wütender Elfenmob, der das Haus stürmte. Nur seine Eltern, die nach Hause kamen. Er hörte sie unten herumrumpeln, Wasser rauschte, dann knarrte die Treppe. Fabio löschte blitzschnell seine Nachrichten an Gull und schaltete Laptop und Licht aus. Er legte sich ins Bett und stellte sich schlafend. Die Tür ging auf.

»Schläft er?«, hörte er seinen Vater flüstern.

»Ja.« Seine Mutter seufzte. »Gunnar hat gesagt, die Kinder haben sich fürchterlich gestritten …«

»Was haben wir vereinbart, Heike? Nicht einmischen.«

Die Tür klappte zu. Fabio wagte nicht, das offene Fenster

aus den Augen zu lassen, also stellte er den Spiegel schräg an die Wand. So hatte er das Fenster auch liegend im Blick. Elíns silberne Tupfen reflektierten im Spiegel und erinnerten ihn an die kalt leuchtenden Augen der Wächter.

*

Jetzt konnte er nachfühlen, wie es Hansen gehen musste. Auch er schaffte es nicht, einzuschlafen, obwohl er hundemüde war. Im Haus war es längst still geworden, dennoch lauschte er angespannt. Und nach einer Ewigkeit hörte er draußen etwas. Federleichtes Schleifen von bloßen Füßen auf dem Vordach. *Gull?* Sein Herz raste los. Er wagte nicht sich zu rühren. Draußen leuchtete diese nordische, blaue Nacht, so konnte er den Umriss des Fensters deutlich sehen. Und darin tauchte nun dunkel eine schattenhafte Gestalt auf. Sie sah nicht aus wie Gull, eher wie ein lauernder Goblin. Fabio bekam schlagartig keine Luft mehr.

»Pst, *Dvergur!*«, wisperte eine leise Mottenstimme.

Elín. Fabio hätte beinahe aufgestöhnt. Okay, es war kein Goblin, das war die gute Nachricht. Aber Elín war wirklich der letzte Mensch, den er jetzt sehen wollte. Er dachte gar nicht daran, zu antworten. Schon gar nicht, wenn sie ihn mit diesem bescheuerten Spitznamen ansprach. Jetzt ärgerte er sich, dass er das Fenster nicht zugemacht hatte. Ein Klopfen ertönte. »Fabio!«

Es war das erste Mal, dass Elín ihn nicht Zwerg oder Kleiner nannte.

»Ich weiß, dass du wach bist!« Das klang schon auf diese typische Elín-Art ungeduldig.

»Ach ja?«, flüsterte Fabio zurück. »Woher denn?«

»Du atmest anders.«

Fabio stutzte. Wie wollte sie das denn draußen vor dem Fenster hören?

»Mach schon auf!«, bat sie. Fabio gab sich geschlagen. Sie würde nicht aufgeben, so gut kannte er sie inzwischen. Es quietschte leise, als er die Schraube an der Sperre herausdrehte, aber nur so weit, bis Elín ihren Arm durch den Spalt schieben und selber weiterdrehen konnte. Er setzte sich auf das Bett und zog die Knie bis ans Kinn. Elín kletterte ins Zimmer und hockte sich wie immer auf das Fensterbrett, ein Schattenriss mit einem wirren Haarschopf, der wie eine zerzauste Wolke vor dem Himmel schwebte. Ein leises Klock-Klock sagte ihm, dass sie gerade besonders hibbelig war. Sie baumelte mit den Beinen und klopfte mit den Fersen abwechselnd gegen die Wand.

»Warum hast du den Spiegel vor das Bett gestellt?«, wollte sie wissen. »Bist du so eitel oder hast du dich ohne uns nur einsam gefühlt?«

Das hättest du wohl gerne!

»Warum kletterst du auf das Dach?«, konterte er ironisch. »Du nimmst doch sonst immer den Hausschlüssel und kommst und gehst hier, wie du willst.«

Das Tocken hielt kurz inne. »Oh. Stimmt, der Schlüssel. Wäre praktischer gewesen. Ich habe nicht daran gedacht.«

Typisch Elín, dachte Fabio. *Warum einfach, wenn es auch kompliziert geht?*

»Wo hast du denn *T.T.* gelassen?«, fragte er.

»Wen?«

»Na Tom, wen denn sonst?«

Klock-Klock.

»Du nennst deinen Bruder *Titti*?«

Fabio runzelte die Stirn. »Nein, das heißt T-T, auf Englisch ausgesprochen. Tiii-Tiii. Der Tolle Tom.«

Endlich fiel bei Elín der Groschen. »Ach so!« Sie kicherte. »Er wollte herkommen, aber ich habe ihn überredet, dass ich zuerst mit dir sprechen darf. Jetzt schaut er mit Gunnar im Fernsehen noch Pokerwettkämpfe. Aber verpetz ihn bloß nicht bei euren Eltern.«

Klock-Klock.

»Mach ich nie. Sonst noch was?«

Das Klocken hörte auf. Eine seltsam lange Pause entstand. »Ich wollte dir nur etwas sagen«, kam es schließlich leise vom Fenster. »Das, was du heute über mich gesagt hast. Das stimmt nicht.«

Was? Dass du keine Freunde hast und dich deshalb bei uns einnistest? Aber er verbiss sich diese Bemerkung. Im Zorn gemein zu sein war eine Sache, aber absichtlich in einer Wunde herumzubohren eine ganz andere. Doch Elín meinte wohl etwas ganz anderes.

»Es stimmt nämlich nicht, dass ich dich nicht leiden kann! Und ich … ich sage nicht Dvergur und Lítill zu dir, weil ich dich ärgern will. Sondern weil es … eben die Wahrheit ist.« Ein schattiges Schulterzucken. »Du bist nun mal nicht groß.«

»Danke für die Information«, schnappte Fabio.

»Siehst du?«, sagte Elín. »Es macht dir was aus. Und solange es dir was ausmacht, hacken die anderen auf dir herum.«

»Super Tipp, Schlaukopf! Und wie soll das gehen, dass es mir nichts mehr ausmacht?«

»Na, du musst stolz auf dich sein. Dann fühlst du dich besser.«

»Woher willst du denn wissen, wie ich mich fühle?«, platzte es mit einem Mal aus Fabio heraus. »Du hast keinen kleinen Bruder, der dir über den Kopf wächst. Dir wird nicht schwindelig, wenn du schon aus dem ersten Stock nach unten schaust. Während dein Bruder freihändig auf dem Dach balanciert und dabei noch jongliert und Matheaufgaben löst ...«

»Ich weiß aber, wie es sich anfühlt, anders zu sein«, sagte Elín leise. »Alles andere, was du über mich gesagt hast, das ... stimmt nämlich. Ich habe keine Freunde und niemand mag mich. Naja, meine Familie natürlich schon, aber sonst keiner. Und was hast du gedacht, als du mich zum ersten Mal gesehen hast? Ich sag's dir: *Hä? Wie sieht die denn aus? So ein dürrer Stecken mit rotem Gestrüpp auf dem Kopf?* Ich habe gehört, wie Tom und du über mich gelästert habt, als ihr am ersten Abend in meinen Sachen mein Bild gefunden habt. Und weißt du, wie es ist, wenn die Kinder in der Schule Witze darüber machen, dass dein Vater bestimmt ein Karottenmännchen war?«

Zugegeben, das war wirklich gemein.

»Und es ist ja nicht nur mein Aussehen«, sprudelte Elín weiter. »Wahrscheinlich bin ich wirklich aufdringlich. Und ich mache ständig Fehler. Es ist, als würden alle die Regeln kennen, nur ich nicht. Meine Mutter versucht mir zu erklären, was der Unterschied zwischen Lügen und Höflichsein ist, aber ich verstehe es einfach nicht! Lügen kann ich nicht, aber die Wahrheit zu sagen ist meistens auch falsch. Vielleicht will deshalb keiner in meiner Schule etwas mit mir zu tun haben. Ich werde nie zu meinen Klassenkameraden nach Hause eingeladen und zu mir kommt niemand. Weißt du, warum meine Mutter mit mir an meinem Geburtstag immer wegfährt? Weil es sonst auffallen würde, dass keiner zu meiner Party kommen würde.« Elín holte tief Luft und flüsterte: »Du bist eingeschnappt, weil ich dich *Dvergur* nenne? Du solltest mal hören, was ich für Namen kriege! *Enigspretta* – Heuschrecke, weil ich die ganze Zeit esse und trotzdem so dünn bin. *Gýpa*: Vielfraß. Die Nachbarskinder sagen *Flóka* zu mir, das heißt zotteliger Wirrkopf. Oder *Trilla* – die Verrückte. Aber bei den meisten heiße ich nur *Sprenja* – die Sprengladung.«

Widerwillig musste Fabio zugeben, dass das wirklich fünf miese Spitznamen waren. Und da waren *dürre Fledermaus* und *Schrecken der Straße* nicht mitgerechnet.

»Das ist … wirklich hart«, gab er zögernd zu.

Ein Huschen, dann hüpfte sie schon neben ihn auf das Bett und faltete ihre Heuschreckenbeine zu einem Schneidersitz. »Aber weiß du, was hilft? Ich lasse niemanden merken, wie es mir geht. Und ich tue so, als wäre ich stolz darauf, anders zu sein.«

»Wie kann man denn so tun, als wäre es toll, *die Sprengladung* zu sein? Und wie kommst du überhaupt zu diesem bescheuerten Namen?«

Elín schnaufte tief. »Als ich in der ersten Klasse war, hat mich ein Mädchen zu seiner Geburtstagsparty eingeladen. Im Garten war ein Baldachin aufgebaut. Und der ... naja ... der brannte ab.«

Fabio riss die Augen auf. »Wegen ... dir?«

»Es war keine Absicht. Vor dem Zelt wurde gegrillt und ein Clown verteilte schwebende Luftballons. Ich habe ein paar Grillwürstchen an die Luftballons gebunden und sie unter dem Baldachin fliegen lassen. Ich dachte, es wäre toll, wenn die Würstchen zu den Tischen schweben. Und genau über den Tellern wollte ich sie abschießen. Gunnar hatte mir damals aus einer alten Angelrute einen kleinen Indianerbogen gemacht. Am Grill habe ich aus einem hölzernen Spieß einen brennenden Pfeil gebastelt, habe den ersten Wurstballon abgeschossen und ... *Kabumm!*«

»Ach du Schande!« Im Geiste sah Fabio den mit Gas gefüllten Ballon in einem Feuerball explodieren. »Wusstest du denn nicht ...«

»Nein! Ich hatte doch keine Ahnung, dass Gas brennt. Ich war sechs Jahre alt und hatte noch keine Physik in der Schule.«

»Na wenigstens wird das Mädchen diesen Geburtstag nie vergessen.«

Elín seufzte. »Bestimmt nicht. Die restlichen Ballons sind auch explodiert, als sie durch das brennende Baldachindach geflogen sind. Es regnete Würste, alle stürmten schreiend auf die Straße und der Clown rannte brüllend mit dem Feuerlöscher herum.«

Fabio musste nun trotz allem grinsen. »Wie kommst du nur immer auf so schräge Ideen? Würstchenballons … Leitern aufs Dach schleppen und in den Baum hängen …«

»Das Verrückte ist, dass mir so etwas gar nicht schräg vorkommt!« Jetzt hörte sich Elín richtig verzweifelt an. »Mir fällt etwas ein – und es klingt ganz logisch und ich muss es einfach machen – ich kann gar nicht anders, es ist, als wäre ich verhext. Eine Nachbarin hat einmal gesagt, ich bringe jedem nur Unglück.«

Sogar im Dunkeln konnte er erkennen, wie Elín schwer schluckte und sich verstohlen mit dem Ärmel über die Wange fuhr. *Oh nein, sie wird doch nicht wirklich heulen?*

»Das ist doch Unsinn«, murmelte er.

Elín schüttelte heftig den Kopf. »Ist es nicht! Ich bringe wirklich Unglück. Weißt du, warum Gunnar mich nicht mehr zum Fischen mitnimmt? Weil letztes Jahr ein Wal sein neues Boot zerlegt hat.«

»Was?«

Ein schattiges Nicken. »Wir haben im Walfjord geangelt. Ich fand es langweilig. Aber dann tauchte genau unter dem Boot ein Wal auf und rammte uns. Wir sind gekentert und mussten an Land schwimmen. Das Boot hatte danach ein Leck. Naja – du hast es ja gesehen. Jetzt hängt es im Baum.«

Fabio fröstelte bei der Vorstellung, vor einem wildgewordenen Wal wegschwimmen zu müssen. »Aber das ist doch nicht deine Schuld gewesen.«

»Das ist es nie! Aber so etwas passiert immer nur dann, wenn ich dabei bin. Meine Mutter hat immer schon Angst, wenn ich in die Nähe unserer Feriengäste komme.«

Stimmt, als die Milch explodiert war, hatte Björg Elín sofort verdächtigt.

Elín seufzte. »Keine Ahnung, warum, es ist, als würde ich Katastrophen anziehen.«

Oder als wären Elfen auf dich sauer, dachte Fabio. Aber das war natürlich Unsinn. Elín glaubte ja nicht einmal an die Existenz von Elfen und war sicher noch nie einer in die Quere gekommen.

»Alle werden schon nervös, wenn ich nur in der Nähe bin«, fuhr Elín fort. »Nur Tom hat überhaupt keine Angst vor mir.« Jetzt stahl sich ein Sonnenstrahl in ihre Stimme. »Er hält mich nicht für verrückt und denkt nicht, dass ich Unglück bringe. Er macht jeden Quatsch mit und ist genauso geschickt wie ich. Und wenn ich auf einen Baum klettere, dann ist er noch vor mir oben. Ich wusste nicht, dass das alles zu zweit soviel Spaß macht.«

Nun musste Fabio schwer schlucken.

»Du hast echt Glück«, fuhr Elín leise fort. »Ich wünschte so sehr, ich hätte auch einen Bruder oder eine Schwester. Dann wäre ich nie allein. Immer allein zu sein ist das Allerschlimmste.«

Im Fast-Dunkel der Nacht konnte Fabio Elíns Gesichtszüge sehen, und die Traurigkeit erkannte er ganz deutlich. Und er stellte fest, dass seine Wut von heute Nachmittag völlig verraucht war. Auch wenn es ihm nicht gefiel: Zwar hielt ihn niemand für einen Unglücksboten. Aber Elín und er hatten trotzdem mehr gemeinsam, als er zugeben wollte. Sie wurden beide in der Schule ausgeschlossen und mit blöden Namen gehänselt. Und ja, er hatte einen Bruder. Aber trotzdem verstand er genau, was Elín mit Alleinsein meinte.

»Zu mir sagen sie in der Schule Bonsai und Gimli«, sagte er plötzlich. »Und es ist mir egal, ob das die Wahrheit ist, es macht mir etwas aus. Viel sogar! Ich bin seit einem Jahr keinen Millimeter gewachsen. Meine Eltern hoffen, dass es nur eine *Konstitutionelle Wachstumsstörung* ist. Aber wenn nicht, dann bin ich offiziell *kleinwüchsig*. Und dann war's das.«

Zu seiner Überraschung war Elín nicht besonders betroffen.

»*Aaa-Dee-Haa-Ess*«, sagte sie gedehnt. »*Auf-merk-sam-keits-Defizit-Hyper-aktivitäts-Störung.* Es bedeutet, dass irgendetwas in meinem Gehirn falsch verschaltet ist. Als würde ständig eine Sicherung rausknallen. Ein Arzt hat gesagt, deshalb denke ich so komisch. Meine Mutter will, dass ich Tabletten nehme, die mich ruhiger und langsamer machen. Und *entspannter.*« Sie ahmte Björgs vernünftigen Tonfall nach. »Damit ich *mehr wie die anderen* bin. Und *besser klarkomme.*« Sie zuckte mit den Schultern. »Also, wer von uns beiden ist cooler? *Mister Mini* oder *Miss Bombenhirn*?«

Das war wieder der schalkhafte und rotzige Elín-Tonfall. Ihr Grinsen war eine schattige Linie und ihre Augen schienen im Halbdunkel heller zu leuchten. Aber Fabio war es, als würde er heute hinter ihrer spöttischen Art eine ganz andere Elín sehen. Er musste daran denken, was Gunnar über Elín gesagt hatte: *»Manche Menschen sind leicht zu verletzen. Sie brauchen ihre stachelige Schale. Denn darunter verbergen sie ein zartes Herz.«*

»Du hattest auch recht, als du sagtest, ich hänge mich an Tom«, setzte sie hinzu. »Das stimmt! Aber ich finde ihn wirklich toll und bin gern mit ihm zusammen. Und du gewinnst doch ohnehin. Morgen muss ich zu meiner Tante und meinem Onkel fahren, dann seid ihr wieder zu zweit. Und in ein paar Wochen fahrt ihr zurück nach Hause. Zusammen. Ich bleibe hier und bin dann wieder allein.« Fabio schnürte es die Kehle zu, so leid tat sie ihm plötzlich. Denn sie sagte das alles auf eine so tapfere Art, als sei Einsamkeit so etwas wie ein Naturgesetz, das niemand ändern konnte. Wahrscheinlich würde sie ihm gleich noch krampfhaft munter erklären, warum Alleinsein so besonders und cool war. Aber sie schwieg und Fabio kam es vor, als würde er Elín zum ersten Mal wirklich sehen. Soviel Mut hätte er ihr niemals zugetraut. An ihrer Stelle hätte Fabio sich eher die Zunge abgebissen, als vor einem Fremden so offen und aufrichtig zu sein. Ja, Elín hatte ein verletzliches Herz. Und das Seltsame war, dass Fabio auch genau wusste, wie sich das anfühlte.

Plötzlich sprang sie vom Bett und streckte ihm die Hand hin. »Komm mit!«

»Wohin?«

»Nach draußen aufs Dach. Du musst dir unbedingt etwas ansehen.«

»Hast du vorhin nicht zugehört? Ich bin nicht schwindelfrei.«

»Ich weiß, aber ich passe auf, und es ist nur ein Schritt.« Fabios Herz begann schon bei der Vorstellung zu rasen.

»Bitte!«, setzte Elín nach. »Und ich sage extra nicht: *klitzekleiner* Schritt«, fügte sie verschmitzt hinzu.

Fabio wollte nicht grinsen, aber zu seinem Ärger zuckten seine Mundwinkel. Und das Verrückte war: Er tat es einfach. Er nahm Elíns Hand. Sie umschloss seine Rechte sehr fest und plötzlich war alles Hibbelige an ihr verschwunden. Als würde er neben sich stehen, sah er sich dabei zu, wie er Elín folgte. Dann stand er mit schlotternden Knien auf dem weißen Vordach. Wenigstens war es groß genug.

»Einen Schritt«, sagte Elín leise. Komischerweise ging das wirklich. Es war, als würde zu zweit die Panik nicht so nah wie sonst an ihn herankommen. Sie blieben stehen. Elín ließ seine Hand nicht los, und aus irgendeinem Grund war es nicht peinlich oder komisch. Es gab ihm einfach Sicherheit. Ihm wurde nur ein bisschen schwindelig.

»Und jetzt sieh nach oben.«

Fabio gehorchte. Und vergaß auch noch den letzten Rest seiner Angst, so schön war das, was er hoch oben zwischen den Sternen sah. Ein verschlungenes Schleierband aus neongrünem Licht schwebte am klaren Nachthimmel. Geisterhaft leuchtende Schlieren pulsierten wie ein Feuerwerk in Zeitlupe über der ganzen Stadt.

»Polarlichter«, sagte Elín leise. »Es ist ganz selten, dass man sie über der Stadt sieht. Meistens ist es zu hell. Deshalb sieht man sie im Spätsommer auch so selten. Sie sind besser in den dunklen Wintermonaten zu erkennen.«

Fabio hatte von Kopf bis Fuß Gänsehaut. »Über die Nordlichter habe ich etwas gelesen«, sagte er leise. »In den Märchen steht, sie leuchten am Himmel, wenn eine Elfe stirbt oder wenn eine geboren wird.«

Elín schnaubte. »Unsinn! Polarlichter entstehen durch elektrische Teilchen, die von der Sonne ausgestoßen werden. Kommen diese Sonnenwinde in die Nähe der Erde, stoßen sie mit Luftteilchen zusammen, die dann leuchten.«

Über ihr erlosch der letzte Lichtschleier unendlich langsam am Himmel.

Fabio sah Elín von der Seite an.

»Glaubst du wirklich nicht an das *Huldufólk*? Kein *winziges* Bisschen?«

»*Nei*«, sagte Elín sehr bestimmt. »Aber ich bin sicher, dass es Geister gibt. Bei Onkel Örn spukt es nämlich.«

»Auf dem Reiterhof?«

Elín nickte.

»Hast du dort ein Gespenst gesehen?«

»Nein, aber ein paar von Örns Gästen behaupten, dass nachts ein grauer Schatten in die Fenster des Gästehauses starrt. Ich habe im letzten Sommer extra dort geschlafen, aber leider hat der Spuk mich nicht besucht.« *Grauer Schatten?* Fabios Herz machte einen Satz. Elín schaute in den Himmel, wo nur noch die Sterne leuchteten. »Ende der Vorstellung.« Vorsichtig kletterten sie wieder zurück ins Zimmer. Elín ließ Fabios Hand erst wieder los, als er sicheren Boden unter den Füßen hatte.

»Über dem Reiterhof sehe ich ganz oft Polarlichter«, flüsterte Elín. »Einmal, als ich bei den Wasserfällen war, leuchtete der ganze Himmel über dem Fluss ganz rot und grün.«

Wasserfälle. Fabio blinzelte. Und dann fiel ihm schlagartig ein, wo er das Wort *Hraunfossar* schon mal gehört hatte. Elín hatte davon erzählt!

»Der Reiterhof liegt bei den Lava-Wasserfällen«, sagte er leise.

»Ein paar Kilometer entfernt«, korrigierte Elín.

Aber in der Nähe der Grenze zum Elfenreich. Dort, wo Hansen dem Elfenmädchen gefolgt ist. Jetzt war es Fabio, der schlagartig nervös wurde. In seinem Kopf klackerten die Dominosteine und fanden sich zu einer perfekten Kombination zusammen. Bestimmt würde Hansen es für eine blöde Idee halten, aber für Fabio war es zwingend logisch. *Wenn ich Gull jetzt vergrault habe, komme ich hier ohnehin kein Stück weiter,* dachte er. *Also kann ich auch zum Reiterhof fahren. Elín müsste nicht allein feiern und ich kann mich nach dem Hügel umsehen. Hansen kann das Elfenmädchen vielleicht nicht mehr sehen, aber ich sehe es auf jeden Fall.* Ganz zu schweigen von grauen Schatten.

»Können Tom und ich zum Reiterhof mitkommen?«

»Was?«, fragte Elín völlig irritiert. »Warum?«

»Um deinen Geburtstag mit dir zu feiern. Das heißt …«, er hob ironisch die Augenbrauen, »… falls deine sieben allerbesten Freundinnen nichts dagegen haben.«

Elín stieß ein viel zu lautes Lachen aus und schlug sich sofort ertappt die Hände vor den Mund. Die Luft schien elektrisch aufgeladen zu sein, so aufgeregt war sie plötzlich.

»Tom sagte, ich brauche dich gar nicht zu fragen, du würdest niemals mitkommen«, flüsterte sie mit einer Stimme, die vor Freude ganz kieksig war. »*Frábært!* Wir holen dich morgen früh ab.«

»Warte, wir müssen erst unsere Eltern fragen …«

Aber Elín war schon aus dem Fenster geschlüpft. Fabio sah nur noch ihren huschenden Schatten verschwinden. Dann war er allein.

Nur, dass es sich ganz und gar nicht mehr nach Alleinsein anfühlte.

Walfjord

Fabio hätte es ahnen sollen. Miss ADHS fackelte nicht lange. Als er um acht Uhr morgens bleimüde zur Küche wankte, hörte er schon Elíns Stimme. »Es ist alles organisiert, Heike. Gunnar bringt uns mit dem Auto hin und holt uns übermorgen wieder ab. Mein Onkel und meine Tante sind einverstanden und freuen sich schon.«

»Aber Elín«, sagte Fabios Mutter. »Das kommt jetzt wirklich etwas plötzlich.«

»Das habe ich heute Morgen auch gesagt«, hörte Fabio zu seiner Überraschung Björg sagen. »Und ich weiß nach wie vor nicht, ob es eine so gute Idee ist. Ich kann erst morgen zum Hof fahren, um ein Auge auf die Kinder zu haben.«

»Tante Julia und Onkel Örn sind doch da, um uns zu bewachen«, wandte Elín ein.

Fabio trat in die Küche. Wow, die ganze Delegation war in der milchfleckigen Küche versammelt. Björg und Gunnar saßen mit seinen Eltern am Tisch. Und Tom und Elín schauten zu ihm. Elín grinste, Tom dagegen sah ihn ein wenig verzagt und schuldbewusst an. Fabio wurde es ganz warm. Er hatte Tom wirklich vermisst, das merkte er nun. Und sein Bruder ihn wohl auch. Er strahlte erleichtert, als Fabio ihm schief zulächelte. Und auch, wenn die Kluft zwischen ihnen immer noch bestand, war es schön zu merken, dass sie sich über den Abgrund hinweg zumindest noch Zeichen geben konnten.

Schiefes Grinsen: *Tut mir leid wegen gestern, Fabi.*

Ein Schulterzucken: *Mir auch, Tom.*

»Morgen, Mister Mini«, rief Elín fröhlich.

Fabios Eltern zuckten beide sichtlich erschrocken zusammen. Aber das war noch nichts gegen die Art, wie ihnen die Gesichter entgleisten, als Fabio grinste und nur ganz locker »Hi, *Sprenja*-Hirn« antwortete.

Seine Eltern verstanden die Welt nicht mehr und auch Björg sah so aus, als sei sie im falschen Film gelandet. Gunnar dagegen schmunzelte. »Ich finde, es ist eine gute Idee, wenn die Kinder heute schon fahren, Björg«, sagte er freundlich. »Örn passt gut auf sie auf. Und so haben sie mehr Zeit miteinander. Sie sind schließlich Freunde.«

»Das klang gestern noch anders«, bemerkte Mama mit einem scharfen Blick auf Fabio.

»Gewitter kommt, Gewitter geht«, sagte Gunnar achselzuckend. »Dürfen die Jungs mit?«

Björg sah ihn an, als würden ihr sehr viele Gründe einfallen, Nein zu sagen.

»Wenn Björg Bedenken hat, dann könnten wir doch morgen hier ein Geburtstagsfrühstück mit Elín machen und am Nachmittag alle zusammen zum Reiterhof fahren?«, schlug Mama vor.

»Nein!«, riefen zu Fabios Überraschung Gunnar und Björg wie aus einem Mund. Der gehetzte Blick, den sie einander zuwarfen, irritierte Fabio. Was war denn so schrecklich an der Vorstellung, dass Elín hier blieb?

»Ich meine ... Elín hat sich so darauf gefreut, schon heute zum Hof zu fahren«, sagte Björg. »Nicht wahr?« LÄCHELN.

»Klar«, sagte Elín lässig. »Aber ich fahre nicht allein.«

Fabios Vater war der Einzige, der noch gar nichts gesagt hatte. Sein Blick hatte die ganze Zeit prüfend auf Fabio geruht. Jetzt verkniff er sich ein Lächeln.

»Also ich bin ganz bei Gunnar«, sagte er zu Mama und Björg. »Es ist eine fabelhafte Idee!« Er zwinkerte Fabio zu und legte Mama den Arm um die Schultern. »Die Jungs werden auch ohne uns wunderbar zurechtkommen. Wahrscheinlich sind sie ganz froh, mal unter sich zu sein. Und falls es ein Problem gibt, findet Fabio schon eine Lösung.«

Trotz allem, was gestern gesagt worden war, hätte Fabio ihn umarmen können. Es tat gut zu fühlen, dass wenigstens sein Vater auf seiner Seite stand und ihm so viel zutraute. Viel mehr als seine Mutter, die besorgt die Stirn runzelte. Aber Fabios Vater ließ nicht locker. »Weißt du was, Heike? Wenn ich heute von der Arbeit komme, mieten wir uns ein Auto und machen eine kleine Wochenendtour ins

Blaue. Nur wir zwei. Du nimmst deinen Skizzenblock mit und tust das, worauf du dich so gefreut hast: Endlich wieder mal nur Künstlerin und nicht Lehrerin zu sein.«

Fabio war erleichtert. Die Vorstellung, seine Eltern hier mit den Elfen zurückzulassen, hatte ihm heute Nacht doch Kopfschmerzen bereitet.

Mama schluckte, aber sie schaffte es ganz passabel, erfreut zu nicken. »Einverstanden, Jan.«

Aber Fabio fiel auf, dass seine Mutter und Björg sich trotz aller Unterschiede ähnlich sahen. Mit ihren besorgten Gesichtern hätten sie Schwestern sein können.

»Gut«, sagte Gunnar. »Dann geht mal schnell packen. Um neun fahren wir.«

Es war knapp. Aber Fabio schaffte es, sich aus dem Haus zu stehlen und zu Hansen zu laufen. Er war immer noch nicht da. Also hatte er bei seinem Opa übernachtet. Fabio sprach ihm die Neuigkeiten auf den AB. Und dann kritzelte er sicherheitshalber auch noch eine Nachricht auf einen Zettel und klebte ihn an Hansens Tür.

*

Gunnars Auto war eine klapprige alte Kiste, die wie ein Fischlager roch. Im Kofferraum lagen Gummistiefel zum Angeln neben Elíns Reitsachen. Der Weg führte seit einer Ewigkeit schon auf der großen Ringstraße, die laut Gunnar einmal die ganze Insel umrundete, entlang. Links von ihnen blaugraues Meer, vor ihnen in der Ferne Berge, rechts schwarzes Vulkangeröll, weißes langes Gras und eine einsame Hügellandschaft. »Da vorne ist der Walfjord«, erklärte Gunnar. »Es ist der tiefste Fjord Islands, über achtzig Meter tief. Früher gab es hier noch eine Walfangstation. Wir fahren durch den Tunnel, um auf die andere Seite des Fjords zu gelangen. Also ein paar Kilometer unter dem Meer hindurch!«

»Cool«, sagte Tom.

Elín warf Fabio einen vielsagenden Blick zu. »Der Wal«, flüsterte sie ihm zu und deutete nach rechts. »Da drüben war es.« Die Meeresbucht war riesig und schnitt tief ins Land ein. Fabio fröstelte bei der Vorstellung, hier um sein Leben schwimmen zu müssen. Dann tauchten sie in den Tunnel ein. Es war ein Geisterbahngefühl, so tief unter dem Meer hindurchzufahren. Irgendwo über ihnen schwammen vielleicht riesige, verrückte Wale, die darüber nachdachten, wie man am besten Boote zerlegen oder den Tunnel knacken konnte. *Ob der Angriff auf Gunnars Boot Zufall war?*, dachte Fabio. *Und die ganzen Unfälle, die passieren, wenn Elín dabei ist?* Aber es ergab keinen Sinn. Denn wieso sollte Elín wie Hansen unter einem Elfenfluch stehen?

*

Der Reiterhof, den sie am Vormittag erreichten, hätte aus einem Computerspiel stammen können. Eines, in dem man perfekte, idyllische Mittelalter-Dörfer bauen und besiedeln konnte. Wilde, raue Landschaft erstreckte sich bis zum Horizont. In der Ferne konnte man Berge erahnen. Und dort, wo Gunnar nun auf eine Schotterpiste einbog, schmiegten sich mehrere flache Gebäude in die Senken zwischen sanften Grashügeln. Ein paar Birken und Tannen erhoben sich hinter dem größten Haus. Zwei kleinere Holzhäuser standen in Sichtweite eines glasklaren, weiß schäumenden Flusses mit vielen Steinschwellen. Und über einen sanften, samtgrünen Hügel verstreut grasten kleine Pferde mit buschigen Mähnen, Tupfen von Weiß und goldbraun im matten Grün. Fabio war wirklich beeindruckt. Fehlten nur noch Flötenmusik und ein paar Wikingermädchen in langen Kleidern, die singend Blumen pflückten.

Stattdessen flog die Tür des großen Hauses auf und eine Frau in Jeans und grellroter Wetterjacke sprang mit einem Riesensatz von der Veranda. Ihr rotblondes kurzes Haar wurde vom Wind verwirbelt.

»Elín!«, rief sie schon von weitem und rannte los. Als Gunnar vor dem ersten Gebäude am Fluss anhielt, war sie längst beim Auto und riss die Tür auf. Fabio schaute in ein lachendes Gesicht mit blitzgrünen Augen und vielen Sommersprossen.

»Da ist ja meine kleine Windsbraut«, rief die Frau und streckte die Arme aus.

»Tante Julia!« Elín sprang aus dem Auto. Die Frau umarmte sie und wirbelte sie einmal herum. »Und das sind Fabio und Tom?«

Sie beugte sich in das Auto und schüttelte ihnen die Hand. »Ich bin Örns Frau, Julia. Ich komme auch aus

Deutschland, wie ihr, aber nicht aus Frankfurt, sondern aus Hamburg. Willkommen auf unserem Hof. Hallo Gunnar.«

Sie umarmte den alten Mann herzlich und winkte ihnen dann, ihr zu folgen.

»Die zwei Gebäude am Fluss sind die Gästehäuser«, erklärte Elín auf dem Weg. »Da schlafen nur die Touristen. Wir übernachten im Haupthaus.«

Was von außen wie eine große Wikingerhütte wirkte, war von innen ein modernes, gemütliches Haus. Nach hinten zu den Bergen öffneten sich große Glasfenster wie in einem Restaurant. An einem Riesentisch standen Bänke, an denen sicher zwanzig Leute Platz hatten. Es gab einen Kamin mit gemütlicher Sitzecke, eine offene Küche und jede Menge Fotos, die ohne Rahmen an die Wände gepinnt waren. Auf ziemlich vielen Bildern streckten Pferde die Nasen in die Kamera. Sogar hier drin roch es nach Pferd. Kein Wunder. Vor der Tür stapelten sich Reitstiefel und Jacken, an denen Pferdehaar hing.

Julia begann sofort herumzuwirbeln, holte Gläser und Saft und schnitt einen Schokoladenkuchen auf. »Ah, da ist ja auch mein Örn!«, rief sie über die Schulter.

Elíns Onkel trat gerade ein und legte einen Werkzeuggürtel auf den Tisch. Fabio staunte. Er kannte Örn nur von Gunnars Lieblingsfoto, auf dem Björg und Örn als Kinder am Fluss spielten. Kaum zu glauben, dass aus dem schmächtigen kleinen Jungen so ein Riese werden konnte. Örn sah aus, als müsste er den Kopf einziehen, um mit der Stirn nicht gegen den Türstock zu donnern. Aber als er lächelte, sah man sofort, dass Björg und er Geschwister waren. Er hatte ebenso glattes dunkles Haar und die gleichen blauen Augen wie seine Schwester.

»Ich gebe euch nicht die Hand, Jungens«, sagte er und hob seine ölverschmierten Pranken. Er sprach bedächtig und mit einem sehr starken isländischen Akzent.

Gunnar fragte auf Isländisch nach und die beiden Männer vertieften sich in ein Gespräch.

»Gästehaus Nummer zwei«, erklärte Julia und seufzte. »Das ist das Gebäude, das direkt am Fluss steht. Damit haben wir öfter Probleme. Das muss wohl das verflixte dreizehnte Jahr sein. Heute Mittag zieht dort eine Trekkinggruppe aus England ein – und prompt ist ein Heißwasserrohr gebrochen.«

»Das Wasser kommt aus einer heißen Vulkanquelle«, erklärte Elín mit vollem Mund. Natürlich war sie schon bei ihrem zweiten Stück Kuchen angelangt. »Das ist praktisch. Das heiße Wasser fließt einfach nur aus dem Boden in die Wasserleitungen.«

Julia nickte. »Also passt auf. Manch einer hat sich schon verbrüht, weil er nicht mit kochend heißem Wasser aus der Leitung gerechnet hat. Dreht am besten erst das kalte Wasser auf und mischt dann, bis es so warm ist, wie ihr es haben wollt.«

»Das heißt, die Gäste haben heute nur kaltes Wasser?«, fragte Fabio.

»Sie werden zum Duschen in unser Haus ausweichen müssen. Vielleicht kann Örn das Malheur in Nummer zwei morgen in Ruhe reparieren, während die Gruppe ausreitet.«

Tom bekam leuchtende Augen. »Können wir auch mal reiten?«

Fabio schluckte. Denn Julia nickte sofort. »Ihr könnt nicht, ihr müsst sogar! Ihr feiert schließlich mit einem richtigen Zentaurenmädchen Geburtstag.« Sie zauste Elín liebevoll das Haar. »Habt ihr feste Schuhe und robuste Kleidung mitgebracht? Sonst gehen wir gleich in unsere Kleiderkammer und suchen euch etwas Passendes.«

»Ähm, ich will lieber nicht reiten«, sagte Fabio. »Gibt es hier Internet?«

Julia runzelte etwas verständnislos die Stirn. »Ja, schon. Ach, du willst sicher deinen Eltern mailen und ihnen Fotos schicken.« Sie setzte sich zu ihnen an den Tisch. »Erzählt mal, ihr zwei«, wandte sie sich auch an Tom. »Was hat euch bis jetzt am besten an Island gefallen?«

»Gunnars Schrottplatz«, sagte Tom, ohne zu zögern.

Och, nichts Besonderes, dachte Fabio. *Magische Zeitreisen und Wolfsholz-Suchen und so ...*

»Ähm, die nordische Mythologie «, antwortete er vage.

»Du magst die Göttersagen?« Julia strahlte. »Ich habe oben eine ganze Sammlung von Büchern auf Deutsch. Wie kommst du denn darauf, dich für die Sagen zu interessieren?«

»Wegen der Bilder, die auf der Wie...«

Elín trat ihn unter dem Tisch so fest gegen das Schienbein, dass ihm die Luft wegblieb. Dann sprang sie auf und schnappte sich ein drittes Stück Kuchen, das sie sich einfach komplett in den Mund schob.

»Ich zeige euch die Zimmer«, nuschelte sie mit vollem Mund.

»Was sollte das denn?«, zischte Fabio ihr zu, während er sich mit schmerzendem Schienbein die Treppe hochschleppte. Elín drehte sich um und legte warnend den Finger über die Lippen.

»Kein Wort über die Wiege«, raunte sie. »Julia wünscht sich schon lange ein Baby, aber bisher hat es nicht geklappt. Sie ist traurig darüber. Björg will ihr die Wiege erst schenken, wenn ein Kind unterwegs ist.«

Hallo Fettnäpfchen. Fabio kam sich wieder mal vor wie ein Idiot.

»Alles klar«, sagte Tom unbekümmert und flitzte an Fabio vorbei.

Im oberen Stockwerk duftete es nach Heu, Leder und gebohnertem Holz. Die Möbel hatten Lederpolster und überall lagen warme Wolldecken. Aus den Fenstern konnte man bis zu den Bergen schauen.

»Die Zimmer liegen über den Ställen«, erklärte Elín. »Nachts kann man das Schnauben der Pferde hören. Kommt mit, ich habe ein paar alte Outdoor-Jacken für euch.«

Elíns Zimmer lag auf der anderen Seite des Flurs, eine kleine Kammer, vollgestopft mit Reitsachen. Von hier aus sah man auf die Hügel, wo eben noch die Pferde gegrast hatten. Jetzt waren sie komischerweise alle wie vom Erdboden verschluckt.

»Hier habe ich schon als kleines Kind übernachtet«, erklärte Elín. »Dieses Zimmer wird nie vermietet. Es gehört nur mir.«

»Das sieht man.« Fabio deutete auf die silbernen Tupfen, die auch hier die Wände schmückten. »Was hast du nur mit diesem Silbertick?«

Elín zuckte mit den Schultern. »Ist einfach schön«, sagte sie, während sie in einem Kleiderschrank herumsuchte. »Und wenn man nachts schlecht träumt und aufwacht, ist es so, als würden einen die Wände anschauen. Dann fühle ich mich nicht allein.«

»Glotzende Wände sind doch gruselig«, bemerkte Tom.

Elín warf ihm eine grüne Jacke zu. »Gruselig sind hier ganz andere Sachen«, sagte sie geheimnisvoll. »Warte mal ab, bis es hier Nacht wird.«

Fabio schaute mit Unbehagen nach draußen. Der graue Schatten. Ob die Wächter hier in der Nähe waren und auch diesen Hof beobachteten? Dann hatten sie sicher schon gesehen, dass Fabio und Tom hier waren. Tom hatte sich bereits die grüne Jacke angezogen, die aussah, als sei sie für ihn gemacht.

»Anziehen«, befahl Elín und drückte Fabio eine gelbe wetterfeste Jacke in die Hand.

»Warum? Wo gehen wir hin?«

»Raus. Gleich kommen die Gäste. Wir müssen mithelfen.«

Sie schlüpfte flink in einen grauen Mantel mit gelben Leuchtstreifen an den Seiten und flocht sich in Windeseile das struppige Haar zu einem dicken Zopf. Fabio zog die nach Pferd müffelnde Jacke über. Die war eindeutig nicht für ihn gemacht. Die Ärmel waren so lang, dass er aussah wie ein gelber Pinguin. *Na toll,* dachte er missmutig und krempelte verstohlen die Ärmel nach innen um. Dann folgte er Elín und Tom nach draußen.

Nummer zwei

Elín führte sie in den leeren Stall. Sättel hingen an Halterungen an der Wand und offene Boxen warteten auf vierbeinige Bewohner. Elín schnappte sich einen langen Strick und winkte sie wieder hinaus. »Bestimmt gehen wir zu den Pferden auf die Weide«, sagte Tom. Fabio nickte unbehaglich. Siedend heiß fiel ihm ein, dass sein Handy oben im Zimmer lag – in seiner richtigen Jacke. Hoffentlich dauerte Elíns Aktion nicht zu lange. Gunnar trat aus dem Haus und winkte ihnen zum Abschied zu. »Bis übermorgen, Jungs! Und viel Spaß«, rief er und schlenderte zum Auto. Vor dem Gästehaus Nummer zwei bremsten gerade zwei Jeeps. Autotüren klappten, acht Leute in Outdoor-Klamotten stiegen aus und sahen sich um. Begeisterungsrufe in englischer Sprache hallten vom Fluss zu Fabio herüber.

»*Lovely!*«

»*Wonderful place!*«

»*Really magic.*«

Magisch könnte stimmen, dachte Fabio und ließ den Blick über die Hügel schweifen.

»Wie weit ist es denn zu den Lava-Wasserfällen?«, fragte er.

Elín schaute im Gehen über die Schulter. »Etwa sechs Kilometer flussaufwärts.«

So weit weg?, dachte Fabio. Keine Chance also, sich zwischendurch mal unauffällig davonzustehlen und nach Hansens Hügel Ausschau zu halten.

Elín führte sie bergauf und dann auf eine Kuppe. Talabwärts schlängelte sich nun der Fluss wie eine silberne Schlange mit Schuppen aus Wasserwirbeln. Von hier aus sah man, dass das Gästehaus Nummer zwei auf der Rückseite moderne bodentiefe Fenster und eine Terrasse hatte, die einfach ein breites Plateau aus unbehauenem, schwarzem Vulkanfels war. Es ragte ein Stück über den Fluss.

»Da unten ist Örns und Gunnars Lieblingsstelle zum Angeln«, erklärte Elín. »Dort gibt es die besten Forellen.«

Und graue Gespenster, die durch die Fenster schauen, dachte Fabio. »Was meinte Julia, als sie vom verflixten dreizehnten Jahr gesprochen hat?«

»Örn hat das Haus vor dreizehn Jahren entworfen und sogar selbst gebaut«, erklärte Elín. »Nummer zwei ist sein Herzensprojekt und sein ganzer Stolz. Es war sogar mal ein Reporter von *Schöner Wohnen* hier und hat Fotos gemacht. Eigentlich kann man so nah am Fluss und an einer so felsigen Stelle gar nicht bauen, aber Örn hat es geschafft. Ich zeige euch das Haus später, es ist wirklich schräg. Manche

Zimmer haben noch richtige Felswände und der Keller ist eine kleine Höhle, die Örn so gelassen hat, wie sie war. Er lagert sein Werkzeug darin. Und die Wasserpumpen und das Feuerholz für den Kamin.«

Sie drehte sich zu den Bergen um und pfiff durch die Finger. Lange Zeit hörte man nur den Wind rauschen. Aber dann erhob sich fernes Donnergrollen und schwoll langsam an. Plötzlich bekam die Kuppe Ohren und Nasen, Köpfe und Hälse und schließlich tauchte eine Herde von Island-Pferden auf und galoppierte über die Kuppe direkt auf die kleine Gruppe zu. Fabio und Tom rückten unwillkürlich etwas enger zusammen. Vorneweg preschte ein dunkelbraunes Pferd in vollem Galopp mit angelegten Ohren und kampflustig gesenktem Kopf auf sie zu. Seine silberweiße Mähne flatterte, die Hufe fetzten Riesenbrocken Erde und Geröll aus dem Untergrund. Eine weiße Stute holte auf und wollte den Braunen überholen, aber das Biest schnappte wüst nach ihr. Dann machte es einen Bocksprung und keilte auch noch aus. Die Stute prallte zurück, kam den anderen Pferden ins Gehege und schon war alles ein Knäuel aus wirbelnden Hufen, Quieken, Schnappen und wildem Kopfschütteln. Fabio sah sich nach Elín um, aber das Mädchen war plötzlich weg.

»Oh, oh«, murmelte Tom. Das braune Biest hatte sie eindeutig ins Visier genommen und verdoppelte das Tempo nun zu gestrecktem Galopp. Es war, als würde ein Zug auf einen zudonnern und man hatte ohnehin keine Chance auszuweichen. In seltenen Momenten wie diesen war ganz klar, wer von ihnen der kleine Bruder war, denn Tom machte einen Satz hinter Fabio und klammerte sich an dessen Ärmel.

»Zurück!«, befahl Fabio. Aber Tom war wie erstarrt. Zurückstolpern ging nicht, sein Bruder klebte an ihm. Aber zur Seite springen ging auch nicht, dann würde das Biest Tom in den Boden baggern. *Das wars,* dachte Fabio. »Runter, Tom!«, rief er und riss die Arme hoch, um das Pferd vielleicht so zu stoppen. Ein Hagel aus Erdbrocken traf ihn, Hufe bremsten so scharf, dass sie zwei Furchen in die Erde gruben. Hufränder berührten fast schon Fabios Schuhspitzen. Dann schnaubte ihm ein heißer, nach feuchtem Heu riechender Atemstoß ins Gesicht. Tom hing an ihm wie eine Klette aus Bleigewichten und schnappte immer noch erschrocken nach Luft. Und als Fabio nach oben zu blinzeln wagte, starrte ihn das braune Biest mit gespitzten Ohren an. Hufe schlugen dumpf um sie herum, die Pferde umflossen sie wie ein Strudel aus Fell und wehenden Mähnen und kamen schließlich zur Ruhe. Elín trat hinter einem Gestrüpp hervor und lachte sich schlapp über Tom und Fabios Gesichter. »Keine Panik, Männer!«, rief sie spöttisch. »Es ist nur die Kavallerie. Kein Angriff der Klonkrieger.«

»Lustig«, ätzte Tom und kam mit hochrotem Kopf aus der Deckung. »Und deshalb hast du dich auch in Sicherheit gebracht.«

»Habe ich nicht«, sagte Elín. »Ich wollte nur, dass meine Freunde sich euch selbst vorstellen.« Die Pferde machten ihr ganz selbstverständlich Platz. »Die Bande haut gerne ab, sobald sie in der Ferne fremde Autos hört«, erklärte Elín und klopfte der weißen Stute den Hals. »Ich hätte auch keine Lust, jeden Tag andere Reiter durch die Gegend zu tragen, wenn ich stattdessen auch faul auf den Weiden herumlungern kann. Darf ich vorstellen? Die sieben Mädchen hier sind meine Freundinnen. Ich habe also nicht gelogen, als ich sagte, ich feiere mit meinem engsten Kreis Geburtstag.« Sie zwinkerte Fabio zu. »Die Weiße hier heißt Drífa. Das bedeutet Schneesturm.« Die Stute drängte sich zu Tom und versuchte die Nase in seine Jackentasche zu schieben. »Hey«, knurrte er. Elín knüpfte geschickt ein Halfter aus dem Strick und streifte es Drífa über den Kopf.

»Die anderen fünf sind Jungs«, fuhr sie dann fort. Sie trat zu dem braunen Biest, packte es einfach an der Mähne und zog den großen Kopf zu sich herunter. »Das ist Faxi. ›Der mit der tollen Mähne‹.«

Nun, auf jeden Fall war es viel Mähne. Sie hätte für drei Pferde gereicht, es sah aus, als wäre ein silberweißer Flokati-Teppich auf Faxis Kopf und Hals explodiert. Elín zupfte liebevoll an seinen Stirnfransen herum. »Faxi ist ein windfarbenes Pferd«, erklärte sie. »So nennt man es, wenn das Fell von Silber durchzogen ist. Deshalb ist seine Mähne fast weiß. Windfarbe-Pferde gibt es nur auf Island.« Und mit einem stolzen Lächeln fügte sie hinzu. »Faxi gehört mir.«

»Glaube ich nicht«, bemerkte Fabio trocken. »Du hast ihm gar keine silbernen Tupfen aufgemalt.«

»*Kleiner* Scherz, was?« Aber sie grinste ihm bei dieser Frotzelei nett zu. Nur Tom runzelte die Stirn, als wäre er unsicher, ob er Fabio verteidigen müsste. Es war komisch, was ein Vulkanausbruch auf einem Schrottplatz alles verändern konnte. Es war, als hätte er Tom und Fabio in eine Gegend katapultiert, die sie beide nicht kannten. Und offenbar war es erst einmal besser, nicht zu erwähnen, dass sie beide keine Landkarte dafür hatten. Ganz abgesehen davon, dass sie nun zu dritt unterwegs waren. Das hatte es auch noch nie gegeben.

Faxi spitzte die Ohren und stupste gegen Elíns Hand. Und Fabio fiel plötzlich auf, dass Elín hier draußen überhaupt nicht mehr hibbelig und überdreht wirkte. Sie strahlte einfach nur und die Pferde drängten sich um sie, als wären sie wirklich alle Freunde. Elín packte Faxis Mähne und zog sich mit einem geschickten Sprung auf dessen Rücken.

»Du nimmst Drífa«, sagte sie zu Tom. »Wir bringen die ganze Bande in den Stall.«

Fabios Bruder bekam sofort leuchtende Augen. Aber er schaute erst fragend zu Fabio.

»Keine Sorge«, sagte Elín. »Ich führe sie. Und außerdem ist Drífa unser idiotensicheres Schaukelpferdchen.«

»Dann passt sie ja zu Tom-Tom«, sagte Fabio trocken. Er merkte erst jetzt, dass er ganz selbstverständlich Hansens Spitzname für seinen Bruder verwendete. Irgendwie klang der witzig. »Idioten gehen zu Fuß«, spielte Tom den Ball an Fabio zurück. Und er wäre nicht *T.T.* gewesen, wenn er sich nicht ebenso geschickt wie Elín auf den Pferderücken hochgezogen hätte. Es sah beeindruckend aus, wie er sich dann ganz selbstverständlich zurechtsetzte und den Blick über das Land schweifen ließ. *Eroberer Leif »Tom-Tom« Eriksson.*

Jetzt musste Fabio doch schlucken. Er wandte sich zum Gehen.

»He, warte!«, rief Elín. »Keiner geht zu Fuß. Wir reiten alle drei.« Faxi trug kein Zaumzeug und keinen Sattel, aber trotzdem schien er genau zu verstehen, was Elín von ihm wollte. Sie berührte mit den Fersen nur ganz leicht seine Seiten und er machte einen Riesensprung direkt vor Fabio. Elín streckte Fabio die Hand hin.

»*Nei!*«, sagte er. »Geht ruhig voraus, ich schaue mich hier noch um.«

»Da unten gibt es nichts zu sehen, *Lítill*«, sagte Elín mit einem koboldhaften Grinsen.

»Da oben auch nicht«, konterte er. »Nur reitende Fledermäuse.«

Elín tippte mit dem Fuß gegen Faxis Vorderbein. Tom stieß ein erstauntes »Woah!« aus, als Faxi wie ein Zirkuspferd knickste und vorne so weit nach unten sank, dass seine Schulter auf der Höhe von Fabios Knie war. »Willkommen in meinem *Batmobil*«, sagte Elín. »Extra für dich tiefergelegt.« Dann packte sie Fabio einfach am Handgelenk und zog ihn hinter sich auf den Pferderücken. »Festhalten!«, befahl sie, dann erhob sich Faxi und Fabio blieb nichts anderes übrig, als sich an Elíns Mantel festzuklammern. Es fühlte sich an wie auf einer rutschigen, viel zu breiten Sofalehne zu sitzen, die schwankte wie ein schlingerndes Boot. Die Herde setzte sich in Bewegung. Ein Seitenblick zeigte Fabio, dass Tom mühelos die Balance auf dem weißen Pferd hielt, eine Hand in die dichte Mähne vergraben. »Anschnallen!«, befahl Elín. »Wir starten jetzt die *Warp*-Geschwindigkeit!«

»Spinnst du?«, rief Fabio. »Wir können nicht reiten. Schon gar nicht ohne Sattel.«

»Doch, könnt ihr«, erwiderte Elín ungerührt. »Es sind Island-Pferde. Sie können nicht nur die Gangarten Schritt, Trab und Galopp, sondern auch noch Tölt. Dabei läuft das Pferd so wie im Schritt, ganz sanft, ohne richtig vom Boden hochzufedern wie im Trab und Galopp. Aber trotzdem ist es schnell. Und man sitzt gemütlich wie in einem Schaukelstuhl und wird gar nicht herumgeworfen. Und ab geht's!«

»*Jiiiha!*«, rief Tom.

Faxi sauste los. Fabio rutschte fast vom Rücken. Schaukelstuhl? Von wegen! Es war, wie auf einer ratternden Nähmaschine zu sitzen. Nur dass diese Nähmaschine mit Lichtgeschwindigkeit über den Boden flog. Er klammerte sich an Elín fest, seine Zähne klapperten aufeinander, aber komischerweise fand er tatsächlich für einige Schritte die Balance. Und plötzlich war es ganz leicht. Er musste lächeln. *Wie Fliegen!* Der Wind strich ihm über das Gesicht, das Schnauben der Pferde erfüllte die Luft, Mähnen wehten am Rande seines Blickfeldes. Für einen Moment glaubte Fabio dort etwas zu sehen, eine Gestalt? Fast wäre er aus dem Takt gekommen, als er zur Seite schaute. Doch es war nur ein Irrtum. Neben Faxi liefen brav nur ein graues Pferd und Drífa.

Ohne Tom.

»Stopp!«, brüllte er Elín ins Ohr. Die Bande hielt auf Elíns Zeichen hin. Tom kam den Hügel heruntergetrabt,

Dreck im Haar und Grasflecken an der Hose. Fabio war erleichtert, dass nichts passiert war. Elín dagegen ließ ihr wieherndes Kichern los. »Wie war das? Nur Idioten gehen zu Fuß?« Tom wurde knallrot. Er schleuderte wütend einen Erdbrocken in ihre Richtung, dann zog er Elín einfach das Führungsseil aus der Hand sprang wieder auf Drífas Rücken. »Wir werden ja sehen, wer schneller beim Stall ist, ihr Luschen«, rief er und trieb die Stute an.

Schafsaugen

Tom hatte natürlich haushoch verloren. Dríta war ohne ihn in den Stall zurückgekommen, als Elín und Fabio schon längst abgestiegen waren. Erst Minuten später kam Tom schlecht gelaunt hinterhergestapft. Und seine Laune hatte sich seitdem nicht gerade verbessert.

Offenbar diente das Haupthaus auch als Kantine für die Gäste. Die englischen Reiter saßen an dem langen Tisch und wurden von Julia mit Erbseneintopf versorgt. »Hallo!«, rief sie Fabio und Tom entgegen. »Eure Mutter lässt euch grüßen. Ich habe lange mit ihr telefoniert. Setzt euch und esst mit!«

»Ich komme gleich«, sagte Fabio und rannte hinauf in sein Zimmer. Oben holte er sein Handy hervor und ärgerte sich. Hansen hatte natürlich versucht, ihn zu erreichen. Zweimal. Aber jetzt hörte Fabio wieder nur die Ansage.

»Tut mir leid, ich hatte das Handy nicht dabei«, sprach er auf Band. »Ich bin nur noch sechs Kilometer von den Wasserfällen entfernt! Ruf mich zurück.«

Die Gäste reckten die Hälse, als Fabio sich wenig später neben Tom an den Tisch setzte.

»*How nice*«, rief eine ältere Touristin mit rot gefärbtem Haar. »*Twin-Brothers.*«

»Sie sind keine Zwillinge«, korrigierte Elín die Dame auf Englisch ein wenig zu schnippisch. »Das sieht man doch auf den ersten …«

»Habt ihr die Bande eingefangen, Elín?«, unterbrach Julia sie. »Die Gäste wollen heute schon einen kurzen Ausritt machen, um die Tiere kennenzulernen. Morgen steht schließlich der Wanderritt zu den Wasserfällen an.«

Fabio horchte sofort auf. »Sie reiten zu den *Hraunfossar*? Die ganzen sechs Kilometer am Fluss entlang?«

Julia nickte.

Die Chance. Jetzt oder nie. Fabio holte tief Luft. »Können wir mit?«

Elín bekam sofort leuchtende Augen, aber Tom sah ihn so verdutzt an, als würde er sich fragen, ob eine außerirdische Lebensform den Körper seines Bruders übernommen hatte. *Hält er mich wirklich für so einen Stubenhocker?*, dachte Fabio.

»Das geht nicht«, sagte Julia. »Dafür müssten wir beide als Begleitung dabei sein. Aber Örn kann nicht mitkommen, weil er die Leitung reparieren muss.«

»Und wenn Mama mitreitet?«, warf Elín ein. »Sie hat mir versprochen, dass wir dieses Jahr einen Geburtstagsausflug machen. Wenn die Truppe schneller ist als wir, kommen wir vier eben später an.«

Björg in ihren schwarzen Flatterkleidern auf einem Pferd,

das war eine interessante Vorstellung. Tom stieß ihn prompt in die Seite und raunte ihm zu: »*Halloween*-Rodeo.«

»Wenn Björg und eure Eltern einverstanden sind...«, sagte Julia zögernd. »Aber nur unter der Bedingung, dass ihr Jungs heute bei den Pferden helft und euch mit allem vertraut macht.«

*

»Sich vertraut machen« hieß auf diesem Hof »Schuften bis zum Umfallen.« Fabio kam aus dem Niesen nicht mehr heraus, so viele Boxen hatte er gefegt und soviel Streu verteilt. Draußen wurde es schon dunkel. Die Reitergruppe war erst spät von ihrem Ausritt zurückgekommen, nun saßen alle fröhlich am Kamin im Haupthaus. Es wurde Bier getrunken und dröhnend gelacht. Fabio konnte die Stimmen sogar hier im Stall hören. Er und Tom hatten ihren Eltern schon am Telefon Gute Nacht gesagt. Dabei fing die Nacht wohl gerade erst an. Die Pferde mussten versorgt werden, das ganze Zaumzeug eingefettet. Die Satteldecken mussten abgebürstet, Proviantbeutel und Notfallsets für den Wanderritt gepackt und an jeden Sattel geschnallt werden. Als sie sich endlich aus dem Stall schleppten, gepudert mit Pferdehaaren und die Nasenlöcher voller Heustaub, wäre Fabio am liebsten ins Bett gefallen. Aber Elín hatte andere Pläne. »Wartet hier!«, sagte sie geheimnisvoll.

Sie sahen ihr nach, wie sie davonrannte. Ein Stück entfernt glomm der Fluss als helles Leuchten in der Nacht.

Haus Nummer zwei war so hell erleuchtet wie ein Stadion. Man konnte Örn hinter den Fenstern werkeln sehen. Fabio fröstelte ein wenig. Das Haus war wirklich wie Kino – für alle Wesen der Finsternis, die Menschen beobachten wollten.

»Fabi?« Er fuhr herum. Und dann wurde ihm plötzlich bewusst, dass Tom und er zum ersten Mal seit ihrem Streit wieder miteinander allein waren. Es war komisch, wie ungewohnt sich das anfühlte. »Du willst morgen wirklich dorthin reiten?«, fragte Tom.

Fabio war leicht gekränkt, so ungläubig klang sein Bruder. Traute Tom ihm wirklich gar nichts zu? »Wieso nicht? Das wird spannend.«

Tom betrachtete ihn scheu von der Seite an, Fabio spürte seine Unsicherheit. So kannte sein kleiner Bruder ihn nicht. Kein Wunder, sonst war es immer nur Tom, der solche Ideen hatte.

»Okaaay«, sagte Tom gedehnt. »Und wen rufst du dauernd auf dem Handy an?«

Fabio fühlte sich ertappt, aber dann dachte er sich, dass Hansen ja kein Geheimnis war.

»Einen Freund. Er heißt Hansen und wohnt bei uns um die Ecke.«

»Ein Freund?« Jetzt schien Tom noch verdutzter zu sein. »Wieso hast du in Reykjavík plötzlich einen Freund?«

»Ich habe ihn eben getroffen, als du mit Elín unterwegs warst. Er wohnt auf der anderen Straßenseite. Wir … unterhalten uns manchmal.«

Tom schluckte sichtlich, aber er nickte schließlich. »Und … du hast mir immer noch nicht erzählt, warum du auf dem *Whale watching*-Schiff warst.«

Fabio schoss das Blut in die Wangen. Sollte er sich jetzt eine Lüge aus den Fingern saugen? Nein, dabei käme er sich mies vor. Die unbehagliche Pause zog sich wie Kaugummi.

»Denkst du, ich verpetze dich?«, fragte Tom dann.

»Was? Quatsch!«

»Dann sag schon.«

»Nein. Nicht … jetzt.«

»Warum nicht jetzt?«

Weil du mich dann entweder für einen Freak hältst oder dich in Gefahr bringst.

Jetzt war Tom gekränkt. »Also doch!«, schnappte er. »Ich habe dir nichts von dem blöden Test gesagt und jetzt willst du mir nichts mehr erzählen. Tolle Rache.«

»Das stimmt doch gar nicht!«, rief Fabio.

Aber Tom schnaubte nur und starrte wütend zum Fluss.

»Ist jemand gestorben?«, fragte Elín. Gut gelaunt wuchtete sie drei prall gefüllte Taschen vom Rücken. »Hier, Wandertruppe.«

Sie drückte ihnen zwei Taschen in die Hände.

Die dritte war ein Rucksack, den sie sich umschnallte.

»Wandern? Jetzt?« Tom stöhnte auf.

»Geburtstagsessen im *Outback*«, sagte Elín.

»Du hast doch erst morgen Geburtstag!«

»Ja, aber in diesem Jahr will ich reinfeiern. Kommt mit.«

Sie mussten fast rennen, um mit Elín Schritt zu halten.

Fabio war schon nach den ersten Metern mulmig zumute. Es war *wirklich* dunkel und gespenstisch ruhig. Nur in den Sträuchern raschelte es, als würde etwas dort herumkriechen. *Hoffentlich nichts Graues mit Mumiengesicht,* dachte Fabio voller Unbehagen.

Hinter der Kuppe verschwanden die Gebäude, dann gab es nur noch Wind, Sterne und Ebenen und ... hellen Nebel, der geisterhaft über den Boden trieb. Elín lief mitten in den Nebel, eine geisterhafte Gestalt, die keine Beine mehr zu haben schien. Der Kegel ihrer Taschenlampe bekam einen dunstigen Heiligenschein. Klamme Feuchtigkeit streifte Fabios Gesicht. Der Nebel war warm wie Wasserdampf und roch ein wenig nach Schwefel. Und dann sah er, dass es tatsächlich Dampf war. Elín leuchtete zwischen Felsen, wo kochendes Wasser brodelte.

»Das ist unsere Vulkanquelle, die den Hof mit Heißwasser versorgt.« Ihre Stimme klang dumpf und leise. »Fallt bloß nicht rein, das Wasser ist hundert Grad heiß.« Zum Glück gab es einen Zaun und ein großes gelbes Warnschild. Fabio schauderte bei der Vorstellung, dass ein Wanderer zufällig ausrutschte und dann als Siedefleisch mit Rucksack endete. Elín marschierte an der heißen Quelle vorbei in eine kleine Senke zwischen zwei Felsen. Dort lud sie ihr Gepäck ab und setzte sich einfach auf einen flachen Stein. Sie holte aus ihrem Rucksack Teller, Besteck und Metallgeschirr.

»Das ist Julias und Örns Picknickplatz«, erklärte sie. »Die Steine sind schön warm. Decken und Getränke sind in Toms Tasche.«

Die Decken konnten sie gebrauchen. Die Steine waren nicht nur warm, sondern heiß wie Asphalt im Hochsommer. Aber es war angenehm, in der kühlen Luft auf den gewärmten Decken zu sitzen. »Island hat Fußbodenheizung«, bemerkte Tom.

»Und man kann ohne Feuer kochen und grillen«, sagte Elín. Mit dem Eisenstock fing sie an, im schwarzen Kies zu ihren Füßen eine Grube freizukratzen. Die Luft waberte dort und Fabio spürte, wie Wärme aufstieg. »So kocht man mit Vulkanhitze«, sagte Elín und platzierte einen kleinen Metalltopf in der Grube.

»Praktisch, wenn man Ameisen grillen will«, bemerkte Tom.

»Auf Island gibt es keine Ameisen«, antwortete Elín. »Keine einzige. Das Essen hast du dabei, *Lítill*.« Fabio holte die Dosen und Glasformen aus seiner Tasche. Julia hatte ihnen Lammrippchen eingepackt, die bald darauf zischend in dem Topf brutzelten. Köstlicher Duft stieg auf. Tom buddelte mit dem Stock in Alufolie gewickelte Kartoffeln ein. Seine muffige Laune verschwand endgültig, als Fabio die nächste Dose aufmachte und angewidert das Gesicht verzog. »Igitt, was ist das denn?« Zwanzig Augen glotzten ihn vorwurfsvoll an.

»Schafsaugen«, erwiderte Elín. »Lecker!« Sie schnappte sich eines und verspeiste es. Jetzt fiel auch Tom fast um. »Was habt ihr denn?«, nuschelte Elín mit vollem Mund. »Die sind doch schon gekocht.« Sie setzte die Taschenlampe genau ans Kinn. In dem Streiflicht wirkte sie wie ein

Zombie. Dann stopfte sie sich mehrere Schafsaugen in den Mund und zog eine Fratze, während die Augen zwischen ihren Zähnen hervorstierten.

Tom sprang auf. »Du bist echt widerlich!«, rief er.

Aber irgendwie war das Eis damit endgültig gebrochen.

Faxi

Zuerst lachten sie erstickt und krampfhaft leise, als könnten sie hier draußen jemanden stören. Aber bald prusteten sie bei jedem Witz laut los. Tom verschluckte sich an der Cola. Sie verbrannten sich die Finger an den Kartoffeln und kleckerten mit dem Ketchup. Und natürlich war es T.T., der dann doch ein Schafsauge aß. Fabio vergaß sogar, alle paar Minuten verstohlen auf das Handy oder besorgt in die Dunkelheit zu schielen. Der Wind hatte gedreht und hüllte sie nun in einen leichten Schleier von Dunst. Geschützt saßen sie in der warmen Senke, satt und wohlig müde.

»Gratuliert dein Vater dir auch zum Geburtstag?«, fragte Tom irgendwann.

»Er schickt bestimmt wieder eine Mail«, erwiderte Elín unbekümmert. »Er lebt nämlich in Brasilien. Björg hat ihn kennengelernt, als sie ein paar Monate in Rio gearbeitet hat. Sie haben sich verliebt und sich ein Jahr lang im Urlaub besucht. Aber es hat mit ihnen nicht geklappt. Doch nach der

Trennung merkte meine Mutter, dass sie schon schwanger war. Deshalb sind wir eben zu zweit.«

Tom wirkte betroffen, aber Elín schien gar nicht darunter zu leiden. *Sie hat ja eine tolle Familie,* dachte Fabio. Aber er wusste selbst, dass man eine tolle Familie haben und sich trotzdem allein fühlen konnte. Er schaute aufs Handy – und sah, dass es genau Mitternacht war. »Herzlichen Glückwunsch zum Geburtstag!«, rief er.

»Hey, alles Gute, Augenfresser!« Tom haute Elín auf die Schulter. Sie strahlte und Fabio wurde es ganz warm ums Herz. »Auf meine Freunde!«, sagte sie. »Also die ohne Pferdeohren.« Sie lachten und stießen mit ihren Bechern so fest an, dass ihnen die Cola über die Finger schwappte. Dann machte Elín plötzlich die Taschenlampe aus.

»Geisterstunde«, sagte sie geheimnisvoll. »Ab jetzt wird es gefährlich. Licht lockt nämlich die *Afturganga* an – die Toten, die keine Ruhe finden und die Lebenden in ihre Gräber verschleppen wollen.«

»Haha«, sagte Tom. Aber er rückte ein wenig näher an Fabio heran. »Wir fangen jetzt nicht an, uns Gespenstergeschichten zu erzählen, oder? Das ist doch Kindergarten.«

Fabio sah Elíns schattiges Schulterzucken. Langsam gewöhnten sich seine Augen an die Dunkelheit. Zum Glück war der Mond hinter ein paar Wolken hervorgekommen und der Himmel über den Bergen war sternenklar.

»Wir können auch über Pferde reden«, sagte Elín. »Faxi ist toll, oder?«

»Wenn man auf Zirkuspferde steht…«, murmelte Tom und sah sich unbehaglich um.

»Früher gab es hier in der Gegend schon einmal ein Pferd, das Faxi hieß«, erklärte Elín. »Ziemlich lustige Geschichte. Wollt ihr sie hören?«

Tom und Fabio sahen sich im Licht des Mondes an. Es war klar, dass hier irgendetwas lief, Elín klang irgendwie zu harmlos.

»Okay«, sagte Fabio vorsichtig. Elín räusperte sich. »Das Ganze passierte vor bestimmt schon hundert Jahren oder mehr. Damals gab es Örns Reiterhof natürlich noch nicht, am Fluss stand noch ein alter Bauernhof. Und dort lebte eine Magd. Sie hieß Guðrún. Der Knecht, der auf dem Hof arbeitete, hieß Sigurd. Er wollte was von ihr, aber sie hat ihn abblitzen lassen. Blöderweise gab es auf dem Hof nur ein einziges Pferd. Am Weihnachtsabend musste Guðrún aber in die Kirche zur Messe kommen. Zum Laufen war es zu kalt und der Weg zu weit. Also hatte sie keine andere Wahl, als mit Sigurd zusammen auf dem einen Pferd zu reiten.« Sie stieß Fabio in die Seite und feixte: »So wie wir heute.«

»Ich will aber nichts von dir«, empörte sich Fabio.

»Glaubst du, ich von dir?«, lachte Elín. »Also: Sigurd hat ihr auf dem ganzen Weg das Ohr abgekaut. Und dann fragte er sie auch noch, ob sie im nächsten Jahr wieder zusammen zur Weihnachtsmesse reiten würden. Guðrún sagte: ›Ganz sicher nicht!‹ Und das stimmte auch. Denn im nächsten Winter wurde der Knecht krank und starb.«

»Also doch eine Geistergeschichte«, sagte Tom.

»Wenn du Angst hast, kannst du ja nach Hause gehen.«

»Nö«, murmelte Tom. »Schon gut.«

»Als die Leute vom Hof in diesem Jahr zur Kirche aufbrachen, war Guðrún ein bisschen mulmig zumute«, fuhr Elín fort. »Schließlich lag das Grab von Sigurd auf dem Friedhof bei der Kirche. Also sagte sie zu ihrer Herrschaft: ›Ach nein, ich bleibe lieber hier.‹ Sie zündete sich eine Kerze an und legte sich einen Mantel über die Schultern. Dann nahm sie ein Buch und begann zu Hause zu lesen.«

»Und ganz allein mit einer Kerze in einem einsamen Haus ist es besser als in der vollen Kirche?«, fragte Fabio.

Elín hob den Zeigefinger. »Gut kombiniert! Das dachte sich Guðrún nämlich bald auch. Der Wind pfiff um das Haus, die Kerze knisterte und flackerte und plötzlich … klopfte es dumpf an der Tür!«

Tom kauerte sich noch etwas enger an Fabio, als wäre ihm nur kalt. Nun war Fabio erstaunt über Tom. Sein sonst so unerschrockener kleiner Bruder schien tatsächlich Angst zu haben. Fabio legte ihm den Arm um die Schultern und tat so, als würde er ihm nur den Oberarm reiben, damit Tom nicht fror.

»Lass mich raten: Sie hat die Tür aufgemacht, oder?«, fragte er betont gelangweilt.

Elín nickte finster. »Und draußen im Schneetreiben stand ein gespenstischer Mann. Er hatte das Pferd des Pfarrers dabei. Es hieß …«, sie senkte die Stimme zu einem Zischen, »… Faxxxiiii!«

Fabio lief ein Schauer über den Rücken.

»Sigurd sagte: ›Garun, du reitest jetzt mit mir zur Kirche!‹«

»Wieso *Garun*?«, wisperte Tom. »Sie hieß doch Guðrún.«

»Ja, aber kein Wiedergänger kann den Namen von Gott aussprechen, denn die *Afturganga* gehören zur finsteren Seite. Guðrún hat das Wort *Guð* im Namen, das heißt Gott. Wenn du einen Wiedergänger überführen willst, dann solltest du ihn in ein Gespräch über Gott und die Welt verwickeln und dann schauen, ob er stottert. Die Magd wusste dadurch sofort, dass es tatsächlich Sigurd war, der aus seinem Grab gekrochen war, um sie zu holen. Und sie hatte nur eine Chance, ihm zu entkommen: Sie musste in die Kirche kommen, dorthin würde er ihr nicht folgen können. Also tat sie so, als wäre sie einverstanden, und stieg hinter dem Toten auf das Pferd. Dann ritten sie zur Kirche. Nach einer Weile sagt Sigurd: ›Garun, Garun, mein Schädel ist so bleich!‹ Und sie antwortet: ›Sei bloß still und reite weiter, du armer Kerl.‹ Endlich kommen sie bei der Kirche an. Sigurd lenkt das Pferd zwischen die Gräber mitten auf den Friedhof. Beide steigen sie ab. Guðrún ahnt schon, was Sigurd vorhat. Abhauen kann sie aber noch nicht. Aber dann sagt Sigurd …« Elín holte Luft und murmelte mit Grabesstimme und Echo: »Waaarte, waaarte, Gaaarun, Gaaarun, bis ich bringe Faxi, Faxi, ostwärts vor das Gatter, Gatter.«

Fabio gab es nicht gerne zu, aber sein ganzer Nacken kribbelte und er hatte Gänsehaut. Dieses Echo hatte etwas Unheimliches. Sein Bruder zog die Knie ganz dicht an den Körper und spähte nervös in die Dunkelheit.

»Der geisterhafte Sigurd führt Faxi zum Gatter, um ihn dort anzubinden«, flüsterte Elín. »Und Guðrún rennt so schnell sie kann zwischen den Gräbern über den ganzen Friedhof – bis zur Kirche. Aber gerade, als sie die Tür aufreißt, packt sie etwas von hinten am Mantel.

Aber sie hatte sich den Mantel ja nur über die Schultern gehängt. So reißt Sigurd nur den Mantel an sich, sie selbst aber flieht in die Kirche und fällt ohnmächtig auf den Boden. Die Leute stürzen zu ihr und versuchen, sie wieder aufzuwecken. Doch als sie zu sich kommt, erzählt sie, was draußen passiert war. Und als die Leute dann nach draußen gehen, da finden sie nur noch das Pferd des Pfarrers – tot! Alle Knochen gebrochen, die Haut vom Rücken gefetzt. Und vor der Kirchentür liegen weit verstreut die Stücke des zerrissenen Mantels.« Elín machte eine Kunstpause. »Und deshalb«, schloss sie dann, »wurde Sigurd noch einmal bestattet. Und diesmal so, dass er wirklich Ruhe gab.«

»Wie haben sie das gemacht?«, flüsterte Tom. »Wie bei Vampiren? Einen Holzpflock durch das Herz gebohrt?«

Es war verrückt, dass Fabio genau jetzt an das Wolfsholz denken musste.

»Keine Ahnung«, sagte Elín und gähnte. Sie begann die Sachen zusammenzuräumen. »Es ist ja auch nur eine Geschichte. Örn erzählt sie manchmal unseren Gästen. Wahrscheinlich sehen die deswegen Gespenster, die vor Nummer zwei stehen und nachts durch die Fenster starren. Mir ist jedenfalls noch nichts Komisches begegnet. Leider! Manche Leute behaupten aber, Sigurd ist gar nicht wieder in sein

Grab zurückgekehrt, sondern wandert immer noch herum und sucht nach seiner Magd. Deshalb schaut er durch die Fenster. Manchmal stiehlt er sich ein Pferd aus dem Stall und jagt damit über die Hügel. Und jedes Mädchen, das so dumm ist, ihm in die Quere zu kommen, wird er in sein modriges Grab entführen.« Elín stand auf, hängte sich den Rucksack über eine Schulter und grinste. »Na, der sollte sich mal trauen, unseren Pferden zu nahe zu kommen!«

»Was ist das?«, flüsterte Tom. Fabio hörte es aus. Ein dumpfes, regelmäßiges Geräusch.

»Hinter den Hügeln gibt es Schafe«, sagte Elín. »Kommt, wir gehen zurück.«

Aber Fabio konnte nur in den Dunst starren. Sein Herz begann zu rasen. Toms Finger gruben sich in seinen Arm. Direkt hinter Elín schälte sich etwas Dunkles aus dem verwehten Weiß. »Elín!«, stieß Tom mit erstickter Stimme hervor. Elín drehte sich zu ihnen um. Im Mondlicht konnte man sehen, wie sie verdutzt die Brauen hob. »Was ist denn mit euch los?«, fragte sie – in dem Moment, als direkt hinter ihr der Schatten erschien. Faxis Mähne leuchtete weiß, und darüber ragte ein Reiter schwarz aus dem Dunst. Im Mondlicht erkannte Fabio eine knochenblasse Krallenhand, die nach Elín griff. Und Elín stand ahnungslos da und merkte nichts. Tom stieß ein Keuchen aus. Und Fabio dachte nicht mehr, er reagierte nur noch. Mit einem Ruck riss er sich von seinem Bruder los und schnellte nach vorne. Er erwischte Elín gerade noch, bevor die Krallenhand sie am Haar packen konnte, und zog sie zur Seite. Mit voller

Wucht schlugen sie auf heißem Kies und Stein auf. »Au, spinnst du?«, japste Elín. Aber da war Fabio schon wieder aufgesprungen und hatte blitzschnell ihren Rucksack vom Boden gegriffen. »Lauft!«, schrie er und schleuderte den Rucksack mit aller Kraft gegen die Gestalt. *Tolle Idee bei einem Gespenst,* dachte er noch. Wie erwartet, flog der Rucksack einfach durch das Schwarz hindurch – und nahm es mit sich. Es flappte, dann wurde ein schwarzes Tuch weggerissen wie bei einem Zaubertrick. Faxi scheute und machte einen Satz zur Seite. Es klapperte, als er den Rucksack mit dem Huf erwischte und sich Blechbehälter und Besteck auf dem Fels verteilten. Und dann fiel noch etwas zu Boden. Ein schmaler Metallrechen an einem langen Holzstock. Das war die Krallenhand des Geistes gewesen! Licht flutete durch die Dunkelheit. Tom kniete auf der zerwühlten Decke und umklammerte mit beiden Händen die Taschenlampe. Das Licht fing Faxis Mähne und auf seinem Rücken einen Sattel. Fest daran verzurrt waren mehrere Besen, die das Gerüst für das Gespenst gebildet hatten. Jetzt hing das Ding schief vom Sattel und an einem Besen hing noch das dunkle Tuch, das über das Gestell gehängt worden war. Fabios Beine gaben nach, er sackte auf die Knie. Von hier unten sah er, dass sogar Faxis Hufe mit Stoff umwickelt waren. Deshalb hatte man nur diese dumpfe Geräusch gehört und keinen Hufschlag.

Elín lachte so sehr, dass sie keine Luft mehr bekam. »Das ist der beste Geburtstag aller Zeiten!«, wieherte sie. »Mann, ihr habt das wirklich geglaubt!«

»Das war die blödeste Aktion aller Zeiten!«, schrie Tom. »Das war NICHT LUSTIG!«

Er warf die Taschenlampe einfach auf den Boden und ging mit großen Schritten davon.

»Hast du noch alle am Helm, Elín?«, rief Fabio. »Er hat sich wirklich erschreckt!«

Elíns Lachen erlosch sofort und machte einer schuldbewussten Miene Platz. Fabio rannte seinem Bruder hinterher und holte ihn ein, als der Hof schon wieder in Sicht kam. Er legte ihm den Arm um die Schultern. »He, das war doch nur eine blöde Geschichte. So wie die von dem Irren auf dem Autodach. Diese alberne Story von dem Liebespaar, das nachts allein im Auto im Wald parkt und eine Radiodurchsage hört. Darin warnt die Polizei vor einem entflohenen Irren mit einer Axt – und dann hören sie ein Klopfen und sehen, dass der Irre auf ihrem Autodach sitzt. Das sind alles nur erfundene Geschichten, mit denen sich Schüler gegenseitig im Landschulheim erschrecken.«

»Logisch, das weiß ich doch«, sagte Tom so übertrieben cool, dass es wirklich keiner glauben würde. »Ich glaube auch gar nicht an so einen Blödsinn. Ich wollte Elín nur zurückerschrecken.«

Aber seine Stimme zitterte dabei und klang zu kieksig und hoch.

Fabio lernte in diesem Augenblick eine ganze Menge über seinen kleinen Bruder. Hansen hatte sich geirrt, als er Tom für absolut furchtlos hielt. Er war mutig, ja. Aber es war eine Sache, auf Bäume zu klettern, Schafsaugen zu essen und Parkour-Kunststücke zu machen. Aber eine andere, in der Finsternis zu sitzen und sich vorzustellen, dass Wesen von der dunklen Seite einen belauerten. Fabio war nun unendlich froh, Tom nichts von den grauen Wächtern erzählt zu haben. Hufschlag näherte sich von hinten. Elín kam auf Faxi angeritten und lief im Schritt neben ihnen. »Entschuldige«, sagte sie völlig aufrichtig zu Tom. »Das war wirklich nicht so lustig.«

Und Fabio begriff, dass sie tatsächlich zu dritt waren, denn Tom sagte ohne Groll: »Schon okay, Zombie.«

Geisterstunde

Örn und Julia waren noch wach und warteten im Wohnzimmer. Das Kaminfeuer flackerte und auf dem Tisch stand ein goldener Teller mit zwölf brennenden Teelichten. Örns großer Schlüsselbund lag daneben auf dem Tisch. Den Anhänger hatte eindeutig Björg gemacht: Ein Lederband, das mit Silber- und Lavastein-Plättchen verziert war. Das Silber schimmerte im Kerzenlicht. Fabio stutzte kurz, als er erkannte, dass die Silberplättchen sich zu einem Namen fügten. *Örn Jónsson,* las er. Stimmt, Björg hieß ja mit Vatersnamen *Jónsdóttir.*

»Herzlichen Glückwunsch, Geburtstagskind!« Örn hob Elín so mühelos hoch, als wäre sie eine Feder und wirbelte sie herum. Julia umarmte Elín lange und innig und küsste sie. »Meine wilde Kleine«, sagte sie zärtlich. »Mögen die glücklichsten Tage in deinem letzten Lebensjahr die schlechtesten im neuen sein!«

»Danke!«, strahlte Elín. Fabio musste auch lächeln und er

konnte gar nicht anders, als Elín zu verzeihen, dass sie seinem Bruder einen solchen Schrecken eingejagt hatte. Sie sah nämlich richtig glücklich aus.

»Geschenke gibt es erst morgen Früh, wenn deine Mutter hier ist«, erklärte Julia. »Wie war das Geburtstagspicknick, Jungs?«

»Gespenstisch«, erwiderte Tom und gähnte gelangweilt.

Er blufft gut, dachte Fabio bei sich.

Julia lachte. »Ja, der Wasserdampf verwandelt sich bei Mondschein schon mal in gruselige Gestalten. Jetzt gibt es noch einen heißen Mitternachtskakao und dann geht ihr schlafen, morgen wird ein anstrengender Tag.«

Das süße, heiße Getränk zu schlürfen tat gut. Erst jetzt merkte Fabio, wie müde er war. Aber trotz der heimeligen Stimmung ging ihm die Geschichte von Sigurd nicht aus dem Kopf. *»Warte, warte, Garun, Garun ...«* Dieses gruselige Echo klang in ihm wieder. Er schaute aus den Fenstern. Draußen konnte er nur die Silhouetten der Bäume erahnen. Kein grauer Schatten weit und breit, aber er bildete sich ein, die Umrisse schwarzer Vögel in den Bäumen zu erahnen. *Krähen?* In seiner Tasche vibrierte das Steinzeithandy und hörte gar nicht mehr auf zu surren. Fabio trank hastig den letzten Schluck Kakao aus.

»Ich geh schon mal vor«, sagte er.

Er ging nicht das Risiko ein, belauscht zu werden, sondern lief durch die direkte Verbindungstür am Ende des Flurs in den Stall. Die Pferde wandten die Köpfe, als Fabio die kleine Lampe bei den Sattelhaltern anknipste. Hier hatte er Ruhe. Er holte das Handy hervor und war jetzt wirklich beunruhigt. Immer noch kein Anruf von Hansen! Langsam machte er sich Sorgen. Das Surren war eine ganze Reihe von SMS gewesen.

»Guten Morgen, Cowboys!«, schrieb seine Mutter. »Tausend eiskalte Küsse von unserer Vulkanexpedition weit hinauf zu den Gletschern und dem Schnee mitten im Sommer. Da fahren wir auf jeden Fall noch einmal gemeinsam hin! Hier schon einmal fünf Bilder. Ich vermisse euch schrecklich und freue mich auf Sonntag, wenn wir wieder zusammen sind!« Fabio musste lächeln. Seine Mutter hatte damit gerechnet, dass er das Handy erst morgen früh wieder einschalten würde. Und nach schrecklich Vermissen sahen die Selfies, die seine Eltern mitgeschickt hatten, eigentlich nicht aus – seine Mutter stand in einem leuchtend gelben Mantel knietief im Schnee, mit ausgebreiteten Armen und glücklich lachend. Ihr bunter Schal flatterte im Wind. Weitere Bilder zeigten seine Eltern neben einem Jeep und Mama beim Malen unter freiem Himmel.

Aber warum ruft Hansen nicht noch einmal an?, dachte Fabio. Hoffentlich war alles in Ordnung bei ihm. Ein unbehaglicher Schauer fuhr ihm über den Rücken, als würde jemand hinter ihm stehen. Und dann wurden plötzlich die Pferde unruhig, verdrehten die Hälse und äugten aus ihren Boxen. Drífas weißes Fell leuchtete im düsteren Stall wie Schnee in der Nacht, aber nun huschte ein weiterer Glanz darüber, gelblich und flirrend. Mähnen begannen zu knistern wie elektrisch aufgeladen. Auch über Fabios Kopf ging ein prickelnder Schauer. Die Pferde spitzten die Ohren. Nasen reckten sich nach oben und Fabio folgte ihren Blicken. Und dann wäre ihm fast das Handy aus der Hand gefallen.

Diesmal hatte Gull sich ohne Absicherung durch ihre Späher in die Höhle der Menschen gewagt. Sie kauerte im Schneidersitz auf einem der aufgehängten Sättel über ihm. Gerade nahm sie den Wolfshelm ab und strich sich die blonden Zöpfchen hinter die Ohren.

»Einen schönen guten Abend wünsche ich«, sagte sie förmlich. »Es freut mich außerordentlich, deine Bekanntschaft zu machen.« Das klang allerdings sehr gestelzt, so, als hätte sie den Satz aus einem Benimmbuch auswendig gelernt.

»Hi«, war alles, was Fabio herausbrachte. Dann war erst einmal hufscharrende, schnaubende Stille. Gull schien zu warten. Offenbar war er dran. Fabio musste sich räuspern, sonst hätte er kein Wort hervorgebracht.

»Du … ähm … hast meine ganzen Mails gelesen?«

Das Elfenmädchen hob pikiert die linke Augenbraue. »Diese Spamflut war ja kaum zu übersehen.«

Ihr Blick schweifte prüfend zu seiner Hand. Sie schien beruhigt zu sein, dass er nur ein Handy umklammerte und keinen angespitzten Eschenpfahl.

»Ich bin unbewaffnet«, beeilte sich Fabio zu sagen. »Also – eigentlich war ich nie richtig bewaffnet, ich wusste nur nicht …«

»Ob du Angst haben sollst?«, fragte Gull. Sie schaute tatsächlich zu seiner Jeans herunter, als würde sie dort peinliche Flecken vermuten. Ihm schoss das Blut in die Wangen.

»Ich habe keine Angst! Und das am See, das waren nur Wasserflecken, weil ich vorher zur Insel gewatet war.«

»Zu *meiner* Insel«, sagte Gull spitz. »Merk dir das in Zukunft. Und da wir schon dabei sind: Elfsichtige wie du haben auch hier am Fluss nichts verloren.«

Fabio horchte auf. »Elfsichtig? Ich dachte, alle Kinder können euch sehen.«

»Hat dir das dein Freund Brillenschlange erzählt?« Gull schnaubte und schüttelte empört den Kopf. »Wir entscheiden, wer uns sehen darf. Dass jemand uns auch dann sieht, wenn wir eigentlich im Tarnkappen-Modus sind, gibt es ganz selten. Genau genommen haben wir das nur einmal erlebt. Und Leute wie dich mögen wir eigentlich nicht.«

Elfen, die Menschen wie Hansen mit einem Fluch belegen, mögen wir nicht, dachte Fabio. Aber dann besann er sich, dass sie »eigentlich« gesagt hatte. Immerhin.

»Warum hast du mich dann vor Snjór gerettet?«, fragte er. »Wenn du mich *eigentlich* nicht magst.«

Gulls Augen wurden ein bisschen schmaler, jetzt sahen sie ein bisschen aus wie goldene Fuchsaugen und obwohl sie keine Miene verzog, begriff er, dass sie sich ein Lächeln verkniff. »Du bist ja ganz witzig«, sagte sie. »Wie heißt du nochmal? Neugieriges Frettchen, richtig?«

»Fabio Jansson«, gab Fabio würdevoll zurück.

Sie strich über den Wolfskopf, als sei er nicht ausgestopft, sondern ein lebendiges Haustier, das sie zwischen den Ohren kraulte. Zum ersten Mal fiel Fabio auf, dass ihre Fingernägel lackiert waren wie bei einem Menschenmädchen. Gull trug halb durchsichtigen Goldglanz-Glitzerlack, der an den Rändern schon abgeknibbelt war. Das war schräg, sehr schräg. Fehlte nur noch, dass sie mit rosa My-little-Pony-Puppen spielte. *Ach nein, Elfen nehmen ja echte Tiere.* Zumindest unter diesen Pferden hätte Gull wohl jede Menge Elfbook-Freunde. Sie schnaubten und machten mit gespitzten Ohren die Hälse lang, als wollten sie unbedingt näher zu Gull. Faxi stieß ein Wiehern aus, als würde er einen alten Freund begrüßen.

Gull sprang vom Sattelhalter und landete federleicht vor Fabio, den Wolfskopf unter den Arm geklemmt. Fabio ärgerte sich, dass er instinktiv einen Satz nach hinten gemacht hatte.

Gull kicherte. Und es war genau das Kichern, das er schon einige Male gehört hatte, zum Beispiel nach dem Libellenangriff im Souvenirladen. »Keine Angst, hm?«, feixte sie.

Fabio schluckte. Sein Herz schlug bis zum Hals, was er natürlich nie zugegeben hätte. Und jetzt ging Gull um ihn herum, als wäre er ein Preisochse auf einer Auktion, den sie begutachtete. Viel zu dicht vor ihm blieb sie dann stehen. Ganz klasse: Er musste sogar zu Elfen hochschauen. Sie überragte ihn um einen halben Kopf. »Ich weiß genau, was du vorhast«, sagte sie tadelnd. »Du willst zurück zum Tor. Aber das darfst du nicht.«

Fabio setzte sein bestes Pokerface auf. »Ich will mir nur die Wasserfälle ansehen.«

Gull runzelte verärgert die Stirn und legte ruckartig den Kopf schief, eine Geste, die eher an ein kleines flinkes Tier als an einen Menschen erinnerte.

»Blödsinn! Du spionierst uns doch schon die ganze Zeit über nach. Und du bist nicht allein. Hat dein Freund dich zu uns geschickt? Richte ihm aus, wir beobachten euch beide, Fabio Jansson!«

Grimmig deutete sie mit Zeige- und Mittelfinger erst auf ihre eigenen Augen, dann auf seine.

Notiz für die Akten, dachte Fabio. *Elfen schauen Gangsta-Rapper-Videos.*

»Du hältst dich von der Grenze fern, klar?«, befahl Gull.

Es war eine interessante Entdeckung, dass er alles Mögliche von Elfen einstecken konnte. Angriffe von Libellen und Möwen und sogar einen Sturz in ein Boot. Aber mit der Art, wie Gull ihn jetzt herumkommandierte, als wäre er zu Hause auf dem Schulhof, wo die älteren Jungs ihn in die Zange nahmen, war eine Grenze erreicht.

Er verschränkte die Arme und hob den Kopf. »Weil ihr sonst *was* tut?«, fragte er herausfordernd. »Mich mit einem Fluch belegen wie Hansen?«

Die Luft schien zu flirren. Keines der Pferde gab einen Laut von sich. Dann sagte Gull leise:

»Also doch. *Er* hat dich hergeschickt, um sie zu suchen.«

Wen meint sie? Die Wächter?, dachte Fabio. *Oder das Elfenmädchen, das Hansen wiedersehen will?* Gulls Augen blitzten gefährlich und es kam ihm vor, als würde er plötzlich auf sehr dünnem Eis stehen, das bereits knackte.

»Also weißt du von dem Fluch, der auf Hansens Familie liegt«, sagte er vorsichtig.

Etwas Seltsames geschah. Jetzt war es Gull, die einen

Schritt zurücktrat, den Helm fest an ihren Bauch gepresst, so, als wäre sie auf der Hut.

Fabio nahm seinen ganzen Mut zusammen und bohrte weiter. »Warum wird er so hart bestraft – und seine ganze Familie gleich mit? Es war keine Absicht von ihm, dass er damals den Hügel zerstört hat.«

»Die Wächter bestrafen niemanden, der es nicht verdient!«, sagte Gull. »Und du mischst dich nicht ein – das ist nicht deine Angelegenheit!«

Fabio musste tief Luft holen. »Hansen ist mein Freund«, sagte er ruhig. »Das macht es zu meiner Angelegenheit. Diese Strafe hat er nicht verdient.«

»Was weißt du denn von ihm!«, fauchte Gull. »Er hasst uns. Wenn er könnte, würde er uns allen an den Kragen gehen.«

Zugegeben. Das stimmte allerdings. »Naja, er hat auch nicht viel Gutes mit euch erlebt, oder?«, wandte Fabio vorsichtig ein. »Und wenn man so hört, was ihr den Menschen alles antun könnt ...«

Gull holte gefährlich tief Luft. Die Pferde wurden unruhig, begannen in den Boxen zu trippeln und die Köpfe zu schütteln. »Erzählt er dir solche Lügen?«, brauste Gull auf. »Was sollen wir Menschen antun? Was?«

Ihr Zorn war wie ein heißer Windstoß, der ihn einen Schritt zurück machen ließ. Blöderweise stieß er an die Boxtür, die ihn stoppte. Ein Atemstoß von Faxi zerzauste sein Haar. Gull wartete mit funkelnden Augen immer noch auf eine Antwort.

»Ich meine… neulich das Kind zum Beispiel«, sagte Fabio. »Ich habe gesehen, dass du es gerade aus der Wiege holen wolltest.«

Gull musste wohl kurz nachdenken, was er meinte, aber dann riss sie verblüfft die Augen auf. »Du denkst, ich wollte es stehlen? Das stimmt nicht. Ich wollte das Baby nur erschrecken.«

»Ach so, du wolltest nur nett zu ihm sein!«

Elfen verstanden wohl nicht immer Ironie. Denn Gull nickte ganz ernsthaft.

»Das Tuch, das es vor der Sonne schützen sollte, war vom Wagen gerutscht und das Baby hätte bald einen Sonnenbrand bekommen. Aber es schlief und hat nichts gemerkt. Deshalb habe ich es aufgeweckt und wollte es erschrecken, damit es brüllt.«

»Was ist das denn für ein Plan?«

»Na, seine Mutter sollte aus dem Haus kommen«, erklärte Gull ungeduldig. »Aber es wollte nicht schreien. Bei meiner Grimasse hat es nur gegrinst. Also habe ihm meine Hände ans Gesicht gelegt. Sie sind immer gletscherkalt. Willst du mal fühlen?«

»Nein, danke!«

Gull zog ihre Hand wieder zurück.

»Du wolltest das Baby also davor bewahren, einen Sonnenstich zu bekommen?«, fragte Fabio. »Indem du es zum Brüllen bringst und damit seine Mutter aus dem Haus lockst? Die sollte dadurch bemerken, dass das Tuch weggeflogen ist?«

Gull rollte genervt mit den Augen. »Ist doch logisch«, sagte sie in einem Tonfall, als hätte er gefragt, ob man für das Laufen auf heißem Vulkansand wirklich Schuhe brauchte.

Du meine Güte, die denkt ja noch komplizierter als Elín, dachte Fabio.

»Aber ... warum hast du nicht einfach das Tuch aufgehoben und wieder über den Wagen gebreitet?«, fragte er vorsichtig.

Gull klappte der Mund auf. Sie legte den Kopf wieder schief und sah völlig verwirrt aus.

»Oh«, sagte sie verdutzt. »Stimmt.« Sie schaute ihn an, als wäre sie überraschend Einstein begegnet. »Du bist ja gar nicht dumm!«, sagte sie aufrichtig verwundert.

»Wer behauptet, dass ich dumm bin?«, entrüstete sich Fabio.

Gull kicherte. »Niemand. Aber es ist einfach so: Menschen *sind* dumm.«

Klar, aber Elfen sind bestechend intelligent – und so praktisch veranlagt!

Aber er hütete sich, sie zu verspotten. Es war verrückt genug, dass eine Elfe mit ihm sprach, und er wäre tatsächlich dumm, wenn er diese Chance verspielen würde.

»Jedenfalls ... sah es wirklich so aus, als würdest du das Baby aus dem Kinderwagen stehlen wollen, so, wie es in den Märchen steht.«

»Dafür gab es keinen Grund.«

»Ach, und wenn es einen Grund gäbe, würdest du ein Kind stehlen?«

Es war eine interessante Entdeckung, dass auch Elfen rot werden konnten. »Erstens: Elfen stehlen nicht«, erwiderte sie schnippisch. »Wenn, dann stehlen wir nur *zurück*. Und du stiehlst ja auch nicht ohne Grund.« Sie tippte vielsagend an das Wolfsohr. Und jetzt war Fabio ganz sicher. Das Ohr des Wolfshelms zuckte! *Und das Ding hatte ich auf dem Kopf*, dachte er mit einem Schaudern. »Snjór ist stinksauer auf dich!«, fuhr Gull fort. »Wenn ich dich nicht auf dem Boot versteckt hätte, dann hätte er dich bestimmt in die Abfalltonne mit den Fischgedärmen am Hafen getunkt und dich danach mit Möwenflaum gefedert. Wenn es um seinen Wolf geht, versteht er nämlich überhaupt keinen Spaß. Und woher wusstest du überhaupt, wie Freki funktioniert?«

Freki? Ein lebender Helm mit Namen. Das wurde wirklich immer besser.

»Ich wusste gar nichts«, beteuerte Fabio. »Ich habe ... ähm ... Freki aufgefangen, weil er fast Schnauze voran vom Sofa in der *Harpa* gefallen ist. Dann habe ich Snjórs Musik gehört und habe kurz reingehört. Und als mir der Helm über die Augen rutschte, bin ich an den Wolfszahn gekommen. Ich wusste nicht, dass er so etwas wie ein Schalter zum *Beamen* ist.« Gull blinzelte irritiert. »Ich meine ... ein magisches Transportmittel«, fügte er hastig hinzu.

Notiz für die Akten, dachte er. *Elfen hören Musik und surfen, aber sie schauen kein Raumschiff Enterprise.*

Gull schien unschlüssig zu sein, was sie von ihm halten wollte. Aber sie wirkte nicht mehr so ablehnend. Immer noch streichelte sie die weiße Wolfsstirn.

»Du wolltest ihn echt davor bewahren, sich die Schnauze anzustoßen?«, fragte sie etwas freundlicher. Offenbar war es ein Pluspunkt, nett zu Snjórs Helm zu sein. Fabio nickte.

Sein Herz machte einen Satz, als Gull plötzlich lächelte.

»Das war nett«, sagte sie. »Also dann: Bleib vom Wasserfall weg. Und halte dich von Brillenschlange fern.«

Sie setzte den Wolfshelm auf.

»Halt! Du kannst nicht einfach gehen.«

»Wetten?«, sagte Gull.

»Ich lasse mir von euch aber nicht verbieten, mir den Wasserfall anzuschauen.«

Das war ein guter Schachzug gewesen. Wie erwartet, ließ sie ihre Hand, die schon zum Wolfszahn greifen wollte, wieder sinken.

»Und natürlich werde ich mich nicht von Hansen fernhalten«, fuhr Fabio fort. »Aber vielleicht … gibt es ja eine Möglichkeit, dass wir alle miteinander sprechen? Ich meine, es gibt doch sicher irgendetwas, was er tun kann, damit ihr Frieden schließt und der Fluch von seiner Familie genommen wird?«

Er wusste nicht, ob Gull gleich wieder wütend werden würde. Ihre Augen funkelten jedenfalls schon wieder verdächtig und ihr Mund war ein harter Strich.

»Mit *dem* sollen wir sprechen?« Sie schnaubte verächtlich und schüttelte den Kopf. »Nein danke! Und wozu? Die Wächter bestrafen nie ohne Grund.«

»Gilt das auch für Elín?«, rutschte es Fabio heraus. Er hatte etwas sehr Falsches gesagt, das merkte er sofort. Gull wurde blass und wich zurück.

»Ist das der Grund, warum ständig komische Sachen passieren, wenn sie in der Nähe ist?«, fragte er vorsichtig weiter. »Zum Beispiel Wale, die ein Boot rammen, in dem Elín sitzt?«

Gulls Augen waren riesengroße, goldbraune Spiegel, in denen Fragen irrlichterten. Vor allem die Frage, woher er so viel wusste. Fabios Mund war plötzlich ganz trocken vor Aufregung. *Irgendetwas ist tatsächlich mit Elín,* dachte er.

»Hat Elín etwas getan, was die Wächter verärgert hat?«, fragte er vorsichtig weiter. »Steht sie auch unter einem Fluch?«

Gulls langer Zeigefinger stach in seine Richtung. »Du bleibst von den Wasserfällen fern!«, sagte sie drohend leise.

Fabio schluckte, dann schüttelte er den Kopf. »Wenn du mir keine Antworten gibst, werde ich sie mir selbst suchen«, erwiderte er mit fester Stimme. Er wusste nicht, woher er den Mut nahm, aber er konnte nicht anders. Nicht jetzt, als er nur noch einen Millimeter von einer Wahrheit entfernt war. *Gull kennt sie,* dachte er.

»Du kannst es ja versuchen«, sagte Gull. Sie machte mit dem Finger eine kreisende Bewegung in der Luft. Hinter Fabio schnappte etwas Metallenes, dann traf ihn die Tür von Faxis Box in den Rücken und warf ihn einfach um. Faxi schnaubte und trappelte in der Box zwei Schritte zurück, als würde er Anlauf nehmen.

»Spinnst du, Gull?«, schrie Fabio. Aber dann hatte er keine Zeit mehr für Worte. Er musste sich aufrappeln, bevor Faxi ihn umrannte. Während er hochschoss und gerade noch rechtzeitig die Tür, die aus dem Stall führte, zwischen sich und Faxi zuknallte, hörte er Gull kichern.

Tom und die anderen saßen noch beim Kakao, als Fabio ins Wohnzimmer stürmte.

»Faxi ist aus seiner Box abgehauen«, rief er.

Julia seufzte. »Schon wieder? Wir müssen endlich ein Sicherheitsschloss an der Box anbringen …«

Weiter kam sie nicht. Wie Hagelschlag dröhnte Hufgetrappel von draußen herein. Sie fuhren zu den großen Panorama-Fenstern um. Diesmal war das Kino draußen vor dem Haus. Alle Pferde aus dem Stall preschten draußen in gestrecktem Galopp vorbei und drehten eine Runde, als wäre der Platz eine Zirkusarena.

»Was zum …«, stieß Örn fassungslos hervor.

Aber die Hauptattraktion dieser Nummer war nur für Fabio sichtbar: Gull, die auf Faxis Rücken die Stampede anführte. Durch die Scheibe warf sie Fabio einen triumphierenden Blick zu und stieß einen schrillen Indianerschrei aus. Die Pferde begannen zu bocken, dann legten sie die Ohren an, drehten ab und preschten in das Monddunkel davon. Das letzte, was man von der wilden Jagd sah, waren Pferdehintern und wehende Schweife, die von der Dunkelheit verschluckt wurden.

Örn fluchte auf Isländisch und sprang auf. »Habt ihr die Boxen nicht zugemacht?«

Elín klappte den Mund wieder zu. »Doch!«, rief sie. »Klar! Was ist mit den Pferden los? Wir müssen sie sofort wieder einfang…«

»Stopp!« Julia hielt sie am Ärmel zurück. »Niemand stolpert jetzt noch im Dunkeln herum, um Pferde zu suchen«, bestimmte sie. »Darum kümmern wir beide uns. Örn, nimm den Jeep. Und ihr drei geht schlafen!«

*

An Schlaf war natürlich nicht zu denken. Elín rannte beim kleinsten Geräusch zum Fenster, und als schließlich Scheinwerfer durch die Dunkelheit schnitten und Örn mit dem Geländewagen ohne Pferde zurückkehrte, war sie besorgt und enttäuscht.

»Es sah aus, als wären die Pferde in Panik«, sagte sie. »So, als wäre ein Wespenschwarm hinter ihnen her. Ich verstehe es nicht, wie konnten sie alle aus ihren Boxen herauskommen?«

Sie klang bekümmert und ein wenig verzagt und Fabio wusste, dass sie daran dachte, wie oft so etwas passierte, wenn sie in der Nähe war.

Nur dass es diesmal absolut nichts mit ihr zu tun hat.

»Den Pferden geht es gut«, sagte er beruhigend. »Mach dir keine Sorgen, morgen Früh kommen sie bestimmt von selbst wieder zurück.«

... falls sie nicht im Elfenreich verschollen sind und erst in fünfzig Jahren zurückkehren. Das hätte jedenfalls zu Gulls Elfenlogik gepasst:

Problem: Mensch will zum Wasserfall reiten.

Lösung: Pferde für immer verschwinden lassen.

Nur vergaß sie dabei, dass es an den Wasserfällen auch Parkplätze für Autos gab. Und Wanderschuhe.

Elín versuchte sich an einem tapferen Lächeln. »Ja, bestimmt hast du recht«, murmelte sie und verdrückte sich in ihr Zimmer. Fabio hätte sie gerne gefragt, ob sie jemals etwas getan hatte, was eine Elfe wütend machen könnte, aber Tom kam gerade aus seinem Zimmer und warf seine Decke neben Fabio auf das Bett. »Ich schlafe heute bei dir«, entschied er und rollte sich auf Fabios Seite in die Decke ein. »In meinem Zimmer ist es zu kalt und das Bett ist unbequem.«

Klar, dachte Fabio bei sich. Doch nie im Leben hätte er seinen kleinen Bruder damit aufgezogen, dass er sich vor Gespenstern fürchtete.

»Mach dich bloß nicht zu breit«, sagte er nur. Aus Toms Deckenfestung kam nur ein Grunzen. Elíns Laptop stand noch auf dem Tisch. Fabio zog es zu sich heran und schaltete es ein. Elín hatte vergessen, ihm ihr Passwort zu sagen, aber das war leicht zu knacken. Sobald er »Faxi« eingab, war er im Internet und loggte sich sofort in die E-Mail-Seite ein.

Elfen stehlen also nur zurück, du Pferdediebin?, schrieb er an Gull.

Diesmal kam die Mail nicht als unzustellbar zurück. Und eine Minute später hatte er Gulls Antwort auf dem Schirm.

Jiii-haa!, Witzbold.

Freki

So hatte sich Elín ihren Geburtstagsmorgen bestimmt nicht vorgestellt. Draußen war es dunstig, nass und grau. Örn hatte die Pferde auch bei seiner Suche früh am Morgen nicht gefunden und die Engländer, die beim Frühstück im Haupthaus saßen, machten sich nun Sorgen um den geplanten Ausritt. »Hoffentlich ist der Bande nichts passiert«, sagte Elín immer wieder. Nach dem Frühstück schnappte sich Örn seinen Schlüsselbund. »Letzter Versuch«, sagte er zu Elín. »Komm mit!« Durch das Fenster sahen Tom und Fabio die beiden davonfahren. Elín hatte ihren Reithelm auf dem Kopf und saß hinter ihrem Onkel auf einem Geländemotorrad, das Örn aus einem Schuppen neben dem Stall geholt hatte. »Mit dem Motorrad kommt man am besten über die Hügel«, erklärte Julia. *Das würde Hansen sicher gefallen,* dachte Fabio. Seit heute Nacht machte er sich richtig Sorgen um seinen Freund. Wenn die Elfen ihn in Reykjavík wirklich belauerten, konnte Fabio nur hoffen, dass Hansen ihnen nicht mit dem angespitzten Wolfsholz in die Quere kam. *Andererseits werden sie heute damit beschäftigt sein, mich im Auge zu behalten.* Allerdings war das kaum beruhigender. Bei der Suche nach »Freki – Wolf« war er gestern im Internet sofort fündig geworden. *Geri und Freki heißen die zwei Wölfe des Gottes Odin,* lautete die Erklärung. *Übersetzt heißen ihre Namen: Der Gierige und Der Gefräßige.* Äußerst beruhigend, den Gefräßigen auf dem Kopf getragen zu haben.

»Hoffentlich fällt der Ausritt nicht ins Wasser.« Julia seufzte. »So ein Pech. Manchmal geht bei uns aber auch wirklich alles schief.«

Alles wartete. Die Touristen checkten ungeduldig ihre Smartphones und unterhielten sich in der Kaminecke. Tom hatte Heimweh und zog sich in sein Zimmer zurück, um mit Papa zu telefonieren. Fabio dagegen schlenderte über den Hof bis hinunter zum Fluss. Nummer zwei lag verlassen da. Fabio trat auf die Lavaterrasse über dem schäumenden Flusswasser und sah sich um. Aber die Gegend hier wirkte seltsam leer und verwaist. Nicht einmal eine Libelle war in der Nähe.

»Hansen, es wird jetzt wirklich gefährlich«, sagte er auf den Anrufbeantworter. »Sie beobachten uns beide und sie wissen …« Ein Piepsen zeigte ihm, dass der Anrufbeantworter voll war. Na prima. Als er sich umdrehte, um zurückzugehen, prallte er zurück. Aber es war nicht Snjór, wie er befürchtet hatte. Stattdessen starrte ihn ein übernächtigter Fabio, dessen Augenringe so tief wie die von Hansen waren, erschrocken an. Die Fenster waren von außen dunkel verspiegelt. Er versuchte, trotzdem in das Gebäude zu spähen, aber er sah nichts. Die Tür war nicht abgeschlossen und Fabio trat einfach ein. Das Haus, das Örn selbst gebaut hatte, war wirklich ein schräges Projekt. Im Inneren sah es so aus, als hätte man die Räume einfach aus dem Felsen freigesprengt. Hier hätte Odin mit seinen Wölfen gut hineingepasst. Fehlten nur noch grobe Eichentische und Trinkhörner der Wikinger an den Wänden. Der Kamin im Aufenthaltsraum war eine schwarze Lavahöhle in einer Wand, die mit Wellen und Kreiseln noch die Fließrichtung der längst erstarrten Lavaströme anzeigte. Es sah aus wie ein Festsaal mit archaischen Ornamenten an den Wänden. Aber dort, wo kein Felsen war, hatte Örn graue Holzwände und Glas eingezogen. Die verspiegelten Fenster, die zum Fluss und zu den Bergen zeigten, waren in moderne Metallrahmen eingefasst und reichten bis zum Boden. Von innen waren sie durchsichtig wie ganz normales Glas. Und durch dieses Glas sah Fabio in der Ferne über der Kuppe nun etwas Helles auftauchen. Faxis Mähne! Elín hatte es geschafft, die Bande aufzuspüren. Örn und sie fuhren in langsamem Tempo den Hügel herunter. Elín hielt Faxi am langen Seil. Er trabte brav hinter dem Motorrad her. Und ihm folgte die kleine Herde.

Fabio stürzte nach draußen und kam gleichzeitig mit Björg, die gerade aus dem Auto stieg, am Hauptgebäude an. Fast hätte Fabio sie nicht wiedererkannt. Sie trug keinen Silberschmuck und keine schwarze *Batgirl*-Flatterkleidung, sondern Reithosen, grobe Stiefel und eine grüne Wetterjacke.

Ihr Haar war glatt nach hinten gesteckt. »Guten Morgen, Fabio!« Sie schenkte ihm ein so strahlendes Lächeln, wie er es ebenfalls an ihr nicht kannte. »Julia hat mir erzählt, dass ihr gestern mit Elín einen richtig schönen Tag hattet. Ich glaube, das war für sie das schönste Geburtstagsgeschenk.«

»Hm«, sagte Fabio verlegen.

»*Mamma!*« Elíns Ruf gellte über die Ebene. Sie übergab Faxis Führungsstrick an Örn, sprang vom Motorrad und rannte ihrer Mutter entgegen. Lachend fing Björg sie auf und küsste sie. Sie sagte etwas auf Isländisch, das garantiert ein Geburtstagsglückwunsch war. Die Engländer drängten aus dem Haus, angelockt von dem Trubel und dem Hufgetrappel. Elín und Örn wurden mit begeistertem Applaus begrüßt und dann war der Hof voll mit Menschen und Pferden, die durcheinanderwimmelten. Jeder Reiter suchte sich sein Pferd heraus. Julia drängte sich zum Motorrad durch. »Wo habt ihr die Herde gefunden?«

»Einen Kilometer hinter dem Fluss in der Talsenke«, erwiderte Elín. »Als wollten sie sich vor meinem Geburtstagsausflug drücken!« Sie knuffte Faxi kumpelhaft in den Hals. »Aber das hast du dir nur so gedacht, du Faultier!«

Fabio war der Einzige, der nicht lachte. Er ließ den Blick über die Ebenen schweifen. Irgendwo beobachtete Gull sie bestimmt und kochte vor Wut. *Aber gegen Elíns Pferderadar kommst du nicht an,* dachte er.

»Der Wanderritt startet in einer halben Stunde!«, verkündete Julia auf Englisch. »Und wir haben noch Zeit für einen Morgenkaffee und die Geburtstagsgeschenke«, wandte sie sich dann an ihre Familie. Fabio holte seinen Bruder. Als sie ins Wohnzimmer kamen, war Björg gerade dabei, die Geschenke, die sie aus dem Kofferraum geholt hatte, auf dem Tisch aufzureihen. Gunnar hatte extra für Elín einen Kuchen gebacken. Er kannte seine Großnichte offenbar gut. Eine Zwölf aus essbaren Silberperlen prangte auf blauem Zuckerguss – und einzelne Perlen waren wie die Tupfen an Elíns Wänden um die Zahl verteilt.

»Mein Geschenk kennst du ja schon«, sagte Björg mit einem Lächeln. Elín fetzte das Geschenkpapier von dem flachen Gegenstand und stieß einen Begeisterungsschrei aus.

»Mein neuer Spiegel!« Er hatte einen Silberrahmen und war ziemlich kitschig und verschnörkelt. Auch Tom unterdrückte ein Grinsen. »Willkommen im Barbieland«, flüsterte er Fabio zu.

»Und das hier ist von uns.« Julia reichte Elín ebenfalls etwas Flaches. Zum Vorschein kam ein Bilderrahmen mit unzähligen Fotos, die wie ein Wimmelbild zu einer Collage zusammengeklebt waren. »Das haben Örn und ich zusammen für dich gemacht«, sagte Julia. »Das sind Fotos aus zwölf Elín-Jahren.«

»Oh, schau mal!«, rief Björg. »Erinnerst du dich? Da haben wir deinen Vater in Brasilien besucht.« Das Foto zeigte eine kleine Elín mit Zahnlücken in den Armen eines schwarzhaarigen, lockigen Mannes, der über das ganze Gesicht lachte. *Ein rothaariges Karottenmännchen ist er aber nicht,* dachte Fabio. Von wem mochte Elín ihr rotbraunes Haar geerbt haben?

»Und das ist ja Faxi als Fohlen«, rief Elín begeistert. »Das Foto habe ich ja noch nie gesehen!«

Fabio und Tom beugten sich beide über Elíns Schultern und betrachteten das Gruppenbild. Gunnar mit Haaren, Örn in einer schwarzen Motorradkluft und Björg mit kleinem Kugelbauch, ganz offensichtlich war sie damals mit Elín schwanger. Örn hielt Faxi am Halfter. Elíns Pferd war winzig und hatte noch eine ganz kurze Fohlenmähne. »In dem Jahr hatte ich gerade angefangen, das Gästehaus zu bauen«, erklärte Örn. »Und habe die ersten Pferde für den Reiterhof gekauft.« Fabio kniff die Augen zusammen. Im Hintergrund war der Fluss zu sehen – und dort, wo heute Nummer zwei stand, befand sich eine Baustelle mit einem kleinen Kran und einigen Schlagbohrmaschinen. Örn hatte wohl tatsächlich einiges weggesprengt, um Platz für das Gästehaus zu haben. Auf dem Foto war die Stelle jedenfalls noch eine Ansammlung zerklüfteter Felsen.

»Schaut uns an, wie jung wir da alle noch sind«, sagte Örn mit einem Lächeln.

»Hat Julia das Foto von euch gemacht?«, wollte Tom wissen.

Fiel nur Fabio auf, dass Björg und ihr Bruder einen raschen Blick wechselten? Björg schluckte und schüttelte den Kopf. Und Fabio war, als würde ein Schatten über die Mienen der beiden Geschwister huschen.

»Nein, damals kannte ich Örn noch gar nicht«, antwortete Julia fröhlich. »Wir haben uns vor fünf Jahren kennengelernt, als ich hier im Urlaub war – und vor drei Jahren haben wir geheiratet.« Sie deutete auf ein Hochzeitsfoto. Elín war auch darauf – als Blumenmädchen in einem rosa Rüschenkleid. »*Oh nei*«, sagte Elín und rollte mit den Augen.

»Und das hier ist am Tag deiner Geburt aufgenommen worden«, fuhr Julia fort. »Gott, warst du ein süßes Baby!«

Das Foto prangte fast in der Mitte. Es zeigte Björg, die in einem Bett lag, im Arm die winzige, neugeborene Elín mit runden Backen und riesigen Knopfaugen. »Da warst du gerade mal zwei Tage alt«, sagte Björg mit einem wehmütigen Lächeln.

»Wieso hat sie blaue Augen?«, fragte Tom.

»Alle Babys haben erst einmal blaue Augen«, erklärte Julia. »Erst nach ein paar Wochen oder Monaten kommt die wirkliche Augenfarbe zum Vorschein.«

Björg nickte und strich Elín beiläufig zärtlich über den Rücken, ohne den Blick von den Fotos zu wenden. Es war eine Geste, die Fabio rührte. Bisher hatte er so oft erlebt, dass die Stimmung zwischen Elín und ihrer Mutter angespannt war. Aber heute spürte man ganz deutlich, wie sehr Björg ihre Tochter liebte.

»Am nächsten Tag habe ich dich aus dem Krankenhaus mit nach Hause genommen«, sagte sie. Ihr Lächeln bekam etwas Ernstes, und sie streichelte Elín noch etwas behutsamer. »Und dann bist du plötzlich krank geworden. Eine schlimme Erkältung über Nacht, wahrscheinlich, weil ich das Fenster aufgemacht hatte und es ausgerechnet in dieser Nacht besonders kalt wurde.« Sie seufzte so bekümmert, als wäre das alles gerade erst passiert. »Das habe ich mir nie verziehen. Du hast so schlimm gehustet, dass du wieder ins Krankenhaus musstest. Und danach warst du ganz kraftlos und schrecklich abgemagert. Du hast ein ganzes Jahr gebraucht, um dich zu erholen und in dieser Zeit hast du Tag und Nacht nur geschrien.« Sie seufzte und ein bisschen hörte es sich so an wie: *Und damit fingen die Probleme erst richtig an.*

Örn lachte und wuschelte Elín durchs Haar. »Das ist Vergangenheit. Sieh sie dir heute an! Sie ist stärker als ein Ochse und reitet besser als du, *Litla*!«

Fabio stutzte ein wenig. Warum nannte Örn Björg »Kleine«? Auf den Kinderfotos war sie eindeutig ein paar Jahre älter. Aber vielleicht zog er sie mit ihrer Körpergröße auf. Björg reichte ihrem bärenhaften Bruder gerade mal bis zum Schlüsselbein.

Sie lachte spöttisch zu ihm hoch. »Niemand reitet besser als ich!«

»Das werden wir ja heute sehen«, sagte Elín mit blitzenden Augen.

Björg schnalzte tadelnd mit der Zunge. »Keine Rennen heute«, sagte sie streng. »Wir sind mit Fabio und Tom unterwegs, das bedeutet Sicherheitsstufe drei.«

Fabio suchte nach Kinderfotos von Örn und Björg, aber Julia hatte keine in die Collage geklebt. Nur Örn sah man auf einigen Bildern noch mit verschiedenen Leuten, die wohl auch zur Familie gehörten. Irgendetwas weckte Fabios Aufmerksamkeit, aber er kam nicht darauf, was ihn irritierte. Und es blieb keine Zeit mehr, genauer hinzuschauen, denn in diesem Augenblick kamen die Engländer in das Wohnzimmer, fertig zum Ausritt und ungeduldig, wo Julia blieb. Die rothaarige Dame erhaschte einen Blick auf die Geburtstagstorte.

»Wir wussten ja gar nicht, dass jemand Geburtstag hat!«, rief sie auf Englisch. Was bedeutete, dass Elín sich auch noch ein schief geschmettertes »Happy birthday« von der ganzen Truppe anhören musste.

*

Als sie wenig später losritten, war klar, was Björg mit »Sicherheitsstufe drei« gemeint hatte. Fabio und Tom trugen gepolsterte Reithelme und dicke Jacken unter Regencapes. Björg hatte sie auf die ruhigsten, kleinsten und langsamsten Pferde verfrachtet. Fabios Pferd war braun und wurde nach seinen weißen Flecken an Kopf und Fesseln »Flekkur« genannt. Björg ritt auf Drífa und führte Fabios und Toms Reittiere an zwei langen Seilen, als wären sie beim Ponyreiten für Grundschulkinder. Flekkur machte einen langen Hals und ließ sich gelangweilt von Björg am Strick durch die Landschaft ziehen. Fabio legte zwar keinen Wert auf Abenteuer, aber mit einem richtigen Ausritt hatte diese Aktion ungefähr so viel zu tun wie Parkourklettern mit dem Herumhüpfen im Plastik-Bällebad des IKEA-Kinderlands.

»Macht nicht solche Gesichter, Jungs«, sagte Björg. »Ich bin nun mal für eure Sicherheit verantwortlich.«

Elín, die natürlich auf Faxi saß, feixte zwar, aber sie war

schlau genug, Tom nicht durch spöttische Bemerkungen auf die Palme zu bringen.

»Bis später!«, rief Julia ihnen über die Schulter zu. Dann trabte sie mit ihrer Truppe voraus. Ihr pinkfarbenes Regencape leuchtete noch aus der Menge, als die Truppe im Galopp die nächste Flussbiegung erreichte. Es war neblig und kühl und ein leichter Nieselregen setzte ein. Fabio verrenkte sich den Hals und versuchte vergeblich, etwas Bekanntes zu entdecken. Nach etwa einer Stunde wurde das Gelände noch steiniger und der Abgrund zum Fluss hin tiefer. Elín achtete darauf, immer zwischen Fabio und dem steilen Abhang zu reiten, als wollte sie ihn davor bewahren, in die Tiefe schauen zu müssen.

»Toll, oder?«, sagte sie und deutete auf die wilde Landschaft. Schwarze, zerklüftete Vulkanfelsen, soweit man schauen konnte. Und vorne kamen die ersten Hraunfossar-Wasserfälle in Sicht, fließendes Silber in schwarzem Gestein. Es sah aus, als würden dort silberne Ketten von Björg an den Felsen hängen.

»Ganz toll«, antwortete Tom und gähnte. Aber Fabio wurde so aufgeregt, dass sogar Flekkur ein bisschen aufwachte. *War es hier irgendwo?* Der Hügel, vor dem Fabio die fünf grauen Wächter entdeckt hatte, war dem Kopf eines erstarrten Riesen ähnlich gewesen. Der Höhleneingang hatte wie ein aufgerissener, verzerrter Mund gewirkt. Aber bei den Wasserfällen gab es Hunderte von Hügeln und Höhlen.

»Gleich sind wir schon am großen Parkplatz«, sagte Björg

über die Schulter. »Dort treffen wir die anderen wieder und machen eine Rast.«

»Bei den Gespenstern«, sagte Elín geheimnisvoll. »Ganz in der Nähe, am kleinen Wasserfall *Barnafoss*, sind nämlich mal zwei Kinder ertrunken. Die spuken heute noch bei den Wasserfällen.«

Tom wurde sofort hellhörig. Seine Augen begannen zu leuchten. Bei Tageslicht schien er sich wohl nicht zu fürchten. »Können wir nicht schneller reiten?«

»Nein«, bestimmte Björg streng. »Und wenn wir nachher noch den Wasserfall Barnafoss besichtigen, haltet ihr euch immer dicht bei mir. Dort staut sich das Wasser in einem reißenden Strudel zwischen engen Felsen. Wer dort hineinfällt, für den gibt es keine Rettung.«

Fabio wurde ganz flau zumute. War er in der Nähe dieses Strudels gewesen?

Im Schneckentempo trotteten die Pferde um die letzten Felsen herum. Das Rauschen des Wassers schwoll noch lauter an. Und dann entdeckte Fabio Julias grellpinkfarbenes Cape.

»Ich reite voraus«, sagte Elín. »Bis gleich!«

Sie wollte Faxi schon antreiben, als Björg scharf: »Warte!«, rief.

Und dann sahen es auch Fabio und Tom. Julia hatte wohl Probleme. Ihr Pferd bockte und stieg. Und auch die anderen Pferde flippten auf einmal völlig aus. Und dann stürmten sie einfach zurück – genau in Björgs Richtung.

Julia bekam ihr Pferd wieder unter Kontrolle, sie versuchte nun, zu einem Pferd aufzuholen, das keinen Reiter mehr trug. Aufgeregte Rufe hallten durch die Regenluft.

»Du liebe Güte, die Pferde sind durchgegangen«, rief Björg. »Elín! Bleib hier.«

Elín nickte sofort und nahm die Führungsstricke der beiden Pferde von Fabio und Tom an sich. Björg trieb ihre Stute an. Und dann staunte Fabio nicht schlecht. Björg konnte wirklich reiten! In gestrecktem Galopp fegte sie der wilden Jagd entgegen, um Julia zu helfen. Die hatte inzwischen das davonpreschende Pferd eingeholt und seine Zügel gegriffen. Aber viel würde das nicht nützen. Fabio wurde starr vor Schreck. *Nein, so weit können sie nicht gehen!*, schoss es ihm voller Entsetzen durch den Kopf. Aber er sah, was Julia nicht wahrnahm. Auf dem herrenlosen Pferd saß eine Elfe. Nicht Gull, sondern das Mädchen mit den dunklen Locken und dem grauen Kleid. Freihändig trieb sie das Pferd weiter zu einem halsbrecherischen Galopp und riss mit einem Lachen Julia die Zügel, die sie schon geschnappt hatte, wieder aus der Hand. Um ein Haar hätte Julia das Gleichgewicht verloren. Das scheinbar herrenlose Pferd bockte und brach seitwärts aus. Doch schon war Björg zu Stelle und griff sich den Zügel. Es gelang ihr, das Pferd endlich zu stoppen. Das graue Mädchen sprang einfach vom Sattel, rollte sich geschickt auf dem Boden ab und kam auf die Beine. Ihr funkelnder Blick richtete sich auf Fabio. Ihm wurde heiß und kalt.

Elín japste. »So haben sich die Pferde noch nie benommen!«

»Wahnsinn«, stieß Tom hervor. Denn nun trampelte

auch der Rest der Herde heran. Ein paar Pferde hatten keine Reiter mehr, die wenigen, die noch im Sattel saßen, versuchten ihre Tiere unter Kontrolle zu bringen. Was natürlich nicht klappen konnte, wenn ein Elf die Truppe anführte. Der Manga-Junge saß auf dem vordersten Pferd, ein fadendünner Jockey mit flatterndem T-Shirt. Sein rotes Haar flackerte wie eine Flamme im Wind und sein Lachen übertönte das Rauschen der Wasserfälle. Das graue Mädchen starrte immer noch Fabio an, mit einem neugierigen, hellwachen Ausdruck, der ihm Angst machte. Flekkur begann zu trippeln, als das Elfenmädchen lossprintete.

»Tom!«, schrie Fabio. »Runter vom Pferd, sofort!«

»Was?«, stammelte Tom. Aber da hatte Fabio Flekkur schon die Fersen in die Seiten gestoßen, sodass der Braune einen erschreckten Satz nach vorne machte – direkt neben Toms Pferd. Fabio warf sich zur Seite und riss seinen Bruder mit aller Kraft aus dem Sattel.

»He!«, keuchte Tom noch, aber da rutschten sie schon beide aus den Sätteln und kamen mit einem dumpfen Schlag auf dem Boden auf. Keinen Moment zu früh. Fabio sah das Elfenmädchen wie einen Schattenriss über sich am Himmel. Sie landete mit einem Riesensatz auf Flekkurs Rücken. Das sanfte Pferd quiekte vor Schreck, dann preschte es aus dem Stand los – und Toms Reittier gleich mit. »Lass sie laufen!«, brüllte Fabio Elín zu. Aber die beiden Führungsseile wurden ihr ohnehin gerade mit einem Ruck aus der Hand gerissen. Faxi bockte und versuchte zu steigen und Fabio sah Elín an, dass sie die Welt nicht mehr verstand.

»Steig ab!«, rief er.

Aber Elín schüttelte grimmig den Kopf. Es gelang ihr, Faxi sofort wieder zu beruhigen.

»Ich hole sie zurück«, sagte sie. »Wartet hier!«

Damit schoss sie los – im Galopp den Ausreißern hinterher. Tom rappelte sich benommen auf. »Was war das denn?«

Elfenrodeo, dachte Fabio grimmig.

Björg, Elín und Julia waren die Cowboys, die vergeblich versuchten, die reiterlosen Pferde einzukreisen. Das graue Elfenmädchen saß auf Flekkur und dirigierte ihn mühelos und ohne die flatternden Zügel auch nur zu berühren. In einiger Entfernung entdeckte Fabio die rothaarige Engländerin. Sie saß auf dem Boden. Neben ihr lag ein Sattel mit einem gerissenen Sattelgurt. »*Crazy horses!*«, schimpfte sie und rieb sich mit verzerrtem Gesicht den Fußknöchel. Tom sprang sofort auf und rannte zu ihr. Er half ihr auf die Beine und stützte sie, während sie zum nächsten Felsen humpelte.

Fabio hätte ihnen zu Hilfe kommen müssen, konnte aber nur auf die Felskante rechts von ihm starren. Dort verschwand gerade ein roter Haarschopf, als wäre jemand hinter den Felsen gesprungen. »He!«, rief er. Er rannte einfach los und hechtete Mangaboy mit einem Riesensatz hinter den Felsen nach. Der Elfenjunge sah sich um und sprintete weiter. Fabio rannte, so schnell er konnte. Das Rauschen wurde lauter und jetzt sah er flussaufwärts in der Ferne den Parkplatz. Autos parkten dort. Scheinwerfer durchschnitten den Nebeldunst. Das Licht streifte auch rotes Haar. Mangaboy saß ganz am Rand einer Bruchkante an der Schlucht, als wüsste er, dass Fabio sich nicht näher herantrauen würde. Er war nicht einmal außer Atem und schaute aus schwarz umrandeten Augen Fabio an. Und neben ihm trat nun das graue Mädchen auf den Felsen und verschränkte die Arme.

»Er ist ja wirklich so neugierig, wie Gull erzählt hat«, sagte sie. »Geht immer in die Richtung, die man ihm verbietet.« Obwohl das Wasser hinter ihr so laut rauschte, konnte Fabio ihre Stimme so deutlich hören, als stünde sie neben ihm.

»Erstens kann mir niemand verbieten, die Wasserfälle zu besuchen«, brach es aus Fabio heraus. »Und zweitens seid ihr wohl verrückt! Wir hätten uns den Hals brechen können bei eurer Aktion! Die Engländer haben euch gar nichts getan und ihr werft sie von den Pferden.«

»Es kommt nicht darauf an, was jemand getan hat, sondern was er tun könnte«, sagte Mangaboy mit einem altklugen Brauenheben. *Toll, ein Elfen-Sprücheklopfer.* Fabio hätte wohl Angst haben müssen, aber spätestens jetzt war er nur noch sauer. Die beiden starrten ihn finster an. *Wahrscheinlich erwarten sie, dass ich vor Angst zittere,* dachte Fabio. Nun, den Gefallen würde er ihnen nicht tun.

»Wo ist Gull?«, fragte er. »Ich will mit ihr sprechen.«

Das graue Mädchen lächelte kühl, was sie mit ihren schrägen grauen Augen aussehen ließ wie eine hübsche, aber verschlagene Grinsekatze.

In diesem Moment surrte das Handy in seiner Tasche. Zum ersten Mal dachte er: *Hoffentlich nicht ausgerechnet jetzt Hansen.*

»Geh ruhig ran«, sagte Mangaboy. Das graue Mädchen lachte, als hätte er einen großartigen Witz gemacht. »Tu, was Tvinni sagt!«, säuselte sie.

Klar, ich lasse mich ausgerechnet von euch herumkommandieren, dachte Fabio.

»Du heißt also Tvinni«, wandte er sich stattdessen an den Elfenjungen. »Bist du ein Gestaltwandler oder so etwas?«

Immerhin. Er hatte es geschafft, dass beiden Elfen ihr fieses Grinsen verging. Verunsichert schauten sie sich an. *Ja, so ist es, mit Menschen zu reden,* dachte Fabio ein wenig schadenfroh. *Aber es ist ja auch viel einfacher, ihnen unsichtbar aus dem Hinterhalt Streiche zu spielen.* »Ich meine dein T-Shirt«, setzte er hinzu. »Da steht *changers* drauf. Soll das eine Art Uniform sein? So wie bei Spiderman?«

Das graue Mädchen gluckste und verbarg ihr Lachen schnell hinter der Hand. Tvinni hatte ihr nämlich einen vernichtenden Blick zugeworfen.

»Die *Changers* sind eine Heavy Metal Band«, erwiderte er dann gekränkt.

»Also ja: Es ist eine Art Uniform«, sagte das Mädchen. »Aber bei dem Club möchte ich nicht Mitglied sein.«

Fabio hätte fast gelächelt, als sie das Gesicht verzog und sich die Ohren zuhielt, als würde Musik ihre Trommelfelle sprengen. Tvinni schnaubte beleidigt.

»Und wie ist dein Name?«, fragte Fabio. Das graue Mädchen stutzte. Die beiden Elfen wechselten wieder einen Blick, als hätte er den falschen Text aufgesagt.

»Du kennst meinen Namen«, fügte Fabio hinzu. »Und ich weiß ja nicht, wie es beim *Huldufólk* so ist, aber wir Menschen sind so höflich, uns zumindest vorzustellen, bevor wir versuchen, jemanden umzubringen. Also?«

Das graue Mädchen kniff die Augen zusammen. »Aska.« Es klang eher wie eine vorsichtige Frage. »Und wir versuchen niemanden umzubringen.«

Eine weitere SMS kam an. Beide Elfen schwiegen und warteten. Also holte Fabio nach einer Weile doch das Handy hervor. Beide Nachrichten waren von Gull. »Ich habe dich ja gewarnt«, stand in der ersten. Und in der zweiten: »Hinter dir!« Er fuhr herum – und erstarrte, als er die dritte Gestalt sah. Es war nicht Gull. Die Gestalt war kleiner. Sie hob sich kaum gegen den hellen Nebel ab. Aber die verspiegelte Sonnenbrille erkannte er sofort.

Snjór trat einen Schritt auf ihn zu. Er musste zu Fabio hochschauen, aber trotzdem wich Fabio unwillkürlich zurück – im Bogen, um nicht in die Nähe der Bruchkante zu kommen. Snjór mochte Schnee heißen und Eisaugen haben, aber er kochte, das sah man sogar trotz Sonnenbrille. Selbst der Wolfshelm auf seinem Kopf blickte grimmig drein. Fabio erinnerte sich daran, was Gull erzählt hatte. Dass Snjór ihn am Hafen in den Bottich mit Fischgedärmen getunkt hätte.

»Ha ... hallo Snjór«, brachte er mühsam hervor. Als er kurz in Richtung Fluss schaute, bemerkte er, dass Tvinni und Aska verschwunden waren. *Sehr beruhigend.*

Snjór nahm aufreizend langsam die Sonnenbrille ab. Sein

Blick war starr, aber in dem grauen Eis loderte ein heißes Feuer.

»Hi«, erwiderte er nicht besonders freundlich. »Ich habe einen halben Tag gebraucht, bis mein Programm wieder lief.«

Fabio schluckte. Richtig, das geschrottete Laptop im Café gab es ja auch noch.

»Das war keine Absicht«, sagte er. »Ich wusste doch nicht …«

»Du weißt so einiges nicht«, unterbrach ihn Snjór kühl. »Und von anderen Sachen weißt du zu viel.«

»Meinst du Elín oder Hansen?«, fragte Fabio mit klopfendem Herzen. »Oder die Wächter? Warum gibt es sie – und warum lebt ihr vier in der Stadt?« *… und hört Heavy Metal?*

»Das werde ich dir sicher nicht auf die Nase binden«, erwiderte Snjór.

Er nahm den Helm ab und legte ihn neben sich auf den Boden. Snjórs Haar war wirklich schneeweiß und eindeutig gestylt. Wie bei Tom, waren die Seiten kürzer rasiert und in der Mitte standen die Strähnen wie betoniert vom Kopf ab. Und interessanterweise hatte er etwas anders geformte Ohren. Seine wirkten menschenähnlicher. Offenbar gab es bei Elfen einige Unterschiede im Aussehen. Gull hatte ja auch spitzere Zähne als die anderen.

»Du arbeitest mit dem Feind zusammen«, setzte Snjór tadelnd hinzu.

»Kommt darauf an, von welcher Seite man es betrachtet«, hielt Fabio dagegen. »Hansen denkt, *ihr* seid seine

Feinde. Vielleicht würde es helfen, wenn ihr miteinander redet und ...«

Das Handy klingelte in Fabios Hand. Erst glaubte Fabio, dass es Gull war, die ihn vielleicht wieder warnen wollte. Aber diesmal erschien Hansens Nummer. Er drückte einfach auf Abheben. Aber dann geschah alles so schnell, dass er es kaum begriff. Snjór schnippte mit den Fingern. Und während eine Frauenstimme im Handy etwas auf Isländisch sagte, *erhob sich* der Helm und wurde zu einem ganzen Tier. Lange, weiße Beine und buschiges Brustfell leuchteten vor schwarzem Stein. Freki leckte sich über die Lefzen und schüttelte sich. Der Kopfhörer, der innen am Helm angebracht gewesen war, rutschte von seinem Hals und fiel klappernd zu Boden.

Oh Gott, das Ding lebt wirklich!, schrie es in Fabio.

»Schnapp!«, befahl Snjór. Freki schnellte los. Fabio stieß einen Schrei aus, machte auf dem Absatz kehrt und rannte. Irgendwo hatte er gelesen, dass es das Falscheste war, was man tun konnte, aber seine Beine schienen da ganz anderer Meinung zu sein und liefen ganz von selbst. Ein Stoß traf ihn in den Rücken und brachte ihn zu Fall. Sein Handy wurde ihm aus der Hand geschleudert und landete in einer Felsspalte. Fabio krümmte sich zusammen in der Erwartung, dass sich gleich Wolfsfänge in seine Schulter graben würden, aber der weiße Blitz sprang über ihn hinweg und landete mit einem Riesensatz bei der Felsspalte. Krallen kratzten hässlich über den Stein, Freki tauchte in den Spalt, schnappte das Handy mit dem Maul und schleuderte es in die Luft.

Als es herunterfiel, schnappte der Wolf das Gerät aus der Luft, als wäre es ein Hundeleckerli und verschluckte es mit einem Happs. Dann lief er zu Snjór zurück und setzte sich brav hin. Fabio schnappte nach Luft. Hastig rappelte er sich wieder auf. Der Sturz war glimpflich ausgegangen, aber es brannte höllisch, als er sich Lavabröckchen von den aufgeschürften Handflächen klopfte. Außerdem war er mit dem Bein an einem rauen Lavafelsen entlanggeschrappt. Seine Jeans war am Knie zerrissen. *Na klasse,* dachte Fabio missmutig. *Die zweite kaputte Jeans in drei Tagen.*

»Das verschluckte Handy soll mich davon abhalten, mit Hansen zu telefonieren?«, rief er Snjór zu.

Snjór setzte mit einer zugegebenermaßen sehr coolen Geste die Sonnenbrille wieder auf. »Nö«, sagte er. »Aber wenn du mich aus dem *Huldunet* wirfst, dann werfe ich dich aus dem Telefonnetz.«

Elfenlogik, dachte Fabio. *Wenn ihnen etwas gestohlen wird, stehlen sie zurück.*

»Viel Spaß noch hier«, sagte Snjór. »Wenn du nach links gehst, kommst du zurück zu deinen Leuten. Und – ach ja – an deiner Stelle würde ich nicht versuchen, an Freki vorbeizugehen.«

Damit drehte Snjór sich auf dem Absatz um und marschierte davon. Der Nebel verschluckte ihn, bevor Fabio ihn zurückrufen konnte. Freki dagegen blieb sitzen und leckte sich immer noch die Lefzen, die gelben Wolfsaugen auf Fabio gerichtet. Als Fabio probehalber einen Schritt auf ihn zumachte, sträubte er das Fell und knurrte.

Bewacht er die Grenze?, dachte Fabio mit rasendem Herzen. Er sah sich um.

Von links hörte er tatsächlich Hufgetrappel und die Rufe von Björg und Julia, die immer noch Pferde jagten. Aber hier bei den Felsen war alles seltsam gedämpft. Sogar das Wasserrauschen rechts von ihm schien leiser zu sein. Freki spitzte die Ohren wie Lassie und horchte auf. Fabio konnte sich keinen Reim darauf machen, aber dann fiel ihm auf, dass er selbst aus Nervosität in der Tasche seiner Jacke mit ein paar Münzen herumspielte, die jemand wohl irgendwann darin vergessen hatte. Das Geklimper schien dem Wolf zu gefallen. Fabio holte eine Handvoll isländischer Kronen heraus. Und dann klackerten seine Dominosteine im Kopf los. *Kopf oder Zahl,* dachte er. *Beziehungsweise Wikinger oder Fisch. Der Wolf soll mich daran hindern, geradeaus zu gehen. Aber der Wolf ist gefräßig.* In der Sage stand, dass Odins Wölfe alles verschlangen, was ihnen vor die Nase kam.

»Schmecken Handys gut?«, fragte Fabio freundlich. Freki legte den Kopf schief, als das Klimpern erklang. »Magst du auch Münzen?« Das Silberstück segelte durch die Luft. Freki schnellte so schnell los, dass Fabio es kaum wahrnahm, und schnappte die Münze im Sprung mitten aus der Luft. Dann stand er da, angespannt und hellwach wie ein Hund, der darauf wartete, dass ihm endlich ein Stock zugeworfen wurde. *Ich muss weit werfen,* dachte Fabio. *Er ist schnell.* Aber als er eben schon ausholen wollte, stutzte er. *Zu einfach,* schoss es ihm durch den Kopf. Wenn er eines gelernt hatte, dann das: Keine Elfe dachte so logisch und geradlinig, dass sie einen Türsteher einfach nur vor einer Tür aufstellen würde.

Und was hatte Aska vorhin zu Tvinni gesagt? *»Er ist ja wirklich so neugierig, wie Gull erzählt hat. Geht immer in die Richtung, die man ihm verbietet.«*

Jetzt hätte er am liebsten gelacht. *Tja, und Elfen verplappern sich gerne.* Snjór wollte ihn einschüchtern, damit er zu Björg und den anderen zurückging, ganz klar. Aber vor allem wollte der Elfenjunge ganz sichergehen, dass Fabio, sollte er doch nicht aufgeben, versuchte, an Freki vorbeizukommen. *Weil die Grenze nämlich ganz woanders ist,* dachte Fabio. »Guter Wolf«, lockte er. »Lecker Münzen, hol sie dir!« Er schleuderte die ganze Handvoll Kronen mit aller Kraft und so weit hinter Freki, wie er konnte. Krallen kratzten auf dem Stein, als der Wolf sich herumwarf und dem Klimpern hinterherjagte. Fabio dagegen drehte sich auf dem Absatz um und rannte genau in die entgegengesetzte Richtung.

Nebelsilber

Das Rauschen war nun links von ihm, aber vor sich hörte er auch schon das Brausen der fallenden Wasser. Der Nebel war noch dichter geworden, er sah nur noch ein paar Meter weit. Und er hörte keine Rufe mehr, da waren nur noch das Rauschen der Wasserfälle und ein erstaunlich kühler Wind, der sein Regencape knattern und flattern ließ. Eine Weile versuchte er zu rennen, immer darauf gefasst, dass Freki ihn jeden Moment einholen würde, aber der Wolf folgte ihm nicht. Und auch sonst deutete nichts darauf hin, dass er ein magisches Reich betreten hatte. Hatte er sich getäuscht? Nach einer Weile hielt er an und versuchte sich zu orientieren. Und dann wurde ihm klar, dass er sich tatsächlich verlaufen hatte. Und zwar nicht ins Reich der Wächter. »Björg?«, brüllte er gegen eine Bö an. »Elín?« Doch die Worte wurden ihm vom Mund gerissen und vom Nebel verschluckt. Es würde ihm nichts anderes übrig bleiben, als sich nach Gehör zum Parkplatz zu bewegen.

Also balancierte er mit wackeligen Knien über die zerklüfteten Lavabrocken in die Richtung, wo es am lautesten rauschte. Erstaunlich hoch ragten die Felsen hier neben ihm auf. Und komisch, dass dieser Nebel nicht vom Wind verwirbelt wurde, er schien sogar mit jedem Schritt noch dichter zu werden. Schon nach wenigen Metern musste Fabio sich vorantasten. Trockene Flechten knisterten unter seinen Fingern, dafür patschten seine Stiefel immer wieder in schäumendes Nass. Dort nämlich, wo sich Quellwasser durch die Ritzen des zerlöcherten Lavafeldes drückte. *Bin ich doch zu weit nach links geraten?*, dachte er noch. Und dann wäre er fast gestolpert, so abschüssig war das Gelände plötzlich. Mit rasendem Herzen prallte er zurück. Jetzt sah er kaum noch etwas, aber in Gedanken stellte er sich vor, dass er direkt an einem Abgrund stand. Vor ihm wirbelte nur noch der Nebel wie ein hypnotischer Strudel. Der Wind war schwächer geworden und im Rauschen, das nun ganz nah war, glaubte er ein Flüstern zu hören. Fabio lauschte mit angehaltenem Atem. »Gull?«, fragte er dann. Irgendetwas hauchte ihm in den Nacken! *Nur Wind*, beruhigte er sich. Aber dann zischte ihm jemand plötzlich ein fremdes Wort direkt in sein Ohr. Fabio schrie auf und machte einen Riesensatz zur Seite. Beinahe wäre er gegen den nächsten Felsen gedonnert, zitternd drückte er sich mit dem Rücken gegen den Stein. Heute hätte er so ziemlich alles dafür gegeben, Elíns wieherndes Triumphlachen zu hören, und ihren Spott darüber, dass er so schreckhaft war. Aber niemand war hier, so angestrengt er auch in den Nebel spähte. Dafür blinkten in der Ferne zwei kleine, kreisrunde Lichtpunkte auf, nebelfahle Leuchtscheiben im Dunst. *Autoscheinwerfer?* Jetzt zitterten Fabios Knie auch vor Erleichterung. *Da drüben muss also schon der Parkplatz sein.* Er tastete sich weiter, immer dem vernebelten Leuchten nach. Doch das Auto schien sehr schnell rückwärts zu fahren, die zwei Lichter verblassten. Wieder blieb Fabio mit klopfendem Herzen stehen. Plötzlich waren die Lichter wie ausgeknipst, dafür riss der Nebel vor ihm ein wenig auf und der Wind beruhigte sich. Fabio erstarrte. Er hatte sich mit der Richtung völlig vertan! Statt auf den Parkplatz blickte er auf eine abschüssige Stelle des Lavafeldes – und auf eine Gestalt, die etwa zehn Meter von ihm entfernt auf dem Boden saß, direkt neben einem kleinen Wasserfall. Im ersten Moment war er überzeugt, dass es Elín war. Nur sie wäre so verrückt, sich so nah an einer gefährlich steilen Felsspalte niederzulassen. Panik drohte in ihm hochzukochen, obwohl er von hier aus gar nicht in die Tiefe sehen konnte. Er klammerte sich an einen Felsen und sah genauer hin. Es war nicht Elín, sondern ein anderes Mädchen, mit schwarzem Haar und einem ebenso schwarzen Umhang, unter dem bloße, bleiche Beine hervorragten. Die Fremde kauerte dort wie ein Häuflein Elend, die Knie bis zum Kinn gezogen und die Arme fest um die Beine geschlungen. Komischerweise war sie barfuß. Fabio runzelte verwundert die Stirn. Tatsächlich: Ihre Füße waren ganz dunkel von Schmutz und Vulkanstaub. *Eine Elfe?*, dachte er. Aber zwischen den Strähnen ihres Haares lugte ein sehr rundes Ohr hervor.

Hansens Mädchen?, schoss es Fabio durch den Kopf. Die Beschreibung mit dem dunklen Haar würde passen. *Aber müsste sie nicht schon viel älter sein? Hansen hat sie gesehen, als er noch ein Kind war.*

Noch hatte sie ihn nicht bemerkt. Sie hielt den Kopf gesenkt und die Schultern bebten leicht, als würde sie weinen. »Hey!«, rief er. Seine Stimme übertönte kaum die Wasserfälle, aber das Mädchen zuckte erschrocken zusammen und fuhr zu ihm herum. Es hatte ein sanftes, herzförmiges Gesicht, das Fabio irgendwie bekannt vorkam. Doch es war genauso schmutzig wie die Füße, Tränen hatten helle Streifen auf den Wangen hinterlassen. Und die blauen Augen waren weit aufgerissen und starrten Fabio entsetzt an. *Als hätte sie noch nie einen anderen Menschen gesehen,* dachte er verwundert. Aber das war natürlich Unsinn. »Hast du dich verlaufen?«, schrie er gegen die Wasserfälle an.

Dann fiel ihm ein, dass sie sicher nur Isländisch verstand und er versuchte mühsam seine paar Worte zusammenzukratzen. Aber da sprang die Fremde auf, den Mund vor Schreck aufgeklappt, und stolperte rückwärts von ihm weg. Fabio wurde ganz schlecht, als sie aus dem Gleichgewicht kam und an einem steilen Vorsprung mit den Armen rudernd nur im letzten Moment vor dem Sturz ihr Gleichgewicht fand. Jetzt war er an der Reihe, sie mit offenem Mund anzustarren. *Das ist ja gar kein Umhang, sondern ihr Haar!* Es war so lang, dass es ihr bis zu den Knien fiel und sie einhüllte. Und es war zerzaust und hing voller Flechten. Das einzige richtige Kleidungsstück, das die Fremde trug, war ein zerschlissenes Hemdkleid in vergilbten Farben mit einem Blümchenmuster. Das Mädchen sah wirklich so aus, als würde es schon seit Wochen oder Monaten in der Wildnis herumirren.

»Du brauchst keine Angst zu haben«, rief er. »Aber geh von der Schlucht weg.« Er winkte sie zu sich her und versuchte sich an einem Lächeln, aber das schien sie noch mehr zu erschrecken, und als er ihr einladend die Hand hinstreckte, stieß sie einen hohen, entsetzten Schrei aus und sprang auf den nächsten gefährlich schmalem Grat. Fabio blieb stehen und schluckte. »Okay, okay«, rief er und hob beide Hände, als würde er sich ergeben. »Ich komm nicht näher.« *Kunststück*, dachte er. *Einen Schritt näher an den Abgrund und ich falle vor Angst tot um.* Immerhin verharrte sie. *Und jetzt?*, dachte er mit klopfendem Herzen.

Das Mädchen machte etwas Seltsames. Sie legte ruckartig den Kopf schief, was ihn an Gull erinnerte. Dann betrachtete sie Fabios Hände. Sie hob ihre eigene Hand und drehte sie vor dem Gesicht, als würde sie sich tatsächlich wundern, dass sie beide fünf Finger hatten. Fabio fiel auf, dass das Mädchen ein dünnes goldenes Bändchen um das rechte Handgelenk trug. Ein Windstoß fuhr Fabio ins Gesicht und ließ ihn blinzeln. Und dann knisterte und schwebte sein Haar plötzlich wie elektrisch aufgeladen und über seinen Rücken kribbelte ein Schauer. Der Nebel begann, sich zu verdichten. Und im milchigen Weiß ging ein Blinken an, noch eines und noch eines. Und diesmal war Fabio ganz sicher, dass es keine Autoscheinwerfer sein konnten. Es sah aus, als würden zwischen ihm und dem Mädchen Glühwürmchenpaare im Nebel treiben. Nur dass sie kein warmes Licht ausströmten, sondern einen kühlen silbrigen Glanz. *Augen!*, dachte er mit einem Frösteln. Das Rauschen wurde lauter, und jetzt hörte Fabio, dass im Geräusch des Wassers eindeutig ein Zischen und Wispern mitschwang. Worte, die er nicht verstand. Aber ihre Botschaft war unmissverständlich: *Verschwinde!*

Er sah das Mädchen nur noch wie durch einen Vorhang aus diesen drohend starrenden Augenlichtern. Schemenhaft konnte er erkennen, dass die Fremde sich noch tiefer duckte. Auch neben ihr schwebten diese geisterhaften Augen. Es sah aus, als würden zwei unsichtbare Wesen neben ihr stehen wie Wächter, eines links und eines rechts von ihr. Sie wandte sich von Fabio ab. *Sie führen sie weg*, schoss es ihm durch den Kopf.

Und in dem Moment, als ihm wieder jemand ins Ohr flüsterte und auch noch eine unsichtbare Hand grob an seinen Haaren zupfte, wusste er, dass er nicht zulassen durfte, dass das Mädchen im Nebel verschwand. Ja, vielleicht war er ein Angsthase, wie sein kleiner Bruder bestimmt glaubte, aber jetzt sprang er mitten zwischen die Lichter und kämpfte sich über den Fels voran, in Richtung der Felsspalten.

»Warte!«, schrie er dem Mädchen zu. »Geh nicht mit ihnen weg. Komm her!«

Sie verharrte tatsächlich. Aber Fabio sah, wie unsichtbare Hände nun auch an ihr zupften, am Kleid, an den Armen. Sie versuchten, sie davonzuführen wie eine Mutter ein störrisches Kind an der Hand hinter sich herzieht.

»Au, lass los!«, brüllte Fabio den Unsichtbaren an, der ihn grob an der Jacke zurückriss. Er machte einen Sprung zum nächsten Felsen und versuchte, nicht daran zu denken, dass die Felsspalte jetzt ganz nahe war. Und zwischen ihm und dem wilden Mädchen gähnte ein Spalt von sicher einem Meter Breite. Darin kochte ein Strudel von Nebel und Gischt. Fabio wurde schwindelig, aber er zwang sich, nach oben zu schauen und streckte die Hände aus. »Spring!«, rief er gegen das empörte Murmeln und Fauchen der Unsichtbaren an. »Ich fang dich auf!«

Sie biss sich auf die Unterlippe, als wäre sie hin- und hergerissen. Aber dann schüttelte sie den Kopf und ergriff eine andere Hand. Die schlanke Hand einer Elfenfrau, umweht von grauem Stoff. Fabio bekam keine Luft mehr. Denn jetzt sah er die Wächterin ganz genau. Sie hatte kein altes, verwittertes Gesicht, sondern war schön wie eine Fee und hatte ebenfalls langes dunkles Haar. Sie legte dem Mädchen den Arm um die Schultern und es ließ sich davonziehen und wurde vom Nebel verschluckt. »Nein!«, schrie Fabio. Das hieß, er wollte es schreien, aber ein gewaltiger Ruck drückte ihm alle Luft aus den Lungen. Er wurde nach hinten gezogen und schlug zum dritten Mal an diesem Nachmittag lang hin. »Uff«, machte es beim Aufprall neben ihm. »Autsch!«

Er versuchte sich aufzurappeln, aber zwei Arme umklammerten seine Mitte so fest wie Drahtseile. Struppige rotbraune Locken streiften seine Wange. »Willst du dich umbringen?«, sagte Elín in sein Ohr. »Oder wolltest du nur baden gehen?« Sie ließ ihn los und sprang auf, klopfte sich in ihrer zappeligen, flinken Art Flechten und Schmutz vom Mantel und redete gleichzeitig wie ein Wasserfall. »Hast du mich nicht rufen gehört?«, sprudelte sie aufgeregt hervor. »Wir suchen dich seit über einer Stunde!«

Eine Stunde? Fabio schluckte.

»Björg dachte schon, du seist abgestürzt, dein Handy ist nämlich aus.«

»Das Handy ist mir runtergefallen ...«, begann er lahm.

»Tom!«, brüllte Elín so laut, dass ihm die Ohren klingelten. »*Mamma!* Julia! Ich habe ihn gefunden!«

Tom tauchte auf, totenblass, aber unendlich erleichtert stürzte er auf Fabio zu und umarmte ihn. »Mann, du Torfkopf!«, schimpfte er los. »Wolltest du Elín zurückerschrecken oder warum rennst du einfach weg?«

Verwirrt sah Fabio sich um. Es war, als hätte er alles nur geträumt. Der Nebel war nur noch ein gewöhnlicher Dunst. Die Felsspalte, an der eben noch das Mädchen gestanden hatte, war leer. Ein Stück entfernt standen ein paar Leute, die von sich und dem Panorama Fotos machten. Autotüren klappten ganz in der Nähe. Es musste wirklich eine Stunde vergangen sein. Denn alle Pferde waren eingefangen worden und standen dort neben Örns Jeep. Björg und ihr Bruder schauten zu ihnen herüber und rannten sofort los.

»He, Träumer! Hörst du mir zu?« Elín gab ihm einen wüsten Klaps auf die Schulter. Ihre grauen Augen blitzten. »Wo warst du die ganze Zeit?«

»Keine Ahnung«, sagte Fabio. »Es war so neblig und

ich habe mich zwischen den Felsen verlaufen, schätze ich. Und … ich habe euch wirklich nicht rufen gehört.«

Tom und Elín sahen ihn verständnislos an. Und dann waren schon Björg und ihr Bruder bei ihm. Auch diesmal hätte er Björg nicht erkannt. Denn so außer sich und völlig besorgt hatte er sie noch nie erlebt. »Geht es dir gut?«, sagte sie mit erstickter Stimme. »Bist du verletzt? Ist dir etwas passiert? Oh mein Gott, ich dachte schon …«

»Er ist okay«, sagte Örn beruhigend. Aber auch er klang erstaunlich erleichtert.

Es war komisch, dass Elíns Familie viel mehr ausflippte als Tom.

»Ich habe euch doch gesagt, dass Fabi nicht in die Schlucht fällt«, erklärte Tom. »Er hat Höhenangst.«

Danke, Tom-Tom, dachte Fabio.

»Siehst du?«, sagte Elín beruhigend. »Nichts passiert, *Mamma.*«

Aber Björg fuhr zu ihr herum. »Nichts passiert?«, fuhr sie Elín an. »Ist das dein Ernst? Du solltest auf die beiden aufpassen und die Seile nicht loslassen!«

»Es ist nicht Elíns Schuld«, beeilte sich Fabio zu sagen.

Elín schluckte. »Ich kann diesmal wirklich nichts dafür«, sagte sie kläglich. Aber Björg sprang auf und fuhr sich mit einer verzweifelten Geste durch das Haar. »Du kannst nie etwas dafür!«, stieß sie hervor. »Ich weiß nicht, wie du es machst, aber immer geht etwas schief! Ich dachte, diesmal wird es gut. Doch … nein, es reicht für heute. Die Party ist vorbei.«

»Was?«, riefen Elín und Tom aus einem Mund.

»Tut mir leid, Süße, aber hier ist es zu gefährlich«, sagte Björg in einem Ton, der keine Widerrede duldete. »Ich rufe Gunnar an. Er wird euch abholen. Ich helfe Örn und Julia noch mit den Pferden und komme heute Abend nach Reykjavík. Dann feiern wir bei Gunnar noch mit einem schönen Abendessen – in Sicherheit!«

Berlin

Als Björgs Anruf Gunnar erreicht hatte, war er gerade damit beschäftigt gewesen, die Küche des Mitternachtshauses neu zu streichen. Er trug sogar noch seinen Blaumann und seine Hände waren gesprenkelt mit weißen Farbspritzern. Im Auto roch es nach frischer Farbe. Elín war während der Fahrt wirklich geknickt, das konnte Fabio ihr deutlich ansehen. »Du kannst wirklich nichts dafür«, sagte er bestimmt schon zum hundertsten Mal.

»Seid nicht traurig, Kinder, das war einfach Pech«, sagte Gunnar beruhigend. »Aber der Tag ist doch noch nicht vorbei. Wisst ihr was? Ihr könnt mir heute noch beim Streichen helfen, wenn ihr Lust habt. Und heute Abend weihen wir die nagelneue Küche mit einem richtig schönen Festessen für Elín ein! Ich habe noch selbst gefangenen Lachs in der Kühltruhe.« Elín rang sich nur mühsam ein Lächeln ab. Und Fabio dachte an den Wal, der die Angelpartie mit ihrem Onkel jäh beendet hatte. Wenn Tom und Gunnar nicht dabei gewesen wären, dann hätte er weitergebohrt, aber im Augenblick war er selbst noch viel zu durcheinander. Immer wieder ging er in Gedanken die Begegnung durch. Konnte das wirklich Hansens Mädchen gewesen sein? Aber warum war sie nicht älter? Oder hatte Hansen sie als ganz kleines Kind gesehen? Jedenfalls war Fabio sich ziemlich sicher, dass sie wirklich ein Menschenmädchen war. War es möglich, dass die Wächter sie also gefangenhielten?

Gunnar hielt direkt vor dem Mitternachtshaus und ließ den Motor laufen. »Aussteigen!«, rief er. »Ich parke das Auto bei mir. Ladet eure Rucksäcke ab und macht es euch erst einmal gemütlich. Die Küchensachen habe ich alle ins Wohnzimmer gestellt, auch den Wasserkocher für Tee. Dann kommt einer von euch zu mir runter und holt noch ein paar Malerkittel und Pinsel aus meinem Keller. Und ich besorge uns ein paar *Nammi* – Süßigkeiten, damit der Nachmittag ein bisschen netter wird. Bis später!«

Er brauste davon und ließ sie alle drei am Spielplatz zurück.

»Na toll, jetzt hat er meine Geburtstagsgeschenke mitgenommen«, sagte Elín und seufzte. Aber dann lächelte sie tapfer und ihre Augen blitzten schon wieder unternehmungslustig. »Also gut, Männer. Dann sorgen wir jetzt wenigstens dafür, dass es heute Abend die beste Party aller Zeiten wird!«

»Yay!«, rief Tom sofort erleichtert und schlug ihr auf die Schulter. Fabio zückte den Schlüssel. Es war komisch, in das Haus zu kommen. Es fühlte sich an, als wären sie seit

Wochen nicht hier gewesen. Die Küche war ausgeräumt, überall klebten Folien am Boden. Es roch stechend nach frischer Farbe. Auch im Wohnzimmer hatte Gunnar die Möbel mit Folie abgedeckt. Unter Plastik schimmerten Mamas Skizzen wie eingefrorene Relikte unter Eis. Yggdrasil, die Weltenesche. Der Fenriswolf. Und die wunderschönen, grau gewandeten Feenfrauen mit den langen dunklen Haaren.

Fabio zuckte zu Tode erschrocken zusammen, als Musik losdonnerte. Elín hatte die Anlage aufgedreht. Irgendein isländischer Popsong aus dem Radio dröhnte durch das Haus. »Ich geh dann mal«, sagte Fabio. »Bis gleich.«

Er wäre fast über die Bordsteinkante gestolpert, so eilig hatte er es, über die Straße zu kommen. Endlich sah er Hansens Haus, leuchtend gelb vor dem Grau des Himmels. Die ersten Regentropfen klatschten Fabio schon gegen die Stirn. Er erreichte die Tür und wollte klingeln, aber dann erstarrte er. Der Zettel, den er Hansen an die Tür geklebt hatte, hing immer noch dort! Regen hatte die Tinte durchweicht. *Hansen ist also gar nicht nach Hause gekommen?*, durchfuhr es ihn siedend heiß. Jetzt bekam er wirklich Angst um seinen Freund.

»Hansen?«, rief er und klingelte. Aber offenbar war die Klingel abgestellt, also hämmerte er mit aller Kraft gegen die Tür. Nichts regte sich. In den anderen Häusern gingen schon die Lichter an, weil der Himmel sich wie vor einem Gewitter verdüsterte. Aber in Hansens Haus schien wirklich niemand zu sein. Und als Fabio schließlich um das Haus lief und durch die schmalen Ritzen zwischen schwarzer Folie und Fensterrahmen spähte, traf ihn der Anblick wie ein Schock. Kein einziges Möbelstück stand darin, das sah er sogar im Halbdunkel. Er rannte zurück zur Tür und rüttelte an der Klinke – und merkte überrascht, dass sie sich drehen ließ und einfach aufschnappte. Es quietschte, als die Tür aufschwang. Fassungslos starrte Fabio in einen leeren Raum, in dem auf dem Boden fingerdick der Staub lag. Wer auch immer hier lebte, hatte das Haus seit ziemlich langer Zeit nicht betreten. *Aber ich habe Hansen doch aus dem Haus kommen sehen,* dachte Fabio verwirrt. *Er hat durch das Fenster geschaut!* Mit zitternden Knien stolperte er wieder nach draußen. Eine Weile stand er nur wie belämmert mit hängenden Armen da, dann ging er – aber nicht zurück ins Mitternachtshaus, er machte sich wie in Trance auf den Weg zu Gunnar. Er brauchte Zeit zum Nachdenken. Aber keine Dominokombination passte zu dem, was er gesehen hatte. *Er hat mich bei den Wasserfällen doch noch angerufen,* dachte er. Aber blöderweise lag die Antwort auf seine Fragen jetzt im Magen eines magischen Wolfes, für den Handys und Münzen *Nammi* waren. Fieberhaft suchte Fabio in seinem Gedächtnis nach Hansens Nummer, während der Regen ihm schon aus den Haaren lief. Er hatte sie so oft angestarrt, während das Handy wählte, dass er sie vielleicht noch zusammenbekam.

»Oh, hat dich der Regen erwischt!«, begrüßte ihn Gunnar. »Hol dir ein frisches Handtuch. In meinem Schlafzimmer in der Kommode unter dem Spiegel sind welche in der untersten Schublade.«

»Kann ich … mal telefonieren?«, japste Fabio.

»Klar«, sagte Gunnar etwas verwundert. »Telefon liegt auch im Schlafzimmer. Auf dem Tisch.«

Es war das erste Mal, dass Fabio Gunnars Zimmer sah. Das letzte Mal war es dafür zu dunkel gewesen. Aber Gunnar hatte in den letzten Tagen die schwarzen Plastikfolien vom Fenster entfernt. Jetzt fiel das fahle Regenlicht auf sympathisches Chaos: auf ein schmales Pritschenbett neben dem Fenster und auf einen riesigen Arbeitstisch voller Angelhaken neben der Tür. Die Kommode, von der Gunnar gesprochen hatte, war ein wuchtiges Ungeheuer aus dunklem Holz. Am Spiegel, der darüber hing, steckten alte Fotos, die schon ganz wellig waren. Und auf einem Teller stand eine gläserne Kerzenschale, in der eine runde rote Kerze brannte. Wahrscheinlich für Elín.

Gunnar hatte auch Elíns Geschenke dort aufgestellt, das Bild und den Spiegel. Und natürlich den Kuchen mit den silbernen Zuckerkugeln, die Fabio nun an die silbernen Augen im Nebel erinnerten. Fabio schnappte sich das Telefon vom Arbeitstisch und gab mit zitternden Fingern die Nummer ein. Er war erleichtert, als er wenigstens die übliche Ansage hörte. Und dann knackte es plötzlich und jemand unterbrach die Ansage und ging ran. »*Hallo?*«, hörte er eine knarrende Männerstimme fragen. *Hansens Großvater?* Er redete auf Isländisch weiter und Fabio stotterte eine englische Erklärung und die Frage, ob er Hansen sprechen könne. Einen Hansen kannte der Mann nicht. Klar, das war ja nur Spitzname von Hansens Schüleraustausch in Berlin. Fabio erinnerte sich, dass Hansens richtiger Name *Ásgeir* lautete. Aber der Mann kannte auch niemanden mit diesem Namen. »Vielleicht hast du dich verwählt«, brummte er. »Das ist der Anschluss von Sóley Steinsdóttir. Sie hat sich schon gewundert, warum sie ständig Nachrichten von einem deutschen Jungen auf Band hat und hatte schon ein paarmal zurückgerufen.«

»*Sorry*«, flüsterte Fabio und legte auf. Jetzt war ihm endgültig schlecht. Er ließ sich auf den Stuhl fallen. Aus Elíns Spiegel starrte ihn ein Trottel mit offenem Mund an. Irgendwie war er von Hansen reingelegt worden, aber er konnte sich nicht den geringsten Reim darauf machen.

»Hast du die Handtücher gefunden?«, rief Gunnar ihm zu.

»Gleich«, antwortete Fabio lahm. Schwankend stand er auf und stakste wie eine Marionette auf Autopilot zur Kommode. Auch aus Gunnars Spiegel starrte ihn ein völlig verwirrter Fabio an. Sein Blick fiel auf die Fotos an Gunnars Spiegel. Das Lieblingsbild: Björg und ihr kleiner Bruder am Ufer des Flusses. *Aber Örn hat seine Schwester »Kleine« genannt,* schoss es Fabio durch den Kopf. Sein Blick schweifte zu Julias Collage. Örn und Björg mit dem Faxi-Fohlen. Fabio beugte sich vor und suchte weiter, ohne zu wissen, wonach. Und plötzlich fiel ihm auf, was ihm schon heute Morgen bei Betrachten der Bilder komisch vorgekommen war. Örn als jüngerer Mann auf einem Motorrad. Er stützte sich mit den Füßen auf und lachte in die Kamera. *Und er trägt Hansens Lederjacke und seine Motorradstiefel!* Mit einem Unterschied: Bei Hansen schlackerten die Stiefel und die Bikerjacke war ihm zu groß. Örn dagegen passte alles wie angegossen. *Weil es seine Sachen sind.*

Fabio runzelte die Stirn und schüttelte den Kopf. Jetzt hatte er endgültig einen Knoten im Gehirn. Er suchte weiter, ging Bild für Bild durch. Dann betrachtete er auch noch die Fotos am Spiegel. Und erstarrte, als ihm endlich etwas dämmerte. Dort steckte ein Foto von Björg als etwa Zwölfjährige. Neben ihr stand ein Junge, der sie um einen Kopf überragte und ihr den Arm um die Schultern gelegt hatte. Er war bestimmt erst vierzehn oder fünfzehn, aber man erkannte ganz deutlich, dass es Örn war. Und noch deutlicher sah man nun, dass er nie der kleine, schmale Junge gewesen war, der auf dem anderen Foto mit Björg am Fluss spielte.

Björg ist wirklich Örns kleine Schwester!, erkannte Fabio. *Sie hat also zwei Brüder. Der kleine Junge auf dem anderen Foto muss ihr jüngerer Bruder sein.* Aber was genau bedeutete das?

»Gunnar?« Irgendetwas an seinem Tonfall musste den alten Fischer wohl alarmiert haben, denn er stürzte regelrecht in den Raum.

»Alles klar?«, fragte er besorgt.

Nicht im Geringsten, dachte Fabio. *»Ich habe auch Geschwister, die können einem das Leben ganz schön schwer machen.«*, hallten Hansens Worte ihm im Kopf. Sein Finger zitterte, als er auf das Bild am Fluss deutete.

»Björg hat … zwei Brüder?«

Die Art, wie auf Gunnar Gesicht ein dunkler Schatten fiel, machte ihm Angst.

»Hat sie dir das wirklich erzählt?«, murmelte Gunnar.

»Was?«, fragte Fabio tonlos.

Gunnar lächelte traurig und seufzte. »In der Familie wird kaum noch über ihn gesprochen. Ich glaube, Björg hat das Unglück bis heute nicht verwunden.«

Er trat zur Kommode und schob die Kerze ein wenig zur Seite. Und jetzt erkannte Fabio auch die Zeitung wieder, die Hansen auf der Bank immer gelesen hatte. Er hatte nie auf das Datum geschaut, aber jetzt war es, als würde ihm jemand eine Binde von den Augen reißen. Die Zeitung stammte aus dem Jahr von Elíns Geburt. Und als Fabio die Todesanzeige sah, wusste er, für wen Gunnar die Kerze angezündet hatte. *Guðmundur Jónsson,* stand dort.

»Er ist leider tragisch ums Leben gekommen«, sagte Gunnar. »Motorradunfall.«

Fabio konnte nur stumm die Fotos weiter anstarren. In seinem Kopf klickerten die Kombinationen so laut, dass es wie Dröhnen war. Und mit grausamer Klarheit begann ein Puzzlestück nach dem anderen an seinen Platz zu klicken. Jetzt war klar, warum Björg und Örn so traurig gewesen waren, als Tom fragte, wer das Foto von dem Faxi-Fohlen gemacht hatte. Alle Familienmitglieder waren auf dem Foto – bis auf den Jungen, der fotografiert hatte.

»Mein Zimmer zu Hause ist eine richtig dunkle Gruft«, hörte er Hansen sagen. *»Meinen Vornamen kann ich nicht mal aussprechen, ohne vor Peinlichkeit zu stottern.«*

»Warte, warte, Garun, Garun …«, echote Sigurds Grabesstimme.

»Kein Wiedergänger kann den Namen von Gott aussprechen.« Das hatte Elín gesagt. *»Guðrún hat das Wort Guð im Namen, das heißt Gott. Wenn du einen Wiedergänger überführen willst, dann solltest du ihn in ein Gespräch über Gott und die Welt verwickeln und dann schauen, ob er stottert.«*

»Nei-nei«, raunte Hansen. *»Tom-Tom«*, *»Jansson-son.«*

»War er mal in Berlin?«, fragte Fabio mit schwacher Stimme. »Zum Schüleraustausch? Hat er da den Spitznamen Hansen bekommen?«

Gunnar riss die Augen auf. »Woher weißt du denn das?«

Fabio antwortete nicht. Denn als er noch einmal das Kinderfoto von Björg und Hansen ansah, fand auch das letzte Puzzlestück an seinen Platz. *Nein, bitte nicht!* Das war schlimmer als in einen Abgrund zu starren. Es war freier Fall.

»Man muss mit dem Wolfsholz mitten ins Herz treffen«, flüsterte Hansen.

»Wirklich alles in Ordnung?«, fragte Gunnar besorgt.

»Scheiße!«, entfuhr es Fabio. »Elín!«

Schatten

Bremsen quietschten, als er über die Straße rannte, aber Fabio schaute weder nach links noch nach rechts. Seine Sohlen schlugen so hart auf den Boden, dass es schmerzte und er bekam vor Seitenstechen keine Luft mehr, doch er biss die Zähne zusammen und hetzte bergauf. Regen klatschte ihm ins Gesicht und verwandelte Pfützen in Teppiche aus spritzenden Wasserspitzen. Irgendwo grollte Donner. Aber durch das Grollen hörte er schon auf der Straße das Dröhnen von Popmusik. Elín und Tom hatten die Musik immer noch bis zum Anschlag aufgedreht. Fabio suchte fieberhaft nach dem Schlüssel, bis er sich daran erinnerte, dass er ihn bei Tom gelassen hatte. Keiner der beiden schien die Klingel zu hören und auch als er gegen die Tür hämmerte, geschah nichts. Fabio fluchte und rannte um das Haus herum zum Küchenvorbau. »Tom!«, brüllte er. »Elín!«

Er musste einen Klimmzug machen, um über das Fensterbrett in die Küche schielen zu können. Im ersten Moment war er erleichtert. Elín und Tom ging es gut. Sie waren in der Küche und machten Blödsinn. Sie tanzten auf der Folie herum und taten so, als wären die Pinsel Mikros. Fabio sprang hoch und haute gegen die Scheibe, aber immer noch hörten sie nichts. Kein Wunder. Sogar durch das Glas konnte er hören, wie Tom den isländischen Refrain aus voller Kehle mitgrölte. Fabio sah sich gehetzt um. Die Leiter hing blöderweise noch im Baum. Blitzschnell schnappte er sich eines der Fahrräder, lehnte es an die Hauswand und stellte sich auf den Rahmen. Doch gerade als er in die Küche schaute und winken wollte, sah er es. Hinter Elín im Flur bewegte sich etwas Wolkiges, Dunkles. Ein Schatten im Rahmen der offenen Wohnzimmertür, der wie schwarzes Öl auf Wasser langsam in Richtung Küche trieb. Fabio stellten sich alle Nackenhärchen auf. Die geschmeidige Bewegung der Gestalt erinnerte an einen Panther, der sich an seine Beute heranpirschte.

»Elín!«, schrie Fabio. Keine Chance. Er sah sich verzweifelt um – und entdeckte unter der Eberesche einige Stücke Holz. Ein frisch zersägter Ast lag dort.

Mit einem Satz sprang er vom Fahrrad, packte das größte Scheit, nahm Anlauf und schleuderte es mit aller Kraft gegen die Scheibe. Es splitterte und ein spitzer Schrei kam aus der Küche. Mit einem Satz war er wieder beim Fahrrad und hangelte sich daran hoch. Fast wäre er mit dem Kopf gegen Toms Stirn gestoßen. Sein Bruder lugte aus dem Fenster.

»Fabi? Hast du …«

»Ja, raus aus dem Haus! Sofort!«

Er wollte Tom am Arm packen, aber sein Bruder sprang völlig verwirrt zurück. Auch Elín starrte ihn entsetzt an – während sich direkt hinter ihr die schattenhafte Gestalt aufrichtete.

»Hinter dir, Elín!«, schrie Fabio. »Er will dich töten! Lauf!«

Elín und Tom fuhren gleichzeitig herum, im selben Moment, als das Wesen losschnellte. Das Wolfsholz zuckte durch die Luft. Elín kreischte entsetzt auf und tauchte instinktiv erstaunlich flink zur Seite weg. Tom packte geistesgegenwärtig einen Eimer Farbe und warf ihn gegen den Schatten. Die Farbe klatschte einfach gegen die Wand. Und dann war nur noch Chaos. Fabio wusste nicht mehr, wie und wann er in die Küche geklettert war. Alles zerfiel in eine Abfolge von Schnappschüssen. Auf einem war Elíns Hand zu sehen, die von dem Dolch gestreift wurde und zurückzuckte. Auf einem anderen Schnappschuss war Tom, der in den Flur stolperte, in den Fabio ihn mit voller Wucht geschubst hatte. Schreie und Gepolter hallten in seinen Ohren. Dann waren da nur noch keuchender Atem und Elíns Hand in seiner, Füße, die unendlich schnell erst über Holzstufen und dann durch den Regen rannten. Irgendwo am Rand seines Sichtfeldes sah er offene Fenster und Nachbarn, die erstaunt zu ihnen auf die Straße schauten. Ohne den Schatten zu sehen, der ihnen folgte. Doch Elín japste voller Entsetzen, als sie über die Schulter sah. »Nein!« schrie sie auf. Fabio sah aus dem Augenwinkel etwas Dunkles, das viel zu schnell aufholte.

»Kirche!«, keuchte er. Tom überholte sie und schoss voraus.

Ein paar Spaziergänger mit Regenschirmen sprangen entsetzt zur Seite und schimpften hinter ihnen her. *Niemand sieht Hansen,* dachte Fabio. Und für die anderen hatte Fabio wie ein Junge, der Selbstgespräche führte, auf der Bank gesessen. Allein.

Tom schaute im Rennen über die Schulter. »Schneller!«, schrie er mit überschnappender Stimme. In diesem Moment stolperte Elín direkt vor Leif Erikssons Denkmal. Mit einem Ruck wurde Fabio ihre Hand entrissen. Er wirbelte ohne zu überlegen herum und warf sich zwischen Elín und das Wesen, das einmal Hansen gewesen war. Jetzt war es nur noch kochende Dunkelheit, ein schattenhafter Arm, der den Wolfsdolch umklammert hielt, und eine Kälte, die Fabio den Atem nahm, eine Druckwelle aus Eisluft, die ihn traf und zurücktaumeln ließ. Es war, als würde eine Eisschicht seine Seele überziehen. Gefrorenes Entsetzen und zischend heiße Angst. Sein Atem klirrte und die Luft knisterte. »Nein!«, krächzte er. »Lass sie in Ruhe!«

Der Schatten zögerte tatsächlich, vielleicht nur aus Überraschung, dass Fabio sich ihm entgegenstellte. Aber diese Sekunde genügte. Elín hatte sich aufgerappelt. Tom war zu ihr gelaufen und rannte nun Hand in Hand mit ihr quer über den Kirchplatz. Fabio sah sie durch die Tür schlüpfen. Mit letzter Kraft erreichte auch er die Kirche und fiel über die Schwelle in Elíns und Toms wartende Arme. Sie stürzten alle drei zu Boden, ein Knäuel aus Armen und Beinen.

Draußen donnerte es so laut, dass sogar die Kirche zu beben schien. Die Kirchentür schlug zu. Dann prasselte nur noch gedämpft und leise der Regen.

Eine Weile hallte nur das Echo ihres keuchenden Atems in der leeren Kirche wider. Das Gewitter hatte sogar die Touristen von der Kirche ferngehalten. Langsam, ganz langsam sammelten sie ihre Knochen zusammen und setzten sich stöhnend und ächzend auf. Tom zitterte am ganzen Körper so sehr, dass ihm sogar die Zähne klapperten. Sein Gesicht war wie eine weiße Maske im Halbdunkel, so blass war er. »War das … schwarze Ding … Sigurd?«, stammelte er.

»Nein«, erwiderte Fabio atemlos. »Aber ein anderer Wiedergänger.« Er würgte an einem trockenen Schlucken und brachte schließlich hervor: »Hansen.«

Tom riss die Augen noch weiter auf. »Dein Freund?«

Dieses Wort gab Fabio einen Stich. Er musste tief Luft holen, so sehr schnürte es ihm die Kehle zu. »Das war er mal«, krächzte er. »Aber er wollte gar nicht meine Freundschaft. Er wollte nur an das Wolfsholz herankommen.«

Der Verrat schmeckte bitter. Und jetzt kam er sich wirklich vor wie der letzte Idiot.

»Was für ein Wolfsholz?«, fragte Elín leise. Sie umklammerte ihr rechtes Handgelenk und jetzt bemerkten Tom und Fabio, dass sie aus einem Riss auf der Handfläche blutete.

»Ach du Schande, er hat dich erwischt!« Tom kramte sofort ein Taschentuch aus seiner Jacke und wickelte es um Elíns Hand.

»Es ist nur ein Kratzer«, sagte Elín mit ganz kieksiger

Stimme. »Aber warum will mich das Ding umbringen? Wer ist das überhaupt?«

Dein Onkel, hätte Fabio fast gesagt. Aber im selben Moment fiel ihm ein, dass das ja überhaupt nicht stimmte. Elín und Tom starrten ihn nun beide an. Aber wo sollte er anfangen?

»Das … Wolfsholz ist eine angespitzte Strebe eurer Wiege«, begann er zögernd. »Darauf ist der Fenriswolf abgebildet. Angeblich hat nur er die Macht, einen … ähm … Wechselbalg zu töten.«

Elín blinzelte irritiert. »Ich verstehe kein Wort.«

»Ich auch nicht«, sagte Tom. »Was will er dann von Elín?«

Fabio leckte sich über die Lippen. »Elín gehört zu ihnen«, sagte er leise. »Zum *Huldufólk.*«

Beide sahen ihn an, als hätte jemand ihren kompletten Arbeitsspeicher gelöscht. Vorsichtig setzte Fabio hinzu: »Du bist eine Elfe, Elín. Wahrscheinlich wurdest als Baby ausgetauscht – gegen Björgs leibliche Tochter.«

Tom klappte die Kinnlade nach unten. Er blinzelte erst Fabio verwirrt an, dann schaute er zu Elín, als würde er sie zum ersten Mal im Leben sehen. Elíns Augen begannen empört zu funkeln. Von einer Sekunde auf die andere wurde sie knallrot. »Findest du das lustig, *Dvergur?*«, rief sie. Sie sprang auf und taumelte bis zu den Kirchenbänken zurück. Ihre ganze Haltung war eine einzige Abwehr. Die heftige Reaktion überraschte auch Tom.

»Ich finde das überhaupt nicht lustig«, sagte Fabio leise.

»Aber ich fürchte, es stimmt wirklich. Hansen war Björgs jüngerer Bruder. Er… ist ein paar Wochen nach deiner Geburt gestorben, aber er findet keine Ruhe. Er versucht nämlich immer noch, Björgs Tochter aus dem Elfenreich zu befreien. Denn wenn die Elfe, die gegen das Kind ausgetauscht wurde, mit dem Wolfsholz getötet wird, dann muss das *Huldufólk* das richtige Kind zurückschicken…«

»Ich bin Björgs richtiges Kind!«, schrie Elín. »Das ist alles nicht wahr.« Ihre Augen schwammen, aber ihr Gesicht war vor Wut verzerrt. Tom stand auf und stellte sich an ihre Seite, nahm sie einfach an der heilen Hand.

»Klar bist du Björgs Tochter«, sagte er.

Fabio sank der Mut. *Hätte ich doch die Klappe gehalten,* dachte er. Aber ginge das überhaupt? Elín schniefte und hob das Kinn. Aber in ihren Augen flackerte bereits eine Panik auf, die man nur bekam, wenn man ahnte, dass vieles verdächtig gut zusammenpasste.

»Warum tust du das, Fabio?«, rief sie mit erstickter Stimme. »Warum lügst du? So gehen Freunde nicht miteinander um! Wie würdest du dich denn fühlen, wenn ich einfach so behaupte, dass deine Eltern gar nicht deine Eltern sind, sondern dass du in Wirklichkeit aus dem Zwergenvolk stammst?«

Fabio biss sich auf die Unterlippe und überlegte sich seine Antwort sehr gut. »Ich würde mich schrecklich fühlen«, sagte er dann sanft. »Verloren und verraten. Und wahrscheinlich genauso einsam, wie du dich schon dein Leben lang fühlst. Aber wenn es die Wahrheit ist, dann ist es nicht zu ändern. Dann bin ich eben ein Zwerg. Du hast mir selbst gesagt, dass manche Dinge so sind, wie sie eben sind. Deshalb nennst du mich *Dvergur,* erinnerst du dich?«

Elín wollte widersprechen, aber zu seiner Überraschung kam ihm nun Tom zu Hilfe. »Fabi ist kein Lügner, Elín«, sagte er. »Und wenn es nicht stimmen würde, was er sagt – warum sollte der Geist dann hinter dir her sein?«

Elín machte den Mund wieder zu. Und Fabio stellte fest, dass er in diesem Augenblick wieder etwas Neues und Erstaunliches über seinen Bruder gelernt hatte. Tom hätte völlig außer sich sein müssen, ein Häuflein Angst und Elend. Aber bei Tageslicht vor einem Geisterkiller mit einem Holzpflock zu fliehen, schien etwas zu sein, das sich für ihn besser bewältigen ließ als sich nachts vor diffusen Gruselgeschichten zu fürchten.

»Du … siehst Björg auch nicht ähnlich«, fuhr Tom leise fort. »Und deinem Vater aus Brasilien auch nicht.«

Das Mädchen am Wasserfall sieht Björg ähnlich, dachte Fabio. *Man muss sich nur Björgs Kinderbilder anschauen, um die Ähnlichkeit zu erkennen.* Aber diesmal brachte er es nicht über das Herz, etwas zu sagen. Denn Elín wirkte so verletzt, als hätte Tom ihr eine Ohrfeige gegeben. Sie entriss ihm ihre Hand und wandte sich ab. Das bedrückende Schweigen wurde endlos schwer. Dann schüttelte Elín wieder den Kopf, ohne sich umzudrehen. »Ich bin keine Elfe«, sagte sie mit erstickter Stimme. »Elfen gibt es nicht.«

Fabio und Tom wechselten einen Blick. Tom zuckte ratlos mit den Schultern.

»Vielleicht irre ich mich ja«, sagte Fabio. »Ich wünschte, es wäre so. Aber … es würde so vieles erklären. Vor allem dein Gefühl, dass du nicht dazupasst.« Elíns Schultern sanken nach unten. *Immerhin hört sie mir zu,* dachte Fabio. »Wir können … versuchen, es herausfinden«, setzte er hinzu.

»Wie denn?«, fragte Elín kläglich.

»Elfen können Tieren befehlen. Vielleicht gehorcht Faxi dir deshalb so gut. Und du hast die Pferde heute Morgen als Einzige von allen mühelos wiedergefunden …«

»Das war nicht schwierig. Es gibt nicht viele Verstecke für eine ganze Herde.«

»Dann such dir jetzt eine schwierige Aufgabe. Versuche ein paar Tiere zur Kirche zu rufen. Denke ganz fest daran und dann sehen wir ja, was passiert.«

Elín drehte sich langsam zu Tom und Fabio um. Sie wirkte immer noch wie eine Schlafwandlerin, die hoffte, gleich aus einem Albtraum zu erwachen. »Was für Tiere?«, fragte sie.

»Möwen?«, schlug Tom vor. »Als ich dich am Hafen verfolgt habe, haben mich ein paar von ihnen angegriffen und du hast sie mit einem Pfiff verscheucht. Es sah wirklich so aus, als würdest du ihnen befehlen.«

Elín presste die Lippen zusammen und schloss die Augen. Ihre Miene war ganz Konzentration. Fabio lauschte nach draußen. Der Regen hatte aufgehört gegen die Tür zu trommeln. Aber man hörte kein Möwenkreischen und an den Fenstern flogen keine Vögel vorbei. Stattdessen wurde ein anderes Geräusch laut. Es hörte sich an wie Schleichen und

Scharren, als würde etwas Weiches an der Tür entlangstreichen. Tom sah fragend zur Tür und Fabio nickte ihm zu. Falls Hansen noch draußen lauerte, würde er trotzdem die Schwelle der Kirche nicht übertreten können. Tom zog die Tür einen Spalt auf – und wurde samt der Tür einfach zur Seite gedrängt. Fabio machte unwillkürlich einen Satz zur Seite. Sonst hätte die Flut von Katzen ihn einfach weggespült. Es waren hunderte, bestimmt alle Katzen Reykjavíks drängten sich durch die Tür wie eine Woge aus weichem Fell und regennassen Pfoten. Schnurren brandete auf, Maunzen hallte im Gewölbe wider. Grüne und goldene Augen glänzten im Halbdämmer des Gewitterlichts in der Kirche. Die Tiere sprangen auf die Kirchenbänke und drängten sich um Elín, die fassungslos um sich blickte. Dann schaute sie zu Fabio, totenblass und mit ängstlichen Augen. »Ich … ich habe an Katzen gedacht!«, brachte sie kläglich hervor. Und dann brach sie einfach in Tränen aus.

Katzenschleichen

Es war eine der wenigen Situationen, in denen sogar Tom ratlos war. Elín hatte sich auf eine Bank gekauert und schubste immer wieder Katzen auf den Boden, die sich zu aufdringlich an sie schmiegen wollten. Sie schluchzte und schniefte zum Steinerweichen, und egal, was Fabio und Tom Tröstendes sagen wollten, sie schüttelte den Kopf. Schließlich gaben sie es auf, setzten sich ein paar Katzenlängen entfernt von ihr auf die Bank, und warteten.

»Was ist denn so schlimm daran, eine Elfe zu sein?«, flüsterte Tom Fabio zu. Fabio staunte wieder einmal. Sein Bruder schien die ganze Sache viel weniger ungewöhnlich zu finden als er. Oder Elín.

»Ich kenne die Geschichten von den Wechselbälgern«, stieß sie plötzlich mit erstickter Stimme hervor. »Ich habe die Märchen, in denen sie vorkamen, immer gehasst, schon im Kindergarten. Ich wusste gar nicht, warum sie mich immer so wütend machten, dass ich sogar geheult habe.

Es heißt darin immer, Wechselbälger seien hässliche Ungeheuer, die den Menschen, bei denen sie sich eingenistet hatten, das Leben schwer machten. Sie aßen so viel, dass für ihre neue Familie nichts übrig blieb und die Menschen hungern mussten, sie schrien die ganze Nacht durch, brachten Unglück über das Haus und machten alles kaputt. Das ist ihre Aufgabe, versteht ihr? Sie sind nur dafür da, die Menschen zu quälen. Plagegeister!«

Tom und Fabio sahen sich betroffen an. Tom reagierte als Erster und tat das einzig Richtige. Er bahnte sich seinen Weg durch zwei Dutzend Katzen und setzte sich direkt neben Elín. Er legte ihr tröstend den Arm um die Schultern. »Du bist kein Plagegeist«, sagte er mit einer Bestimmtheit, für die ihn Fabio am liebsten umarmt hätte. »Du bist unsere Freundin. Und du bist toll! Niemand ist cooler und witziger als du.«

Aber das Elfenmädchen senkte den Kopf und schüttelte den Kopf.

»*Sprenja, Trilla, Flóka*«, zählte sie flüsternd ihre Spitznamen auf. »*Heuschrecke, Vielfraß, ADHS-Problemkind, Unglücksbringer.*«

Fabio schnürte es das Herz zusammen, so traurig und unglücklich klang Elín. *Elfen weinen, genauso wie Menschen,* dachte er. Auch er drängelte sich an der maunzenden Meute vorbei auf die Kirchenbank, rückte an Elín heran und schob seinen Arm unter den ihren. »Du bist kein Unglücksbringer«, sagte er.

Aber obwohl sie nun in ihrer Mitte saß, erschien es Fabio, als sei sie unendlich weit entfernt, verloren und einsam, wie sie sich seit jeher fühlte.

Die Katzen strichen in der Kirche herum, sprangen auf den Altar, balancierten auf den Lehnen der Bänke. Überall Schnurren und das Geräusch von schleichenden Pfoten. *Die Zwerge könnten ein Rettungsseil daraus spinnen,* dachte Fabio niedergeschlagen. *Eines, das Elín aus ihrem Meer von Traurigkeit rettet.*

Zwei Katzen setzten schon wieder dazu an, Elín auf den Schoß zu springen.

»Verschwindet, Miezen«, murmelte Elín. »Alle raus hier!«

Es war ein Schauspiel, das Fabio wieder eine Gänsehaut über den Rücken jagte. Die Katzen gehorchten wie eine Armee von Klonkriegern, die alle per Funk denselben Befehl erhielten. Ohne zu zögern sprangen sie von den Bänken und huschten zur Tür. Als sie zu quengeln und maunzen begannen, weil die Tür verschlossen war, sprang Tom auf und öffnete sie einen winzigen Spalt, durch den sich die Flut aus Fell und Schnurren wieder auf den Kirchplatz ergoss. Falls Touristen dort draußen waren, würden sie aus dem Fotografieren nicht mehr herauskommen. *Eines muss man den Elfen lassen,* dachte Fabio. *Mit ihnen ist immer etwas los.*

Und dann war es, als würde sich das Katzenschleichen doch zu einem spinnenfeinen Faden zusammenfinden. Was hatte Hansen gesagt? Woraus bestand die magische Fessel noch, die den Fenriswolf hielt? *Frauenbart. Fischatem.* Gegensätze, die unvereinbar waren.

Er schaute zu Tom hinüber und dachte daran, wie sein kleiner Bruder sich krampfhaft bemüht hatte, nicht größer zu werden als Fabio. Nie zu zeigen, wie gut er wirklich war, wie schnell und sportlich, wie intelligent, ein Überflieger, der sich dazu zwang, am Boden zu bleiben, nur weil Fabio keine Flügel hatte, sondern einfach jemand anderes war. Jemand, der lieber auf der Erde Spuren suchte, sich in Zimmerhöhlen wohler fühlte als in Baumhäusern oder auf dem Fußballplatz, und der sich nur auf festem Boden sicher bewegen konnte. Und damit war er bei sich selbst gelandet. Er fühlte seine ganze Kleinheit – aber die hatte, wie ihm nun klar wurde, gar nichts mit Metern und Zentimetern zu tun. Es war eine innere Kleinheit, die er selbst sich schuf. Dadurch, dass er versuchte zu fliegen wie Tom. Er spürte fast wieder seine krampfhaften Anstrengungen, sich nicht anmerken zu lassen, dass er vor Dingen Angst hatte, die Tom nichts ausmachten. Die sinnlosen Versuche, mit Tom mitzuwachsen, was so aussichtsreich war wie der Versuch eines Apfels, sich so lange zu strecken, bis er zu einer Banane wurde. Und zum ersten Mal wurde ihm klar, was es mit dem Zwergenkrieger Fáfnir wirklich auf sich hatte. Fáfnir *hatte* sich verwandelt. Er war zu einem Drachen mit Flügeln geworden. Zumindest hätte jeder, der ihn sah, ihn auf den ersten Blick für einen echten Drachen gehalten. *Aber Drachen sind frei und fliegen zwischen den Wolken,* dachte Fabio. Fáfnir dagegen hatte nur die Gestalt eines Drachens angenommen, im Inneren war er einfach das geblieben, was er vorher schon gewesen war: ein Zwerg. In seinem Fall ein gieriger und skrupelloser Zwerg. *Und er sitzt immer noch wie festgeschmiedet auf der Erde, an sein Gold gefesselt.* Was hätten wohl die richtigen Drachen von Fáfnir gedacht? *Dass er ein Problemdrache ist?*

»Du bist kein Plagegeist«, sagte er zu Elín. »Aber die ganzen Probleme, die du zu Hause mit Björg und in der Schule hast… So etwas geschieht einfach, wenn man versucht, etwas zu sein, was man nicht ist. Und so sehr du auch versucht hast, dazuzupassen, es ging einfach nicht. Ganz logisch! Du kannst dich nicht verbiegen. Genauso wenig wie ich wachsen kann, nur weil ich es will oder weil alle in meiner Familie darauf warten. Du wusstest die ganze Zeit über nicht, dass du Elfenmagie besitzt. Und dann ging logischerweise ständig etwas schief. Wenn du dich beim Angeln langweilst und dir wünschst, dass endlich etwas Spannendes passiert und ein Wal auftauchen soll, dann passiert es tatsächlich. Weil du den Wal unbewusst herbeirufst. Er ist deinem Elfenruf gefolgt. Okay, mit der Peilung ging es ein wenig schief, aber so etwas ist bestimmt Übungssache. Und natürlich war Björg die ganze Zeit ratlos, wie sie mit dir zurechtkommen sollte. Weil sie mit Magie und mit Elfenlogik nichts anfangen kann. Also hat sie eine Erklärung dafür gesucht, warum du so bist, wie du bist. Sie hat versucht, dir zu helfen und hat dich deshalb sogar zu Ärzten geschleppt. Aber du hast gar keine ADHS-Störung im Gehirn. Und du selbst leidest ja gar nicht darunter, dass du schnell bist und so schräge Ideen hast, es macht dir ja Spaß. Du bist einfach eine Elfe! Du machst alles richtig – du bist nur in der falschen Umgebung.«

Elín war auf der Kirchenbank zusammengesackt, ihre Schultern bebten immer noch. Tränen tropften auf ihre Hände. Sie lagen auf ihren Knien und zum ersten Mal fiel

Fabio auf, dass sie lange Finger hatte, ähnlich denen von Gull.

»Deshalb habe mich immer am Fluss am wohlsten gefühlt«, sagte sie leise. »Es war wie nach Hause kommen. Alles war so einfach dort. Ich konnte so schnell laufen und so viel klettern, wie ich wollte. Es war immer, als würde der Wind mit mir sprechen, aber ich wollte meiner Mutter nie davon erzählen. Sonst hätte sie gedacht, ich höre Stimmen und bin nicht nur gestört, sondern auch noch verrückt. Aber ich hatte immer das Gefühl, ich müsste viele Geschwister haben, trotzdem war ich so allein. Nur nachts, wenn die Silberpunkte an der Wand im Mondschein leuchteten, habe ich mich nicht einsam gefühlt. Ich habe mir vorgestellt, es wären Augen.«

Fabio bekam eine Gänsehaut. Jetzt war klar, warum Elín diesen Silbertick hatte. *Insgeheim hat sie es immer geahnt,* dachte er. Oder war es vielleicht eine Erinnerung aus der Zeit, als Elín noch als Baby bei ihrem eigenen Volk gelebt hatte?

Elín schluchzte auf und schlug die Hände vor das Gesicht.

»Warum bist du denn so traurig?«, fragte Tom. »Hey, du hast jetzt eine Erklärung für einfach alles. Du bist nicht verrückt, sondern ein magisches Wesen.«

»Und das macht es besser?«, stieß sie verzweifelt hervor. »Wisst ihr Dummies nicht, was das bedeutet? Dass ich jetzt erst recht allein bin! Björg ist gar nicht meine Mutter. Örn und Julia sind nicht meine Familie, und auch Gunnar nicht. Ach ja – und mein toter Pseudo-Onkel versucht mich mit einem Vampirpfahl zu killen.« Angst schwang in ihrer Stimme mit. Aber nicht wegen Hansen, wie Fabio dachte. »Wenn Björg erfährt, wer ich wirklich bin, dann ... wird sie mich hassen«, setzte Elín kaum hörbar hinzu.

»So ein Blödsinn!«, empörte sich Tom. »Björg ist trotz allem deine Mutter!«

»Ach ja?«, fuhr Elín ihn an. »Dann geh mal hin und sag ihr, dass ihr richtiges kleines Mädchen bei meiner richtigen Familie gefangen gehalten wird. Und es kann nur zurückkommen, wenn ich sterbe. Sie wird bestimmt sagen: Super, Elín, danke für die Info, dann leben wir jetzt einfach glücklich und zufrieden weiter.«

Fabio schluckte. Leider fiel ihm hier gar nichts ein, was er Tröstendes sagen konnte.

»Und abgesehen davon«, setzte Elín kläglich hinzu. »Wie soll es jetzt weitergehen? Campe ich ab jetzt in der Kirche? Weil draußen der irre Serienkiller aus dem Grab mit dem Holzpflock auf mich wartet?«

Fabio hatte kaum gemerkt, dass er die Hände zu Fäusten geballt hatte. Er war so wütend auf Hansen, dass sein Magen ein harter, heißer Knoten war. Und ehrlich gesagt war er auch sauer auf die Elfenbande aus der Stadt. *Gull und die anderen haben die ganze Zeit gewusst, wer Elín wirklich ist,* dachte er. *Warum haben sie sie so allein gelassen?* Und keine einzige der Elfen hatte es für nötig befunden, Fabio wirklich deutlich zu warnen. Eines war klar: In Sachen Hansen war er nun auf sich allein gestellt.

»Wartet hier auf mich«, sagte er und stand auf.

»Wo willst du hin?«, fragte Tom besorgt.

»Zum Mitternachtshaus.«

»Nein!«, riefen sein Bruder und Elín wie aus einem Mund.

»Macht euch keine Sorgen«, sagte Fabio. »Hinter mir ist Hansen nicht her.«

... waren Fabios letzte Worte, dachte er.

Tom überholte ihn mühelos und baute sich wie ein Türsteher mit verschränkten Armen vor der Kirchentür auf. »Das ist zu gefährlich!« Seine Stimme gellte in der Kirche. »Du bleibst hier!«

Es war ein komischer Moment. Tom stand vor ihm, grimmig und fest entschlossen, ihn aufzuhalten, notfalls, das sah Fabio seinem Bruder deutlich an, mit aller Kraft. Und sie beide wussten, wer von ihnen bei einem Ringkampf mühelos gewinnen würde. Es gab eine Zeit, da hätte es Fabio einen Stich gegeben, zu erkennen, dass er längst der Schwächere war. Aber heute hob er nur das Kinn und sagte ganz ruhig: »Geh zur Seite, Tom.« Vielleicht lag es am Hall in der Kirche, aber er staunte selbst, wie fest seine Stimme klang. Tom starrte ihn an, als wäre ihm der Geist von Leif Eriksson erschienen. Aber dann schluckte er und gab die Tür frei.

*

Als er auf den Kirchplatz trat, dachte Fabio sich, dass er den Mund ganz schön voll genommen hatte. Die Katzen waren zwar fort, aber der verlassene Kirchplatz wirkte noch viel unheimlicher. Kein einziger Fußgänger war zu sehen, alle hatten sich vor einem aufziehenden Sturm in die Cafés und Häuser geflüchtet. Zwar regnete es gerade nicht mehr, aber der Wind heulte um die Kirche und fegte Fabio fast von den Beinen. Fabio senkte den Kopf und kämpfte sich bergab, im Rücken das kribbelnde Gefühl, gleich von einem angespitzten Stock getroffen zu werden. Aber er war allein und das Mitternachtshaus erwartete ihn mit leeren Fensteraugen und der noch offenen Eingangstür. Nur die Scherben des Küchenfensters, die der Wind über die Veranda trieb, klangen wie ein klimperndes, tückisches Kichern. Fabio holte tief Luft und machte den Schritt über die Schwelle des Gartentors. Genau hier hatte er Hansen völlig arglos die Strebe übergeben und damit fast Elíns Todesurteil besiegelt. Noch nie hatte er sich so schuldig gefühlt. Und noch nie war er so zornig gewesen.

»Hansen!«, rief er gegen das Heulen und Klimpern an. Ein Schreck durchfuhr ihn, als er eine Bewegung am Fenster sah. Es wirkte wie die Spiegelung von dunklen Wolken, aber das täuschte. Es war der dunkle Umriss einer schmalen Gestalt. Sie hatte kein Gesicht, alles war nur schwarzes kochendes Wabern, aber Fabio spürte, dass die Schwärze ihn beobachtete.

Er winkte – aber das Wesen, das er für seinen Freund gehalten hatte, wich zurück und verschmolz mit den Schatten im Haus. Fabio sank der Mut.

Er wird nicht mit mir reden. Sein Herz schlug so heftig, dass die Türklinge, die er nun ergriff, in seiner Faust zu pulsieren schien. Aber er musste nur an die Wunde an Elíns Hand denken, um zu wissen, dass er um keinen Preis feige davonlaufen würde. Grimmig presste er die Lippen aufeinander und drückte die Haustür ganz auf. Der Wind strich durch das Haus und trieb Fetzen von Folie und Mamas Skizzen durch den Flur wie Herbstlaub. Die Weltesche *Yggdrasil* wehte vor Fabios Füßen vorbei.

»Hansen?«, rief Fabio. Seine Stimme klang so dumpf, als würde er in ein Kissen schreien. Doch das Papierrascheln verstummte, im Haus hörte jeder Wind und jeder Atemzug auf. Und Fabio war es, als müsste er die Luft mühsam einsaugen, als hätte sie die Konsistenz von zähem Honig. Auf der Treppe war plötzlich eine andere Art der Dunkelheit, ein Schatten im Schatten. »Ich dachte, wir wären Freunde«, sagte Fabio. »Und ich habe dir vertraut. Dabei wolltest du nur an die Strebe kommen. Du hast mich betrogen und belogen, hast mir vorgeheuchelt, mich zu verstehen und auf meiner Seite zu sein!«

Seine Stimme bekam Klang und plötzlich konnte er freier atmen. Es war, als würde seine Enttäuschung und Wut die kalten Schatten auflösen, so wie Hitze Schnee dahinschmelzen ließ. Aber Hansen schwieg. »Du hast gesagt, deine Schwester sei blind und du musst dich um sie kümmern«, fuhr Fabio fort. »Ich habe nur nicht verstanden, dass du Björg damit meinst.« Draußen blitzte es und Donner grollte heran. Irgendwo schlugen lose Fenster mit peitschendem Knall zu.

»Die Elfen haben Björg blind für die Gefahr in ihrem eigenen Haus gemacht«, raunte der Schatten. Diese Stimme machte Fabio Angst. Sie klang wie verwehende Vulkanasche. »Und schlimmer noch: Sie haben sie sogar vergessen lassen, wie ihre richtige Tochter aussieht. Aber sie wird sich wieder erinnern.«

Fabio fröstelte. *Ist er wirklich nur ein Ungeheuer?* Immer noch versuchte er, Hansen in dem Schatten zu finden, den Bikerjungen mit dem sanften Gesicht und den immer müden Augen, aber da waren nur Kälte und Zorn.

»Du warst auch klarsichtig«, versuchte es Fabio von Neuem. »So wie ich konntest du magische Wesen wahrnehmen. Nur deshalb konntest du mich benutzen, um an das Holz zu kommen. Mit niemandem sonst hättest du sprechen können. Als … du noch gelebt hast, hast du die Wächter gesehen. Und deine kleine Nichte, die schon bei ihnen war, nicht wahr?«

Die Dunkelheit zuckte und krümmte sich wie im Schmerz. Und für einen Moment glaubte Fabio Hansens Züge zu erahnen. Es war, als würde er damit ein winziges Stück Hoffnung erhaschen wie den Zipfel eines davonflatternden Tuchs.

»Elín kann nichts dafür«, fuhr Fabio fort. »Sie wusste bis heute nicht mal, dass sie zum *Huldufólk* gehört …« Wind traf ihn mit der Wucht einer Faust. Die Zeichnungen wirbelten hoch bis zur Decke. »Bitte, Hansen!«, schrie er gegen das Chaos an. »Wir finden einen anderen Weg, um dein Mädchen … «

Weiter kam er nicht. Ein Donnerschlag ließ das Haus erzittern. Die Schattengestalt riss den Mund auf. Fabio hörte den wütenden Schrei nicht, aber in seinen Ohren knackte es schmerzhaft. Es war wie eine Druckwelle. Und dann barsten auch die restlichen Fenster. *Das war's,* dachte Fabio, als er zurückgeschleudert wurde. Etwas packte ihn am Rücken und riss ihn nach hinten. Er verlor das Gleichgewicht und stürzte rücklings von der Verandatreppe. Er zog den Kopf ein und machte sich auf einen harten Aufprall gefasst. Aber so etwas wie ein Polster aus rauer Wolle bremste seinen Fall. Das Polster ächzte auf, dann landeten sie beide auf dem Weg zum Gartentor. Eine Brille schlitterte bis zur Schwelle. Und Fabio schaute in Gunnars Gesicht. Jetzt begriff er, wer ihn aus dem Haus gezogen hatte. Bevor er etwas zu dem alten Mann sagen konnte, blitzte es so grell, dass Fabio geblendet war. Und gleichzeitig rüttelte ihn ein Knall, der ihn völlig taub machte, von Kopf bis Fuß durch. Gunnar rappelte sich auf und zerrte ihn auf die Beine. »Weg hier!«, formten seine Lippen. Vielleicht schrie er es auch, aber in Fabios Kopf war nur ein Dröhnen. Gemeinsam stolperten sie durch das Tor auf den Spielplatz. Nachbarn stürzten aus ihren Häusern und schauten besorgt zum Haus. Und jetzt sah auch Fabio, was eben passiert war: Die Eberesche rauchte, als hätte der Blitz eingeschlagen. Zwischen der Gabelung der beiden größten Äste klaffte ein verkohlter Spalt. Gunnar zog Fabio noch weiter weg, dann krachte einer der Äste herunter und landete im Garten – genau neben Elíns Leiter, die bereits zersplittert im Gras lag. Fabio war froh, dass Gunnar ihn fest umarmt hielt. Denn im Wind glaubte er Hansens drohend raunende Stimme zu hören. *Á morgun-morgun,* flüsterte sie. *Morgen.*

Das Haus blieb verwaist zurück, mit leeren Augen und Fensterresten, die wie zersplitterte Brillengläser wirkten. Das, was einmal Mamas Skizzen gewesen waren, wurde nach draußen geweht und schneite auf das Gras und den Weg. Die Bilder waren in winzige Fetzen zerrissen wie Konfetti. Mit einem Schaudern musste Fabio an die Geschichte von Sigurd denken – den Mantel der Magd, den der Tote auch in tausend Fetzen zerrissen hatte. Langsam hörte Fabio wieder etwas: eine Feuerwehrsirene in der Ferne zum Beispiel, die aufgeregten Stimmen der Nachbarn. Und auch Gunnars Stimme. »Er ist also tatsächlich zurückgekommen«, murmelte der alte Mann voller Entsetzen. »Um Gottes willen – wo ist Elín?«

Arschköpfe

Das Blinken der Feuerwehrlichter war sogar von der Kirche aus noch zu sehen. Das Feuer in der Eberesche war gelöscht worden. Fabio hatte alles nur wie aus weiter Ferne wahrgenommen. Gunnar hatte mit dem Handy eines Nachbarn Örn und Björg auf dem Reiterhof angerufen. Fabio staunte, wie sachlich der alte Mann geklungen hatte. Als wäre es wirklich nur ein ganz normaler Sturmschaden am Haus. Björg klang weniger sachlich. Sogar neben Gunnar stehend hatte Fabio ihre verzweifelte Stimme aus dem Handy gehört. Er konnte sich vorstellen, was für eine Katastrophe es für Björg sein musste. *Dabei hat sie von der eigentlichen Katastrophe noch gar keine Ahnung,* dachte er mit einem mulmigen Gefühl. Gunnar keuchte schon vom ungewohnt schnellen Gehen, als sie endlich den leeren Kirchplatz erreichten. Fabio hämmerte gegen die Tür, bevor er mit Gunnar in die Kirche trat. Der Boden war übersät mit Abdrücken von nassen Katzenpfoten. Es wirkte wie ein graumatschiges Blümchenmuster. Und auf der Lehne einer Kirchenbank kauerte Elín, die Knie bis ans Kinn gezogen, immer noch ein Häuflein Elend. *Wenn man es weiß, sieht man es sofort,* dachte Fabio. Die Art, wie sie dort saß, wo kein Mensch auf die Idee käme, sich hinzusetzen, ähnelte so verblüffend der von Gull und Tvinni, dass es fast erschreckend war.

»Gunnar!« Tom stürzte ihnen voller Erleichterung entgegen. Elín dagegen rührte sich nicht.

»Hi«, sagte sie nur mit unsicherer Stimme. Und Fabio liebte Gunnar dafür, dass er mit großen Schritten zu Elín ging und sie einfach in die Arme schloss. »Es stimmte also doch«, sagte er zärtlich. »Meine arme Kleine!«

Auch jetzt brach Elín in Tränen aus, aber diesmal wohl aus Erleichterung. Tom und Fabio sahen sich betroffen an. *Hat sie wirklich gedacht, ihre Familie wird sie verstoßen?*, dachte Fabio. Andererseits: Ihre richtige Familie hatte wohl nicht gezögert, sie in einer fremden Wiege auszusetzen und im Stich zu lassen. Vielleicht war auch das Elfenlogik?

»Du … magst mich immer noch?«, schluchzte Elín.

Gunnar lachte und drückte sie fester an sich. »Du bist meine Elín!«, sagte er mit zärtlichem Tadel. »Ich bin so glücklich, dass dir nichts passiert ist. Komm mit.«

»Auf keinen Fall!«, wandte Tom ein. »Draußen lauert Hansen.«

Gunnar schüttelte den Kopf. »Heute nicht mehr. Die *Afturganga* leben in Wiederholungen, das ist ihr Fluch. Kennt ihr die Geschichte von Sigurd?«

»Ja«, sagten Fabio und Tom wie aus einem Mund.

»Dann wisst ihr, dass ein Wiedergänger nicht am selben Tag zweimal in die Welt der Lebenden zurückkehren kann. Wenn man ihm entkommt, so wie Guðrún, die sich in die Kirche flüchtete, muss er sich in sein Grab zurückziehen. Aber er wird morgen wiederkommen. Und übermorgen und jeden Tag, so lange, bis er bekommen hat, was er will.«

»Mein Leben«, flüsterte Elín. Tom zog die Schultern hoch und rieb sich unbehaglich die Gänsehaut an seinen Armen.

»Hast du es gewusst, Onkel Gunnar?«, fragte Elín.

Der alte Mann sah aus, als würde sich eine schwere Last auf seine Schultern senken. Bekümmert strich er sich über die Halbglatze. »Ja und nein«, murmelte er und seufzte so traurig, dass Fabio das Herz schwer wurde.

*

Auch wenn Elín für heute in Sicherheit war, hatte Gunnar seine Küche in eine Art Festung verwandelt. Er hatte sogar Weihnachtsschmuck aus dem Keller geholt, nun prangte ein silbernes Lamettakreuz wie ein Abwehrzeichen gegen Vampire am Fenster. An die anderen Scheiben hatte Tom mit Wandfarbe weitere Kreuze gemalt. Aber Fabio bezweifelte, dass das Hansen abhalten würde. Auf dem Küchentisch lagen alte Fotoalben, die nach Mäusestaub rochen, und ein Haufen loser Bilder. Gunnar reihte sie chronologisch auf. Er deutete auf ein Foto, das alle drei Geschwister zusammen zeigte. »Guðmundur war ein Nachzügler«, erklärte er.

»Der Altersunterschied zu seinen Geschwistern war sehr groß, Björg war elf Jahre älter als er und Örn sogar vierzehn. Er hat sich immer ein bisschen einsam gefühlt, weil Björg und Örn bald schon erwachsen waren und ihr eigenes Leben lebten. Er hatte keine Freunde, weil ihn viele für seltsam hielten.«

Weil er elfsichtig war, dachte Fabio.

»Er vergrub sich in Bücher und kannte alle Geschichten über Elfen und Trolle auswendig. Björg hat ihn immer damit aufgezogen. Und als er siebzehn wurde, kaufte Örn den Hof. Guðmundur war begeistert – bis Örn beschloss, das neue Gästehaus am Fluss zu bauen. Da gingen die Probleme los.« Er nahm die Brille ab und rieb sich bekümmert über die Augen.

»Guðmundur wollte nicht, dass am Fluss Felsen gesprengt werden, um Platz für die Zimmer zu schaffen. Er fand eine hundert Jahre alte Landkarte der verborgenen Welt in der Bibliothek und brachte Örn eine Kopie mit, um zu beweisen, dass die Stelle am Fluss Elfengebiet war. Er stritt sich mit Örn bis aufs Blut, weil er fest überzeugt war, dass der Felsen zum Revier des *Huldufólks* gehört. Aber Örn wollte das Haus auf keinen Fall zehn Meter weiter links bauen, weil er sonst die Flussterrasse nicht gehabt hätte. Und Björg war auf Örns Seite. Sie glaubte nie besonders an die magischen Wesen, und das Gästehaus sollte etwas Besonderes werden und viele Gäste anziehen. Um Guðmundur zu beruhigen, engagierten sie irgendeinen Mann, der sich Seher nannte und der angeblich mit der verborgenen Welt in Kontakt stand. Dieser Mann sagte, dass der Felsen keine Elfenburg war.«

Dann war der Mann ein Scharlatan, dachte Fabio. Hansen hatte die Elfen ganz sicher dort gesehen.

»Also wurde der Felsen gesprengt und Örn begann das Haus zu bauen«, fuhr Gunnar fort. »Nichts Schlimmes geschah, wie Guðmundur befürchtet hatte. Das Haus bekam sogar einen Designpreis. Manche Gäste kamen nur, um in diesem Haus zu wohnen. Die Geschäfte liefen sehr gut und kurz darauf wurde Elín geboren. Ein paar Tage nach ihrer Geburt begann diese seltsame Pechsträhne.«

Fabio griff unter dem Tisch nach Elíns Hand und drückte sie fest.

»Elín wurde krank und kam ganz dünn aus dem Krankenhaus zurück. Ab da hatte Björg keine ruhige Stunde mehr. Du hattest alle Kinderkrankheiten, die es nur gibt und hast so viel geschrien, Elín. Aber das war es gar nicht, was Björg und uns alle fast um den Verstand brachte.«

Gunnar schob mit dem Zeigefinger ein Bild von Hansen, auf dem er etwa fünfzehn war und lachte, in die Mitte des Tisches. »Das Problem war Guðmundur«, sagte er leise. »Er veränderte sich. Er war plötzlich fest davon überzeugt, dass die Elfen als Rache dafür, dass ihr Felsen gesprengt worden war, seine kleine Nichte entführt und vertauscht hatten. Seit Elín aus dem Krankenhaus zurückgekehrt war, war nichts mehr wie zuvor.«

Er schob ein zweites Bild neben das des lachenden Jungen. Sogar Tom schluckte. Es war ein Familienfoto. Alle waren auf einem Sofa zusammengerückt, Björg hatte eine kleine Elín mit großen Ohren auf dem Schoß. Und im Hintergrund stand Hansen, abseits, als hätte er sich von der Familie abgesondert. Er stand mit verschränkten Armen finster brütend da. Mager, müde und so hasserfüllt, dass Fabio fröstelte.

»Es wurde zu einer fixen Idee«, sprach Gunnar leise weiter. »Er war wie besessen. Jeden Tag gab es Streit, weil er Elín einen Wechselbalg nannte. Björg hatte bald schon Angst, ihn in die Nähe der Wiege zu lassen. Er hasste Elín so sehr, dass sie fürchtete, er könnte ihr etwas antun. War er bei Örn, lief er weg und verschwand stundenlang bei den Wasserfällen. Wir haben ihn mehr als einmal die ganze Nacht lang gesucht. Guðmundur war völlig wahnsinnig, ging nicht mehr zur Schule und schlief nicht mehr. Und schließlich fand Björg Aufzeichnungen, in denen er beschrieb, wie man einen Wechselbalg töten konnte – mit der Strebe der Wiege. Sie war tatsächlich herausgebrochen worden – und Björg fand das angespitzte Wolfsholz in Guðmundurs Zimmer. Das war der Endpunkt. Die ganze Familie beschloss, einen Arzt zurate zu ziehen. Also haben wir ihn in die Klinik einweisen lassen, wo er von seinem Wahn geheilt werden sollte. Die Klinik war in einer anderen Stadt und ehrlich gesagt atmeten wir alle für eine Weile auf. Zum ersten Mal war es, als würde keine dunkle Wolke mehr über uns hängen.« Gunnar schluckte schwer und rieb sich die Augen, die verdächtig glänzten. »Aber es kam anders«, sagte er mit gebrochener Stimme. »Guðmundur floh aus der Klinik und trampte zum Reiterhof. Dort sollte eigentlich Björg mit Elín das Wochenende verbringen, aber sie hat es sich kurzfristig anders überlegt. Örn war allein auf dem Hof. Er arbeitete am Gästehaus, als er sein Motorrad röhren hörte. Er sah seinen kleinen Bruder, in seiner Bikerjacke und in seinen Stiefeln. Guðmundur hatte sein Motorrad gestohlen und fuhr davon – mitten in die Vulkanebenen. Und das nächste Mal … sahen wir den armen Jungen im Krankenhaus wieder. Sterbend, weil er mit dem Motorrad bei Nebel in eine Schlucht bei den Wasserfällen gestürzt war.«

Tom schnappte nach Luft. »Was wollte er da?«

»Seine Nichte finden«, sagte Fabio. »Er hat sie sogar kurz gesehen. Er muss schon die ganze Zeit über den Elfen nachspioniert und das Mädchen gesucht haben. Vielleicht wollte er die Kleine von den grauen Wächtern zurückstehlen.«

Gunnar nickte und sah traurig aus dem Fenster, verloren in einer alten Erinnerung. »Im Krankenhaus kam er noch einmal kurz zu sich«, murmelte er. »Er wusste, dass ich das Wolfsholz gut versteckt verwahrte – dort, wo er es nicht finden konnte. Er flehte mich an, Elín damit das Herz zu durchbohren. Er sagte, wenn ich Elín nicht töte, um Björgs richtiges Kind zu retten, dann käme er zurück aus dem Grab und würde es selbst tun. Ich hielt ihn für völlig wahnsinnig. Unser armer Junge starb. Und die Familie brauchte Jahre, um sich von diesem Schock zu erholen. Und überwunden haben wir dieses Unglück nie. Am allerwenigsten Björg.«

Fabio starrte auf die Fotos. »Deshalb redet also niemand über Hansen«, sagte er leise.

»Es gibt düstere Familiengeheimnisse«, sagte Gunnar traurig. »Und sein Tod war noch nicht das Ende des Unglücks. Es war, als hätte sich ein Fluch über uns gelegt. Björg hatte Albträume und Elín schien ständig in Gefahr zu sein. Sie hatte so viele Unfälle, die sich niemand erklären konnte. Sie fiel als Kleinkind die Treppen herunter oder verbrannte sich, obwohl niemand Feuer gemacht hatte.«

Fabio schielte verstohlen zu Elíns Handgelenk. Ihm war schon einmal aufgefallen, dass sie dort Narben wie von einer alten Brandwunde hatte.

»Es war, als würde Guðmundur sogar jetzt noch versuchen, ihr zu schaden. In meinem Haus spukte es, ich hörte Schritte und war mir sicher, dass er es war, der immer noch nach dem Wolfsholz suchte. Ich erinnerte mich daran, dass er mir selbst erzählt hatte, dass dieses Wolfsholz ein Kind auch beschützen kann. An der Schwelle vergraben hält es alle magischen Wesen von dem Kind fern – auch Wesen aus dem Totenreich.«

»Also hast du die Strebe vergraben!«, sagte Fabio. »Um Elín vor ihm zu schützen.«

Gunnar nickte. »Danach war Ruhe. Im Haus selbst – und auch außerhalb.«

Er vergrub das Gesicht in den Händen und schüttelte den Kopf. »Jahrelang wusste ich nicht, ob ich es wirklich glauben sollte. Aber es ist wohl wahr. Unser armer Guðmundur hatte die ganze Zeit etwas gesehen, wofür seine gesamte Familie blind war.«

Elín sah wieder so aus, als würde sie gleich anfangen zu

weinen, aber Gunnar lächelte ihr traurig zu, zog sie zu sich heran und legte die Arme um sie. »Ihr armen Kinder«, sagte er voller Mitgefühl.

Fabio schnürte es die Kehle zu. Er stellte sich vor, wie Hansen Jahr für Jahr auf der Bank gesessen und das Haus beobachtet hatte. Wie er mitansehen musste, wie Elín ahnungslos mit dem Skateboard auf der Straße an ihm vorbeiflitzte oder im Garten mit Björg lachte. Offenbar hatte Elín ihn nie gesehen – ebensowenig wie sie die anderen Elfen wahrgenommen hatte. *Ob es dafür eine Erklärung gibt?*, dachte Fabio. Schlaflos und verzweifelt hatte Guðmundur ausgeharrt, Jahr für Jahr auf eine Chance hoffend, doch noch an das Wolfsholz zu kommen, das er wohl nicht selbst bergen konnte. Und ja, er war bestimmt wahnsinnig gewesen, weil er bereit war, ein Elfenkind zu töten. Aber trotzdem tat er Fabio leid. »Und ich habe das Holz wieder ausgegraben und ihm die Waffe in die Hand gedrückt«, murmelte er.

Elín bekam riesige Augen. »Du hast *was?*«, flüsterte sie völlig verstört. »Warum hast du das getan?« Sie rückte noch näher an Gunnar heran, als würde sie bei ihm Schutz suchen.

Jetzt starrten alle drei verständnislos Fabio an und ihm wurde siedend heiß bewusst, dass sie seine ganze Geschichte ja noch gar nicht kannten.

»Und was hast du vorhin mit grauen Wächtern gemeint?«, wollte Tom wissen.

Fabio schluckte. Es war eine Sache, einen Geist zu sehen und Elín heldenhaft vor ihm zu retten. Aber eine ganz andere, zuzugeben, was er alles vor seinem Bruder verheimlicht hatte. Jetzt hatte er Herzklopfen. *Aber es gibt kein Zurück.*

»Das ist … eine ziemlich lange Geschichte«, begann er. »Und die geplatzte Milchtüte und das *Whale watching*-Boot spielen darin auch eine Rolle.«

*

Noch nie hatte Fabio in solcher Stille etwas erzählt. Er war sich nicht einmal sicher, ob die drei noch atmeten, so versteinert saßen sie mit offenen Mündern da und lauschten ihm. Aber Tom war mit jeder Geschichte etwas blasser geworden und sackte tiefer in sich zusammen. Elíns Augen dagegen leuchteten voller Hoffnung auf, als er von Gull und Snjór berichtete.

»Du hast sie gesehen!«, hauchte sie fasziniert. »Und sie leben hier in der Stadt!«

Fabio nickte hastig und fuhr fort, berichtete von dem Elfentreffen in der Harpa, von den grauen Wächtern und von Hansen & Jansson. Dann kam er zu dem Ausflug heute Morgen. Und jetzt stockte ihm die Stimme. Wort für Wort tastete er sich vor. Er wagte Elín nicht mehr anzusehen, als er das Mädchen beschrieb, das er entdeckt hatte.

Sobald er geendet hatte, merkte er, dass es einen Unterschied zwischen absoluter Stille und fassungsloser Totenstille gab. Als Gunnar nach einer Ewigkeit den Bann brach und nach Luft rang, klang sein Atem so laut, dass alle zusammenzuckten. Elín erwachte aus ihrer Starre und schluckte. Ihre Augen füllten sich mit Tränen. »Sie hat geweint«, brachte sie mit einem erstickten Würgen hervor. »Sie ist gefangen und ganz allein.« Dann schlug sie wieder die Hände vors Gesicht, warf sich an Gunnars Brust und begann zu schluchzen. Fabio hatte damit gerechnet, dass es Elín hart treffen würde. Doch Toms Reaktion verblüffte ihn. Sein Bruder hatte wie versteinert dagesessen. Aber jetzt lief er so rot an, dass er fast lila wirkte, und sprang so heftig auf, dass sein Stuhl umfiel. Und dann fegte er einfach hinaus. Die Haustür donnerte so laut zu, dass einer von Gunnars ausgestopften Fischen von der Wand fiel und in die Spüle abstürzte.

Fabio schoss hoch und rannte Tom hinterher. Er erwischte ihn gerade noch an der Jacke, bevor sein Bruder im Garten auf die Reifen am Baum springen konnte, um sich zum Baumhaus hochzuhangeln. »Tom, warte, was ist denn mit dir los …«

Weiter kam er nicht. Ein wüster Stoß gegen seine Schultern ließ ihn zurücktaumeln. Sein Bruder war herumgefahren und stand nun mit geballten Fäusten vor ihm, kochend und vor Wut schnaubend. »Was *mit mir* los ist?«, fuhr er Fabio an. »Was ist *mit dir* los?«

Und bevor Fabio etwas sagen konnte, stürzte Tom sich auf ihn und boxte ihn gegen die Brust, dass er hinfiel. »He!«, rief Fabio.

Aber Tom war mit einem Satz bei ihm und hockte mit seinem ganzen Gewicht auf seiner Brust. »Du nennst mich also Arschkopf, weil ich dir nichts von irgendeinem blöden

Test erzähle?«, schrie er. »Und du erzählst mir nicht einmal, dass Elfen dich fast killen? Weißt du, was du bist? Der größte Arschkopf, den es nur gibt. Ein Riesen-Bruder-Arschkopf!« Bei jedem Wort bekam Fabio einen fiesen Boxhieb in den Arm ab. »Ich sage dir nie wieder etwas! Nie wieder!« Egal, ob Tom recht hatte oder nicht, jetzt wurde Fabio auch wütend. Mit einer gewaltigen Anstrengung hebelte er Tom von seiner Brust. »Jungs!«, hörte er Gunnar rufen. Aber da hatten sie sich längst ineinander verkeilt und rollten über das platte Gras auf dem Schrottplatz. Sie keuchten und rangen und irgendwie ging es gar nicht mehr um die Elfen, sondern um alles. Noch nie hatten sie sich wirklich ernsthaft geprügelt. Aber es war, als hätte ein Vulkan in ihnen beiden schon lange darauf gewartet, ausbrechen zu dürfen. Und Fabio hatte nicht gewusst, wieviel Groll in ihm gekocht hatte. Tom kämpfte wie verrückt. Einmal landete Fabio so hart auf dem Rücken, dass ihm die Luft wegblieb. Einmal verdrehte er Tom den Arm, dass er japste. Aber langsam keuchten sie immer mehr und es wurde immer anstrengender, den Gegner immer wieder von den Beinen zu holen. Und natürlich war es Tom, der den längeren Atem und mehr Kraft hatte. Fabio fand sich schließlich auf den Boden getackert wieder. Über ihm sein Bruder, der ihm die Knie gegen die Oberarme drückte und seine Handgelenke gepackt hielt. »Au«, keuchte Fabio. »Du hast gewonnen. Lass los!«

Auch das war neu. Dass Tom nicht nachgab und Fabio gewinnen ließ. Und dass Fabio zugab, der Schwächere zu sein.

Tom zog schniefend seine Nase hoch. Er hatte Nasenbluten, aber er ließ immer noch nicht los, sondern schüttelte grimmig den Kopf. Und Fabio verstand.

»Entschuldige«, sagte er. »Du hast recht. Ich war ein Riesen-Bruder-Arschkopf.«

Komischerweise war es nicht schwer, es zuzugeben. *Obwohl es seltsam ist, dass ausgerechnet ich etwas mit Riesen zu tun haben soll.*

Tom nickte, ließ ihn los und sprang auf. Und er wäre nicht Tom gewesen, wenn er Fabio nicht die Hand hingestreckt hätte, um ihn hochzuziehen. Als Fabio zum Haus zurückstapfte, legte Tom ihm den Arm um die Schulter. Und Fabio erwiderte diese brüderliche Geste sofort. *Denn das sind wir,* dachte er. *Brüder, egal, was kommt.* Auch wenn hunderte blaue Flecken an seinen Armen pochten. Irgendwie war ihm das noch nie so bewusst gewesen wie jetzt.

Elín stand im Flur. »Alles klar?«, fragte sie erstaunlich gefasst.

Tom wischte sich mit dem Ärmel über das Nasenblut und nickte.

Gunnar hatte die Packung mit Pflastern ausgepackt und verarztete erst Elíns Schnittwunde an der Hand, dann stopfte er ein Stück Taschentuch in Toms Nasenloch. Als er fertig war, klingelte das Telefon. Gunnar ging ran. »Oh, hallo Heike!«, sagte er freundlich. »Wie ist eure Tour?«

Fabio und Tom saßen sofort kerzengerade.

»Prima, freut mich«, sagte Gunnar. »Ja, bei uns alles bestens. Die Kinder verstehen sich prächtig und haben richtig Spaß.« Er warf einen Seitenblick zu Tom, bei dem schon wieder der Taschentuchfetzen durchblutete, und hob den

Daumen. »Ihr könnt unbesorgt noch bis morgen bleiben, wir haben ohnehin noch damit zu tun, in eurem Haus zu renovieren. Es gab ein bisschen Sturm. Was? Doch, glaub es ruhig. Fabio hat auch Spaß und ist ein richtig guter Reiter. Ja, schade, dass das Handy beim Ausritt verlorengegangen ist. Bestimmt findet es sich wieder und bis dahin erreichst du eure Jungs hier bei mir. Ich gebe dir mal Tom.«

Es war erstaunlich. Tom hielt sich mit einer Hand das Taschentuch, aber er erzählte ganz normal von Örn und den defekten Wasserleitungen. Aber er kannte Fabio gut genug, um zu sagen: »Fabi ist gerade mit Elín in der Stadt. Ich sage ihm, dass ihr angerufen habt.« Er legte auf. »Sie kommen morgen wieder.«

Niemand sprach es aus, aber alle dachten dasselbe: genau wie Guðmundur.

Elín, die die ganze Zeit geschwiegen hatte, hob den Kopf und schaute ernst in die Runde.

»Das Mädchen bei den Wasserfällen«, sagte sie dann leise, aber sehr entschlossen. »Wir müssen es zurückholen.«

Alle schauten Fabio erwartungsvoll an. *Als hätte ich irgendeinen Plan,* dachte er niedergeschlagen. Im Moment wusste er nur eines: Allein kamen sie nicht weiter. Also sagte er das, was in den letzten Tagen schon so oft gesagt hatte: »Kann ich mal ins Internet?«

Elfcam

»*Huldunet* heißt die Seite?«, fragte Elín. Fabio nickte. »Aber du wirst sie nicht finden. Ich habe immer nur eine Fehlermeldung bekommen. Wenn ich aber an Gull eine Mail schicke, kommt sie an.«

Er hatte lange an dem Text gesessen. In den Betreff hatte er: *Eine von euch* geschrieben. Aber als er jetzt auf Senden drückte, war ihm trotz allem mulmig zumute. Inzwischen wusste er ja, wie seine Freundschaft mit Hansen auf die Elfen gewirkt haben musste. Verschwörung mit dem Feind. Und abgesehen davon hatte die Familie Jónsson/Jónsdóttir kaltblütig eine Elfenbehausung in die Luft gesprengt. *Vielleicht ist es wenigstens ein Pluspunkt, dass ich ein Jansson und kein Jónsson bin,* dachte Fabio. Natürlich kam sofort eine Fehlermeldung.

Elín zog das Laptop zu sich heran und gab die *Huldunet*-Adresse ein. Und dann staunte Fabio nicht schlecht. Bei ihr ging die Elfbook-Seite einfach auf.

»Wahnsinn!«, sagte Tom und rückte näher heran. Er

langte zur Tastatur und wollte auf Vergrößern klicken – da stürzte die Seite sofort ab.

»Pfoten weg!«, sagte Elín unwillig. Mit fliegenden Fingern gab sie die Adresse wieder ein – und die Seite poppte auf. Snjór grinste ihnen mit Freki auf dem Kopf entgegen. Und unter seinem Profilbild klickerten die Sprechblasen-Nachrichten der anderen Elfen durch. Offenbar war ein hitziger Chat in Gang. »Warum funktioniert es bei dir?«, wollte Tom wissen. Aber dann schlug er sich an die Stirn. »Klar! Nur Elfen kommen auf die Seite.«

Elín zuckte immer noch leicht zusammen, wenn sie dieses Wort hörte. Sie betrachtete scheu die Gesichter, die Fabio so vertraut waren und die sie noch nie gesehen hatte.

»Das Mädchen hier heißt Aska«, erklärte er. »Und das ist Tvinni. Was bedeuten diese Namen eigentlich?«

»Aska heißt Asche«, erwiderte Elín tonlos. »Und Tvinni so viel wie Zwirn. Und er ist ja wirklich ziemlich dünn.«

»Und er ist *Changers*-Fan«, bemerkte Tom fasziniert. »Coole Gruppe.«

Fabio seufzte. Nein, er würde nicht nachfragen, ob Tom auch noch heimlich in einer Metalband mitspielte und *Changers*-Songs coverte.

»Was schreiben sie?«, fragte er Elín.

Elín leckte sich nervös über die Lippen. »Dein Ausflug hat ziemlich viel Staub aufgewirbelt. Der Wolfsjunge regt sich sehr über dich auf und nennt dich einen miesen Trickser. Und sie haben beobachtet, wie Hansen uns zur Kirche verfolgt hat.«

Und sind schön in der Deckung geblieben, statt uns zu helfen, dachte Fabio grimmig. *Wer Elfen als Freunde hat, braucht wirklich keine Feinde mehr.* Aber dann war er froh, es nicht laut gesagt zu haben. Verstohlen sah er Elín von der Seite an.

»Da sind Videos.« Tom deutete an die untere rechte Ecke. »Klick mal darauf!«

»Das sind Live-Webcams«, korrigierte Elín. »Offenbar beobachten sie die Stadt.«

Sie klickte ein Fenster auf. Fabio hielt sich unwillkürlich an seinem Stuhl fest. Trotzdem musste er wegschauen, bevor ihm schwindelig wurde.

»Das sind keine fest installierten Cams«, hörte er Tom sagen. »Eher Drohnen. Die Kamera fliegt jedenfalls.«

»Aber so fliegt auch keine Drohne«, erwiderte Elín. »Da kann einem ja schlecht werden.«

Fabio schielte vorsichtig zum Bildschirm. Auf dem Laptop huschte gerade weit unter ihnen im ruckeligen Zickzack-Flug die Njálsgata vorbei. Dann kreiste sie über dem Spielplatz. Die Sonne war hervorgekommen und ließ die Straße nass glänzen. Auf dem Spielplatz standen immer noch Neugierige, die zusahen, wie die Feuerwehr die vom Blitz gespaltene Eberesche zerlegte. Die Drohne landete auf dem Vordach des Mitternachtshauses. Unten auf dem Spielplatz bremste gerade ein schlammbespritzter Jeep, den Fabio sofort erkannte. »Örn ist auch hergekommen?«

Gunnar nickte und stand auf. »Es ist auch sein Elternhaus«, erklärte er. »Er wollte sich die Schäden unbedingt selbst anschauen.«

In diesem Moment sprangen schon Örn und Björg aus dem Jeep. Sogar von hier konnte man sehen, wie Björg entsetzt die Hände vor den Mund schlug, als sie die Eberesche und die zersplitterten Fenster sah. Örn zückte sein Smartphone.

»Ich muss los«, sagte Gunnar und griff nach seiner Strickjacke. »Sie werden sich ohnehin wundern, warum ich nicht dort geblieben bin.« Prompt klingelte das Telefon und Gunnar sprach mit Örn ein paar kurze Sätze auf Isländisch und legte auf.

»Ihr bleibt hier, Kinder«, sagte er mahnend. »Ich komme bald wieder. Und falls Björg und Örn mitkommen ...« Er legte warnend den Zeigefinger über die Lippen.

Sie nickten alle drei. Gunnar lächelte und ging.

Auf dem Monitor steckte Örn das Smartphone wieder ein und folgte Björg in das Haus.

Die Kamera drehte sich ruckelnd und startete wieder. Und Fabio riss erstaunt die Augen auf. Denn in der schrägen Sonne hatte er etwas auf dem weißen Dach gesehen, ganz kurz, bevor die Kamera wieder abgehoben hatte. Eindeutig ein Schatten. Von Insektenbeinen und langen dünnen Flügeln.

»Das ist keine Drohne!«, stieß er hervor. »Und auch keine Kamera. Sondern eine Libelle!«

Jetzt passte der seltsame hibbelige Flug, als das Insekt sich hinunterstürzte und dicht über dem Boden dahinschwirrte.

»Wir sehen durch ihre Facettenaugen!«, sagte Fabio tonlos. »Sie benutzen Insekten als ... Elf-Cams!«

»Genial«, murmelte Tom völlig fasziniert. Die Libelle sauste die Straße entlang und passierte Gunnars Auto, das draußen geparkt war. Sie schoss so steil hoch, dass Fabio ganz schlecht wurde, und drehte ein paar Runden über Gunnars Haus. »Sie ist hier«, flüsterte Elín. Als die Libelle wieder im Sturzflug nach unten rauschte, fuhren sie alle zum Küchenfenster herum. Draußen schwirrte eine smaragdgrüne, große Libelle im Standflug direkt vor der Scheibe. Fabio schielte mit klopfendem Herzen zum Laptop. Und sah sich selbst, wie er zum Laptop schielte. Elín und Tom starrten dagegen der Libelle genau in die Augen. Der Monitor-Tom hob die Hand und winkte freundlich in die Kamera. Die Libelle schwirrte davon. Ihr Weg führte über das Dach auf die andere Seite des Hauses, dorthin, wo sich das Seil der Seilbahn immer noch von Elíns Fenster bis zum Baumhaus spannte. Sie landete auf dem Fensterbrett und verharrte, als würde sie warten.

Niemand rührte sich. Und Fabio fiel auf, dass auch keine Nachrichten mehr auf der Elfbook-Seite durchklickerten. »Sie sind alle offline«, sagte er. Elín schluckte sichtlich, als sie verstand, was das vielleicht bedeutete. Es war Tom, der entschlossen aufstand und das Laptop zuklappte. »Schauen wir nach?«, fragte er.

*

Fabio machte sich darauf gefasst, dass die Elfen in Elíns Zimmer auf ihn warten würden, aber niemand war hier. Das

Fenster war geschlossen. Aber immer noch saß die Libelle vor der Scheibe. Anmutig putzte sie sich. Fabio öffnete vorsichtig das Fenster und beugte sich zu ihr hinunter. Falls irgendjemand zuschaute, würde er jetzt eine Riesennase und besorgte Augen auf dem Monitor sehen. Er entdeckt einen winzigen goldenen Metallfaden, der wie ein kleiner Ring in der Nackenkerbe der Libelle glänzte. *Wahrscheinlich der Sender,* dachte Fabio. *Hoffentlich mit Mikrofon.*

»Gull?«, sagte er leise zur Libelle. »Siehst du mich?«

»Ziemlich deutlich«, sagte eine wohlbekannte Stimme.

Fabio schoss hoch. Gull saß etwa zwei Meter entfernt von ihm auf dem Seil und balancierte so mühelos, als würde sie nur auf dem Fensterbrett sitzen und die Beine baumeln lassen.

»Hallo«, sagte Fabio. »Danke, dass du hergekommen bist.«

Gull nickte nur. Heute sah sie einfach nur besorgt aus. »Kann es sein, dass dein zweiter Name Ärger lautet?«, fragte sie.

Fabio verzog den Mund. »Riesenärger«, antwortete er. »Aber ich hatte wirklich keine Ahnung, dass Hansen ein Wiedergänger ist. Warum habt ihr mich nicht gewarnt?«

Gull zog die Brauen zusammen. »Hallo?«, fragte sie verärgert. »Du triffst einen Typen, der tagelang dieselbe Zeitung liest, der sich wie ein Echo ständig wiederholt und der nicht Guð sagen kann – und merkst nicht, dass er tot ist?«

Fabio atmete tief durch. »Jemand zu Hause bei euch Elfen?«, gab er ebenso sarkastisch zurück. »In Deutschland gibt es keine stotternden Gespenster. Normalerweise trifft man sie nur nachts in irgendwelchen verlassenen Häusern. Sie spuken als halb durchsichtige Gestalten und rasseln mit Ketten. Ein kleiner Hinweis wäre also nett gewesen.« Vielleicht war es nicht gerade diplomatisch, aber er konnte sich nicht verkneifen, auch noch dazuzusetzen: »Aber Hauptsache, ihr hatte ein schönes Liveprogramm im Internet, wie Hansen Elín mit dem Wolfspflock durch die Straßen jagt!«

Gull schnaubte und verschränkte die Arme. »Entschuldige bitte«, sagte sie spitz. »Wir können nun mal nicht mit Lichtgeschwindigkeit unterwegs sein. Was glaubt ihr, was bei den Wächtern los war, nachdem sie dich gesehen hatten? Sie haben Snjór völlig auseinandergenommen. Und als ich mit Freki nach Reykjavík zurückkam, hattet ihr euch schon in der Kirche verschanzt.«

»Was sagt sie?«, hörte er hinter sich Elíns banges Flüstern. Ihm wurde bewusst, dass Tom und Elín Gull überhaupt nicht sahen. Im Moment sprach er einfach mit einem leicht wippenden Seil. Gull reckte den Hals und spähte an Fabio vorbei in das Zimmer. Er winkte Elín und Tom zum Fenster. »Ist sie auf dem Seil?«, fragte Elín.

»Ja.«

Elín beugte sich weit aus dem Fenster und fragte schüchtern: »Warum … kann ich dich nicht sehen?«

Jetzt war es Gull, die schluckte.

»Ja, warum nicht?«, fragte Fabio. »Sie gehört zu euch. Und ihr habt es all die Jahre gewusst.«

Gull schien mit sich zu ringen. Sie richtete sich auf und

stand nun auf dem Seil, als wäre es auf diese Weise einfacher, Elín zu begegnen. Fabio merkte keine Veränderung, aber Tom und Elín schnappten beide nach Luft, als das goldene Elfenmädchen für sie sichtbar wurde.

»Hallo«, sagte Gull und hob die Hand.

»Die sind sich wirklich ein bisschen ähnlich«, sagte Tom leise.

Elín kletterte einfach an Fabio vorbei aufs Fensterbrett und stellte sich ebenfalls hin. Eine Weile betrachteten die beiden einander. Dann breitete sich über Elíns Gesicht ein strahlendes Lächeln. »Hey!«, sagte sie mit bebender Stimme. »Warum habt ihr mich nie besucht?«

Die richtigere Frage wäre: Warum habt ihr mich ausgesetzt und im Stich gelassen?, dachte Fabio. Aber er verbiss sich diese Bemerkung.

»Bedanke dich bei deiner Menschenfamilie«, erwiderte Gull. »Wir kamen nicht an Fenrir vorbei. Nicht einmal in deine Nähe. Und dieser Zauber sorgte auch dafür, dass du uns nie sehen konntest, selbst wenn wir versucht hätten, für dich sichtbar zu werden.«

Sie warf Fabio einen so vorwurfsvollen Blick zu, als wäre er es gewesen, der das Wolfsholz an der Schwelle vergraben hatte.

Und langsam fand sich auch dieses Rätsel zu einem logischen Bild zusammen. »Ihr konntet wegen Gunnar nicht mit Elín Kontakt aufnehmen?« Es war wirklich logisch. Kein magisches Wesen und kein Toter konnten an das Kind herankommen, das von Fenrir beschützt wurde. »Gunnar hat also damit auch die Verbindung zwischen Elín und den Elfen gekappt. Die Strebe war so etwas wie eine Kontaktsperre.«

»Gut erkannt, Schlaukopf«, sagte Gull verärgert. »Aber war das nicht der Plan?«

Ihre goldenen Augen begannen gefährlich zu funkeln und Fabio verstand, dass er jetzt besser aufhörte zu reden.

»Nicht einmal die Wächter konnten dich noch nachts an deiner Wiege besuchen«, wandte sich Gull wieder an Elín. »Wir konnten dich alle nur noch sehen – aber wie abgeschnitten hinter einer magischen Glaswand, ohne die Möglichkeit, dich auch nur zu berühren.«

»Warum habt ihr das Wolfsholz nicht selbst ausgegraben?«, wollte Tom wissen.

Gull schnaubte, als wäre Tom ein Idiot. »Was Menschenhände binden, können auch nur Menschenhände lösen.«

Hände von lebendigen Menschen, dachte Fabio. Deshalb brauchte Hansen meine Hilfe.

»Aber jetzt kannst du mich berühren«, sagte Elín. In ihrer Stimme schwang so viel Sehnsucht und auch so viel Angst, wieder einmal abgewiesen zu werden, dass Fabio plötzlich Angst um sie hatte. Schüchtern streckte sie die Hand aus. Sie zitterte leicht. Fabio konnte spüren, wie auch Tom die Luft anhielt. Aber zu ihrer Erleichterung lächelte Gull und kam vorsichtig näher, mit federnden Schritten balancierte sie zu Elín. Es war ein seltsamer Moment, als sie ganz behutsam Elíns ausgestreckte Hand ergriff. Die Berührung war ein Knistern in der Luft, eine kleine Verschiebung, ein

Herzstolpern in Fabios Brust, als hätte es irgendwo einen Ruck in der Welt gegeben und etwas wäre wieder an die richtige Stelle eingerastet.

»Komm mit«, sagte Gull.

»Wohin?«, flüsterte Elín.

»Zu den anderen. Sie warten.« Gull deutete mit einem Kopfrucken zu dem Baum am Ende der Seilbahn. In dem dichten Laubwerk glaubte Fabio tatsächlich Schatten von sitzenden Körpern wahrzunehmen. Und das helle Leuchten von Wolfsfell. Elín schluckte, aber ihr Gesicht leuchtete. Noch nie hatte Fabio sie so glücklich gesehen wie jetzt, als sie tastend den ersten Schritt auf das Seil wagte. Und dann konnten Fabio und Tom nur noch mit offenen Münden und klopfenden Herzen zuschauen, wie die beiden Elfenmädchen auf dem Seil zur Esche balancierten. Das goldene Mädchen selbstsicher und aufrecht, als wäre das Seil ein breiter Bürgersteig, auf dem sie nur entlangschlenderte. Und das Elfenmädchen mit dem struppigen rotbraunen Haar und der hellen Jeansjacke langsam, vorsichtig balancierend, aber voller Vertrauen, dass die Hand, die sie führte, sie auch sicher halten würde.

*

Tom war sicher schon hundertmal vor die Tür gegangen und hatte zum Baumhaus gespäht, bis Fabio ihn wieder ins Haus zerrte. Es war wirklich ein Kunststück, seinen kleinen Bruder davon abzuhalten, zu dem Baum zu gehen. Inzwischen war es schon fast Abend und immer noch hörte man ab und zu Gulls Kichern und leises Flüstern. Gunnar hatte eben angerufen und Bescheid gesagt, dass er gleich zusammen mit Björg und Örn nach Hause kommen würde. Und nachdem Fabio ihm hastig flüsternd erzählt hatte, was draußen gerade passierte, antwortete Gunnar mit: »Hm, das ist eine gute Idee. Ja, machen wir Spaghetti zum Abendessen!« und legte auf. Fabio legte etwas verdutzt das Telefon auf den Tisch. Gunnar bluffte ja noch besser als Tom!

»Soll ich Elín holen?«, fragte Tom hoffnungsvoll. Fabio schüttelte den Kopf und lief voraus in Elíns Zimmer. Er schickte den Haltegriff für die Seilbahn zum Baum und blinkte mit seiner Jedi-Leuchte ein blaues SOS-Zeichen. Elfen lernten offenbar schnell. Der Haltegriff sauste nämlich leer zurück. Dann balancierte Elín wie eine Seiltänzerin flink und ohne Mühe wieder zum Haus.

»Na super«, sagte Tom zu Fabio. »Falls die Nachbarn sich bis jetzt noch nicht über Elín gewundert haben, haben sie jetzt etwas, worüber sie nachdenken können.«

Er spähte hoffnungsvoll zum Baum, aber die anderen ließen sich nicht blicken.

Elín sprang federnd vom Seil auf das Fensterbrett und landete mit einem Riesensatz auf dem Bett. Sie ließ sich einfach auf den Rücken fallen und strahlte über das ganze Gesicht. »Gull und Aska sind soooo nett«, sprudelte sie heraus. »Aska will mich im Schmuckladen besuchen, sie kennt ihn sogar und liebt den Silberschmuck, den meine Mutter macht. Tvinni nimmt mich nächste Woche zu einem

Konzert mit. Er mag auch Vanilleeis am liebsten, ist das nicht Wahnsinn? Und Freki ist voll süß!«

Voll süß? Fabio runzelte die Stirn. Wann hatte Elín sich in eine kichernde Viertklässlerin mit Zuckerflash verwandelt? Auch Tom warf ihm einen vielsagenden Blick zu und verdrehte die Augen. Aber Elín setzte sich auf, wippte aufgeregt auf dem Bett und strahlte noch viel mehr. »Snjór richtet mir morgen auch einen *Huldunet*-Account ein.« Jetzt sah sie aus, als wären ihr rosa Bubbles zu Kopf gestiegen. *Fehlt nur noch, dass sie ihre »I love huldufólk«-Fansticker rausholt,* dachte Fabio. Unten klappte die Haustür, aber Elín schien es gar nicht zu hören. Sie lachte glücklich und warf sich mit einem übermütigen »Hui!« wieder rückwärts aufs Bett. »Ich bin echt eine Elfe!«

»Juhu«, sagte Fabio trocken. »Und ja, Freki ist sehr süß. Genauso süß wie sein Herrchen Snjór, der Leute gerne in Fischgedärme taucht.« Toms Mundwinkel schnellten nach oben. »Und noch süßer sind die Wächter, die dich unter Menschen ausgesetzt haben ...«

»Hör auf, sie mies zu machen«, sagte Elín tadelnd.

Jetzt war Fabio wohl endgültig im falschen Film. »Was haben die vier im Baum mit dir gemacht? Dir verzauberte Zuckerwatte in die Ohren gepustet und dir damit das Gehirn verklebt? Hast du vergessen, wer jetzt beim Wasserfall sitzt und weint – ganz allein?«

Elíns verklärtes Grinsen verlosch. Sie wurde ernst und setzte sich im Schneidersitz sehr gerade hin. Zumindest das war wieder die Elín, die Fabio kannte: Sie umfasste ihre

Füße mit den Händen und wippte ganz hibbelig mit den Knien.

»Gleda lebt bei den Wächtern«, erklärte sie.

»Sie hat also einen Namen?«, fragte Tom.

»Eigentlich nicht. Elfen geben Menschen keine Namen. Aber Gull besucht sie manchmal und leistet ihr Gesellschaft. Und sie nennt sie Gleda – die Glückliche – weil es eigentlich ihr Menschenname ist.«

»Die Glückliche?«, schnaubte Tom. »Soll das ein Witz sein?«

»Nein. Das ist der Name, den Björg mir geben wollte. Also … den sie ihrer Tochter geben wollte. Aber sie hat sich anders entschieden, als ich krank wurde. Also … als ihre Tochter krank wurde. Nein, sie wurde gar nicht krank, das war ja schon ich in der Wiege. Und ich war gar nicht krank, das war nur die Erklärung, warum ihre Tochter – also ich dann – so mager und klein war. Und … äh …« Elín blinzelte selbst verwirrt. »Ist ja auch egal. Jedenfalls hat Björg sich dann für einen anderen Namen entschieden. Aber Gull weiß von dem Namen, weil Örn mit Julia auf einem Ausritt darüber gesprochen hat. Julia will ihre Tochter so nennen, falls sie eine bekommen sollte.«

»Was bedeutet Elín eigentlich?«, wollte Fabio wissen.

Elín wurde noch etwas ernster. Ein bisschen sah es so aus, als würde sie allmählich wieder von ihrem Höhenflug auf den Boden zurückkommen. »Licht, Helligkeit, Sonnenglanz. Björg sagt, ich war immer ihr Sonnenschein – auch wenn ich geweint habe. Und auch wenn sie sich die Haare färben muss, weil ihr wegen meinen ganzen schrägen Ideen schon die ersten grauen Strähnen wachsen.«

»Gull besucht deine Schwester also?«, fragte Tom.

Sowohl Fabio als auch Elín zuckten bei diesem Wort zusammen.

»Sie ist nicht meine Schwester, du Dummie«, sagte Elín leise. »Sie lebt einfach wie eine Elfe bei den Wächtern und hat eine Amme, die wie eine Mutter zu ihr ist und sie sehr liebgewonnen hat.«

Fabio erinnerte sich genau. Das war die schöne Elfenfrau, die Gleda umarmt und weggeführt hatte, als wollte sie sie beschützen. *Und trotzdem,* dachte er: *Es ist nicht ihre Mutter. Und Gleda weiß das sicher auch.*

»Gull sagt, sie ist gar nicht so unglücklich«, fügte Elín hinzu.

»Warum hat sie dann heute so sehr geweint?«, wandte Fabio ein.

Elín seufzte. »Das macht sie, wenn sie ... Menschen sieht und die Menschen sie nicht sehen können. Aber die Wächter haben sie mit einem Zauber belegt, damit sie nicht entdeckt wird. Sie sind die Ältesten des *Huldufólks.* Ihr Wort ist Gesetz. Sie achten auf das Gleichgewicht und sind auch so etwas wie ... Richter. Gull und die anderen sind ihre Augen und Späher. Junge Elfen dürfen leben, wo sie wollen, aber sie müssen den Wächtern Bericht erstatten, was in den Städten vor sich geht.«

»Also sind sie Spione, die uns Menschen überwachen«, sagte Fabio.

»Hast du auch gefragt, was wir mit dem Wiedergänger machen sollen?«, setzte Tom hinzu. »Können sie dich vor Hansen beschützen?«

Elín zuckte wieder unsicher mit den Schultern. »Ich … weiß nicht.«

»Du redest stundenlang über Vanilleeis und fragst nicht einmal, wie man den irren Serienkiller unschädlich machen kann?« Tom stöhnte auf und ließ sich neben sie auf das Bett fallen.

Fabio sagte nichts. Denn die beiden hätten sicher nicht verstanden, dass es ihm gar nicht gefiel, wenn sie Hansen als irren Serienkiller bezeichneten. Es hörte sich falsch an, trotz allem, was Hansen getan hatte. Und ja, er war wohl tatsächlich verrückt geworden. Aber wenn Fabio sich an ihn erinnerte, sah er nicht das brodelnde Dunkel, er sah den Jungen mit der Nerdbrille und den müden Augen.

Elín lehnte sich zurück und betrachtete die Silbertupfen an den Wänden. »Sie haben mich auch besucht«, sagte sie leise. »Als ich noch ein Baby war, kamen sie nachts in das Haus. Ich träume immer noch so oft von ihren Augen. Weil ich sie als Baby wirklich gesehen habe. Die Wächter haben für mich gesorgt und mit mir gespielt. Und wenn Gunnar die Strebe nicht vergraben hätte, dann wäre ich mit ihnen und mit Gull und den anderen aufgewachsen. Ich wäre nie von ihnen getrennt worden und hätte immer gewusst, wer ich bin.«

»Und dann?«, fragte Fabio.

Jetzt verwehte auch die letzte Spur von Zuckerwatte im

Raum. Tom schaute bekümmert zu Elín. Und Fabio musste nicht aufzählen, was die Märchen über die Aufgabe von Wechselbälgern erzählten. Elín hatte es selbst in der Kirche ausgesprochen. *Die menschlichen Eltern ruinieren und in den Wahnsinn treiben. Ein Plagegeist und eine Strafe sein.*

»Du hättest trotzdem so getan, als wärst du Björgs Tochter«, sagte Tom an Fabios Stelle. »Aber es wäre nur eine Täuschung gewesen, um Björg und ihre Familie für den zerstörten Hügel bestrafen zu können. Du hättest immer nur zu ihnen gehört und wärst nie wirklich ein Mensch gewesen.«

Fabio hob die Brauen. Manchmal sagte sein kleiner Bruder seltsame Dinge, die auf eine verdrehte Art trotzdem klug und richtig klangen. Auch Elín war gar nicht mehr hibbelig und schaute nachdenklich vor sich hin.

»Du musst mit ihnen reden«, drängte Fabio. »Sie müssen dir helfen, damit Hansen dir nichts mehr tun kann. Es muss eine Lösung geben.«

Elín nickte und kramte aus ihrer Jeansjacke etwas hervor, das sie aufs Bett warf. Es war ein schwarz angelaufener, sehr alter silberner Schlüssel. Er sah ein wenig fremdartig aus, mit Ornamenten, die Fabio auf den ersten Blick nicht erkannte. Erst als er den Kopf schief legte, sah er, dass der Schlüsselkamm aus acht Beinen bestand und der ganze Schlüssel die Form eines achtbeinigen Pferdes hatte. Auch dieses Bild hatte Mama von einer der Wiegenstreben abgezeichnet. »Der Hengst Sleipnir«, sagte Fabio. »Das Reitpferd des Gottes Odin.«

Elín nickte. »Das ist ein Elfenschlüssel. Er öffnet jede Tür. Sie haben ihn mir geliehen. Snjór redet heute mit den Wächtern. Und wir treffen uns mit ihm und den anderen heute um elf Uhr nachts im Elfen-Hauptquartier und reden über alles. Auch über … Hansen.«

Irgendwie tat es gut, dass wenigstens Elín Hansen bei seinem Namen nannte. *Es muss eine Lösung geben,* dachte Fabio wieder. »Und außerdem«, fuhr Elín leise fort. »Sprechen wir über Gleda und Björg.«

Spätestens jetzt war klar, wieviel sich seit Hansens Angriff wirklich verändert hatte.

Sie sagt nicht mehr »Mamma« oder »meine Mutter«, dachte Fabio.

Es klopfte.

»Elín?« Die Tür schwang auf und eine sehr bekümmerte, erschöpfte Björg trat ein. Aber sie lächelte Elín zu. »Hallo Jungs«, sagte sie. »Gleich gibt es Abendessen. Und ihr werdet heute hier übernachten müssen. Vor Montag wird Örn es nicht schaffen, neue Fensterscheiben im blauen Haus einzusetzen.«

»Kein Problem«, sagte Tom.

Björg setzte sich zu Elín aufs Bett und strich ihr über das Haar. Elín schrak sichtlich zusammen. »Tut mir so leid, dass dein schöner Geburtstag jetzt in so einem Chaos endet«, sagte Björg. »Aber wir feiern nach, meine Kleine, das verspreche ich dir. Meine Sonnenschein-Tochter soll schließlich wieder lachen.« Sie lächelte und küsste Elín zärtlich auf die Stirn. Elín bekam ganz waidwunde, große Augen. Und dann brach sie in Tränen aus.

Fabio packte Tom am Ärmel. »Wir fragen Gunnar, ob wir ihm in der Küche helfen können«, sagte er und zog Tom mit sich aus dem Zimmer. Bevor er die Tür schloss, sah er, wie Björg die schluchzende Elín in den Armen hielt hin und her wiegte. »Weine doch nicht«, hörte er sie sagen. »Alles wird gut, das Haus ist nächste Woche wieder wie neu. Und das, was ich heute über dich gesagt habe, war doch nicht so gemeint. Du kannst ja nichts dafür, dass die Pferde durchgegangen sind und Fabio sich verirrt hat.«

Das Abendessen war ein Trauerspiel. Alle stocherten bedrückt in den Spaghetti herum. Örn war besonders blass und bekümmert. »Es ist eine Katastrophe«, murmelte er. »Die Engländer sind heute geschlossen abgereist und sie werden sicher keine Werbung für unseren Reiterhof machen. Wenn es so weitergeht mit all den Reparaturen und solchen Aktionen wie heute, dann können Julia und ich den Reiterhof bald zumachen. Und jetzt auch noch diese teuren Reparaturen an unserem Elternhaus. Es ist wirklich, als würde ein Fluch über uns liegen.«

Es klirrte, als Elín die Gabel aus der Hand fiel.

»Tschuldigung«, murmelte sie. »Ich … habe keinen Hunger mehr.« Wenn Elín keinen Hunger hatte, schien das ein wirklicher Grund zur Sorge zu sein. Ihre Familie schaute bekümmert zu, wie sie ihr Laptop nahm und hinausging. Gunnar hob fragend die Brauen. Fabio bemühte sich um ein beruhigendes »Alles-wird-gut«-Lächeln. Aber heute wollte es ihm nicht gelingen.

Iro

Das, was Elín als Elfen-Hauptquartier bezeichnet hatte, war das Kulturzentrum Reykjavíks, ein flaches weißes Gebäude mit einem dunkelbraunen Dachanbau. Es befand sich etwas außerhalb des Stadtzentrums in der Nähe einer Schnellstraße und stand dennoch mitten in einem Seen- und Moorgebiet. »In diesem Moortümpel bin ich baden gegangen, als Elín mich reingeschubst hat«, raunte Tom Fabio zu, während Elín mit dem Schlüssel hantierte.

Fabio sah sich unbehaglich um. Für seinen Geschmack war es hier zu düster. Er bildete sich ein, Hansens Schatten am Ufer lauern zu sehen, verborgen zwischen Nebelschlieren, Autoscheinwerfern und den fernen Lichtern der Stadt.

Das Schloss schnappte mit dem Elfenschlüssel mühelos auf und sie traten ein. Tom zupfte sich noch einmal aufgeregt seine Frisur zurecht. Er hatte sich heute besonders viel Mühe damit gegeben, das Haar mit Gel zu einem stacheligen Iro zu stylen. Fabio hatte sich für die Elfen nicht besonders in Schale geworfen. Das Licht seiner Jedi-Leuchte fing einen sehr dunklen Steinboden, weiße kahle Wände und oben an der Decke spacige ovale Oberlichter, die mit Metall eingerahmt waren und wie die Beleuchtung eines Raumschiffs wirkten. »Gull?«, rief Elín in die Dunkelheit.

Alle drei prallten sie zurück, als es hell wurde. Es war nicht das richtige Licht, sondern wirkte wie gebündelter Mondschein und kam aus den runden Fenstern an der Decke: runde, scharf abgegrenzte Säulen aus weicher Helligkeit, in denen die Elfen standen. *Raumschiff Enterprise,* dachte Fabio. *Fehlt nur der Befehl zum Beamen.*

Toms Finger gruben sich schmerzhaft fest in seinen Arm und ihm wurde klar, dass sein Bruder die Elfen ja zum ersten Mal alle zusammen sah. »Snjór hat dieselbe Frisur wie ich«, flüsterte er Fabio zu. Es stimmte. Der Wolfsjunge hatte seinen Helm abgenommen. Freki stand in seiner kompletten Wolfsgestalt neben ihm, im Mondlicht leuchtend wie ein Geisterwolf. Und Snjór hatte sich mit seinem Styling wohl ebenso viel Mühe gegeben wie Tom.

»Hallo Trickser«, sagte er nun nicht besonders freundlich zu Fabio. Freki zog die Lefzen zurück und knurrte Fabio an.

»Keine Sorge«, sagte Elín. »Er tut nichts. Hey!« Sie lachte und sprang zu den Elfen und der Bann war sofort gebrochen. Freki verwandelte sich bei ihr in ein verspieltes Schoßtier, das begeistert an ihr hochsprang und die anderen Elfen lachten und begrüßten sie mit Umarmungen und Rufen wie ein lang vermisstes Familienmitglied. Aber Fabio kam es so vor, als würde es plötzlich zwei Seiten geben. Und Elín stand auf der anderen. Jetzt wandte sie sich um und deutete auf Fabio.

»Fabio kennt ihr ja schon …«

Aska verschränkte die Arme. »Allerdings. Hallo, Elfenkiller!«

Das verschlug Fabio fast die Sprache. »Ich habe niemandem etwas getan.«

»Wer einem Killer hilft, ist selbst ein Killer«, erwiderte Aska ungnädig. »Du hast das Wolfsholz ausgegraben und es in die Hände des Toten gelegt. Damit hast du Elín ans Messer geliefert.«

»Hätte mein Bruder das Holz nicht ausgegraben, dann wäre Elín auf ewig allein und von euch getrennt gewesen«, erboste sich Tom sofort. »Er hat eure Kontaktsperre entfernt.«

Elín lächelte. »Und das ist Fabios Bruder Tom«, sagte sie. »Die beiden sind meine besten Freunde. Und wir vertrauen einander bedingungslos.«

Sie trat zu ihnen und stellte sich in ihre Mitte. Fabio musste grinsen. Endlich waren die Elfen auch einmal sprachlos. Verunsichert wechselten sie stumme Blicke. Offenbar war eine Freundschaft zwischen Elfen und Menschen wirklich etwas Ungewöhnliches.

»Also«, wandte sich Elín an die vier. »Wie bringen wir Gleda zu ihrer richtigen Familie zurück?«

Das ist gerade nicht das Hauptproblem, wollte Fabio schon antworten, aber plötzlich redeten alle Elfen aufgeregt durcheinander. Gull sorgte für Ruhe und sagte dann: »Die Wächter lassen sie nicht gehen. Sie sind zwar froh, dass Elín wieder Zugang zu unserem Reich hat und sind bereit, als Dank dafür, auf weitere Sanktionen wegen des gesprengten Hügels zu verzichten. Aber Gleda bleibt bei ihnen. Und Elín soll zu ihnen zurückkehren und in ihrem unterirdischen Reich in den Vulkanbergen leben. Nur dort können die Wächter sie vor dem Wiedergänger beschützen.«

»Was?«, riefen Fabio, Tom und Elín wie aus einem Mund. Elín schüttelte den Kopf, dass ihre Haare flogen. »Das heißt, Björg bleibt alleine und mit gebrochenem Herzen zurück, weil ich auch noch weg bin«, rief sie. »Und ich soll mich ewig in irgendwelchen Vulkanbergen verstecken? Nein, ich will in meiner Stadt leben. Mit euch allen!«

»Wir besuchen dich doch«, sagte Tvinni. Aber man sah ihm an, dass ihm die ganze Idee mit Elins Umzug ebenso gegen den Strich ging. Auch die anderen Elfen wirkten bekümmert.

Snjór seufzte und zuckte mit den Schultern. »Das ist nun mal das einzige Angebot, das die Wächter uns und euch machen können«, sagte er. »Und ich habe schon hart mit ihnen verhandelt. Ich würde an deiner Stelle nicht ablehnen, Elín. Es ist für dich die einzige Möglichkeit, vor dem Wiedergänger in Sicherheit zu sein. Wir können dich hier in der Stadt nämlich nicht beschützen. Das können nur die Wächter allein in ihrem Reich.«

»Dann campe ich eben ab jetzt Tag und Nacht in der Kirche«, stieß Elín hervor. »Ich lasse Björg nicht im Stich und ich gehe nicht zu den ollen Wächtern, um bei ihnen zu leben.«

Sie biss sich auf die Unterlippe. Fabio konnte nur ahnen, wie sie sich fühlen musste. Auch die Elfen sahen betreten drein. Snjór strich sich sehr langsam über den Iro. Fabio irritierte diese Geste. Genau dasselbe machte nämlich Tom auch immer, wenn er verlegen oder völlig ratlos war. Überhaupt wirkten Tom mit seinem schwarzbraunem Haar und der schneeweiße Snjór ein bisschen wie gleiche Schachfiguren, auch wenn sie verschieden groß waren. Er riss sich von dem Anblick los.

»Können wir nicht mit den Wächtern sprechen?«, fragte er in die Stille. Die Elfen sahen ihn an, als hätte er gefragt, ob man Hansen nicht einfach zu einem Versöhnungskakao einladen könnte. Sogar Freki zog die Rute ein und ging ein paar Schritte rückwärts. Es war bestimmt kein gutes Zeichen, wenn sich schon Wölfe fürchteten.

»Bist du wahnsinnig?«, fragte Aska. »Die Alten reden doch nicht mit Menschen!«

Vielleicht ist genau das das Problem. Das lag Fabio schon auf der Zunge.

»Es stimmt«, sagte Gull bedauernd. »Keine Chance.«

»Sie reden doch auch mit Gleda«, wandte Tom ein.

»Das ist etwas anderes«, sagte Aska streng. »Und es ist ein Wunder, dass Snjór es überhaupt geschafft hat, sie davon zu überzeugen, dass Gunnar wirklich nicht wusste, was er da tat. Ihr solltet froh sein, dass sie so gnädig sind, dich nicht zu bestrafen, Fabio. Schließlich hast du ja ...«

»... den Dolch ausgegraben, ich weiß!«, unterbrach Fabio genervt. »Kein Grund, mir das alle zwei Minuten unter die Nase zu reiben.«

Aska machte nur widerwillig den Mund wieder zu und zuckte mit den Schultern.

»Aber was machen wir dann?«, rief Elín verzweifelt. Fabio schluckte und suchte krampfhaft nach einer Kombination, einer Möglichkeit. *Sie wollen Elín bekommen und Gleda behalten. Hansen wird erst Ruhe geben, wenn Gleda wieder da ist. Und verhandeln können wir nicht, weil die Wächter nicht mit uns reden.*

Sein Blick fiel auf Tom. Etwas Seltsames war passiert. Tom hatte sich auf den Boden gehockt und die Hand ausgestreckt. Und Freki folgte diesem Lockruf, tapste mit klickenden Krallen zu Fabios kleinem Bruder und ließ sich tatsächlich streicheln. Schwer zu sagen, wer verblüffter war. Fabio oder Snjór.

Und als Fabio Tom und Snjór betrachtete, die so unterschiedlich groß waren, kam ihm ein Gedanke.

»Vielleicht sind sie ja bereit, mit einem Zwerg zu sprechen?«, sagte er zu Elín.

Sie blinzelte ihn verwirrt an.

»Du nennst mich doch schon *Dvergur,* weil ich viel zu klein für mein Alter bin. Man könnte den Wächtern doch erklären, dass ich gar kein Mensch bin. Euch werden sie glauben.«

»Das ist schräg«, sagte Tvinni. »Ihr zwei seid also gar keine Zwillinge?«

Mit allem hätte Fabio gerechnet, aber bestimmt nicht

damit, DIE FRAGE ausgerechnet aus dem Mund einer Elfe zu hören.

»Nein«, sagte Elín. »Tom ist jünger. Aber Fabio hat aufgehört zu wachsen.«

Fabio wurde rot. »Super, jetzt weiß es auch noch die verborgene Welt«, murmelte er.

Tvinni überlegte, aber er war der erste, der den Kopf schüttelte. »Selbst wenn die Alten mit dir reden: Sie haben ihre Entscheidung gefällt. Und sie ändern ihre Meinung nie.«

»Dann müssen wir einen anderen Weg finden!«, rief Elín hitzig. »Wenn es nicht anders geht, kehre ich eben in die Vulkanfelsen zurück, aber vorher hole ich Gleda zurück – egal, was die Wächter sagen.«

»Wie willst du das machen?«, fragte Snjór.

»Ist mir egal«, schnappte Elín. »Notfalls entführen wir sie.«

Die Elfen starrten sie mit großen Augen entsetzt an. *Willkommen in der Elín-Welt,* dachte Fabio mit einem Lächeln. *So einfach gibt sie nicht auf.* Und plötzlich klickte es bei ihm.

»Ich kann sie holen«, rief er. »Ich kann die Grenzwelt betreten, weil ich elfsichtig bin. Und ich sehe auch Gleda, obwohl sie durch den Zauber geschützt ist.«

Snjór lachte hart auf. »Du hast wirklich einen Vogel«, sagte er spöttisch. »Die Wächter haben dich gesehen. Du glaubst doch nicht im Ernst, dass du noch einmal einfach so über die Grenze spazieren kannst?«

»Warum holt sie keiner von euch?«, fragte Elín. »Gull? Du besuchst sie doch …«

Aber das Elfenmädchen wich erschrocken zurück und schüttelte den Kopf. »Das darf ich nicht«, sagte sie. »Sie würden mich verbannen. Oder Schlimmeres.«

Sie schluckte schwer und Fabio fiel auf, dass ihre goldenen Augen verdächtig glänzten. Und plötzlich begriff er, dass sie gar nicht wegen der Wächter so traurig war.

»Du hast schon darüber nachgedacht, sie zu befreien, stimmt's?«, sagte er. »Du magst Gleda wirklich. Das goldene Bändchen an ihrem Handgelenk – ist das so etwas wie ein Freundschaftsband zwischen euch?«

Alle Elfen drehten sich zu ihr um. Und sogar in dem fahlen, magischen Licht konnte Fabio sehen, dass Gull vor Verlegenheit knallrot wurde. Offenbar war es in der Elfenwelt verpönt, mit Menschen Freundschaft zu schließen.

»Gull und ihr Menschentick!«, sagte Tvinni prompt spöttisch. »Freundschaftsbänder? Echt jetzt?«

»Na und?«, schnappte Gull. »Ja, okay, ich mag sie eben. Sehr sogar. Und ja … ich … habe schon oft darüber nachgedacht, Gleda in ihre Welt zurückzubringen. Aber es ist unmöglich.«

»Aber Gleda will zurück?« Tom traf wie immer mit einem einzigen Satz mitten ins Schwarze. Es war ein seltsamer Moment. Klirrend und kristallklar. Elín wagte nicht mehr zu atmen.

Gull leckte sich über die Lippen, dann nickte sie langsam. »Sie sehnt sich danach«, sagte sie kaum hörbar. »Sie hat mich darum gebeten, sie einfach mitzunehmen. Und sie ist unglücklich, dass sie so einsam ist. Elfen allein sind nicht genug.«

»So wie Menschen allein mir nicht genug waren!«, sagte Elín mit zitternder Stimme. »Ich habe jetzt euch – aber Gleda hat keine Menschenseele.«

Fabio musste schlucken. Auch die Elfen schwiegen betreten und ratlos. Tom kraulte Frekis Bauch. Der Wolf hatte sich auf die Seite gelegt und ließ sich die Berührung mit einem zufriedenen Knurren gefallen. Snjór betrachtete erstaunt, wie gut sich sein Wolf mit einem Menschenjungen verstand. *Wolf*, dachte Fabio. Und als er noch einmal zu Toms Iro schaute und dann zu Snjór, der sich schon wieder über seine so ähnliche Frisur strich, war es, als würde ein greller Blitz den Raum erhellen.

»Sie will also zurück«, sagte Fabio laut. »Sie würde nur zu gerne mitkommen, aber keine Elfe darf sie selbst aus dem Vulkanreich entführen, ohne dafür bestraft zu werden. Die Wächter rücken das Mädchen nicht heraus – aber sie haben es vor zwölf Jahren aus der Wiege gestohlen, richtig?«

»Richtig«, sagte Gull. »Aber Elfen stehlen immer nur zurück. Örn hat angefangen: Er hat den Wächtern ihr Heim in den Hügeln geklaut.«

»Okay.« Fabio nickte. »Aber was, wenn ein Mensch nach Elfenlogik handelt?«

Alle bekamen schmale Augen. Gull legte wieder auf ihre Art ruckartig den Kopf schief. »Hä?«, fragte sie.

»Ich stehle sie einfach zurück«, sagte Fabio. »Dann seid ihr nicht schuldig.«

Snjór schnaubte und schüttelte den Kopf. »Hast du nicht zugehört? Sie lassen dich nicht ins Elfenreich.«

»Dann hole ich sie!«, rief Tom ohne zu zögern.

»Du bist nicht elfsichtig, du Nerd«, schnappte Tvinni. »Du würdest nur Wasserfälle sehen.«

»Und trotzdem wird es Tom sein, der Gleda stiehlt«, sagte Fabio. »Aber dafür muss ich erst Snjór etwas stehlen.« Er deutete auf Freki: »Den Wolf.«

Jetzt wusste er, wie man sich als *Sprenja* fühlte. Alle sahen ihn an, als wäre gerade sein Kopf explodiert. Und es wurde nicht besser, als Fabio seinen Plan zu erzählen begann. Gull wurde blasser und blasser und auch Aska und Tvinni schlugen die Hände vor den Mund.

Nur Tom reckte beide Fäuste in die Luft und rief: »Genial!«

»Selbst wenn Freki mitmacht«, sagte Snjór grimmig. »Das wird nie gut gehen. Nie!«

Doch Elín strahlte so, wie sie noch nie gestrahlt hatte. Ohne Vorwarnung fiel sie Fabio um den Hals und wirbelte ihn herum, dass ihm die Luft wegblieb. »Du bist echt der Größte, Lítill!«, jubelte sie. »Los!«, rief sie dann den verblüfften Elfen zu. »Wir haben nicht mehr viel Zeit und vor Mitternacht muss ich mein Camp in der Kirche aufschlagen, damit der Wiedergänger morgen nicht an mich herankommt.«

Alibaba

Draußen im Moor und unter Elfen hatte sich der Plan wirklich gut angehört, aber als Fabio wieder zu Hause bei Gunnar war, klang es eher nach Selbstmordkommando. Elín und Tom waren dagegen völlig euphorisch, während Elín ihren Schlafsack und Proviant für einen ganzen Tag einpackte. Aber auch Gunnar betrachtete besorgt den Elfenschlüssel, der auf dem Bett lag.

»Ich habe kein gutes Gefühl dabei«, sagte er. »Es ist viel zu gefährlich.«

Danke, genau das will ich jetzt hören, dachte Fabio.

»Es wird alles gut gehen«, versicherte Elín. »Du musst uns nur ein Alibi verschaffen und Björg glaubhaft weismachen, dass ich schlafe und sie morgen Früh nicht in mein Zimmer platzen darf. Ich stopfe das Bett so aus, als würde ich darin liegen. Sie wird sicher durch die Tür schauen, bevor sie mit Örn zum blauen Haus geht. Und jetzt geh runter und lenk sie ab, damit niemand ins Bad kommt.«

Gunnar nickte nicht sehr überzeugt, dann schüttelte er den Kopf. »Du liebe Güte«, sagte er. »Ich sollte bei so etwas nicht helfen.«

»Was ist die Alternative?«, fragte Tom sehr vernünftig. »Dass Hansen niemals Ruhe findet, der Elfenfluch nicht aufgehoben wird. Dass Elín für immer in den Vulkanbergen festsitzt und sich verstecken muss und Gleda nie wieder nach Hause kommt.« Er schüttelte die Flasche aus dem Badezimmer. »Da ist das hier doch die bessere Lösung!«

Gunnar seufzte, aber er gab sich endlich geschlagen und wandte sich zur Tür. »Noch eine halbe Stunde bis Mitternacht«, sagte er. »Elín muss sich beeilen.«

Elín nickte und schnappte Tom die Flasche aus der Hand. »Kommt mit ins Bad.«

Es wäre ein Wunder, wenn Björg keinen Verdacht schöpfen würde, sobald sie ins Bad kam. Es war ein fürchterliches Geklecker und Gespritze. Sogar der Spiegel bekam etwas ab. Aber endlich floss nur noch klares Wasser durch den Abfluss. Elín reichte Tom ein flauschiges Handtuch. »Rosa?«, fragte Tom angewidert. »Ist das hier etwa Mission Barbie?«

Elín rollte mit den Augen und schob sie beide aus dem Bad. »Ich mache hier alleine sauber, verschwindet.«

Doch kaum waren sie im Zimmer, klopfte es an der Tür. »Seid ihr noch wach?«, fragte Örn.

Tom und Fabio erstarrten. »Gunnar soll die beiden doch ablenken«, zischte Tom.

Fabio hantierte in fieberhafter Hast mit dem Handtuch. »Klar!«, rief er dann so locker wie möglich.

Örn kam herein. Er stutzte sichtlich, als er das rosa Handtuch sah, aber er bewahrte erstaunlich gut sein Pokerface. »Eure Eltern wollen euch kurz sprechen«, sagte er dann. »Hier, das ist mein Skype-Account, sprecht in die Kamera.«

Er stellte sein Laptop auf die Kommode neben der Tür. Auf dem Bildschirm winkte ihnen Mama entgegen – in einem orangefarbenen Bademantel. Fabio wurde es ganz heiß vor Freude, als auch sein Vater ins Bild trat. Jetzt merkte er wieder, wie sehr er seine Eltern vermisste und wie sehr er sich freute, sie zu sehen und nicht nur am Telefon zu hören.

»Hallo Jungs!«, rief Mama. »Ich wollte euch nicht aufwecken, aber wir müssen euch unbedingt etwas zeigen. Kommt näher an die Kamera. Ich sehe euch gar nicht.«

Tom und Fabio beugten sich zum Monitor. Rechts unten im Bild sahen sie in einem kleinen Fenster sich selbst. Fabio fiel zu spät ein, dass es vielleicht keine gute Idee war, in die Kamera zu schauen. Zu spät. »Huch!«, rief seine Mutter. »Was ist das denn für eine Verkleidung?« Seine Eltern starrten den knallrosa Handtuchturban an, der um Fabios Kopf gewickelt war. Sein Vater lachte. »Offenbar entwickelst du dieselbe Vorliebe für wilde Farben wie deine Mutter. Oder feiert ihr eine orientalische Motto-Party?«

»Er musste sich nur die Haare waschen«, sagte Elín hinter ihnen. »Eine Möwe hat ihn bombardiert. Hallo Heike, hallo Jan! Wo seid ihr gerade?«

Fabios Eltern begannen wieder zu strahlen. »Im Norden der Insel«, sprudelte Mama hervor. »Wir haben eine Bootstour gemacht und jetzt sind wir in einer Hütte an der

Küste. Und schaut euch das nur an!« Sie nahm das Laptop und drehte es von sich weg. Das schlingernde Schwenken erinnerte an die Elfcam. Die Kamera fing erst eine Balkontür und eine hölzerne Veranda ein und schwenkte dann nach oben in einen Himmel, der rot und blau und grün erstrahlte.

»Polarlichter!«, hörte Fabio seine Mutter andächtig sagen. »Sind sie nicht wunderschön? Und so viele Farben!«

Ihr glückliches Gesicht erschien wieder im Bild. Hinter ihr sanken die bunten Schleier dem Horizont entgegen. Sie warf ihnen eine Kusshand zu. »Bis morgen Abend, meine Schätzchen. Schlaft gut. Wir freuen uns auf euch!«

Papa erschien neben ihr im Bild und winkte auch. »Gute Nacht, Elín, gute Nacht Tom«, sagte er. Dann grinste er Fabio zu: »Gute Nacht, Alibaba!«

»Örn hat ihnen wohl noch gar nicht gesagt, dass unser Haus gerade nicht bewohnbar ist«, sagte Elín, sobald das Laptop zugeklappt war. »Die werden morgen eine schöne Überraschung erleben.«

Vielleicht nicht nur sie, dachte Fabio bei sich.

Eine Libelle schwirrte von draußen ins Zimmer und setzte sich auf das Laptop. Gull stand draußen auf dem Seil und zeigte mahnend auf ihr Handgelenk, als trüge sie dort eine Uhr. »Schon zehn vor zwölf«, sagte Fabio. »Du musst gehen, Elín.«

Jetzt wurde Elín doch etwas blass. »Okay«, flüsterte sie. »Viel Glück! *Þetta reddast,* das wird schon gutgehen!« Sie fiel ihnen beiden um den Hals, dann nahm sie ihren Rucksack und den Schlafsack und kletterte aus dem Fenster. Das Letzte, was Fabio und Tom von den beiden Elfen sahen, waren zwei flinke Schatten, die zum Baum balancierten, von dort aus auf den Boden kletterten und davonrannten.

»Bereit für den Körpertausch, Commander?«, fragte Tom dann. Fabio nickte und setzte sich auf den Boden. Elín hatte ihren neuen Spiegel dort einfach gegen das Bett gelehnt. Sein Vater hatte recht gehabt. Mit dem rosa Turban sah er aus wie ein Märchenerzähler aus 1001 Nacht. Tapfere Wikinger sahen jedenfalls anders aus. Es kostete ihn allen Mut, das Handtuch herunterzuziehen. Im ersten Moment erschrak er einfach nur. Björgs dunkle Haartönung hatte ganze Arbeit geleistet. Aber jetzt sah er mit seinen zotteligen, halblangen Strähnen aus wie Severus Snape nach einer wirklich, wirklich schlechten Nacht. »Cool«, sagte Tom mit einem zufriedenen Grinsen. »Genau meine Haarfarbe.« Dann stellte er den Spiegel weg und zückte die Schere.

*

Es war schon drei Uhr morgens und Fabio wusste nicht, was beunruhigender war. Toms Kleidung zu tragen oder der ungewohnte Luftzug an seinem Kopf. Seine Finger strichen über wirklich kurz geschnittenes Stoppelhaar am Hinterkopf und den Ohren.

»Pfoten weg«, sagte Tom. »Jetzt kommt das Styling.«

Er knetete das Haar wüst mit Gel durch und kämmte es steil nach oben. Als er fertig war, hatte Fabio das Gefühl, dass ihm jemand eine Schüssel Gelee über den Kopf gekippt hatte. Wie konnte Tom so etwas toll finden?

Doch sein Bruder lächelte voller Stolz und nickte. »Du siehst fast so gut aus wie ich«, sagte er. »Aber nur fast!« Damit zog er Fabio endlich vor den Spiegel.

Das war wirklich ein Schock. Aus dem Spiegel starrte ihn ein Tom aus weit aufgerissenen blauen Augen an. Der zweite Tom, der braune Augen hatte, lächelte immer noch selbstbewusst und zufrieden. »Jetzt sind wir wirklich Zwillinge«, sagte Tom. »Bis auf die Augenfarbe.« Er holte seine Sonnenbrille und schob sie Fabio einfach auf die Nase. Dann nickte er. »Jetzt bist du ein echter Klonkrieger.«

»Nicht ganz schlecht«, ertönte vom Fenster her Snjórs Stimme. Er hatte sich lautlos angeschlichen und wartete nun auf dem Fensterbrett. »Dann kann Mission Gleda ja beginnen.«

Es war seltsam, durch das schlafende Reykjavík zu laufen. Fabio hielt nervös nach Hansens Schatten Ausschau, aber der strich sicher bei der Kirche herum, in der Elín mithilfe des Elfenschlüssels ihr Lager aufgeschlagen hatte. Das Mitternachtshaus lag verlassen da. Im Mondlicht wirkte das Gebäude gespenstisch. Folien waren über die Fenster geklebt worden und bauschten sich sanft und glänzend im Nachtwind. Die Tür war diesmal verschlossen, aber Snjór holte seinen eigenen Elfenschlüssel hervor und sie betraten den Flur. Die anderen Elfen warteten schon, schweigende, schattige Gestalten mit glänzenden Augen, die auf der Treppe saßen. Wolfsaugen glühten wie fahle Monde im Wohnzimmer, wo Freki sich auf dem Sofa zusammengerollt hatte. Gull erhob sich von der Treppe und glitt lautlos auf Fabio zu. Ein anerkennendes Raunen ging durch die Gruppe, als sie die Veränderung an ihm sahen.

»Hast du mit Gleda gesprochen?«, flüsterte Fabio.

Gull schüttelte den Kopf. »Das wäre zu gefährlich gewesen. Ihre Amme hat gute Ohren. Aber Gleda wird wissen, was los ist, wenn du ihr das hier zeigst.«

Im Dunkeln glänzte ein goldenes Band auf, das Gull sich vom Handgelenk streifte und ihm in die Hand drückte. Genau so ein Band besaß auch Gleda. Also war es wirklich ein Freundschaftszeichen zwischen den beiden. Irgendwie gab es Fabio Mut zu sehen, dass es solche Freundschaften zwischen Elfen und Menschen gab. Auch wenn die Wächter es sicher nicht gerne sahen.

Snjór pfiff leise Freki zu sich.

»Er wird dich zu einem Platz bringen, wo die Wächter sich selten aufhalten«, erklärte Snjór. »Aber bevor du losgehst, musst du ihn sofort verstecken. Und danach wird er dich genau wieder hierher zurückbringen. Ich kann dir nur nicht sagen, wann. Es gibt immer eine Zeitverschiebung zwischen unserer und eurer Welt.«

Fünfzig Jahre?, dachte Fabio. Jetzt schnürte ihm doch die Angst die Kehle zu. Aber er zwang sich, einfach nur zu nicken. Und er dachte dabei nicht nur an Elín, sondern auch an Hansen.

»*Okey-dokey*«, sagte Snjór. »Dann gehen wir jetzt und ich werde Freki ganz zufällig hier vergessen. Und wenn ich zurückkomme, um ihn zu holen, werde ich ziemlich sauer feststellen, dass ein Mensch mir den Helm einfach geklaut hat.«

»Danke«, sagte Fabio aus vollem Herzen.

Das Lächeln der Elfen glich silbernen Mondsicheln.

»Viel Glück, Trickser«, sagte Snjór und haute ihm kumpelhaft auf die Schulter. Dann waren Fabio und Tom plötzlich allein. Auf dem Boden lag der Wolfshelm, nur scheinbar ohne Leben. Tom hob ihn auf und streichelte Frekis Kopf. Vorsichtig setzte er den Helm auf Fabios Kopf und rückte den leeren Rucksack auf dem Rücken seines Bruders zurecht. »Ich gehe gleich zurück«, sagte er. »Ich bin schließlich morgen früh euer Alibi und werde Björg erklären, dass Elín und du schon zusammen losgezogen seid, um euch den Hafen anzuschauen. Und ich werde beim Renovieren helfen und warte genau hier auf euch.«

Fabio hatte plötzlich einen Kloß in der Kehle. Und Tom wehrte sich nicht, als er ihn fest umarmte. »Mach's gut, Kleiner«, sagte Fabio.

Tom lachte. »Bis später. Ich freue mich schon auf Björgs Gesicht.« Das war wie ein warmes Glühen in Fabios Brust. Sein Bruder glaubte wirklich ganz fest an ihn. Tom ließ Fabio los und trat zwei Schritte zurück. Und Fabio tat es tatsächlich: Er griff zu Frekis Zahn und drehte ihn, bis er mit einem leichten Klick einrastete.

Menschenkind

Vielleicht war es anders, wenn man ganz klar wusste, dass man gerade durch halb Island gebeamt wurde. Diesmal war es jedenfalls kein Panik-Horrorsturz ins Bodenlose. Es war eher wie eine unglaublich schnelle Achterbahnfahrt. Fabio stand reglos geduckt da wie ein Abfahrtsläufer auf Skiern, den Helm auf seinem Kopf umklammernd, und raste dennoch dahin. Sterne huschten so schnell an ihm vorbei, dass sie zu Sternschnuppen wurden. Polarlichter flappten wie bunte Laken, die im Wind an einer Leine knatterten. Ihm wurde so schwindelig, dass er die Augen schloss. Mit einem Ruck kippte er erst auf die Knie und dann mit Wucht nach vorne. Und landete mit dem Gesicht in knirschendem Lavasand. Hustend und Steinbröckchen ausspuckend setzte er sich auf. Um ihn herum war nur Finsternis. Als er aufstehen wollte, schrappte er mit der Schulter schmerzhaft an einem kantigen Felsen entlang. Auch auf der anderen Seite und über ihm war rauer Stein. *Ich bin gefangen!* Panik drohte in ihm hochzuschäumen. Aber langsam gewöhnten sich seine Augen an das Dunkel und er konnte eine Struktur auf dem Stein erkennen. Von irgendwoher kam ganz schwach etwas Licht. Und jetzt spürte er auch einen Luftzug. Seine Jedi-Leuchte zeigte ihm, dass er tatsächlich in einer Höhle war. Aber ein schmaler Spalt schien in einen Tunnel zu führen. Mit zitternden Händen nahm Fabio Freki ab. »Danke«, sagte er leise zu dem Wolf. Der Helm blinzelte einmal. Fabio verstaute ihn in dem leeren Rucksack, setzte ihn auf, kämmte sich die Haare mit den Fingern wieder zu einer Iro-Sturmfrisur und holte die Sonnenbrille hervor. Er musste auf allen vieren kriechen, um aus der Höhle zu kommen. Und dann tauchte er plötzlich in einen Streifen Sonnenlicht. Hier war es schon heller Tag. *Hoffentlich nicht im Jahr 2070,* dachte er voller Unbehagen. Er setzte sich die Sonnenbrille auf und trat aus der Höhle. Zumindest war er am richtigen Ort. Die Lava-Wasserfälle rauschten ganz in der Nähe, also marschierte er in Richtung Rauschen, als wäre er ein ganz normaler Tourist. Bald konnte er sich orientieren. Und als er auf den Parkplatz kam, fiel ihm ein riesiger Lavabrocken vom Herzen. Die Autos sahen so aus wie immer. Und auch die Menschen trugen keine Mondanzüge. Ein junges Pärchen mit Piercings in den Nasen machte kaugummikauend Fotos. Ein Mann hatte auf einem Autodach eine Landkarte ausgebreitet und studierte sie. Beim Vorbeischlendern konnte Fabio einen Blick auf ein Handy werfen, das neben der Karte lag. Es zeigte das heutige Datum und die Uhrzeit. Zwölf Uhr mittags. *High noon.* Und ein Zeitsprung von neun Stunden. Das Piercing-Pärchen gehörte zu einer Gruppe von Wanderern. Gerade machten sie sich auf den Weg und Fabio schloss sich ihnen unauffällig an. Sie gingen an den Wasserfällen entlang, genau in die Richtung, in die er ebenfalls musste. Alle paar Meter blieben sie stehen und machten Fotos. Fabio bot Miss Piercing an, ein Foto von ihr und ihrem Freund zu machen. Sie hießen Cindy und Steven und fanden ihn offenbar nett. Schon war er in ein englisches Gespräch verwickelt und gehörte irgendwie zur Gruppe. Immer wieder hob er die kleine Digitalkamera, die Gunnar gehörte, und tat so, als würde er die Wasserfälle fotografieren. Aber durch den Sucher spähte er zu den Felsen. Sein Herz schlug schneller, als er die Stelle entdeckte, wo er gestern Gleda getroffen hatte. Zu seiner Enttäuschung war dort niemand zu sehen. Aber aus dieser Perspektive entdeckte er dafür etwas ganz anderes. *Der Mund des Riesen!* Jetzt musste er sich anstrengen, ganz ruhig weiterzuatmen. Ein ganzes Stück weiter hinten war eindeutig die Stelle, an der er schon einmal gewesen war. Aus der Ferne sah die Höhle noch viel mehr aus wie der Kopf eines versteinerten Riesen, der den Mund in einem letzten Schrei aufgerissen hatte. Und auf dem Kopf des Steinriesen saßen fünf Krähen und beobachteten die Touristengruppe aus kalten blauen Augen.

Fabio zupfte an Cindys Jacke. »Schau mal da drüben. Machst du ein Foto von mir bei der Höhle? Das wird aussehen, als würde mich der Riese fressen.«

Cindy lachte begeistert los und rief den anderen etwas zu. Sofort waren alle Feuer und Flamme und marschierten geschlossen in Richtung Höhle. Fabio bekam weiche Knie. Denn als sie näherkamen, war er sich ganz sicher. Die Höhle war bewohnt, auch wenn die Touristen das natürlich nicht bemerkten. Aber er sah das ärgerliche Aufleuchten von silbernen Augen, die schnell mit dem Höhlendunkel verschmolzen. *Bitte lass Gleda da drin sein,* flehte Fabio.

Die Krähen stürzten mit einem empörten Krächzen von dem Felsen und flatterten ihnen entgegen, als wollte sie die Eindringlinge vertreiben. Aber Fabio ließ sich nicht einschüchtern und erreichte zusammen mit Cindy die Höhle. Er stellte sich in Pose und lächelte in die Kamera, obwohl er kalte Blicke in seinem Rücken spürte. Dann sagte er zu Cindy: »Ich sehe mich mal in der Höhle um.«

»Warte, wir kommen mit«, rief sie und winkte eifrig ihren Freund herbei. Das war eigentlich nicht der Plan gewesen, aber im Grunde war es nicht schlecht. Vielleicht waren andere Menschen die beste Tarnung für einen Elfsichtigen. Gemeinsam betraten sie die Höhle. Ein Zischen und Murmeln hob an, das nur Fabio hörte. Und er war auch der Einzige, der die Wächter sah. Er war froh, dass seine Haare mit Gel nach oben gekämmt waren. Jetzt würden sie ihm nämlich zu Berge stehen.

»Willst du deine Sonnenbrille nicht abnehmen?«, fragte Steven.

»Mach ich nie«, erwiderte Fabio auf Englisch. Er versuchte sich an einem lässigen Tom-Lächeln und hob die Kamera, während hinter Cindys Freund die grauen Gestalten heranglitten. Es waren fünf, wie die Krähen, die ihnen sicher als Späher dienten. Sie waren größer als die Menschen, hatten hellgraue Haut und Augen, die gletscherkalt und stechend waren. Vier von ihnen waren so alt und verwittert, dass ihre Wangen eingefallen waren wie bei Schneemumien. Und ihre Hände, die sich knackend zu Fäusten ballten und wieder öffneten, waren wie verdorrte Klauen, mit langen, spitzen Fingernägeln, die wie Dolche aus Eis wirkten. Nur die fünfte Gestalt, die Amme, war jünger, eine schlanke Elfenfrau mit schwarzem Haar und einem bestechend schönen, scharf geschnittenen Gesicht. Die fünf Wächter starrten die anderen Leute aus der Gruppe an, die Fabio und Cindy gefolgt waren und staunend und ahnungslos durch die Höhle irrten. »*Magic!*«, hallte es begeistert von den Wänden wider. Cindy lehnte sich an eine Felswand und streifte dabei das graue Gewand eines Wächters. Er fauchte und entblößte Zähne, so spitz wie die von Gull. Cindy machte einen erschrockenen Satz von der Wand weg und rieb sich die Arme, als würde sie frieren. »Hu, hier ist es aber kalt!«, sagte sie lachend und hob die Kamera »Hallo Tom, *Cheese!* Tom?«

Fabio wurde mit etwas Verzögerung klar, dass er ja gemeint war. Er fuhr ertappt herum und grinste wie ein Löwe in die Kamera. Aber ihm brach der Schweiß aus, als er bemerkte, dass die Wächter ihn nun misstrauisch anstarrten. Und dann begannen sie ihm zu folgen, Schritt für Schritt. Ihre Kälte war ganz anders als die von Hansen. Noch bedrohlicher, wenn das überhaupt ging. Aber er musste so tun, als würde er sie nicht sehen, also plauderte er weiter und begutachtete die Höhlenwände, patschte daran herum und laberte irgendetwas von einem Referat, das er in der Schule über Lavastein und die Wasserfälle halten wollte.

Der älteste Wächter beugte sich so dicht zu ihm, dass er ihm direkt ins Gesicht sah. Und dann verzog sich der Nasenhöcker zu einem Wittern. Fabio gefror fast das Blut in den Adern. *Kann er Freki wahrnehmen?*, schoss es ihm durch den Kopf. Er ließ seine Kamera aus den Fingern rutschen. »Oh nein, die Kamera!«, rief er auf Englisch und ließ sich auf die Knie fallen. »Mann, die gehört meinem Vater.« Sorgfältig pustete er jedes Lavabröckchen vom Display und tat so, als würde er die Füße der Wächter nicht sehen. Sie hatten ihn umzingelt. *Das geht niemals gut,* dachte er. *Sie wissen es längst. Was für ein bescheuerter Plan!* Und keine Gleda weit und breit. Er zwang sich, auf die Beine zu springen, als wären die Gestalten nicht da und ging einfach auf den ältesten Wächter zu, als wäre er Luft. Dieser wich tatsächlich zurück, ein knisterndes Rauschen von grauer Seide. Und dann sah Fabio sie.

Gleda! Sie kauerte im hinteren Teil der Höhle an der Wand, die Knie ganz dicht an den Körper gezogen. Sehnsüchtig betrachtete sie die Touristen, für die sie unsichtbar war. Zum ersten Mal sah Fabio sie ganz klar und es war ein Schock, wie ähnlich sie ihrer Mutter war. Man hätte ein Kinderfoto von Björg direkt neben Gleda legen können. *Ihr habt sie aus ihrer Familie gerissen, ihr grauen Vogelscheuchen,* dachte Fabio grimmig. *Und Hansen habt ihr im Nebel abstürzen lassen, ohne ihn aufzuhalten, als er mit dem Motorrad aus Versehen zu nah an den Rand der Schlucht kam, als er Gleda retten wollte.* Bisher hatte er noch Angst gehabt, aber jetzt machte er eine erstaunliche Entdeckung. Er mochte zu klein sein, ein Stubenhocker, was auch immer. Aber er würde um keinen Preis zulassen, dass Gleda hier blieb und dass Hansen in alle Ewigkeit gequält und mit müden Augen herumirrte. Er zwang sich dazu, den Blick gleichgültig von Gleda abzuwenden. »Noch ein Foto von euch mit eurer großen Kamera?«, fragte er Cindy. »Mit Blitz ganz hinten in der Höhle? Da sieht die Lava aus wie geschmolzene Gesichter.«

»Gerne«, rief Cindy. Steven drückte Fabio die schwere Nikon-Spiegelreflexkamera in die Hand und erklärte ihm, wie er damit umgehen musste. Fabio dirigierte das Pärchen ganz dicht zur Wand. Aus dem Augenwinkel sah er, wie Gleda noch näher an den Fels rückte, als fürchte sie, dass Fabio ihr auf den Fuß treten würde. Sie war jetzt so nah, dass er ihren Atem hören konnte. Er lachte, als das Pärchen Blödsinn machte und Grimassen zog, die den Lavafratzen ähneln sollten. Dann zog er die Brille herunter, kniff das linke Auge zu und schaute mit dem rechten durch den Sucher der Kamera. Der Blitz tauchte die Höhle in gleißendes Licht, viermal, fünfmal. Man hörte kaum das Klacken, als Fabio unauffällig die Brille fallen ließ. »Danke«, sagte Cindy und nahm ihm die Kamera ab. Fabio senkte sofort den Blick und beugte sich mit den beiden zusammen ganz tief über das Display, als Steven seine Fotos durchklickte. Cindys Kichern hallte in der Höhle und Fabio lachte etwas zu laut mit. Die anderen Touristen kamen nun auch dazu und versuchten zu sehen, was so lustig war. Die Wächter drifteten ein Stück zurück und musterten angewidert die Gruppe.

»Oh«, murmelte Fabio. »Meine Brille ist mir runtergefallen.«

Er schob sich aus der Gruppe, suchte scheinbar nach der Brille und ging bei der Höhlenwand in die Hocke. Genau neben Gleda griff er zur Brille und streckte die Hand dabei so aus, dass der Ärmel seiner Jacke sein Handgelenk freigab. Und am Handgelenk Gulls goldenes Freundschaftsbändchen. Gleda starrte das Band an. Ihr Mund klappte vor Verblüffung auf. *Bitte lass die Wächter nicht hinsehen,* dachte Fabio. Er hob die Brille auf, aber bevor er sie wieder aufsetzte, schaute er Gleda direkt in die Augen und zwinkerte ihr ganz deutlich zu. Ihre Augen wurden noch größer und sie wurde von einer Sekunde auf die andere totenblass, als ihr klar wurde, dass er sie tatsächlich sah. Er schob die Brille auf die Nase und legte warnend den Zeigefinger über die Lippen. Im Aufspringen sah er aus dem Augenwinkel, wie Gleda den Mund geistesgegenwärtig wieder zuklappte und wegschaute. »Hab sie!«, rief er und zeigte triumphierend auf seine Brille. Dann folgte er den anderen nach draußen. Nebel hatte sich erhoben. Wahrscheinlich wollten die Wächter die aufdringlichen Gäste aus dem Grenzgebiet vertreiben. Die Sonnenstrahlen wirkten diffus und alle Geräusche waren gedämpft. Fabio war sicher, dass jeder im Umkreis von zwanzig Metern seinen rasenden Herzschlag hören musste. Es kostete ihn alle Überwindung, sich nicht umzusehen. *Folge mir,* beschwor er Gleda in Gedanken. *Na los!*

Die Gruppe wanderte weiter, er jedoch blieb zurück, als müsste er unbedingt noch ein Foto machen. Und als er sich umdrehte, hätte er am liebsten einen Triumphschrei ausgestoßen. Gleda kam aus der Höhle. Die grauen Wächter umgaben sie und wollten sie wohl zurückhalten, aber sie stampfte mit dem Fuß auf. Ein Streit schien im Gang zu sein und schließlich riss sie sich einfach aus grauen Armen los und rannte der Gruppe hinterher. Fabio brach der Schweiß aus. *Zu früh!*, dachte er. Aber Gleda lief im Bogen, kletterte über ein paar Felsen und war noch vor ihm vorne bei der Gruppe. Sie mischte sich unter die Leute, als würde sie ihnen lauschen und sie neugierig beobachten. Fabio hatte plötzlich einen kalten Knoten von Zorn im Magen. *Das ist Gledas Leben*, dachte er. *Wie oft wandert sie unsichtbar mit den Menschen, lauscht ihnen, beobachtet sie und ist trotzdem dazu verdammt, einsam zu sein wie ein Geist.* Und bewacht wurde sie auch noch. Die Amme glitt ihr hinterher, in einiger Entfernung zwar, aber Fabio konnte wahrnehmen, wie sie versuchte, Gleda zurückzurufen. Es war ein Windstoß, eine Stimme wie sanftes Rauschen. Und sie trug den einzigen Namen, den die Wächter ihrem Beutekind zugestanden.

»Menschenkind!«, raunte es im Wind. »Menschenkind, komm zurück.«

Aber Gleda schüttelte den Kopf und winkte der Amme freundlich zu, dann hüpfte sie um Cindy herum und lugte neugierig auf die Kamera. *Sie blufft*, dachte Fabio voller Stolz. *Das ist unser Mädchen!*

Gleda blieb wie zufällig etwas zurück, während Fabio

aufholte. Irgendwann gingen sie auf gleicher Höhe, als würden sie einander nicht bemerken. Fabio ließ den Rucksack von der Schulter gleiten.

»Menschenkind!«, hörte er wieder das vorwurfsvolle Raunen. Aber es klang beruhigend weit entfernt. *Jetzt oder nie,* dachte er.

»Hast du etwas vergessen?« Cindy war etwa fünf Meter vor ihm stehen geblieben und sah sich nach ihm um. Fabio hatte den Rucksack auf den Boden gestellt und tat so, als würde er darin herumkramen. Seine Finger strichen über weiches Wolfsfell und umfassten den Helmrand ganz fest.

»Meine Jacke«, rief er Cindy zu. »Ich habe sie wohl in der Höhle liegen lassen, ich komme gleich nach.«

Cindy wandte sich ab. Aber Gleda blieb stehen und schaute ihn nun fragend an. Er warf einen schnellen Blick über die Schulter. *Weit genug,* dachte er.

»Gleda«, rief er und riss Freki aus dem Rucksack. »Schnell! Komm her!«

Das Mädchen erkannte den Wolf und verstand sofort, was Fabio vorhatte. Und sie reagierte ohne zu zögern. Sie schnellte los und flog auf bloßen Füßen über das Lavagestein auf ihn zu. Im selben Moment, als auch die Amme begriff. Ein markerschütternder Wutschrei gellte über die Ebene. Während Fabio sich Freki aufsetzte, sah er aus dem Augenwinkel, wie die graue Elfe losstürzte. *Zu schnell!,* schoss es ihm durch den Kopf. Er wollte zu Gleda herumfahren, als sie ihn schon umrannte. Sie prallte so heftig gegen ihn, dass sie beide hinfielen. Um ein Haar wäre ihm Freki vom

Kopf gerutscht. Für ein paar Sekunden sah er nur Sterne und bekam keine Luft, weil Gleda auf ihm lag. Seine Finger verhedderten sich in schwarzem langem Haar. »Au«, keuchte Gleda, als er die Hand hochriss. Aber da hatte er sie schon am Arm gepackt, rollte mit ihr herum und zog sie auf die Beine. Inzwischen gellte die Luft vor wütenden Elfenschreien. Sie vermischten sich mit dem Krächzen der Krähen, die auf Fabio und Gleda zuschossen. Fabio riss Gleda an sich und legte ihr den Arm fest um die Taille. »Halt dich fest!«, befahl er. Gleda schlang ihre Arme um ihn und zerquetschte ihn fast, so fest umklammerte sie ihn. »Los!«, schrie sie mit vor Panik überschnappender Stimme. Aber Fabio hätte beinahe gelacht, als er auf das Lavafeld blickte. Die Elfen waren schon gefährlich nah, er konnte ihre silbernen Augen vor Wut glühen sehen. *Zurückgestohlen!*, feixte er. Er grinste den Grauen diebisch zu und griff dann betont lässig zu dem Wolfszahn. »*Beam me up, Freki!*«, sagte er laut und ließ es klicken.

Stadtelfen

Okay, wenn man zu zweit durch halb Island gebeamt wurde, *war* es ein Horrorsturz ins Bodenlose. Erst dachte Fabio, dass nur Gleda schrie, aber er leistete ihr wohl Gesellschaft, denn seine Kehle war ganz rau. Nach endlosem Trudeln krachten sie mit ohrenbetäubendem Getöse durch splitterndes Holz, schlitterten und drehten sich wie Kreisel. Gledas Haar flatterte über sein Gesicht, dann wurde ihm das Mädchen durch die Wucht eines Aufpralls aus den Armen gerissen. Der Boden rutschte unter Fabio dahin wie ein mit Malerfolie bespanntes Laufband. Um ihn herum klapperte es, als würde ein Gerüst über ihm zusammenbrechen, dann hagelte es Eimer, Pinsel und Tapetenrollen. Irgendjemand schrie erschrocken auf. Wie in Zeitlupe verfolgte er, wie der Wolfshelm ihm vom Kopf flog, auf dem Boden aufkam, sich zweimal überschlug, noch im Rollen wuchs und schließlich auf die Beine kam. Dann stand Freki in seiner ganzen Wolfsgestalt im Flur des Mitternachtshauses und schüttelte sich.

»Örn! Das ist ja ein Wolf!«, hörte Fabio Björg entsetzt rufen.

Die Welt schwankte immer noch, aber langsam begriff Fabio, wo er gelandet war. Mitten in einer Baustelle im Flur. Offenbar hatte Björg beschlossen, hier die Wände neu zu tapezieren. Auf ihm lag eine Aluleiter, die er einfach umgerissen hatte. Und an der Wand schlingerte noch ein Eimer mit Tapetenkleister entlang und kippte um wie ein Betrunkener. Tapetenkleister schwappte auf die Dielen. Fabio blinzelte. Von seiner Position aus sah er nur Örns Stiefel. Der große Mann stellte den Eimer hin, bevor der ganze Kleister auslaufen konnte. Fabio versuchte sich zu bewegen, aber seine Arme und Beine waren gezerrt und pochten, als sei er in einer Wäschetrommel herumgeschleudert worden.

»Fabi!«, schrie Tom über ihm. Die Leiter wurde weggehoben. Dann kniete sein Bruder neben ihm und zog ihn einfach hoch. *Autsch,* dachte Fabio benommen.

»Endlich!«, rief Tom aufgeregt. »Mann, ich habe mir schon Sorgen gemacht, warum es so ewig dauert.«

»Zurück!«, hörten sie Björg mit herrischer Stimme rufen. Sie hatte sich einen Besen geschnappt und hielt Freki damit auf Abstand. Dabei wollte der Wolf überhaupt nicht näher an sie heran. Er stand mit gesträubtem Nackenfell in die Ecke gedrängt und knurrte laut und drohend.

»Vorsicht, Björg!«, rief Örn und schnappte sich auch eine Waffe – die Aluleiter. Schützend wollte er sich damit vor Tom stellen, aber er rutschte auf dem Tapetenkleister aus und riss den Tapeziertisch neben der Treppe um. Eine Tapetenbahn segelte zu Boden und rollte wie ein blau geblümter Teppich bis zur Haustür.

Freki schnappte nach Björgs Besen und verbiss sich darin. Das Holz splitterte so mühelos, als hätte er in eine Eiswaffel gebissen. »Björg, lass ihn einfach vorbei!«, rief Fabio. Sein Bruder schoss hoch und war mit einem großen Satz bei dem Wolf. Björg und Örn schrien gleichzeitig erschrocken auf, als Tom Freki einfach um den Hals fasste und zur Seite zog. Der Wolf verschlang noch schnell das abgebissene Stück Besen, flog mit einem federnden Satz über Fabio hinweg und flitzte in die Küche. Man hörte Folie reißen, als er durch das Fenster nach draußen sprang. Im Flur erhob sich auf der Treppe eine Elfcam-Libelle und sauste dem Wolf im Schnellflug hinterher. »Was war das?«, stammelte Björg. »Was macht ein Wolf in unserem Haus. Und was …« Sie entdeckte Fabio, der gerade auf die Beine kam, und verstummte mit offenem Mund. Auch Örn stand da wie das Opfer eines Jahrmarktzauberers, der vergeblich versucht, den Trick zu durchschauen. Sein Blick glitt völlig verwirrt von Fabio zu Tom und wieder zurück. »Was …?«, fragte er. »Warum seid ihr …?«

DIE FRAGE mal anders, dachte Fabio. *Nicht mehr: »Seid ihr Zwillinge?«, sondern »Warum seid ihr Zwillinge?«*

»Das war nur ein Experiment«, antwortete er.

Tom lachte und reckte triumphierend die Fäuste in die Luft. »Und es hat funktioniert!«

Endlich kam diese Erkenntnis auch bei Fabio an. »Wir haben sie zurückgestohlen!« Er stieß einen Jubelschrei aus.

Als er an die grauen Gesichter dachte, konnte er nicht anders, als wie verrückt zu lachen. Und als Tom einfiel und sie beide damit begannen, mitten im Chaos einen wilden Tanz aufzuführen, verstanden die Geschwister Jónsdóttir/Jónsson endgültig die Welt nicht mehr.

Örn unterbrach ihren Triumphtanz, indem er sie einfach an den Armen fasste und auseinanderpflückte. »He!«, donnerte er. »Was ist hier los?«

»Was war das für ein Wolf?«, setzte Björg aufgeregt hinzu. »Und was soll das heißen: ›Wir haben sie zurückgestohlen?‹«

Diese Frage ließ Fabio und Tom tatsächlich verstummen. Tom sah sich suchend um. »Wo ist sie?«

Björg schnaubte. »Wer? Wenn ihr nicht endlich sagt, was hier los ist ...«

Aber dann blieb ihr jedes weitere Wort im Hals stecken. Ihre Augen wurden riesengroß, als ihr Blick an ihnen vorbei in Richtung Wohnzimmer fiel. Das Krachen bei der Landung war die Tür gewesen. Sie hing in verbogenen Angeln, eine Seite war gesplittert. Im Türrahmen hatte sich ein Haufen Malerfolie zu einem zerknitterten Berg zusammengeschoben, garniert mit halb zerfetzten Tapetenbahnen. Und dazwischen tastete sich gerade eine schmale Hand heraus.

»Elín!« Örn polterte quer durch das Chaos und begann, mit der linken Hand das ganze Gewirr zur Seite zu zerren. Mit der Rechten ergriff er die Hand und zog. Wie aus einer knisternden Blüte tauchte schwarzes Haar auf, dann Schultern, dann kam völlig zerzaust und nach Luft schnappend die ganze Gleda zum Vorschein. Sie kippte nach vorn in Örns Arme. Blinzelnd schaute sie zu ihm hoch und pustete sich das wirre Haar aus dem Gesicht.

»Wer bist du denn?«, fragte Örn.

Hinter Fabio und Tom fiel ein Besen klappernd zu Boden. Ein seltsamer, erstickter Laut ertönte. Björg starrte das Mädchen an, als würde sie einen Geist sehen. Und dann holte sie erschrocken Luft. Fabio bekam eine Gänsehaut, so deutlich nahm er wahr, dass gerade ein Bann brach. *Die Wächter haben sie tatsächlich durch einen Zauber blind gemacht, genau wie Hansen sagte.* Auch Tom schien es zu spüren, denn er griff nach Fabios Hand und wagte kaum zu atmen. Die Luft flimmerte ein wenig, wie Hitze, die von heißem Asphalt abstrahlt. Und dann sahen sie ganz deutlich, wie sich Schicht um Schicht eines milchigen Zaubers in der Luft löste und wie ein zerrissener Schleier vor Björg zu Boden sank. Als sie endgültig begriff, was sie so viele Jahre nicht sehen durfte, schlug sie die Hände vor den Mund. Ihre Augen, so blau wie die von Gleda, füllten sich mit Tränen.

»Das ist Gleda«, stieß Björg dann mit erstickter Stimme hervor. »Örn, das ist mein kleines Mädchen, das so lange fort war!« Sie stürzte zu Gleda und riss sie in ihre Arme. Und als auch Gleda sie so fest umarmte, als wollte sie ihre Mutter nie wieder loslassen, schluchzten und lachten sie beide zur gleichen Zeit. Fabio drückte Toms Hand ganz fest. Es war zum Heulen schön, die zwei zu sehen. Aber gleichzeitig gab es Fabio auch einen Stich im Herzen. Es war seltsam, dass man gleichzeitig so froh und so unendlich traurig sein konnte. Denn er musste an Elín denken, die nur ein paar Straßen weiter tapfer in der Kirche ausharrte. Er war wirklich dankbar, dass seine Freundin jetzt nicht hier war und mitansehen musste, wie glücklich Björg war, ihre richtige Tochter wiederzuhaben. Björg strich Gleda das Haar aus dem Gesicht und küsste sie auf die Stirn, auf die Wangen und Augen. »Ich habe es immer geahnt«, sagte sie. »Wie oft bin ich nachts aufgewacht mit dem Gefühl, dass irgendetwas nicht richtig ist, dass etwas in meinem Herzen fehlt – dass *jemand* fehlt. Ich war so traurig und wusste nicht, warum.«

»Jetzt bin ich ja hier«, sagte Gleda leise. Und wenn jemals ein Mädchen glücklich geklungen hatte, dann war es sie.

Örn betrachtete die beiden, als würde er immer noch nicht ganz begreifen.

»Sie ist Björgs Tochter«, wandte sich Fabio an ihn. »Vor zwölf Jahren haben die Elfen sie entführt und Elín als Wechselbalg an ihrer Stelle in der Wiege zurückgelassen.«

»Elfen gibt es doch gar nicht«, murmelte Örn. Und Fabio verstand in diesem Augenblick, dass Björg nicht die Einzige war, die von den Wächtern mit einem Bann belegt worden war. *Das ist also der Grund, warum die ganze Familie so ablehnend reagierte, wenn die Sprache auf Elfen kam,* dachte er. *Weil die Wächter es ihnen wie einen Hypnosesatz eingeflüstert hatten, damit niemand Verdacht schöpft.*

»Elín gehört zum *Huldufólk*«, sagte Tom betont deutlich. »Die grauen Wächter haben sie zu euch geschickt, um eure Familie zu bestrafen. Dafür, dass ihr den Elfenhügel am See gesprengt habt, um Gästehaus Nummer zwei zu erbauen.

Aber schon als Baby brach der Kontakt zwischen Elín und ihrem Volk ab und so wuchs sie als Björgs Tochter auf, ohne zu wissen, wer sie in Wirklichkeit ist. Sie dachte die ganze Zeit, sie sei ein Menschenmädchen. Und als sie von den anderen Elfen erfuhr ...«

»Den anderen Elfen?« Örn wurde blass.

»Ja, es gibt Stadtelfen in Reykjavík«, sagte Fabio vorsichtig. »Ich kann sie sehen. Und ... euer jüngerer Bruder war ebenfalls elfsichtig.«

Die Erwähnung von Hansen war das Wort, das den letzten Bannschleier von Örns Augen herunterriss. Er stöhnte voller Schmerz auf. Fabio erschrak, als der bärenhafte, große Mann einfach auf die Knie sackte und den Kopf in den Händen vergrub. »Guðmundur«, murmelte er gequält. »Es war also ... alles wahr, was mein kleiner Bruder gesagt hat? Und wir haben ihm nicht geglaubt!« Er schüttelte verzweifelt den Kopf. »Also bin ich schuld daran, dass Gleda zwölf Jahre lang ...« Er schaffte es nicht, den Satz zu beenden, so entsetzt war er.

»Es war nicht nur deine Schuld«, sagte Björg sanft. »Auch ich habe nicht auf ihn gehört.«

Das Mädchen in Björgs Armen machte sich vorsichtig los. Sie ging zu Örn und legte die Arme um seinen Nacken. Und der riesige Mann schloss sie so zaghaft in die Arme, als wäre sie zerbrechlich wie feines, dünnes Glas. Diesmal war es kein Bann der brach, es war ein viel stärkerer Zauber, der neu gewoben wurde. Ein zartes Band, das dennoch stärker war als alles, was die Zwerge jemals aus Katzenschleichen, Frauenbart und Fischatem erschaffen hatten. Ein Band, das diese drei Menschen nun für immer zu einer Familie zusammenfügte, war fein wie der Faden einer Spinne, stark genug, die Welt vor dem Untergang zu bewahren. Und unzerstörbar durch Elfenmagie und andere Täuschungen.

Tom drückte Fabios Hand und lächelte ihm zu. »Ich habe doch gesagt, alles wird gut«, raunte er ihm zu. Fabio hätte nicken müssen, aber sein Herz wurde schwer. *Auch für Elín?*, dachte er. *Wo ist ihr Platz und ihr Band, das sie zum Teil dieser Familie macht?*

Er ließ Toms Hand los.

»Wo gehst du hin, Fabi?«

»Zur Kirche«, antwortete Fabio so leise, um das Gespräch der Familie nicht zu stören. »Elín macht sich bestimmt schon Sorgen.«

Er rannte zur Tür – aber als er sie aufriss und hinausstürmen wollte, prallte er erschrocken zurück. Genau wie seine Mutter, die gerade dabei gewesen war, den Schlüssel in Schloss zu schieben. Klirrend fiel ihr Schlüsselbund zu Boden.

»Tom!«, rief sie und schnappte nach Luft. »Huch! Hast du mich jetzt aber erschreckt!«

Fabio konnte sie auch nur anstarren. Heute sah sie aus wie ein Polarlicht – in einem Kleid mit einem wolkigen Schleiermuster in Grellgrün und Nachtblau. Sein Vater trat vor und schaute Fabio besorgt an. »Was ist denn mit der Eberesche passiert, Tom?«, fragte er. »Und die ganzen zerbrochenen Fenster, was war hier los?« Er stutzte, als ihm wohl auffiel, dass Tom neuerdings blaue Augen hatte.

»Es gab einen Sturm«, erklärte Tom und schob sich neben Fabio in den Türrahmen.

Der Effekt hätte nicht besser sein können. Sogar Papa, der sonst durch fast nichts zu erschüttern war, wurde blass, als er den Zwillingslook seiner Söhne sah. Mama warf ihm einen panischen und gleichzeitig vorwurfsvollen Blick zu. »Wir sollen uns also nicht einmischen, Jan?«, flüsterte sie ihm zu. »Die Jungs sollen alles unter sich ausmachen? Tolle Idee: Jetzt sieht das Haus so aus, als hätten unsere Jungs versucht, den Baum in die Luft zu sprengen. Wahrscheinlich auch nur eine harmlose Mutprobe, oder? Und Fabio ...« Sie verbiss sich gerade noch so den Rest des Satzes. Aber er hallte auch so in der vorwurfsvollen Pause wider: *... versucht jetzt auch noch genauso auszusehen wie Tom.*

Mama seufzte und schüttelte bekümmert den Kopf. Und auch diese Geste sagte alles: *Wir hätten niemals wegfahren sollen. Ich hätte Fabio niemals aus den Augen lassen dürfen.*

»Kommt doch rein«, sagte Tom freundlich, aber bestimmt. »Wir renovieren zwar gerade den Flur, aber euer Schlafzimmer ist einigermaßen aufgeräumt.« Er trat zur Seite und gab den Blick frei auf den Flur, der wie ein Trümmerfeld aussah, und auf Björg und Örn, die auf dem Boden knieten und ein verwildertes Mädchen mit knielangem schwarzem Haar umarmten. Jetzt musste sich Fabio doch ein Lachen verbeißen. Die Gesichter seiner Eltern wären wirklich ein Foto wert gewesen.

Und als wäre das noch nicht genug, tauchten hinter ihnen am Gartentor nun auch noch Snjór und die anderen Elfen auf. »Hast du Gleda wirklich zurückgestohlen?«, rief Aska etwas besorgt. »Die Libelle hat sie bei eurer Bruchlandung in dem ganzen Chaos gar nicht bei dir gesehen.«

Tom antwortete nur mit einem Daumen-hoch-Zeichen und die ganze Bande begann zu jubeln. Fabio musste lächeln, als er sah, wie sehr sich die Elfen freuten. Auch wenn ihm bewusst war, dass ihre Freude wahrscheinlich hauptsächlich Elín galt. Jetzt würde Hansen keinen Grund mehr haben, sie zu töten. *Zumindest hoffe ich das.* Er spähte zum Spielplatz. Die Straßenbeleuchtung war bereits eingeschaltet, aber nirgendwo war ein Schatten oder eine schmale Gestalt zu sehen. *Ob er weiß, dass Gleda wieder da ist?*, dachte Fabio mit einem mulmigen Gefühl.

Gull rannte los und quetschte sich an Fabios Eltern vorbei in das Haus. Seine Mutter stieß einen überraschten Schrei aus, als der Wolf an ihren Beinen entlangstrich. Und als auch noch Örn und Björg erschrocken herumfuhren, wurde Fabio klar, dass die Elfen nun wirklich für alle sichtbar geworden waren. Björg und ihr Bruder hatten Gleda sofort schützend hinter sich geschoben, aber das Mädchen schlüpfte zwischen ihren Beinen hindurch, huschte flink zu Gull und umarmte ihre Freundin.

Die anderen Elfen drängten sich um sie und schnatterten alle durcheinander.

»Wer sind all diese Kinder?«, fragte Fabios Vater verwirrt. »Ist das hier so etwas wie eine Fantasy-Rollenspielgruppe?«

»Freki, nein!«, rief Aska. Aber es war zu spät. Der Wolf stand genau dort, wo Fabios Vater die Reisetasche abgestellt hatte. Sein Smartphone hatte wohl gut sichtbar in der Seitentasche gesteckt, Freki hatte es sich geschnappt, schleuderte es in die Luft und verschluckte es. Fabios Eltern waren herumgefahren und schrien beide entsetzt auf.

»Keine Panik«, rief Tom. »Der tut nichts.«

Nein, er verschlingt nur alles, was er findet, dachte Fabio.

Snjór war mit drei flinken Sätzen bei seinem Wolf und packte ihn am Nacken. Freki knurrte und sträubte das Fell. Aber als Snjór »Gib es her!«, befahl, schüttelte er sich und spuckte etwas aus. Klappernd landete das Steinzeithandy auf dem Boden.

Fabios Eltern waren jetzt doppelt sprachlos. Fast taten sie Fabio leid, so verwirrt waren sie beide.

»Nicht das«, sagte Snjór verärgert. »Das andere.«

Freki gehorchte und rückte endlich das Smartphone wieder heraus. Snjór hob es auf, wischte es mit seinem Ärmel ab und streckte es Papa hin. »Entschuldigung«, sagte er mit einem gewinnenden Lächeln. »Wenn er Handys oder Münzen sieht, ist Der Gefräßige schlimmer als eine Elster.«

»Was … wer um Himmels Willen seid ihr?«, stammelte Fabios Vater.

Seine Mutter starrte immer noch fassungslos auf das Steinzeithandy. »Ich dachte, das … das hättest du beim Ausritt zu den Wasserfällen verloren, Fabi?«

»Im Prinzip stimmt das auch«, sagte Fabio. »Und das hier sind … ähm … meine Freunde, die Elfen.«

Mama zuckte zusammen, als ihr jemand auf die Schulter tippte. »Guten Abend.« Gull lächelte von einem Ohr zum anderen – mit der ganzen Reihe ihrer spitzen Zähne. »Ihr seid also die vorzüglichen Eltern dieser begabten jungen Menschen?«, sagte sie mit steifer Höflichkeit. Sie streckte Mama die Hand hin. »Das *Huldufólk* ist außerordentlich erfreut, euch beide persönlich kennenzulernen.«

Mama war viel zu perplex, um ihr nicht die Hand zu geben. Gull schüttelte sie genau abgezirkelt dreimal und ließ sie wieder los. Die Geste wirkte wie auswendig gelernt. Was sie wahrscheinlich auch war.

»Was ist denn mit Gull los?«, flüsterte Tom verwundert.

»Das ist eine ihrer Begrüßungsformeln für Menschen, wenn sie es ganz richtig machen will«, raunte Fabio ihm zu. Tom nickte ehrlich beeindruckt. »Wenigstens gibt sie sich Mühe«, murmelte er.

Ihre Mutter machte erst den Mund auf, um etwas zu erwidern, aber dann klappte sie ihn einfach wieder zu. Aber Papa überraschte Fabio nun wirklich. Er trat vor, nahm Gulls Hand und schüttelte sie ebenfalls. »Das … ähm … Menschenvolk ist auch außerordentlich erfreut«, sagte er sehr gefasst und freundlich.

Tom warf Fabio einen stirnrunzelnden Blick zu. *Glaubt er es wirklich oder denkt er immer noch, das hier ist ein Live-Rollenspiel?* Das fragte sich auch Fabio. Er konnte es nicht mit Sicherheit sagen. »Kommt doch endlich rein.« Tom fasste Papa am Ärmel und zog ihn einfach in das Mitternachtshaus. Fabio nahm die Hand seiner Mutter und führte sie in den Flur. Björg und Örn standen der Gruppe von Elfen gegenüber. Und Fabio bemerkte an den scheuen Blicken und dem

Gemurmel, dass sowohl die Elfen als auch die Menschen immer noch unsicher waren, wie sie einander begegnen sollten. Misstrauen lag in der Luft. Kein Wunder. Schließlich war Örn immer noch derjenige, der ein Elfenhaus in die Luft gesprengt hatte. Und die Elfen waren für die Geschwister Jónsson/Jónsdóttir die Entführer von Gleda. Björg hatte ihr den Arm um die Schultern gelegt und drückte das Mädchen an sich, als wollte sie es mit Leib und Leben gegen das *Huldufólk* verteidigen. Ihr Blick huschte ängstlich von Elfe zu Elfe. Aber nicht, weil sie Snjór und die anderen fürchtete, wie Fabio klar wurde. Sondern weil sie eine Elfe vermisste.

»Wo ist Elín?«, stieß Björg besorgt hervor. »Geht es ihr gut? Ich will sofort meine Elín sehen!«

Odins Wölfe

Die Elfen huschten über den Spielplatz voraus, gefolgt von Björg, ihrem Bruder und Gleda. Fabio hätte gerne zu Gull aufgeholt, aber er fühlte sich verpflichtet, bei seinen Eltern zu bleiben. So bildeten er und seine Familie den Schluss dieser seltsamen Prozession, die nun zur Kirche bergauf eilte. Im Gehen versuchte Tom ihren Eltern in drei Minuten alles zu erklären, aber an dieser Aufgabe scheiterte sogar T.T.

»Ich verstehe nur, dass Fabio Elfen sieht.« Mama war immer noch völlig fassungslos. »Er hat dieses Mädchen zurückgeholt. Und jetzt kann er also auch noch mit Geistern reden?«

»Du wolltest doch, dass er Freunde findet«, bemerkte Papa lakonisch.

Hundegebell unterbrach das Gespräch. Aus einer Seitenstraße bog gerade eine Frau in Richtung Mitternachtshaus ab. Doch weit kam sie nicht. Der kleine Mischlingshund, den sie an der Leine führte, kläffte wie verrückt und zerrte in die entgegengesetzte Richtung bergauf – dorthin, wo Freki neben den Elfen hertrabte. Der Wolf blieb stehen, drehte sich um und knurrte. Der Mischling geriet völlig außer sich. Er fletschte die Zähne und stemmte sich gegen die Leine, als wollte er sie zerreißen. Die Frau war irritiert und erstaunt. Natürlich – für sie waren die Elfen und auch der weiße Wolf unsichtbar. Es musste aussehen, als würde sich ihr Hund auf Björg und ihre Familie stürzen wollen. Sie stutzte einen Moment, als sie Gleda sah, die barfuß und mit ihrem viel zu langen Haar zwischen ihrer Mutter und ihrem Onkel dahinschritt. Aber dann lenkte das Kläffen sie wieder ab. »Ásgeir!«, herrschte sie ihren Hund genervt an. Das war eindeutig der Name des Hundes, schlagartig hörte er auf zu kläffen und schaute sein Frauchen an. Fabio musste sehr tief durchatmen. Das war garantiert dieselbe Frau, die er vor einigen Tagen den Namen Ásgeir hatte rufen hören. *Hansen hat sich also den Namen des Hundes geliehen, weil es sich zufällig passend ergab.* Der Bikerjunge hatte wirklich mit allen Tricks gearbeitet, um Fabio in die Irre zu führen.

Oben kam bereits der Kirchplatz in Sicht. Heute wirkte die helle Kirche mehr denn je wie eine Rakete vor dem Start. Ein blasser, müder Mond hing am Nachthimmel und schien die Elfen zu betrachten, die nun zum Hauptportal rannten.

»Fabi?«, fragte Mama. »Hörst du mir überhaupt zu?«

»'Tschuldigung«, sagte Fabio. »Nein, ich … ich … muss vorausgehen.«

Damit rannte er los, überholte Björg und die anderen. Er erreichte atemlos die Tür und schlüpfte direkt hinter Tvinni in das Innere der Kirche. Elín und Gunnar hatten ein Lager bei der hintersten Kirchenbank aufgeschlagen. Fabio war froh, dass Gunnar offenbar den ganzen Tag über zusammen mit Elín hier ausgeharrt hatte. Er fragte sich, wo die beiden die ganzen Sachen und sich selbst versteckt hatten, während sie sich abends vom Pfarrer unbemerkt und heimlich in der Kirche einschließen ließen. Jetzt sah es hier aus wie auf einem Campingplatz. Teelichte brannten und verbreiteten Lagerfeuerstimmung. Isomatten und Schlafsäcke bildeten auf dem Boden ein zerwühltes Lager, darum herum lagen Comics und Bücher, mit denen sich Elín wohl die vergangenen Stunden vertrieben hatte. *Sie ist ja schon seit dem frühen Morgen hier,* dachte Fabio. Und sie wirkte, als hätte sie eine Woche nicht geschlafen.

Sie war aufgesprungen und schaute ihnen mit großen Augen entgegen. Gunnar erhob sich nun ebenfalls und legte ihr den Arm um die Schultern. Und diesen Halt brauchte sie auch, so ängstlich und angespannt sah sie aus. Sie schaffte es nicht einmal zu lächeln.

»Habt ihr sie?«, fragte sie mit vor Anspannung bebender Stimme.

Das Lächeln der Elfen war wohl Antwort genug. Und als auch noch Fabio nickte und beide Daumen hob, bekam sie vor Erleichterung so weiche Knie, dass sie sich kurz an Gunnar lehnen musste. Aber dann stieß sie einen Freudenschrei aus und wollte schon zu Fabio stürzen, doch die Elfen waren schneller. Sie umringten sie und redeten alle durcheinander. Gunnar trat zurück. Beim Anblick der Elfen war er totenblass geworden und dann musste er sich auf die letzte Kirchenbank setzen. Fabio sprang zu ihm. »Alles in Ordnung?« Der alte Mann nickte. Aber dann musste er die Brille abnehmen. Als er sie mit dem Saum seines Pullis zu polieren begann, zitterten seine Hände.

»Alles … alles in Ordnung«, stotterte er. »Es ist nur … diese Kinder … das ist ja kaum zu … das sind sie also? Alle?«

Fabio musste lächeln. »Alle, die in der Stadt leben. Der mit den weißen Haaren heißt Snjór. Das da sind Gull, Tvinni und Aska. Und der Wolf heißt Freki.«

Freki drängte sich an Elín und ließ sich von ihr umarmen und den Nacken streicheln. *Sie ist wirklich ganz und gar eine Elfe,* dachte Fabio. In dieser Gruppe passte sie dazu wie ein fehlendes Puzzlestück, das endlich an seinen richtigen Platz geklickt war. *Aber wird ihr das genügen?,* dachte Fabio. Als hätte sie seinen Gedanken gehört, wurde sie ernst und wandte sich ihm zu.

»Ist Björg auch hier?«, fragte sie mit banger Stimme. Das gab ihm einen Stich. Sie sagte wirklich nicht mehr »Meine Mutter« oder »*Mamma*«, so, als hätte sie bereits angefangen, sich von der Familie zu verabschieden. Aber ihre Stimme bebte leicht und die Sehnsucht und der Kummer darin waren so deutlich zu hören, dass es fast körperlich wehtat. Jetzt bekam Fabio wirklich Angst um Elín. Wie würde sie reagieren, wenn sie Gleda sah? Und was würde Björg tun?

Die Tür klappte ein weiteres Mal und Elín fuhr erschrocken hoch und stand kerzengerade da. Die Elfen wichen zur Seite. Nun hatte auch Elín Angst, so gut kannte Fabio sie inzwischen. Sie versuchte, ganz ruhig zu wirken, aber ihre rechte Ferse hibbelte auf dem Boden, als stünde das ganze Mädchen unter Strom. Ihre Miene war neutral und sehr gefasst, doch das panische Flackern in ihren Augen strafte diese Coolness Lügen.

Fabio wollte zu ihr gehen, aber Gunnar legte ihm die Hand auf die Schulter und riss ihn zurück. »Wir bleiben hier«, befahl er leise. Im selben Augenblick betrat Elíns Familie die Kirche. Vorsichtig, wie auf Zehenspitzen, traten sie ein und blieben dicht zusammengedrängt stehen. Die Elfen waren nun ganz still. Das einzige Geräusch waren die Schritte von Fabios Eltern und von Tom, die sich nun ebenfalls durch die Tür schoben. Fabios Eltern blieben im Hintergrund stehen, nur Tom huschte sofort zu Fabio und Gunnar. Niemand sagte ein Wort.

Es schien nur noch Björg, Gleda und Elín zu geben, die sich nun gegenüberstanden. Nur wenige Meter voneinander entfernt und dennoch kam es Fabio so vor, als würden Welten und Jahre sie trennen. Denn nun hielt Björg ein anderes Mädchen zärtlich und ganz fest an ihre Seite gedrückt. Es war schockierend, wie deutlich die Ähnlichkeit zwischen Mutter und Tochter war. Und noch deutlicher war die Liebe zwischen ihnen, das Band, das vorhin geknüpft worden war. Das musste wie ein Schlag für Elín sein und Fabio war es, als könnte er ihren Schmerz selbst fühlen. Noch nie hatte seine Freundin einsamer gewirkt als jetzt.

Und Björg, so wurde ihm bewusst, sah Elín zum ersten Mal – als das, was sie wirklich war.

Elín betrachtete Gleda und versuchte tapfer, deren Lächeln zu erwidern.

»Hallo!«, sagte sie dann mit kieksiger, kippender Stimme. Dann verzerrte sich ihr Lächeln zu einer Grimasse – und sie brach in Tränen aus.

Gunnars Finger gruben sich in Fabios Schulter. »Bleib hier«, knurrte er.

»Mann, hört dieses Dauergeheule auch irgendwann mal wieder auf?«, flüsterte Tom neben ihnen.

Fabio sah seinen Bruder fassungslos an. Wie konnte Tom so gefühllos sein? »Geht's noch?«, zischte er.

Aber Tom war immer noch völlig ungerührt. »Ist doch wahr«, sagte er mit einem Schulterzucken. »Was soll das? Jetzt ist doch alles in Ordnung.«

Er deutete mit einem lässigen Wink zu Björg. Und dann begriff Fabio, dass Tom wohl auch eine Gabe hatte. Vielleicht hieß sie einfach Vertrauen. Vielleicht sah T.T. aber auch in die Herzen von Menschen, auf eine Weise, wie es Fabio nicht gelang.

Björg strich Gleda noch einmal über das Haar mit einer Geste, die deutlich sagte, dass sie ihr Mädchen nicht zurückließ, aber ihr Blick war schon auf Elín gerichtet. Örn trat zu Gleda und nahm sie an der Hand. Und Björg ging zu Elín und schloss sie fest in die Arme, wiegte sie und küsste sie auf das Haar, wie Mütter es machen, die ihre Kinder trösten.

»Warum weinst du denn, Sonnenschein?«, fragte sie lächelnd. »Du wolltest doch schon immer eine Schwester haben. Und ich habe mir schon so oft eine zweite Tochter gewünscht. Fabio haben wir es jetzt zu verdanken, dass wir nun endlich zu dritt sind.«

Elín schaute überrascht zu ihr hoch – und dann warf sie sich Björg mit einem Schrei noch fester und so ungestüm in die Arme, dass Björg lachend zurücktaumelte.

»Sag ich doch«, murmelte Tom schon fast gelangweilt. Fabio konnte nicht antworten. Er war noch nie so sprachlos gewesen. Und noch nie so erleichtert.

Die Elfen waren allerdings noch fassungsloser als er. Beinahe hätte Fabio gelacht. Snjór und den anderen waren die Münder aufgeklappt. Sogar Gull, die sich den Menschen so nahe fühlte, sah ungläubig zu, wie nun auch Gleda und Gunnar zu Elín traten und das Band sie alle umfasste, neu gewebt durch Worte und Berührungen und Lachen. *Tja, das hättet ihr wohl nicht von den Menschen gedacht, was?*, dachte Fabio. Ein wenig stolz war er schon – auf Björg und Örn, der Elín nun durchs Haar wuschelte. Aber ein ganz kleines bisschen auch auf Tom und auf sich selbst.

Er spürte einen Blick auf sich ruhen und bemerkte, dass seine Eltern ihn erstaunt und sehr aufmerksam beobachteten. Seine Mutter hatte ganz feuchte Augen und wischte sich verstohlen mit dem Handrücken über die Wange. Aber sie lächelte ihm zu. Und ein wenig war es so, als würde auch sie ihn zum ersten Mal sehen.

Snjór horchte plötzlich auf.

»Scht!«, zischte er. Alle wurden ruhig. Jetzt hörten es auch die anderen, noch bevor Freki zur Kirchentür rannte und wie verrückt davor auf und ab zu laufen begann.

Steht Hansen vor der Tür?, war das Erste, was Fabio dachte. Aber es war wohl etwas anderes, das die Elfen sichtlich beunruhigte. »Du musst aufmachen«, sagte Aska zu Snjór. Ihre Stimme klang in der hallenden Kirche wie das ängstliche Flüstern eines Gespenstes.

»Ich weiß«, antwortete Snjór.

»Was ist da draußen?«, wollte Fabio wissen. Aber Gull schüttelte nur besorgt den Kopf und legte warnend den Zeigefinger über die Lippen. »Geht zur Seite«, befahl sie den Menschen. »Weg von der Tür.«

Elín schien einen Moment unschlüssig, zu welcher Partei sie sich nun zugehörig fühlen sollte, aber schließlich ließ sie sich von Björg zu ihrer menschlichen Familie führen.

Freki schlüpfte sofort aus der Tür, kaum, dass Snjór sie einen Spalt weit geöffnet hatte. Und dann hörte auch Fabio es ganz deutlich: das wütende Krächzen von Krähen. Zwei von ihnen saßen auf Leif Erikssons Denkmal, die drei anderen flogen auf dem Kirchplatz ihre Runden, segelten dicht über dem Boden dahin. Die größte Nebelkrähe landete direkt vor der Türschwelle auf dem Boden. Blaue Augen funkelten zornig im Licht der flackernden Kerzen. Die Krähe warf den Kopf nach hinten und stieß ein raues, empörtes Krächzen aus, das in der ganzen Kirche widerhallte. Es war kein bisschen beruhigend, dass alle Elfen geschlossen einen Schritt zurückwichen. Tvinni rückte ganz nah an Aska heran, als würde er bei ihr Schutz suchen.

»Was …«, fragte Örn und wurde mit einer Flut von »Scht!«-Lauten sofort wieder zum Schweigen gebracht.

Und dann erscholl ein anderer Laut. Er jagte Fabio eine Gänsehaut über den Rücken. Freki saß draußen im Mondschein und heulte den Mond an. Es war ein Ton, so rau und wild, dass es nun die Menschen waren, die dichter zusammenrückten. Und kaum war das Heulen verklungen, hörten sie ein Echo. Ein zweiter Wolf antwortete Freki. Sein Ruf kam vom anderen Ende der Stadt, aber er erfüllte die Kirche und ließ alles vibrieren wie der Ton eines tiefen Horns. *Der Gott Odin hatte zwei Wölfe,* erinnerte sich Fabio an die alten Sagen. *Sie heißen Geri und Freki. Der Gierige und Der Gefräßige.*

»Sie sind nach Reykjavík gekommen?«, stieß Tvinni fassungslos hervor.

Die Grauen?, schoss es Fabio durch den Kopf. Schlagartig war ihm heiß und eiskalt zugleich.

»Keine Panik«, sagte Gull mit vor Angst bebender Stimme. »Snjór? Was sagen sie?«

Der weiße Elfenjunge lauschte angespannt. Und Fabio wurde in diesem Moment klar, dass Snjór auch die Sprache der Raben und der Wölfe verstand.

»Die Wächter sind hier?«, flüsterte Tom ihm leise zu.

»Ich glaube schon«, wisperte Fabio zurück.

»Was meint ihr mit *die Wächter?*«, fragte ihr Vater – und wurde ebenfalls sofort von den Elfen mit »Scht!« niedergezischt.

»Sie warten am Hafen auf uns«, sagte Snjór dann und schluckte. »Und sie wollen Elín sehen. Sofort.«

»Nein, auf keinen Fall!«, rief Björg und zog Elín schützend an sich.

»Das ist kein Vorschlag und auch keine Frage«, sagte Gull ernst. »Die Ältesten befehlen, wir gehorchen. Das ist der Elfenkodex. Und der gilt nun auch für Elín.«

Elín wurde blass und schluckte. Aber sie nickte und machte sich behutsam von Björg los. »Ist schon gut, *Mamma*«, sagte sie. »Meine Leute tun mir nichts. Mach dir keine Sorgen.«

Aber man musste nur in die Gesichter der Elfen schauen, um zu wissen, dass man sich schrecklich viele Sorgen machen musste.

»Dann komme ich mit«, beharrte Björg.

»Ich auch«, sagte Örn ohne zu zögern.

»Wir gehen alle«, setzte Gunnar hinzu. »Entweder die ganze Familie oder keiner.«

»Das geht nicht«, rief Aska. »Ihr macht alles nur noch schlimmer. Und außerdem können die Ältesten Menschen nicht ausstehen.«

Fabio und Tom sahen sich besorgt an.

»Ihr könnt Elín nicht aus der Kirche führen«, rief Tom dann. »Was, wenn Hansen ihr draußen auflauert? Wir wissen doch gar nicht, ob Elín nun wirklich vor ihm sicher ist.«

»Bei den Grauen ist sie sicherer als an jedem anderen Ort der Welt«, erwiderte Snjór. »Dort, wo sie sind, ist das Elfenreich.«

Fabio war sich nicht sicher, ob das wirklich eine beruhigende Aussage war. *Was, wenn sie Elín mitnehmen und sie für immer in den Vulkanbergen verschwinden lassen?*

Auf einen Pfiff von Snjór hin kam Freki sofort in die Kirche gelaufen. Er machte einen respektvollen Bogen um die Krähe, die immer noch auf der Schwelle wartete, und rollte sich vor Snjór auf dem Boden zusammen. Einen Wimperschlag später lag dort der Wolfshelm, den Snjór aufhob und sich behutsam auf den Kopf setzte. »Ich bringe dich zu ihnen«, sagte er zu Elín.

Sie war noch blasser geworden. Und Fabio bewunderte sie für ihren Mut, sich jetzt entschlossen von ihrer Familie loszumachen und zu Snjór zu treten. Der Junge schlang beide Arme fest um ihre Taille. Elín schaute zu Fabio und versuchte sich an einem ermutigenden Lächeln.

»*Þetta reddast, Lítill*«, sagte sie. »Das wird schon!«

»Was …?«, fragte Örn noch. Aber dann schrien die Menschen in der Kirche alle auf – auch Fabio. Die beiden waren fort, ohne dass man sie hätte verschwinden sehen.

»Elín!« Björgs verzweifelter Ruf vermischte sich mit dem triumphierenden Krächzen der Krähen. Alle fünf Vögel erhoben sich in den Himmel und flogen blitzschnell in Richtung Hafen davon.

»Wo sind sie?«, stieß Örn hervor. »Bringen sie Elín in einen Elfenhügel?«

Gull sah Örn etwas verdutzt an. »Wo gibt es denn in Reykjavík Elfenhügel?«, fragte sie verwundert. »Die Sitzungen finden immer in der *Harpa* statt.«

»Worauf warten wir dann?«, rief Björg. »Gehen wir zu Elín und diesen … Ältesten.«

»Seid ihr verrückt?« Tvinni schüttelte heftig den Kopf. »Das ist eine Sache zwischen Elín und den Ältesten. Niemand mischt sich ein. Wir müssen zwar hingehen, dürfen aber auch nur sprechen, wenn wir gefragt werden. Und die Ältesten reden nie mit Menschen. Niemals!«

Fabios Herz schlug längst wie rasend. Alles in ihm sträubte sich schon beim Gedanken an die grauen, zornerfüllten Augen. Aber ein anderer Teil in ihm zog und zupfte an ihm und drängelte, dass er Elín nicht allein lassen durfte. Gerade jetzt nicht – und um keinen Preis.

»Ich gehe zur *Harpa*«, entschied Örn. »Es ist mir egal, ob sie mit mir reden, ich werde ganz bestimmt nicht hier sitzen und warten, ob Elín wieder zurückkommt oder nicht.«

»Ich komme mit dir«, sagte Fabio. »Vielleicht reden sie nicht mit Menschen, aber wie ich heute Nacht schon sagte: Möglicherweise hören sie zu, wenn ein Zwerg das Wort an sie richtet.«

Es war bemerkenswert, wie still es in einer Kirche schlagartig werden konnte. Seine Eltern sahen ihn an, als würde sein Haar aus Funken und Blitzen bestehen.

»Du bist doch kein Zwerg«, sagte Aska verwundert.

»Nein«, bestätigte Tom. »Fabio ist wirklich der Größte.«

Fabio musste grinsen. Aber dann wurde er ernst.

»Höchstwahrscheinlich bin ich doch einer«, sagte er. »Sogar ganz offiziell und mit ärztlichem Siegel. Ich wachse nämlich nicht mehr. Ihr könnt den Ältesten also sagen, ich sei ein Vertreter des deutschen Zwergenvolkes.« *Und vielleicht nehmen sie einem Zwerg die Aktion mit Gleda dann nicht ganz so übel,* setzte er in Gedanken hinzu.

Seine Mutter hatte die Hände vor den Mund geschlagen und zum ersten Mal erlebte er auch seinen Vater völlig fassungslos. Fast taten ihm die beiden leid, so erschrocken wirkten sie. »Ja, ich weiß von dem ärztlichen Gutachten wegen meiner Größe«, sagte Fabio und zuckte mit den Schultern. »Höchstwahrscheinlich kleinwüchsig.« Dann wandte er sich an die Elfen. »Und immerhin … ähm … kennen die Grauen mich ja bereits.«

Die Elfen warfen sich vielsagende Blicke zu. Aber Örn nickte.

»Dann gehen wir also zusammen, Fabio. Und ihr anderen bleibt hier in der Kirche und passt auf Gleda auf.«

Björg wollte sich schon entrüsten, aber Örn schüttelte entschieden den Kopf. »Nein, kleine Schwester. Das ist eine Sache zwischen den Ältesten und mir. Ich allein war es, der vor zwölf Jahren ihre Behausung zerstört hat, nicht du. Sie haben sich an meiner Familie gerächt. Und wenn ich das jetzt nicht in Ordnung bringe, dann wird Gleda nie wieder sicher sein. Bleib bei ihr. Sie hat dich lange genug vermisst.«

Gunnar trat vor: »Er hat recht, Björg.«

Tom war blass geworden, aber er war der Erste, der sagte: »Und wenn einer es mit den grauen Wächtern hinkriegt, dann Fabi.«

Unerschütterliches Vertrauen, dachte Fabio bei sich. *Das ist Toms Gabe. Er glaubt einfach ganz fest an die Menschen, die ihm nahestehen.*

Er lächelte Tom dankbar zu und wollte Örn, der schon vorausging, nach draußen folgen. Aber die Stimme seines Vaters hielt ihn zurück. »Nein, Fabio!«, hallte es in der Kirche. »Ich werde auf keinen Fall zulassen, dass du dich noch einmal in Gefahr bringst.«

Sogar Tom zuckte zusammen. So streng hatten sie ihren Vater beide noch nie erlebt.

»Aber …«, begann Fabio.

»Nichts aber!«, donnerte sein Vater. »Du bleibst bei uns.«

Aber diesmal war es Fabios Mutter, die ihn maßlos überraschte. Heute galt ihr LÄCHELN nicht ihm und Tom. »Jan«, sagte sie ganz ruhig und fasste Papa am Ärmel. »Was haben wir vereinbart? Nicht einmischen!« Sie zwinkerte Fabio zu.

Fabio grinste. Dann schnellte er los, rannte an seinem verdutzten Vater vorbei nach draußen und stürmte Örn und den Elfen hinterher.

Die Grauen

Es war nicht so einfach, Örn und die anderen einzuholen. Der riesige Mann rannte mit langen Sätzen bergab und die Elfen waren sowieso schneller als jeder Mensch. Als Fabio völlig außer Atem und mit Seitenstechen endlich wenigstens zu Örn aufgeholt hatte, sah er, dass dieser im Gehen sein Smartphone gezückt hatte und telefonierte. »Ich erkläre es dir später, Julia«, hörte er Örn sagen. »Aber bitte tu jetzt genau das, was ich sage. Lass die Pferde aus den Ställen. Ja, du hast mich richtig verstanden. Jetzt gleich! Und dann setz dich in den Jeep und fahr nach Reykjavík. Sofort. Warte keine fünf Minuten. Es ist sehr wichtig.«

»Was hast du vor?«, fragte Fabio, nachdem Örn das Handy wieder eingesteckt hatte.

»Das wirst du schon sehen«, erwiderte Örn düster. »Komm, wir müssen aufholen.«

Er streckte Fabio die Hand hin. Fabio ergriff Örns Pranke und ließ sich von ihm mitziehen. Sie kamen keine

Sekunde zu früh beim Konzertgebäude am Hafen an. Die Elfen warteten schon ungeduldig vor dem dunklen Meer. Gull spielte nervös mit dem Elfenschlüssel in der Hand, dann winkte sie ihnen, ihr zu folgen und rannte zu einer der Glastüren. Fabio sah heute kein Licht in dem riesigen, gläsernen Gebäude, aber vielleicht war das auch eine Täuschung. Denn er war sich ganz sicher, dass sich etwas verändert hatte und Örn und er an einem viel zu leeren Hafen unterwegs waren. *Ist das schon der Elfenzauber?*, dachte er voller Unbehagen. *Sehen wir die anderen Menschen nicht mehr und sind auch für sie unsichtbar?* Er war froh, dass er Örn die Hand gegeben hatte. Es war eine Verbindung zu einem Menschen, die ihm zeigte, dass er noch nicht ganz im Elfenreich verloren war.

Den Weg, den Gull, Aska und Tvinni einschlugen, kannte er. Er führte zu der Vorhalle, die ganz aus wabenförmig angeordneten Glasmosaiken, Prismen und felsähnlichen Formationen an den Wänden und aus spiegelnden Würfelstrukturen an der Decke bestand. Aber heute sah man durch die gläsernen Wände nicht nach draußen auf das Meer und den Hafen. Fabio fröstelte, als ihm silberne Augen von den Wänden entgegenblickten. Es mussten hunderte sein. Sie trieben im Nebel, leuchteten vor Wasserfällen und verschneiten Gletschern. Es war wie ein huschendes Panorama sich immer wieder überlagernder Fernsehbilder.

»Oh je«, flüsterte Gull. »Das wird etwas Größeres. Sie haben die Live-Übertragung zu allen Elfenstämmen Islands gestartet. Und die Stämme sehen auch uns.«

Fabio erahnte an den Wänden nun auch das Flirren von

Libellenflügeln und begriff. Elfcams gab es also bei allen Clans. Die silbernen Augen konnten von jedem Ort Islands aus verfolgen, was hier im Konzerthaus *Harpa* geschah. Und die fünf Wächter konnten über die Cams verfolgen, was überall in Island zur gleichen Zeit vor sich ging. Aber die fünf grauen Gestalten beachteten die Bilder an Wänden und in den Spiegeln nicht. Sie saßen auf dem Boden im Kreis, einander zugewandt, als würden sie um ein Lagerfeuer sitzen. Ihr Murmeln war wie das Wasserrauschen eines fernen Flusses. In ihrer Mitte glomm ein Leuchten. Allerdings war es kein Feuer, sondern ein kälteres, bläuliches Glühen, das ihre Gesichter noch strenger und unheimlicher erscheinen ließ. Sogar die schöne Amme wirkte in diesem Licht verwittert und steinalt und Fabio wurde klar, dass die Wächter genau das waren: älter als die Berge und die Erde Islands. Ihre Hände waren die Wurzeln der ältesten Bäume, und ihre Stimmen der Wind und das Rauschen des Wassers. Länger, als es Menschen auf Island gab, hüteten sie schon das Gleichgewicht in ihrem magischen Reich. Eine verdorrte Hand streckte sich aus und legte sich auf dunkelgraues Nackenfell. Jetzt erst entdeckte Fabio den Wolf, der bei den Wächtern lag. Das musste Geri »Der Gierige« sein, der zweite Wolf des Gottes Odin.

Elín und Snjór standen links vom Eingang. Freki hatte sich an Elín gedrängt, als wollte er sie beschützen. Und Snjór und sie hielten einander an der Hand. Elín war so blass, dass ihr Gesicht wie ein Mond zu leuchten schien. Und als sie den Kopf wandte, erkannte Fabio mit einem

Frösteln, dass noch etwas an ihr leuchtete. *Ihre Augen!* Hier, inmitten ihres Clans, war sie ganz und gar eine von ihnen. Ihre hellgrauen Augen hatten dieses silberne Glimmen. Genauso wie die von Snjór und der anderen Elfen. Sogar Gulls Augen hatten ihren Goldglanz völlig verloren, was die Elfe seltsam fremd wirken ließ.

»Sind die fünf Gestalten dort die Wächter?«, flüsterte Örn neben ihm. Fabio nickte voller Unbehagen. Die silbernen Augen an den Wänden konzentrierten sich noch auf die Runde der Grauen. Der Wolf allerdings hatte die Neuankömmlinge entdeckt und spähte aus Augen, die gelb aufleuchteten, feindselig zu ihnen herüber.

»Hast du Kleingeld?«, flüsterte Fabio.

»Was?« Örn sah ihn an, als sei er verrückt geworden.

»Nur ein paar Kronen. Ich brauche sie, schnell!«

Örn zögerte verdutzt, aber dann wühlte er in seinen Hosentaschen und förderte eine Handvoll Münzen zutage, die Fabio an sich nahm.

Gulls Augen glommen silbern wie die Münzen, als sie sich nun zu Fabio beugte und ihm »Viel Glück« zuwisperte. Dann folgte sie Aska und Tvinni, die sich schon ein Stück weiter links von Elín postiert hatten. Und als wäre ihr Flüstern ein Signal gewesen, sprang der graue Wolf auf und kam mit gefletschten Zähnen auf Örn und Fabio zu. Sie wichen beide einen Schritt zurück, als er drohend knurrte. Fahle Fänge glänzten in dem bläulichen Licht auf. Die Wächter und alle silbernen Augen wandten sich den beiden Menschen zu und das Murmeln wurde zum Zischen von Glut, auf die

Wasser gegossen wird. Zum Glück blieb der Grauwolf Geri in einiger Entfernung stehen. Tvinni schluckte schwer und sah aus, als wäre er jetzt lieber woanders. Fabio hörte, wie Snjór Gull zuzischte: »Warum habt ihr sie mitgebracht?«

»Wir … sind wohl beide nicht sehr beliebt bei den Elfen«, sagte Örn leise.

So kann man es auch umschreiben, dachte Fabio mit klopfendem Herzen. Jetzt wünschte er sich, er hätte sich zumindest das miese, hämische Lächeln gespart, als er Gleda entführte.

»Das kann man wohl sagen«, raunte er zurück. *Aber Elín freut sich, mich zu sehen.* Sie hatte sich ihm zugewandt und lächelte ihnen als Einzige zu. Und trotz ihrer Silberaugen erkannte Fabio seine Freundin wieder. *Komm nicht näher,* bedeutete sie ihm mit einer Geste. *Und ich muss hier stehen bleiben.* Er nickte, denn jetzt sah er es auch. Sie stand in einem Kreis aus Libellen, als hätten die Wächter ihr den Platz in dieser Umzäunung aus schimmernden Insektenkörpern und zarten Flügeln zugewiesen. Auch die anderen Elfen nahmen nun feste Positionen ein, an der Glaswand bildeten sie einen Viertelkreis und schauten zu den Grauen. Fabio wartete darauf, dass die Wächter etwas sagen würden. Sie betrachteten ihn und Örn voller Feindseligkeit. Fabio wurde ganz kalt, als der Blick von Gledas Amme ihn traf. Die schöne Elfenfrau war zornig und traurig zugleich. Er machte sich schon darauf gefasst, dass sie aufspringen und ihm an die Gurgel gehen würde, aber zu seinem maßlosen Erstaunen wandten sich alle Wächter einander zu und schlossen ihren Kreis wieder.

Wie auf einen geheimen Befehl ging Snjór nach vorne und stellte sich genau zwischen die Wächter und die Menschen. »Sie sagen, ihr sollt gehen.« Seine Stimme hallte im ganzen Saal wider. *Snjór ist also nicht nur der Wolfshüter und Kurier, sondern auch der Übersetzer,* dachte Fabio. Offenbar konnten im Elfenreich die Kleinsten und Jüngsten die Größten und Wichtigsten sein.

»Wir werden nicht gehen«, sagte Örn mit erstaunlich fester Stimme. »Jedenfalls nicht, bevor ihr uns angehört habt.«

Der graue Wolf trabte los. Mit klickenden Krallen lief er über den spiegelglatten Steinboden. Unter ihm flackerte das Elfcam-Bild eines schäumenden Flusses und wurde gleich darauf von der Aufzeichnung brodelnder Lava überdeckt. Fabio und Örn wichen zurück, als der Wolf sie anknurrte und sie ein Stück nach rechts trieb, weiter weg von Elín. Fabio umklammerte die Münzen in seiner Faust so fest, dass es schmerzte. *Noch nicht,* dachte er. Denn Geri war abermals stehen geblieben.

»Wir wollen doch nur mit euch reden«, rief Fabio zu der Versammlung hinüber. Das Murmeln verstummte abrupt. Die Stille schien zu klirren wie Eis. Snjór war blass geworden, aber er deutete ein Nicken an. Und das war keine Übersetzung, es war einfach Snjór, der Fabio bedeutete, nicht aufzugeben.

»Ich weiß, was ich getan habe, als ich euch Gleda weggenommen habe«, begann Fabio. Er wünschte, seine Stimme hätte selbstsicherer geklungen.

Ein Fauchen trieb ihn einen weiteren Schritt zurück.

»Du weißt gar nichts, Mensch«, übersetzte Snjór mit bebender Stimme. »Geh. Wir reden nicht mit deiner Art.«

»Ihr tut es doch schon!«, hielt Fabio dagegen. »Und warum ist es wichtig, von welcher Art jemand ist? Aber wenn es eine Rolle spielt, dann sprecht mit mir, Fabio … Yodasson, Vertreter des deutschen *Dvergafólks.*« Er hatte keine Ahnung, ob er das Wort Zwergenvolk korrekt übersetzt hatte. Gull schlug jedenfalls die Hand vor den Mund und unterdrückte ein Kichern. *Danke, Gull!*, dachte er verärgert. Die Wächter schwiegen immer noch. Und auch die Silberaugen an den Wänden blinzelten nicht einmal. Sie hören also zu! Das gab ihm neuen Mut.

»Ja, in unserem Land gibt es viele von meiner Art«, fuhr er fort. »Sie heißen zum Beispiel Laurin und hüten Goldschätze – so wie Fáfnir in eurem Land.«

»Du bist kein Zwerg.« Diese Stimme war nicht nur Rauschen und Wind, sie klang wie rieselnder Vulkansand und ein bisschen wie das Sirren der Libellen, die nun aufgeschreckt um Elín herum in die Luft stoben. Es war die Amme, die gesprochen hatte, begriff Fabio. Die Elfe war aufgestanden. Und als sie sich im blauen Licht zu ihnen umwandte, war sie jünger und schöner, als Fabio sie je zuvor gesehen hatte. Anklagend richtete sie einen Zeigefinger genau auf sein Herz. »Du bist ein Mensch.«

Fabio musste tief Luft holen, so sehr stolperte sein Herz vor Angst.

»Vielleicht kann ich ja beides sein«, sagte er leise. »Vielleicht ist es möglich, dass man sich gar nicht entscheiden muss? Und vielleicht verbindet auch uns Menschen und euch Elfen mehr, als … beiden Seiten lieb ist?«

Jetzt wandte auch der Älteste den Kopf. Aber seine glühenden Augen machten Fabio nicht gerade Mut. Das Mumiengesicht war verzerrt vor Abneigung. Gull war ihr Kichern längst vergangen und auch die anderen drängten sich ängstlich zusammen.

Wie ermutigend, dachte Fabio. Er holte tief Luft und fuhr fort:

»Ich bin zu einem Teil ein Zwerg, so wie Gleda lange Zeit ein Teil von euch war. Und so, wie Elín zu einem Teil menschlich geworden ist.«

Er hätte keinen größeren Effekt erzielen können, wenn er einen Elfenhügel gesprengt hätte. Die Wächter sprangen nun alle auf. Die Bilder an den Wänden begannen zu zucken und zu wabern, als seien sie Spiegelungen auf einem See, in den Fabio einen Felsbrocken geschleudert hatte. Ein Wink an den Wolf und Geri schoss los.

»Vorsicht!«, rief Örn. Er wollte Fabio zurückreißen, aber Fabio hatte schon einen Satz nach vorne gemacht. Bevor Örn ihn einholen konnte, hatte er schon ausgeholt und warf die Münzen. Silber blitzte in der Luft und kam mit einem hellen *Dring-Dring* auf dem Steinboden auf. Es klang wie Lachen. Und beide Wölfe konnten dem Klang nicht widerstehen. Freki riss sich von den Elfen los und Geri bremste so scharf, dass er sich fast überschlug und jagte den Münzen hinterher, die er mit Freki zusammen genüsslich verschlang. *Auf ihre Gefräßigkeit ist Verlass,* dachte Fabio erleichtert.

Er nutzte die gewonnene Zeit und fuhr zu den Wächtern herum. »Elín gehört zu euch – aber genauso zu uns. Deshalb musste ich Gleda zurückstehlen. Es war der einzige Weg, um Elín vor dem Wiedergänger zu retten.«

Wut brauste ihm entgegen wie ein heißer Lavahauch. »Wir beschützen sie!«, sagte die Amme.

»Aber ich will hierbleiben!«, rief Elín. »Und es stimmt, ich bin zum Teil ein Mensch. Ich habe nämlich eine Familie – meinen Onkel Örn, meine Mutter, Gunnar und jetzt auch Gleda. Und gleichzeitig gehöre ich zu Gull und den anderen. Ich werde nicht mit euch in die Vulkanberge zurückkehren. Und ich will, dass diese Feindschaft ein Ende hat!«

Der empörte Aufschrei kam aus allen Ecken Islands. Rabenkrächzen und Wolfsgeheul, Steinschlag und das Tosen von Wasser. Örn und Fabio mussten sich die Ohren zuhalten und sogar die beiden Wölfe verharrten kurz bei ihrer Münzenjagd.

Wind fauchte durch den Raum, ließ die Gewänder der Grauen flattern wie Banner und holte Fabio fast von den Beinen.

»Sie sagen, du musst dich entscheiden«, sagte Snjór zu Elín. »Für die eine oder andere Seite.«

Elín biss sich auf die Unterlippe, so fest, dass es bestimmt schmerzen musste. Noch nie hatte sie so unglücklich ausgesehen. »Ich kann nicht!«, sagte sie mit erstickter Stimme.

»Warum quält ihr sie?« Das war Örn, der sich zu Wort meldete. Und nie hätte Fabio diesem besonnenen vernünftigen Riesen so viel Leidenschaft und verzweifelten Zorn zugetraut. »Ihr wisst doch, wie es sich anfühlt, von etwas getrennt zu sein, das ein Teil von euch ist«, schleuderte er den Wächtern entgegen. »Sagt mir nicht, ihr habt nicht darunter gelitten, dass Elín von euch getrennt war! So, wie ich leide, weil mein kleiner Bruder tot ist. Und so wie wir alle eine schmerzende Lücke in unseren Herzen fühlten, weil uns Gleda genommen wurde.«

»Nicht ohne Grund«, sagte Snjór. Wie auf Fingerschnippen hin erschien an einer Wand ein neues Bild. Der Fluss am Reiterhof und das nachtdunkle, leere Gästehaus. Es wirkte wie eine stumme Anklage. Örns Schulter sackten nach unten. Er senkte den Kopf und nickte.

»Ich weiß«, sagte er. »Und ja, es war meine Schuld. Mein kleiner Bruder hat euch gesehen und wollte mich davon überzeugen, dass ich die Grenzen zu eurem Reich nicht verletzen und überschreiten darf. Aber ich war gierig und verblendet. Ich habe nur mein Herzensprojekt gesehen, ein Haus, das so besonders und schön sein würde, dass Gäste aus aller Welt darin wohnen würden. Ich wollte Geld damit verdienen, um eine Familie zu gründen. Also bestraft mich, aber nicht Elín, indem ihr sie vor eine Entscheidung stellt, die ihr Herz zerreißen muss. Denn ja, wir sind und bleiben eine Familie. Wir lieben Elín, obwohl wir jetzt wissen, wie sie zu uns kam und was für einen Preis Gleda für meine Verfehlung bezahlen musste. Und selbst wenn Elín für immer zu euch zurückkehrt, bleibt sie meine kleine Nichte – und Björgs Tochter.«

Fabios Herz schlug bis zum Hals. Denn etwas Seltsames geschah. *Sie hören tatsächlich dem Menschen zu, den sie am meisten hassen,* dachte er. Vor allem die Amme lauschte Örn aufmerksam, aber sie betrachtete dabei Elín, die sich immer noch nicht rührte, als fürchte sie, mit der kleinsten Bewegung eine Entscheidung zu treffen.

»Wie wird es weitergehen?«, fragte Fabio leise in das Schweigen. »Wenn Örn und Julia ein Kind bekommen, müssen sie dann fürchten, dass ihr es wieder aus der Wiege stehlt, weil ich euch Gleda gestohlen habe? Geht es immer so weiter? Wird Elíns Familie dann wieder die Wolfsstrebe zu einem Mordinstrument für Elfen zurechtschnitzen und an der Schwelle vergraben? Wo wird es aufhören?«

»Wo wird es aufhören?«, fragte Gull leise wie ein Echo aus der Elfenwelt. Fabio warf ihr ein flüchtiges, dankbares Lächeln zu.

»Es hört da auf, wo es begonnen hat«, sagte Örn entschlossen. »Bei mir.« Es klirrte, als er seinen Schlüsselbund aus der Jackentasche zog. Die Wölfe spitzten beide die Ohren und leckten sich über die Lefzen.

»Wir haben auf beiden Seiten einen hohen Preis bezahlt«, sagte er zu den Wächtern. »Ein Mensch musste sterben. Und unsere zwei Mädchen waren jahrelang einsam und unglücklich, getrennt von ihren Familien. Ich bin müde davon. Müde von Trauer und Angst. Ich will nicht mehr so weitermachen. Ich will, dass Julia und ich nicht um unser Kind fürchten müssen. Und ich ertrage keinen weiteren Verlust.«

Fabio sah, wie ein Schatten von Schmerz über das Gesicht der Amme huschte. *Sie trauert um Gleda,* dachte Fabio. *Ihr liegt wirklich etwas an dem Mädchen.*

»Ihr wurdet aus eurem Elfenreich am Fluss vertrieben und musstet zu den *Hraunfossar*-Wasserfällen ausweichen, obwohl ihr dort kaum Ruhe vor uns Menschen habt«, fuhr Örn fort. »Also gebe ich euch zurück, was schon immer euch gehört hat.«

Die silberne Verzierung am Schlüsselband glänzte auf, als die Schlüssel durch die Luft flogen. Auf dem Boden kamen sie nie auf. Geri katapultierte sich mit einem gewaltigen Satz vom Boden hoch, schnappte den Schlüsselbund aus der Luft und verschlang ihn.

Niemand sagte ein Wort. Und Elín stand noch immer wie festgefroren an der Stelle zwischen Menschen- und Elfenreich. Als alle Wächter sich ihr zuwandten, als würden sie von ihr immer noch eine Entscheidung erwarten, hob sie das Kinn, obwohl ihre Augen vor Tränen schwammen. »Ich kann nicht«, wiederholte sie mit fester Stimme.

Fabio und Gull wechselten einen Blick. Und Fabio liebte das mutige Elfenmädchen dafür, dass sie mit ihm zusammen den Schritt machte. Sie löste sich aus ihrer Gruppe, so, wie Fabio sich nun von Örn entfernte. Beide traten sie zu Elín, Gull links und Fabio rechts, und nahmen ihre Hände. Es war, als würde sich etwas verschieben, als würden sich Fesseln und Bänder lockern und lösen und Dinge in Bewegung kommen, die bisher in Stein gemeißelt waren. Denn Örn folgte Fabio und stellte sich zu seiner Nichte. Und auch die anderen Elfen lösten sich aus ihrer Erstarrung und glitten zu Elín. So standen sie gemeinsam vor den Wächtern, bargen Elín in ihrer Mitte. Und Fabio konnte sich nur ausmalen, wieviel Mut es die Stadtelfen Reykjavíks kosten mochte, sich damit so offen gegen die Wächter und damit auch auf Örns Seite zu stellen. Elín lächelte Fabio zu. Ihre silbernen Augen leuchteten vor Glück und er erwiderte ihr Lächeln aus vollem Herzen. *Egal, was jetzt passiert,* dachte er. *Allein dafür hat sich alles gelohnt!*

Das Rauschen schwoll wieder an. Gemurmel und empörte Schreie in einer Ferne, die vielleicht am anderen Ende von Island lag. Die Bilder zitterten wie bei einem Erdbeben. Aber die fünf Wächter waren ganz ruhig. Und es war die Amme, die schließlich handelte.

So anmutig, dass es Fabio die Sprache verschlug, kam sie auf Elín und ihre Gruppe zu. Fabio verstärkte seinen Griff um ihre Hand und auch Gull rückte näher heran, als würde sie auch damit rechnen, Elín mit aller Kraft festhalten zu müssen. Aber die Amme hatte nicht vor, ihnen das Elfenmädchen aus den Händen zu reißen. Sie blieb vor Elín stehen und umfasste ihr Gesicht sanft mit den Händen. Lange schauten die beiden einander in die Augen, dann nickte die Amme und küsste Elín auf die Stirn. Elín nickte ebenfalls, als hätten sie ein Gespräch geführt und sagte: »Das werde ich!«

Die Elfe wandte sich ab. Wie ein Eishauch streifte ihr graues Gewand Fabios Arm, dann schritt sie zurück zu den anderen Wächtern. Wie beiläufig streckte sie ihre Hand im Vorbeigehen nach Geri aus. Und obwohl es so wirkte, als würde der Wolf ihr viel lieber in die Hand beißen als ihrem stummen Befehl zu gehorchen, würgte er einmal und spuckte Örns Schlüsselbund auf den Boden. Die Wächterin berührte die Schlüssel nicht. Sie schnippte mit den Fingern und die Schlüssel wurden wie von unsichtbarer Hand vom Boden aufgehoben und schwebten zu dem blauen Licht. Und sobald die Wächterin ihren Platz in der Fünferrunde wieder eingenommen hatte, fielen sie einfach in die kalte blaue Glut.

Es wurde so leise im Raum, dass die Stille in Fabios Ohren zu dröhnen schien. Alle silbernen Augen waren wie erstarrt und blinzelten nicht einmal. Blaues Polarlicht leuchtete über dem Reiterhof auf. Es war nur die Projektion der Elfcams, aber dennoch riss Fabio den Mund auf, so wunderschön war dieses Licht. Und so zerstörerisch. Örn stöhnte neben ihm auf, als hätte ihm jemand ein Messer ins Herz gestochen. Und vielleicht fühlte es sich ja auch so an, wenn man Zeuge der absoluten Zerstörung seines Lebenswerkes wurde. Als Erstes fielen die verspiegelten Fenster wie schwarze, glänzende Blütenblätter zu Boden. Dann erklang ein Donnerschlag, der sogar die Fenster der Harpa zum Erzittern brachte. Jetzt wusste Fabio, warum Örn Julia mit dem Jeep fortgeschickt hatte. Die Druckwelle ließ auch die Fenster des Haupthauses einfach platzen. Es klirrte und schepperte, als die Türen und Fensterrahmen nach innen gedrückt wurden. Nummer zwei knickte ein und splitterte, als würde die Faust eines unsichtbaren Riesen das Felsenhaus packen und einfach zermalmen. Alles, was nach einer Minute von Örns Herzensprojekt und Existenzgrundlage noch übrig war, waren Lavatrümmer und ein verlorener Wasserkocher aus dem Aufenthaltsraum, der als letztes Artefakt der Menschen in den Fluten des Flusses versank.

»Wow«, sagte Snjór leise. »Das war gründliche Arbeit.«

Fabio legte Örn tröstend die Hand auf die Schulter. Das war leicht, denn Elíns riesenhafter Onkel war auf die Knie gesunken. Und er gab sich gar keine Mühe zu verbergen, wie schwer ihn der Verlust traf. »Ja«, sagte er und wischte sich mit dem Ärmel über die Augen. »Gründliche Arbeit.«

Licht, so grell wie von einem Blitz, flutete den Raum und erlosch jäh, die Anwesenden halbblind und blinzelnd zurücklassend, als hätten sie zu lange in die Sonne geschaut. Und als Fabio schließlich wieder etwas erkennen konnte, war der Saal leer. Um sie herum waren leere Glaswände, durch die man nur noch das Meer und den Mond sah.

»Sie sind fort«, sagte Gull erleichtert.

Elín lächelte und ließ Gulls und Fabios Hände los. Ohne Vorwarnung umarmte sie Fabio und zerquetschte ihm mit den Armen dabei fast die Ohren.

»He!«, sagte er unwillig.

»Danke, Dvergur«, sagte sie verschmitzt. »Du spielst im richtigen Team! Und danke … Onkel Örn.«

Örn nickte und an seinem Lächeln sah Fabio, dass er niemals wieder um sein verlorenes Haus trauern würde, solange es Elín gab. Die Elfen brachen in Jubelgeschrei aus und Snjór gab Fabio ein High five.

»Was hat die Graue zu dir gesagt, Elín?«, wollte Gull wissen.

Elín wurde schlagartig wieder ernst. »Sie sagte, es ist kein Friede, nur eine Bewährungszeit. Sie versuchen es mit uns. Eine Weile – und das ist in Elfenjahren gerechnet sehr lange. Diese Zeit soll zeigen, ob Örn zu seinen Worten steht. Sie wollen auch sehen, ob ich mich nicht doch eines Tages für eine Seite entscheiden will. Und außerdem soll ich auf ihr Menschenkind achtgeben.«

»Wir passen auf euch beide auf«, sagte Örn mit einem Lächeln. »Auf unser Menschenkind und auch auf unser Elfenkind. Holen wir die anderen aus der Kirche und gehen nach Hause.«

»Das werden wir«, sagte Fabio. »Aber erst haben Gleda und ich noch etwas zu erledigen.«

Schlüssel und Dolch

Es war seltsam, allein mit Gleda im nächtlichen Reykjavík unterwegs zu sein. Björg hatte ihre Tochter gar nicht fortlassen wollen, aber Elín hatte sie überzeugt, das Mädchen mit Fabio gehen zu lassen. Sie lief ruhig neben ihm – und oft blieb sie an einer Straßenecke stehen und sah sich staunend um, betrachtete die erleuchteten Fenster, hinter denen Menschen ein Leben lebten, das für sie noch so fremd war wie für Fabio ein Leben mit den grauen Wächtern in den verborgenen Höhlen der Vulkane. Er drängte sie nicht, weiterzugehen, sondern wartete, bis sie sich sattgesehen hatte. Dabei betrachtete er das schweigende Mädchen verstohlen von der Seite. Sie sah nicht mehr aus wie ein wildes Mädchen aus den Vulkanbergen. Björg hatte ihr das überlange Haar zu einem dicken Zopf geflochten und ihr Kleidung von Elín herausgesucht. Nun trug Gleda wie ein ganz normales Stadtkind Jacke und Jeans. Aber sie bewegte sich darin so vorsichtig, als trüge sie eine Uniform, mit der sie noch nicht vertraut war. Sie hatte sogar tapfer versucht, die Schuhe zu tragen, die Elín ihr angezogen hatte. Aber schon nach wenigen Schritten hatte sie die rosa Sneakers wieder abgestreift und lief nun barfuß auf dem Asphalt. Ein seltsamer Anblick, denn ihre bloßen Füße waren immer noch dunkel von Vulkanstaub.

»Das ist der See am Rathaus«, erklärte Fabio. Gleda war wieder einmal stehen geblieben und ließ ihren Blick staunend über die große Wasserfläche mitten in der Stadt schweifen.

»Das Rathaus ist das große Gebäude an der oberen Seite des Sees«, fuhr Fabio fort. »Und die kleine Insel im See, auf der die Schwäne schlafen, gehört Gull. Es ist ihr Lieblingsplatz.«

Gleda nickte ernst, als würde sie sich jede Information wie eine Vokabel einprägen. Dann lächelte sie ihm von der Seite zu. »Hier bei den Menschen ist es auch schön«, sagte sie fast ein wenig verwundert.

»Auch?«, fragte Fabio verdutzt. »Das hört sich ja so an, als wäre es schön gewesen, jahrelang in einer zugigen Höhle gefangen zu sein.«

Gleda sah ihn erstaunt an. »Zugige Höhle? Gefangen?«

»Ja, du warst eine Gefangene, die in einem Kerker aus Stein eingesperrt war!«

»Ich war nicht eingesperrt«, widersprach Gleda sehr bestimmt. »Nur unsichtbar. Aber meine Amme hat sich um mich gesorgt, und auch die anderen Elfen haben mich beschützt, als wäre ich eine von ihnen. So leben sie: Niemand entfernt sich von der Familie. Aber ich durfte ans Tageslicht gehen, wann immer ich wollte. Ich wanderte mit den Menschen herum, die den Wasserfall besuchten, und so lernte ich ihre Sprachen – auch deine, Fabio. Und ich habe nicht in den grauen Höhlen an der Oberfläche gelebt. Das sind nur die Eingänge. Sie führen tief hinunter in die Elfenpaläste. Und du ahnst nicht, wie schön es tief unter den Wasserfällen ist!«

Fabio schluckte, so sehnsüchtig klang Gleda nun. Es war schwer, sich vorzustellen, dass sie mit ihrer Rettung auch etwas verloren hatte.

»Elfen sind nicht grausam«, sagte Gleda leise. »Sie waren nur schon immer hier – lange vor den Menschen. Sie haben ihre eigenen Gesetze und sie wissen nun mal nicht, was Einsamkeit ist.«

Elín weiß es, dachte Fabio. Aber vielleicht war genau das der Schlüssel. Vielleicht musste jede Seite auf solche Weise lernen, wie die andere zu fühlen, um einander überhaupt verstehen zu können. *Und vielleicht bedeutet, etwas zu gewinnen, auch immer, dass man etwas anderes dafür verliert?*

»Bist du traurig?«, fragte Gleda.

Fabio schluckte. »Ein bisschen«, gab er zu. »Ich habe an Hansen gedacht.«

Gleda nickte und nahm seine Hand. Ihre Finger verflochten sich ganz fest ineinander und das fühlte sich wirklich tröstend an. Schweigend gingen sie über die Brücke, die über das Wasser auf die andere Seite des Sees führte. Und es war

Fabio piepegal, dass einige Spaziergänger, die so spät noch unterwegs waren, zu ihnen herüberschauten und grinsten. Sicher dachten sie, ein ziemlich junges Liebespärchen Händchen haltend in Richtung Friedhof gehen zu sehen.

*

Der Friedhof sah genauso aus, wie Örn ihn beschrieben hatte: Eine Steinmauer umgab einen Park mit alten, knorrigen Bäumen, die in der Dunkelheit wie Umrisse mit wirrem Haar wirkten: Trolle, die im Schlaf mit Windstimmen im Traum vor sich hin murmelten. Die Straßenbeleuchtung war schon vor einer Weile erloschen. Bald würde es Mitternacht sein. Nur Fabios Schritte knirschten auf dem Kiesweg, Gleda lief an seiner Seite so federleicht, als hätte sie diese Fähigkeit von den Elfen erlernt.

Schwarze Wolken hatten sich vor den Mond geschoben. Fabio konnte das Leuchten der helleren Grabsteine nur noch erahnen. Gleda war mutiger als er. Sie zog ihn mit sich und sie tasteten sich gemeinsam Schritt für Schritt über den nächtlichen Friedhof. Die Bäume rauschten noch lauter und diesmal war Fabio ganz sicher, warnendes Flüstern zu hören. Nebelkalte Hände schienen an seiner Jacke zu zupfen, als wollten sie ihn zur Friedhofspforte zurückziehen.

»Wo liegt er?«, flüsterte Gleda ihm zu.

»Örn hat gesagt, ganz hinten rechts«, gab Fabio ebenso leise zurück. »Aber ich glaube, das spielt gar keine Rolle.«

Er blieb stehen und umfasste Gledas Hand noch fester.

Es kostete ihn allen Mut, tief Luft zu holen und gegen das Brausen des Windes anzurufen.

»Guðmundur Jónsson!« Sie lauschten angestrengt, aber nichts geschah.

»Hansen?«, setzte Fabio hinzu. »Ich bin es.«

Seine Stimme übertönte den Wind nicht. Die Worte wurden ihm von den Lippen gerissen. Und dann sträubten sich seine Nackenhaare in einem Eishauch. Es war DIESE Kälte. Auch diesmal umfasste sie sein Herz und ließ es langsamer schlagen, während die Angst an ihm hochkroch, als würden knisternde Eisblumen an seinem Rücken gefrieren.

»Er ist genau hinter uns«, flüsterte er Gleda zu. Sie drängten sich aneinander und wandten sich um, ohne einander loszulassen. Vor ihnen kochte die Dunkelheit und aus diesen Schatten schälte sich ein weiterer Schatten, ein kälteres Schwarz, ein Umriss, der sich vom Boden erhob und zur Silhouette einer schmalen Gestalt wuchs. Totenaugen glänzten hart und kalt wie die Panzerschalen schwarzer Käfer. Und Fabio glaubte, den bleichen Glanz von Knochen zu erahnen. *Es ist immer noch Hansen,* redete er sich gut zu. Mit aller Kraft rief er das Bild des Jungen herbei, der schief grinste und seine Brille zurechtrückte wie ein zerstreuter Professor. Hansen, mit dem er gelacht und dem er vertraut hatte.

»Ich habe sie gefunden«, sagte er. Der Wind stahl ihm auch diese Worte von den Lippen und trug sie wie Beute in die Baumkronen. Aber Fabio wusste, dass alle Toten auf diesem Friedhof ihn hörten und lauschten. »Das kleine Mädchen, das du vor zwölf Jahren am Wasserfall gesucht hast und vor den Elfen retten wolltest.« Die Kälte wurde noch schlimmer. Fabio Zähne begannen schon zu klappern, aber er riss sich zusammen und sprach weiter. »Erinnerst du dich? Sie hatte schwarzes Haar und war zart und klein. Mit ihrer hellen Haut sah sie aus wie eine weiße Blume auf Lavastein, so hast du sie mir beschrieben. Damals war sie ein Baby, das du nicht zurückholen konntest. Aber jetzt ist sie nach Hause zurückgekehrt. Ich habe sie den Elfen gestohlen, so wie sie damals aus der Wiege in eurem Haus gestohlen wurde.«

Der Schatten ragte bedrohlich vor ihnen auf, aber er rührte sich nicht.

»Ich bin es wirklich«, sagte Gleda leise. »Gleda! Und das bin ich auch: glücklich, weil ich wieder zu Hause bin. Und traurig – wegen dir, Onkel Guðmundur.«

Der Schatten schien noch dunkler zu werden und Fabio spürte den Sog einer unendlich tiefen Traurigkeit, die ihm die Kehle zuschnürte. *Gleda,* rauschten die Bäume.

»Deine Aufgabe ist erfüllt«, sagte Fabio beschwörend. »Du brauchst den Dolch für Elín nicht mehr. Und du weißt, wie es mit dem Zwergenvolk ist. Wir verbinden Dinge, die zu verbinden unmöglich sind. Wir vereinen Gegensätze – auch Menschen und Elfen. Und wen wir zum Freund haben, den lassen wir nie, nie im Stich.« Er holte Luft. »Du bist mein Freund. Aber Elín … ist es auch. Und ich darf nicht zulassen, dass ihr etwas zustößt.«

Er streckte die Hand aus, dorthin, wo die Kälte am schlimmsten war. Vielleicht zu Hansens Herz. »Bitte«, sagte er leise. Seine Hand zitterte, aber zu seiner Enttäuschung zeigte die Gestalt keine Regung. »Hansen?«, fragte Fabio mit belegter Stimme. »Ist es vorbei?«

»Onkel?«, drängte auch Gleda mit sanfter Stimme.

Das Gespenst flackerte wie eine schwarze Flamme, ein Zucken von Schmerz, der in Fabios Brust wiederhallte. Dann brach der Mond zwischen den Wolken hervor und silbriges Licht brach sich in Brillengläsern. Und da war Hansen, der Junge in der zu großen Bikerjacke, mit müden Augen und traurigen Zügen, die Faust mit dem Wolfsdolch fest an die Brust gepresst. Lange betrachtete er Gleda, und als sie ihm zulächelte, wich die Spannung aus seiner Faust, seine Schultern sanken herab. Und endlich – endlich! – ließ er die Waffe einfach los. Sie fiel aus seiner Hand, landete mit einem dumpfen Laut auf dem Kiesweg und rutschte ein Stück in Fabios Richtung.

Fabio hob das Wolfsholz auf und umschloss es so fest, dass seine Finger pochten. »Danke«, flüsterte er. In seinen Händen begann es zu knistern. Der Pfahl begann zu leuchten und glühte auf wie glosende Kohlen. *Oder wie Lava, die das Holz verschlingt,* dachte Fabio. Komischerweise hatte er keine Angst. Er spürte, wie die Glut das Holz auflöste. Es knirschte und knisterte, als die Waffe zerbrach und sich auflöste. Immer noch fühlte Fabio keine Hitze und als die letzten Funken von seiner Hand geweht wurden, sah er im Mondlicht keine Brandspuren, an seinen Fingern klebten nur noch graue Spuren von Asche. Als er aufblickte, war Hansen dabei, sich abzuwenden, die Hände tief in den Taschen der Bikerjacke vergraben.

»Wohin gehst du jetzt?«, fragte Fabio.

»Schlafen«, raunte Hansen. Seine Stimme verschmolz bereits mit dem Rauschen der Bäume auf dem Friedhof. »Ich bin müde. So todmüde. Seit so langer Zeit.«

Fabio hatte nicht heulen wollen, aber jetzt stiegen ihm die Tränen in die Augen. »Gut, dich gekannt zu haben, Hansen«, sagte er mit erstickter Stimme.

Hansens Lächeln war nicht mehr als ein Schatten. »Pass auf mein kleines Mädchen auf, Jansson.« Fabio nickte.

Hansen schaute zum Mond und atmete tief ein, vielleicht nur als Erinnerung daran, wie es gewesen war, lebendig zu sein und den Duft von Gras und Regen zu trinken. Beim Ausatmen verblasste er und verwehte von Schritt zu Schritt mehr, wie Rauch, der sich im Wind auflöst. Er nahm die Kälte mit und ließ nur Wind und Blätterrauschen zurück. Und Gledas warme Hand in der von Fabio. Das Mädchen schniefte und versuchte, ein Aufschluchzen zu unterdrücken. Im Mondlicht sah Fabio, wie sie sich über die Augen wischte. Er hätte sie so gerne getröstet, aber eines hatte er in diesen Tagen gelernt: Manche Dinge wurden nicht wieder gut. Und selbst das mächtige Zwergenvolk konnte Tod und Leben nicht zu einem Faden zusammenfügen. So stand er nur da, hielt Gledas Hand und ließ ihr alle Zeit der Welt, bis sie bereit sein würde, die Gräber hinter sich zu lassen. »Er ist fort«, sagte sie, als der Mond schon ein ganzes Stück über den Himmel gewandert war. »Gehen wir zurück zu unseren Familien.«

Winterlicht

»Deck die Wiege ab, wir sind gleich da«, sagte Mama über die Schulter. »Julia darf sie doch erst am Weihnachtsabend sehen, wenn Björg sie ihr als Geschenk überreicht.«

Tom drehte sich um und hangelte im offenen Kofferraum des Jeeps nach der Decke. Sie brauchten einen Jeep, denn an diesem Dezembertag war besonders viel Schnee gefallen. Die Straße war völlig verschwunden. Und obwohl es erst Nachmittag war, war es draußen schon finster wie in der Nacht. »Polarnacht«, so hatte Fabios Mutter es genannt. Im Sommer ging die Sonne nicht einmal um Mitternacht unter, dafür holte die Nacht in Island im Winter alle verlorenen Stunden zurück. Es war gut, dass Gunnar am Steuer saß. Er hätte den Weg zum Reiterhof bestimmt auch in tiefstem Schnee und finsterster Schwärze mit verbundenen Augen gefunden. Fabio schaute von seinem Tablet auf und betrachtete die Wiege, die zwischen ihm und Tom auf dem Rücksitz stand. Es war ein Meisterwerk geworden. Seine

Mutter hatte die Wiege noch damals während der Sommerferien liebevoll bemalt und alle fehlenden und verblassten Zeichnungen kunstvoll ergänzt. Die Strebe mit dem Fenriswolf war besonders schön geworden. *Und sie wird nicht zu einem Dolch angespitzt und an einer Schwelle vergraben werden,* dachte Fabio. Er lächelte und betrachtete das Kopfteil der Wiege, dort, wo die Weltesche Yggdrasil ihre Äste wie vergoldete Arme in den Himmel streckte. Dieses Bild zeigte, warum sich niemand um das Kind von Örn und Julia würde Sorgen machen müssen: Mama hatte einige Gestalten hinzugefügt. Sie standen unter der Esche im Gras. Elín als Zentrum direkt vor dem Stamm der Esche. Links von ihr waren die Elfen aufgereiht. Nicht einmal die grauen Wächter fehlten. Freki lag zu Elíns Füßen. Und rechts von ihr standen die Menschen. Björg in ihren schwarzen Batgirl-Klamotten, der riesenhafte Örn und die rotblonde Julia. Gunnar mit seiner runden, dicken Brille. Aber Mama hatte auch eine schmale Gestalt hinzugefügt. Hansen. Er stand weit im Hintergrund, als würde er alles aus der Ferne betrachten. Fabio und Tom dagegen standen zusammen mit ihren Eltern vorne bei Elíns Familie. Toms Figur war die einzige, die noch einmal korrigiert worden war. Gestern, nachdem Familie Siebert nach dem langen Flug aus Deutschland endlich im Mitternachtshaus angekommen war, hatte Mama sich noch einmal hingesetzt und ihre Farben ausgepackt. Leicht gefallen war es ihr nicht, die Korrekturen auszuführen, das hatte Fabio gemerkt. Aber es war sein Wunsch gewesen, dass alles seine Richtigkeit hatte. So, wie Elín es damals bei ihrem Gespräch am Fenster des Mitternachtshauses auch ausgesprochen hatte. *Es ist nun mal die Wahrheit.* Und die Wahrheit war, dass Tom seit dem Sommer hochgeschossen war und Fabio schon um einen halben Kopf überragte, Tendenz steigend. Fabio dagegen war keinen weiteren Millimeter gewachsen.

Tom war es endlich gelungen, die Decke nach vorne zu zerren und Fabio half ihm dabei, die Wiege gut zu verhüllen.

»Wissen die beiden schon, ob sie einen Jungen oder ein Mädchen bekommen?«, fragte Mama Gunnar.

Der alte Fischer schüttelte den Kopf. »Das kann man noch nicht feststellen, dazu ist es noch viel zu früh. Aber Julia und Örn wollen sich ohnehin überraschen lassen.«

»Falls es ein Mädchen wird, müssen sie sich jedenfalls einen neuen Namen suchen«, bemerkte Fabios Vater. Er saß ebenfalls vorne auf der breiten Sitzbank des Jeeps, aber im Rückspiegel zwinkerte er Fabio zu. »Der Name Gleda ist ja schon vergeben.«

Fabio grinste und Tom musste lachen.

»Wie geht es denn mit dem Reiterhof?«, wollte Mama wissen. »Kommen die beiden zurecht ohne das zweite Gästehaus?«

Gunnar seufzte. »Einfach ist es ohne diese Attraktion nicht mehr, so viele Gäste anzulocken. Und die Renovierung des Haupthauses war sehr teuer. Aber Örn plant, im Frühjahr ein neues Gästehaus in der Nähe der heißen Quelle auf dem Berg zu bauen. Die Gegend am Fluss gehört ja den Elfen.«

»Diesmal macht Örn sicher nicht den Fehler, die Elfen

vor dem Bau eines neuen Hauses nicht um Erlaubnis zu fragen«, bemerkte Papa. Gunnar nickte und erzählte noch etwas von den neuen Böden im Haupthaus. Fabio beugte sich wieder über sein Tablet. Gerade kam mit einem Pling nämlich eine neue Nachricht herein.

»Mach doch endlich das Ding aus!«, tadelte ihn seine Mutter. »Meine Güte, das ist ja schlimmer als früher. Du lebst ja nur noch im *Huldunet*!«

»Und wir können ihm nicht mal die Verbindung kappen, weil Elfen-Internet auf magische Weise ganz von selbst funktioniert«, sagte Papa mit einem Seufzen.

»Die Kinder haben sich doch seit dem Sommer nicht mehr gesehen«, gab Gunnar in seiner gutmütigen Art zu bedenken. »Ist doch klar, dass Fabio mit seinen Freunden in Kontakt bleiben will.«

Wo bleibt ihr?, poppte Elíns Nachricht auf dem Tablet auf. Ihr Profilfoto zeigte sie strahlend wie einen Christbaum, die Arme um Frekis Hals geschlungen.

Gleich da, antwortete Fabio. Sein Foto zeigte ihn in seinem neuen Lieblings-Sweatshirt. Natürlich Star Wars, aber diesmal nicht das Logo, sondern ein Yoda mit schwarzer Sonnenbrille und darunter der Schriftzug: *Yodasson rules!*

Von den Elfen hatte es bei der Freischaltung seines Sonder-Accounts einige Kommentare zu diesem Shirt gehagelt.

»Du bist wirklich der einzige grüne Zwerg mit einem Elfen-Account«, hatte Elín geschrieben.

»Und du die einzige Elfe unter ADHS-Verdacht«, hatte er gekontert.

Schau aus dem Fenster, schrieb er jetzt noch dazu und drückte auf Senden. Denn der Jeep bog gerade rumpelnd und schaukelnd auf das letzte Wegstück ein, das zum Haupthaus führte. Hauptsächlich bestand dieser Weg aus Schutt, der ehemals Nummer zwei gewesen war. Das Haupthaus war hell erleuchtet. Gelblicher Lichtschein brachte den Schnee zum Glänzen, als hätte jemand Glitzerstaub verstreut. Durch das Fenster spähte Fabio zu der Stelle flussabwärts, an der einst das Gästehaus gestanden hatte. Auch Tom reckte den Hals und im Auto war es schlagartig still geworden. Die Silhouette des zersplitterten Hügels wirkte wie eine Mahnung. Und in dem leichten Nebel, der aus dem Fluss aufstieg, waren ganz deutlich silberne Augen zu erkennen. Fabio fröstelte trotz allem, so deutlich spürte er den prüfenden Blick der Grauen. Die Wächter waren misstrauisch. Und sie behielten die Menschen sehr gut im Auge. Schnee knirschte, als er ausstieg. Er winkte zu den Augen hinüber, die sofort verloschen, und folgte seinen Eltern und seinem Bruder zum Haupthaus. Björg öffnete die Tür, noch bevor Gunnar den Schlüssel zücken konnte. Es gab ein großes Begrüßungshallo, sie wurden alle ins Haus gezogen. Der Duft von Pferdefell, Kaminfeuer und Kakao schlug ihnen entgegen, eine heimelige Mischung. Örn und Julia stürmten aus der Küche herbei und es gab Umarmungen und viele Glückwünsche, obwohl man bei Julia noch gar keinen Babybauch sah. Fabio hielt nach Elín und Gleda Ausschau, aber zu seiner Enttäuschung waren sie nicht hier, um ihre Weihnachtsgäste zu begrüßen.

Warum schreibt mir Elín dann?, fragte er sich etwas verstimmt.

»Wo lungern denn Glück und Sonnenschein herum?«, rief Tom.

»Sie sind mit Schnee unterwegs«, antwortete Björg. »Aber sie müssten gleich hier sein.«

Fabios gute Laune kehrte sofort zurück. Snjór war also auch schon da! Dann waren sicher Gull und die anderen auch nicht weit.

»Setzt euch schon an den Kamin und wärmt euch auf«, sagte Julia. »Ich koche gerade heißen Kakao. Gleich setzen wir uns zusammen und erzählen uns alle Neuigkeiten.« Sie eilte zurück in die Küche.

»Was für ein toller Pullover!«, rief Björg, als Mama ihren neongelben Wintermantel abstreifte. Wenn man dachte, dass das Gelb einen schon blendete, dann durfte man diesen Pullover nicht ohne Sonnenbrille anschauen. Pinkfarbene und lila Rentiere zierten den Halsausschnitt.

»So schrill läuft sie jetzt immer herum«, sagte Tom und rollte mit den Augen. »Auch in unserer Schule.«

»Etwas Farbe schadet nie«, sagte Mama nur und ließ sich in einen der Sessel fallen.

Fabio schaute sich um. Einiges hatte sich in diesem Haus verändert. Nicht nur die Fenster waren neu. An der Wand über dem Kamin hing nun eine kleine Familiengalerie. Neue Fotos von Gleda, Elín und Björg, die Fabio noch nicht kannte. Und auch ein großes Foto, auf dem Hansen zu sehen war. Eines, auf dem er glücklich war und noch nicht vor Gram und Hass gegen die Elfen fast wahnsinnig geworden war. Er stand zwischen seinen Geschwistern und lachte. Fabio musste ein wenig schlucken. Wieder einmal wurde ihm bewusst, dass Hansen ihm fehlte.

»Ja, wir vermissen ihn alle.« Gunnar war an Fabio herangetreten und legte ihm die Hand auf die Schulter. Wie so oft, hatte der alte Mann wohl seine Gedanken erraten. »Wenn er noch leben würde, dann wärt ihr sicher gute Freunde geworden, Fabio.«

Fabio nickte nur. Aber er dachte bei sich: *Hansen* war *mein Freund.*

In diesem Moment flog die Tür auf. Zwei Yetis kamen hereingestürzt und schüttelten sich den Schnee von den Mänteln und den Mützen. »Da seid ihr ja endlich!«, rief Yeti Nummer eins. Es war Elín. Als sie die dicke Wollmütze vom Kopf zog, kam ein silberner Haarreif zum Vorschein, den sicher Björg gemacht hatte. Eine Libelle aus Silber zierte Elíns Schläfe.

»Tom-Tom!«, schrie sie und stürzte sich auf Fabios Bruder. Die beiden begrüßten sich kumpelhaft. Inzwischen waren sie gleich groß. Dann wandte sie sich Fabio zu und in ihren Augen ging die Sonne auf. Statt ihn zu umarmen, strubbelte sie ihm liebevoll durch das Haar.

»Hey, *Lítill*!«, feixte sie mit einem Lachen. »Immer noch im Team *Dvergur*? Das Einzige, was bei dir wächst, sind die Haare.«

Fabio verbiss sich ein Grinsen. Es war lustig zu sehen, wie seine Eltern bei solchen Sprüchen immer noch erschrocken zusammenzuckten.

»Wenn du ein besseres Team kennst, überlege ich es mir vielleicht mal«, konterte Fabio.

»Und mich begrüßt du gar nicht?«, kam es leise von der Tür. Gleda zog die Mütze vom Kopf und zupfte sich ein wenig verlegen das Haar zurecht. Jetzt waren Fabio und Tom beide sprachlos. Niemals hätte Fabio das wilde Mädchen von den Wasserfällen auf Anhieb wiedererkannt. Auch sie war in dem halben Jahr in die Höhe geschossen und sah mit ihrem sanften, herzförmigen Gesicht und den roten Wangen so hübsch aus wie eine Winterprinzessin. Ihr ehemals knielanges Haar war schulterlang und fransig geschnitten. Und im Haar trug sie den gleichen Libellenreif wie Elín. »Faszinierend«, sagte Fabio trocken. »Ihr seid jetzt Zwillinge!«

»Ja, und beide tragen rosa Schals«, frotzelte Tom. »Willkommen bei den Barbie-Sisters.«

»Haha!« Elín verdrehte die Augen. Und Tom erntete einen fiesen Knuff von Gleda. Aber sie lachte dabei. Und Fabio fiel auf, dass sie inzwischen auch gelernt hatte, in Stiefeln herumzulaufen und sich in Menschenkleidung so zu bewegen, als hätte nie etwas anderes getragen.

»Da sind ja auch endlich die Schwestern!«, rief Örn vom Kamin. »Los, kommt her.«

»Das geht nicht, die anderen warten draußen mit den Pferden«, erwiderte Elín. »Wir reiten zu der Quelle. Tvinni hat dort eine Überraschung vorbereitet.«

»Jetzt noch?«, sagte Björg. »Wir essen gleich!«

»Wir sind bald wieder da«, versprach Gleda. Dabei fasste sie Fabio schon an der Jacke und zog ihn in Richtung Tür.

Wo Fabio fast über Freki gefallen wäre. Der Wolf hatte den Türspalt aufgedrückt und fegte nun ins Wohnzimmer – gefolgt von dem grauen Geri.

»Nein!«, rief Björg. »Nicht schon wieder!«

Mit einem Satz sprang sie den Wölfen in den Weg. Aber sie bekam nur Geri am Nackenfell zu fassen. Kurzerhand bugsierte sie den Wolf der Wächter wieder aus der Tür in den Schnee hinaus.

»Diese Elfen und ihre Wölfe!«, schimpfte sie. »Ich habe es wirklich satt, ständig Wolfshaare vom Sofa bürsten zu müssen. Und zu Hause in Reykjavík haben sie letzte Woche die halbe Küche ausgeräumt. Freki hat beim Laufen tagelang geklungen, als würde man eine Besteckschublade schütteln.«

»Halt!«, ertönte nun auch Julias Schrei aus der Küche. »Aus, Freki! Lass sofort los!«

Aber Snjórs weißer Wolf dachte nicht daran. Er fegte mit seiner Beute aus der Küche. Quer im Maul hatte er eine vor Schokolade triefende Kelle. Kurz vor der Tür warf er den Kopf hoch, schleuderte das Besteckteil in die Luft und verschlang es. Schokolade spritzte bis zu den Fenstern.

»Nichts wie weg«, murmelte Elín und packte Fabio am Handgelenk. Freki witschte knapp vor ihnen aus der Tür und entkam in die Dunkelheit. Und Fabio, Tom und die Mädchen rannten lachend hinaus in den Schnee. Die Pferde warteten schon im Hof, ohne Sattel und Zaumzeug, aber mit warmen Decken über den Rücken. Snjór hätte als Geisterreiter durchgehen können. Er hatte sich die milchweiße Stute Drífa ausgesucht.

»Wurde auch Zeit, dass ihr wieder nach Island kommt!«, rief er Tom und Fabio zu.

Für Tom und Gleda stand Flekkur bereit und Elín half Fabio hinter sich auf Faxis Rücken.

»Was für eine Überraschung wird das?«, fragte Fabio noch. Aber er bekam keine Antwort, und dann musste er sich festhalten, denn Faxi stürmte in die Dunkelheit davon. Schneewind pfiff ihnen um die Ohren, als die kleinen Pferde sich tapfer bergauf kämpften. Über ihnen leuchtete ein azurblauer Winterhimmel, bestickt mit Sternen. Das Mondlicht malte blaue Schatten. Aber kaum waren sie über die Kuppe geritten, erkannte Fabio in der Ferne Feuerschein. Sein Herz schlug vor Freude schneller. In einem Rund von Windlichtern, in denen Kerzen brannten, warteten Aska, Tvinni und Gull! Natürlich barfuß, wie es sich für richtige Elfen gehörte.

Als sie die Reiter entdeckten, gab es ein großes Gejubel, das über die Hügel hallte.

»Beeilt euch!«, rief Tvinni dann. »Es geht gleich los!«

Die letzten Meter wurde Fabio im Galopp durchgeschüttelt, dann war schon Gull bei ihm und nahm seine Hand, um ihn vom Pferd zu holen. »Herzlich willkommen zu unserem Begrüßungskonzert«, sagte sie etwas steif, aber dann umarmte sie Fabio so stürmisch, dass er fast das Gleichgewicht verlor. Aus dem Augenwinkel sah er eine Bewegung, die ihn zurückzucken ließ. Im ersten Moment erschrak er, als er sich selbst sah. Doch dann erkannte er, dass im Schnee überall meterlange Scherben von verspiegeltem Glas steckten. Sie waren zusammen mit den Windlichtern im Kreis angeordnet wie eine Arena.

»Wahnsinn!«, rief Tom. »Habt ihr die zerbrochenen Spiegelfenster von Nummer zwei aus dem Fluss gefischt?«

Tvinni nickte stolz. »Was davon noch übrig war. Denn heute brauchen wir sie für eine Panorama-Surround-Live-Übertragung aus der Stadt Borgarnes.«

Snjór grinste und klappte sein Laptop auf. »Drei, zwei, eins ...«, zählte er den Countdown und haute bei Null mit dem Zeigefinger auf eine Taste. Fabio und Tom hielten sich die Ohren zu und blinzelten. Aber es nützt nichts. Irgendwo in einer anderen Stadt legten ohrenbetäubend laut zwei Drums ein Solo hin. Die Elfcams richteten sich aus und in den Spiegeln im Schnee, die nun als Leinwand für die Live-Übertragung des Konzerts dienten, fingen sich Bilder von langhaarigen Heavy-Metal-Musikern.

»Changers!«, schrie Tvinni begeistert gegen den Lärm an. Tom begann zu johlen und sprang mit Tvinni zusammen in die Mitte der Arena, die nun zum Tanzsaal wurde. Snjór fiel mit ein, dann hopste Gleda in das Rund und schüttelte ihr Haar so wild, dass der Silberreif in den Schnee flog. Gitarren setzten ein und mit ihnen ein schauriger, fetziger Song, der sicher noch weit unten in den Elfenpalästen widerhallen würde. Gull und Aska begannen mit wilden Verrenkungen und Sprüngen zu tanzen und Luftgitarre zu spielen. Fabio stand am Rand, halb taub von der grässlichen Musik und besinnungslos glücklich.

»Wollen wir?« Elín lächelte ihm zu. Er nickte und ergriff

ihre ausgetreckte Hand. Johlend stürzten sie sich auf die Tanzfläche und gaben alles. Es war ein richtig guter Abend, fand Fabio. Und eigentlich ein richtig gutes Leben.

In jedem Team.

Von Moorgeistern und Elfen – ein Nachwort

Das erste Mal führte mich mein Weg nach Island, als ich im Jahr 2008 an einem internationalen Kinder- und Jugendliteraturfestival in Reykjavík teilnehmen durfte. Passenderweise lautete das Motto »*Draugar úti í mýri*« – Gespenster im Moor. Einige Veranstaltungen fanden dort statt, wo ich im Roman das »Elfen-Hauptquartier« verortet habe: im Nordischen Haus am Ufer des Moorgewässers. Und als ich abends an diesem nebelverhangenen Gewässer voller geisterhafter Schemen entlang zurück zum Hotel in der Stadt wanderte, war mir klar, dass diese Stadt ein großartiger Schauplatz für ein Fantasy-Abenteuer wäre. In keiner anderen Stadt, die ich kenne, liegen Licht und Dunkel so nah beieinander, Wildnis neben moderner hipper Szenestadt, Gespenstisches neben dem ganz normalen Insel-Alltag. Bei diesem Festival hatte ich auch die Ehre, den großen Elfenforscher und Fachmann für isländische Mythen kennenzulernen: Dr. phil. Terry Gunnell, der an der Universität Reykjavík unterrichtet. Ich hatte das große Vergnügen, die Geschichte von Sigurd und Guðrún (die in Island jedes Kind kennt) aus Terry Gunnells Mund zu hören. Und er hat sie mit einem wundervoll gruseligem Echo-Effekt dargeboten.

Immer wieder zieht es mich seitdem auf diese Insel und nach Reykjavík, in die kleine Stadt der großen Geheimnisse. Alle Orte, die ich in »Silfur« beschreibe, gibt es dort zu sehen: Beim Rathaus findet man den See Tjörnin (»Teich«) mit Gulls kleiner Insel. Ich kann nicht beschwören, ob Fabio wirklich bis zur Insel hätte waten können, ohne schwimmen zu müssen, aber an einem ungewöhnlich warmen Sommertag habe ich einen Mann, der sich spontan abkühlen wollte, zumindest die Hälfte dieses Weges gemütlich durch das Wasser spazieren gesehen. Das Konzerthaus Harpa am Hafen ist einen Besuch wert, ebenso die helle Kirche, vor der das Denkmal des Wikingers Leif Eriksson steht. Es gibt den Skulpturengarten in der Nähe der Kirche und ebenso die anderen Schauplätze. Natürlich existiert auch das dunkelblaue Mitternachtshaus in der Njálsgata – hier habe ich nur die Architektur ein wenig verändert und ein Vordach hinzugefügt, damit Elín und ihre Freunde einen schönen Platz haben, um die Nordlichter zu beobachten. Die sind im Sommer zwar nur selten zu sehen – und noch seltener über hell erleuchteten Städten. Aber in Island ist alles möglich! Und natürlich sollte ein Besuch bei den großartigen Lava-Wasserfällen nicht fehlen. Wer sich die Schauplätze des Buches auch ohne lange Reise anschauen möchte, der findet auf meiner Homepage www.ninablazon.de das Silfur-Fotoalbum.

Und damit komme ich schon zu den Danksagungen. Ein herzliches »þakka þér kærlega« möchte ich auf diesem Weg Úlfhildur schicken. Bei ihr durfte ich im Jahr 2013 ein paar schöne Sommerwochen lang wohnen, um für dieses Buch zu recherchieren. Ich bedanke mich für die wertvollen Einblicke in das isländische Alltagsleben und auch für manche Anekdote aus dem Familienkreis, was Elfen und Gespenster angeht. (Von ihrer Großmutter weiß ich nun, dass Elfen sich gerne ihren teuren Seidenschal ausleihen, der rätselhafterweise tagelang verschwindet und dann wie von Zauberhand ganz hinten im Schrank wieder auftaucht). Danke auch an Kristin Steinsdóttir, an Beate Detlefs, an Annika Große und viele andere Menschen, die mir Island nähergebracht haben. Und ein ganz besonderes Dankeschön geht an meine wunderbare Lektorin Martina Imkeller, die für dieses Buch wirklich alles (!) möglich machte und der Geschichte und den Figuren jeden Raum und alle Zeit, die sie brauchten, zur Verfügung stellte. Und dabei nach echt isländischer Art ganz optimistisch und entspannt blieb. Auch dafür ein ganz inniges und herzliches: »þakka þér kærlega«!

Nina Blazon, Dezember 2015

REYKJA
RATHAUS
TJÖRNIN
FRIKIRKJUVEGUR
FRIEDHOF

IK
HARPA
SONNENSCHIFF
SILFUR & HRAUN
SILFUR & HRAUN
LAUGAVEGUR
SÆBRAUT
ITTERNACHTS-
HAUS
GREFFISGATA
NJÁLSGATA
GUNNAR
SKULPTURENGARTEN
HALLGRIMS-
KIRKA

HRAUNFOSSAR
&BARNAFOSS
HVITA
BORGARNES
REITERHOF
WALFJORD
REYKJAVIK
VULKAN
MONDLAND-
SCHAFT

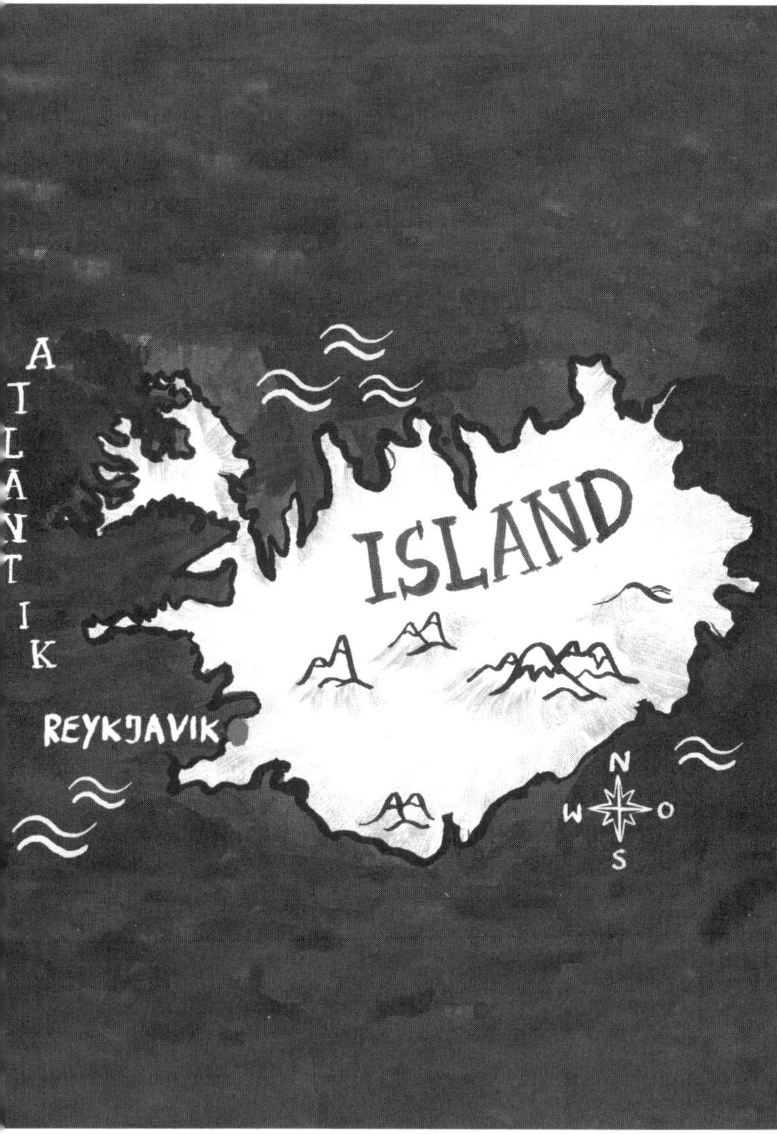
ATLANTIK
ISLAND
REYKJAVIK
N
W
O
S

Nina Blazon

Lillesang – Das Geheimnis der dunklen Nixe

ca. 420 Seiten, ISBN 978-3-570-31071-7

Als Jo und ihre Familie das alte Haus an der dänischen Küste erben, erzählt die kauzige Nachbarin Bente die Geschichte von dem Gongur, der an Land kommt und Menschen ins Meer zieht. Anders als ihre Mutter, die das Wasser meidet, lässt Jo sich von der Alten nicht ins Bockshorn jagen. In der Nacht jedoch wird sie tatsächlich von einer Stimme an den Strand gelockt. Bente kann das schlafwandelnde Mädchen in letzter Minute retten. Was hat es mit dem Nixen-Wesen auf sich? Und warum versteckt Jos Mutter alte Fotos, auf denen Gesichter herausgekratzt sind?

30249

www.cbt-buecher.de